Du même auteur

LE CŒUR DE L'ENQUÊTE (LES KENT)

Le Duc qui en savait trop

M comme Marquis

La Lady qui venait du froid

Le Vicomte frappe toujours deux fois

Ne jamais dire jamais à un Comte

Le Gentleman qui m'aimait

« Cette histoire d'amour passionnante allie à merveille une héroïne forte et attachée à ses principes à un héros fatalement blasé et abîmé sur le plan émotionnel. Bien entendu, elle le sauve de lui-même tandis que lui la protège d'un péril certain. Les protagonistes développent une relation passionnée qui les fait grandir tous les deux. » — Holly, *Goodreads*

« Une histoire incroyable, piquante, passionnante, intense, dont j'ai adoré chaque seconde. » — *Rady Reads*

« J'ai adoré ce livre! Les personnages étaient vraiment convaincants et l'histoire m'a tenue en haleine à chaque page. J'ai détesté que cela se termine! » — Kristen, *Goodreads*

« Totalement rafraîchissant et difficile à lâcher. » — Greentea, *Goodreads*

LE CŒUR *de* L'ENQUÊTE

LIVRE 1

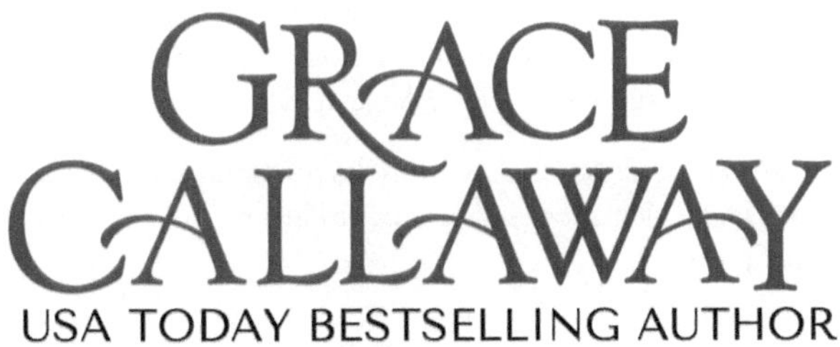

Traduit de l'anglais par Sophie Salaün

PROLOGUE

Alors que le carrosse franchissait les massives portes de pierre, Alaric McLeod se pencha par la fenêtre, essayant d'apercevoir sa nouvelle demeure. Il s'agissait d'une rare manifestation d'excitation de sa part. Âgé de neuf ans, il avait déjà appris la nécessité de faire preuve de discipline personnelle et d'être attentif à ses réactions face au monde qui l'entourait. C'était un fait simple : ce que les gens ne voyaient pas, ils ne pouvaient le blesser.

La veille, il n'avait pas bronché lorsque son père avait jeté l'unique valise de voyage miteuse, la seule que les McLeod possédaient, dans le carrosse, en lui disant d'un ton neutre :

— Et voilà. Sois un bon garçon, et ne cause pas d'ennuis à mon cousin.

Il n'avait pas bougé un muscle quand sa belle-mère lui avait froidement fait ses adieux.

Pourtant, quelque chose de chaud et d'inattendu lui était monté aux yeux lorsque son jeune demi-frère Will s'était écrié :

— Pourquoi Alaric s'en va-t-il ? Je veux aller avec lui !

Il avait repoussé la sensation, forçant la chaleur à se retirer.

— Au revoir, William, avait-il dit, fier d'avoir l'air d'un adulte. Je suis le pupille d'un duc maintenant, donc je ne reviendrai pas ici.

Il avait jeté un coup d'œil au cottage bien entretenu, avec ses haies fleuries et son potager, et cette vieille et stupide nostalgie l'avait transpercé. Sa confiance avait vacillé, mais il avait relevé le menton.

— Mon nouveau tuteur vit dans un château. J'aurai ma propre chambre à coucher. Et des domestiques pour m'apporter tout ce que je voudrai.

— Je veux venir avec toi ! avait insisté Will.

La mère de Will était intervenue, repliant les bras de manière protectrice autour de son petit garçon. Elle n'avait jamais tenu Alaric de cette façon. Les nœuds dans sa poitrine s'étaient resserrés, et il les avait ignorés aussi. Il se racontait qu'il se moquait bien que la nouvelle femme de son père soit jeune et belle avec ses cheveux châtain brillant et ses yeux marron foncé : la mère d'Alaric avait été plus belle. Et sa belle-mère n'était qu'une simple modiste alors que sa mère avait été une véritable lady, fille cadette d'un comte.

Il n'avait que trois ans à sa mort, mais elle lui rendait encore visite de temps en temps. Le parfum fugace des gardénias. Le murmure de la soie derrière une porte fermée. De l'humidité sur une joue aussi fraîche et lisse que l'albâtre. *Nous n'avons pas notre place ici, Alaric. Nous méritons mieux...*

— Tu resteras ici, Will, avait dit fermement la nouvelle Mme McLeod, là où est ta place.

Alaric avait compris le message de sa belle-mère. La vérité n'avait pas besoin d'être dite à haute voix : il savait qui était à sa place, et qui ne l'était pas. Pour preuve, son père était venu se placer derrière sa belle-mère et son demi-frère. Il avait eu mal au cœur en voyant le tableau que ces trois-là formaient. Bruns et robustes, ils constituaient une famille écossaise fière et aimante. Il ne leur ressemblait en rien avec ses cheveux noirs, sa carrure gauche et dégingandée, la peau et les yeux pâles qu'il avait hérités de sa mère anglaise.

Tes yeux ressemblent à ceux du chat, lui avait dit un jour sa belle-mère.

Oui, il avait plus en commun avec ce vagabond galeux qu'avec les parfaits McLeod. Sa rancœur avait grandi. Ils ne voulaient pas de lui ? *Bien.* De toute façon, il n'avait aucune envie d'être là. Il les détestait tous, ainsi que ce village vieillot. Les brutes et les incapables, rejetons de fermiers qui préféraient déclencher une bagarre plutôt que d'essayer de résoudre un problème de mathématiques. Qui faisaient saigner le nez d'un garçon juste parce qu'il était doué pour les chiffres et les additions.

Son père s'était éclairci la gorge.

— Il est temps de partir. Il ne faudrait pas faire attendre ton tuteur.

Tu as hâte de te débarrasser de moi, n'est-ce pas ? Ses sombres et tumultueuses pensées avaient franchi les barrières de sa maîtrise. La confusion et la colère l'avaient envahi. Alors même qu'il serrait les poings, la glace était venue à sa rescousse, coulant dans ses veines, engourdissant tout le reste.

Ne les laisse pas voir. Ils ne peuvent pas te faire de mal.

— D'accord, avait-il répondu d'une voix froide. Je ne veux pas faire attendre Sa Grâce.

— Tu vas me manquer, Alaric, lui avait dit Will, les yeux brillants, en tirant sur sa manche. Tu viendras bientôt nous rendre visite, n'est-ce pas ?

Pour quoi faire ? Ils t'ont, toi. Leur fils... celui qui compte.

— Au revoir, William, l'avait-il salué d'un ton plat.

Il était monté dans le carrosse sans se retourner. Quel intérêt ? Il savait déjà ce qui se trouvait derrière lui... Ce qui importait, c'était de regarder vers l'avant. Les mains froides et moites, il s'était agrippé à la fenêtre du carrosse. Si ses yeux le piquaient, c'était à cause des nuages de poussière soulevés par les roues qui claquaient sur la route, se disait-il.

Tire un trait sur le passé. Il n'y a pas de retour en arrière possible, ce qui compte, c'est l'avenir.

La poussière retomba et, alors, comme par magie, une vision apparut. Il en resta bouche bée. Entouré de collines verdoyantes et d'un ciel sans nuages, Strathmore s'étendait avec la grâce d'un ancien mastodonte qui se serait nourri du temps lui-même. Le soleil couvrait d'or les murs de pierre, faisait miroiter les vitraux et les fenêtres à meneaux. L'énergie imprégnait chaque ligne du bâtiment, depuis les tours robustes jusqu'aux ailes étendues. C'était un lieu capable de repousser n'importe quelle attaque et d'offrir un refuge à quelques élus.

Alors que le carrosse s'engageait dans l'allée circulaire, deux silhouettes émergèrent de l'entrée voûtée. Le grand homme aux cheveux noirs et aux traits de faucon était Henry McLeod, le duc de Strathaven, cousin germain d'Alaric et désormais son tuteur. Il ne l'avait rencontré qu'une seule fois, lorsque celui-ci était venu proposer de prendre sous sa tutelle l'un des fils de son parent pauvre. Au milieu du désordre du cottage des McLeod, il avait eu l'air d'un roi avec ses beaux vêtements et son élégance irréprochable. Entourée de la richesse et de la puissance de son domaine ancestral, Sa Grâce était éblouissante comme un dieu.

Aux côtés de Strathaven se tenait la duchesse, mince et légère comme un moineau, dont la dentelle frémissait sur sa poitrine. Alaric ne l'avait jamais rencontrée. Il savait seulement que son propre fils était mort d'une fièvre, et qu'elle ne pouvait avoir un autre enfant. Lorsqu'elle agita son mouchoir en signe de bienvenue, la glace dans les entrailles d'Alaric commença à se dégeler. Le soulagement l'envahit.

Ici, ils veulent de moi. J'ai ma place ici. Je suis arrivé... à la maison.

Ses lèvres esquissèrent un sourire timide, et il répondit d'un signe de la main, avec tout l'enthousiasme d'un jeune garçon.

Chapitre Un

VINGT-SEPT ANS PLUS TARD

Lorsque l'orchestre commença à jouer une valse, Mlle Emma Kent prit congé de sa belle-sœur Marianne, qui la chaperonnait ce soir-là, et se faufila dans la salle de bal aux multiples miroirs. Elle n'avait pas pour objectif de trouver un partenaire de danse. Avec toutes les dames qui se rassemblaient avec impatience comme un kaléidoscope de papillons sur la piste de danse, elle vit une occasion en or de visiter le lieu nécessaire sans faire la queue.

Née et élevée à la campagne, elle était de nature pragmatique. Alors qu'elle se frayait un chemin à travers la foule abondamment parfumée, elle se dit, et ce n'était pas la première fois, que les efforts entrepris ce soir-là étaient plutôt inutiles. Elle n'avait pas sa place ici, au milieu des fontaines de champagne et des invités triés sur le volet. Non seulement elle n'avait pas le sang bleu requis, mais elle était aussi trop âgée, trop indépendante et trop peu sophistiquée pour attirer un mari.

C'étaient des faits, et cela ne la dérangeait pas outre mesure. Elle connaissait ses points forts : elle avait dirigé un cottage et un frère et trois sœurs indisciplinés depuis l'âge de treize ans, elle était ingénieuse, efficace et compétente dans un large éventail de domaines. Elle aimait tendrement sa famille et n'avait jamais rencontré d'homme qui lui ait donné envie de renoncer à sa place et à son indépendance bien établie.

Le mariage n'était donc pas une priorité absolue.

Elle avait des projets bien plus ambitieux.

L'orchestre commença à aller crescendo, déclenchant une vague d'émotion sous son corsage de soie pêche. Son père était décédé plus d'un an auparavant, et il lui manquait encore énormément. En tant qu'enseignant dans l'école du village, Samuel Kent avait consacré sa vie à l'éducation des jeunes esprits de Chudleigh Crest, et c'était l'homme le plus avisé qu'elle ait jamais connu.

Ce qui compte, ce n'est pas de vivre, leur avait-il enseigné, à elle ainsi qu'à son frère et ses sœurs, *mais de vivre de façon juste. Suis la sagesse de ton cœur, elle te conduira à la vérité.*

Les danseuses qui tournoyaient et le cadre opulent disparurent tandis qu'Emma réfléchissait à la manière de mettre en pratique la philosophie de son père.

Après sa mort, son demi-frère aîné Ambrose avait insisté pour que son frère et ses sœurs quittent Chudleigh Crest avec elle pour s'installer à Londres. Emma savait qu'il voulait leur offrir des occasions que l'on ne trouvait pas à la campagne. Marianne, l'épouse bien-aimée d'Ambrose, était une riche baronne avant d'épouser un membre de la famille Kent, qui appartenait à la classe moyenne, et elle était plus qu'heureuse de mettre à profit son prestige social pour permettre au frère et aux jeunes sœurs de son mari d'entrer dans la bonne société.

Elle les avait pris en main et les avait préparés. Elle y avait consacré du temps et de l'argent, et Emma n'avait pas le cœur à décourager les bonnes intentions de sa belle-sœur ni à briser l'enthousiasme bouillonnant de ses jeunes sœurs Dorothea, Violet et Polly, qui se sentaient à l'aise en ville comme des poissons dans l'eau. Ce soir, c'était la première sortie d'Emma dans le *beau monde*, et elle était censée donner le bon exemple à ses sœurs, qui seraient bientôt introduites dans la société.

Elle ne voulait pas faire faux bond à sa famille… mais elle ne voulait pas non plus être ici. Car elle avait déjà découvert sa véritable passion ; le problème était désormais de savoir comment obtenir le soutien de son frère aîné pour ses projets. Alors qu'elle réfléchissait à cette énigme, elle franchit l'entrée voûtée et trébucha soudain, haletant en se précipitant vers l'avant. Elle se prépara à la chute, puis percuta quelque chose de ferme et de solide…

Clignant des yeux, elle se retrouva face au visage d'un dieu impitoyable.

Elle était loin d'être imaginative, mais il n'y avait pas d'autre façon de décrire l'étranger aux cheveux noirs et luisants et au visage sculpté avec une perfection sauvage. Il devait avoir une trentaine d'années, ses traits étaient burinés par une certaine expérience. Il avait des pommettes hautes, un nez effilé, un menton et une mâchoire arrogants. Sous ses sourcils sombres, ses yeux étaient d'une teinte étonnante de jade argenté, bordés des cils les plus épais et les plus longs qu'elle ait jamais vus chez un gentleman. Elle le regarda fixement, comme envoûtée.

Ses yeux frappants se plissèrent. Sa bouche boudeuse afficha un sourire cynique.

— Si vous vouliez danser, ma jolie, il fallait commencer par demander.

Le timbre profond et moqueur comportait un léger accent, qui n'était pas tout à fait anglais. Puis les mots eux-mêmes pénétrèrent son esprit hébété. Avec une horreur grandissante, Emma se rendit compte qu'elle était littéralement tombée dans les bras de l'inconnu, et qu'il pensait qu'elle l'avait fait *exprès* ! Qu'elle était délibérément en train de se jeter sur lui !

Mortifiée, elle tenta de se dégager.

— Lâchez-moi !

— Doucement, là, répondit-il.

Son parfum imprégnait ses sens, un mélange de bois, d'épices et de savon qui était incroyablement masculin. Ses bras musclés l'entouraient, la tenant plus près qu'aucun homme ne l'avait jamais fait. Plaçant les mains contre le gilet gris argenté, elle le repoussa en vain. Même à travers les couches de tissu, son torse semblait aussi dur et inflexible qu'un bloc de marbre.

Immobilisée, elle prit conscience des battements de cœur de l'homme, dont le rythme soutenu palpitait sous sa paume. Sa cadence dominante s'écoulait en elle, supplantant son propre pouls sauvage, le maîtrisant. Emma posa les yeux sur la courbe sensuelle de la bouche de l'inconnu, et son ventre fut parcouru d'un étrange frémissement. Une prise de conscience liquide jaillit au creux de son ventre.

De plus en plus paniquée, elle se débattit et dit :

— Relâchez-moi tout de suite !

— Si vous insistez.

Il relâcha sa prise au moment même où elle poussait contre lui de toutes ses forces. Elle bascula en arrière dans une cascade de soie, atterrissant avec un bruit sourd sur le sol du couloir. Elle en eut la respiration coupée et tâcha de retrouver son souffle, ainsi que ce qu'il restait de sa dignité.

— Besoin d'aide ? s'enquit-il.

Il la dominait de toute sa hauteur, depuis ses larges épaules à son torse mince et ses hanches étroites. Il n'y avait pas le moindre pli sur son élégante tenue de soirée noir et blanc. Sa cravate était un modèle de perfection, une grosse émeraude scintillant dans ses plis couleur de neige.

Agacée, elle chassa de ses yeux une boucle de cheveux noirs qui s'était défaite.

— Pas de quelqu'un comme vous.

L'expression de l'inconnu devint sarcastique.

— Juste pour que vous le sachiez, vos stratagèmes ont déjà été essayés auparavant, et ils ne fonctionneront pas avec moi. Je ne joue pas avec les demoiselles innocentes. Le ruban de la chaussure dénoué ? dit-il, baissant les yeux sur sa chaussure gauche, où le ruban de satin pêche pendait, défait. C'est le plus vieux tour de débutante au monde, ma douce.

L'arrogance ahurissante de cet homme la laissa sans voix. Avant qu'elle ne parvienne à se délier la langue pour le remettre à sa place, il lui fit une révérence moqueuse et sa grande silhouette virile disparut dans la salle de bal.

Emma le suivit du regard. *Incroyable.*

Il incarnait tout ce qu'elle détestait dans les classes supérieures : le dédain et la sophistication, le mépris envers ceux qu'ils considéraient comme inférieurs à eux. Un tel homme n'était pas guidé par la morale ou par un but, mais par son propre amusement blasé et sa propre satisfaction. Furieuse, elle se leva et s'épousseta.

Le malotru ! Mieux vaudrait que ce soit la dernière fois que je le vois.

———

Une heure s'écoula pendant laquelle, heureusement, Emma ne vit plus le grossier inconnu. Mais cet événement s'était mué en une véritable cohue, et la salle de bal était plus étouffante que jamais. Lorsqu'elle vit sa belle-sœur assaillie par un cercle d'admirateurs, elle en profita pour prendre l'air en s'échappant par les portes à la française qui menaient au célèbre labyrinthe du jardin de Lady Buckley.

Dehors, elle inspira profondément, l'air nocturne imprégné de jasmin revigorant ses sens, et elle ne put résister à l'envie de s'aventurer plus loin dans le jardin vide. Ses jupes bruirent sur l'herbe soignée tandis qu'elle suivait la paroi sinueuse des haies, son réticule serti de perles se balançant entre ses doigts gantés.

Entourée par l'obscurité éclairée par la lune, elle continuait à réfléchir à son dilemme : comment convaincre son frère de la laisser entrer dans l'entreprise familiale ?

Les graines de son destin avaient été semées lorsque la société d'enquêtes privées d'Ambrose, Kent et Associés, avait été victime d'un incendie quelques mois plus tôt. Heureusement, personne n'avait été blessé, mais il avait fallu reconstruire tout le bureau.

Voyant la pression que la situation faisait peser sur son frère, elle lui avait proposé de l'aider à organiser les nouveaux locaux; submergé par tant de responsabilités, il avait accepté avec gratitude. Avec son énergie habituelle, elle s'était attelée à tout remettre en ordre, et même une fois la poussière retombée, elle était restée pour aider le secrétaire, M. Hobson, dans ses tâches quotidiennes.

Cela lui faisait du bien d'être utile. Elle aimait soutenir Ambrose et ses associés, MM. Lugo et McLeod, dans leur entreprise. Puis, la semaine précédente, un événement stupéfiant s'était produit, faisant apparaître son destin avec une clarté éclatante devant ses yeux.

Elle avait apporté du thé à Mme Kendrick, une veuve angoissée qui revenait pour la troisième fois en autant de jours. Cette femme, en larmes, lui avait confié qu'elle perdait l'espoir de retrouver un jour sa bague de fiançailles, souvenir de son bien-aimé mari. Compatissante, Emma avait posé quelques questions et la conversation avait débouché sur la récupération de la bague! La gratitude joyeuse de Mme Kendrick avait rempli la jeune femme de satisfaction et d'un sentiment d'accomplissement mémorable. À cet instant précis, elle avait eu deux révélations.

Tout d'abord, Kent et Associés avaient besoin d'une enquêteuse.

Deuxièmement, *elle* était la femme de la situation.

Emma estimait qu'elle apporterait une perspective unique et précieuse au travail de détection. Dans le cas de Mme Kendrick, elle avait immédiatement soupçonné un coupable que ni Ambrose ni ses collègues masculins n'avaient envisagé.

En outre, son frère avait toujours affirmé que la réussite d'une enquête reposait sur l'observation, la déduction, et la pensée créative. Emma avait élevé un frère et trois sœurs, qui prétendaient tous, et ils n'avaient pas tort, qu'elle avait des yeux à l'arrière de la tête. Elle ne comptait plus le nombre de fois où elle avait trouvé l'emplacement d'un ruban perdu, d'un lacet de botte, ou résolu un problème domestique épineux. Et lorsque les temps avaient été durs pour la famille, elle s'était appuyée sur son ingéniosité et sa détermination pour s'en sortir.

Emma savait qu'elle avait les compétences nécessaires pour réussir en tant qu'enquêteuse.

Toutefois, comment pouvait-elle convaincre son frère aîné trop protecteur du bien-fondé de son projet? C'était une chose pour Ambrose de la laisser participer aux tâches ordinaires du bureau, et c'en était une autre qu'il accepte de la former en tant qu'enquêteuse. Que lui faudrait-il faire pour lui prouver sa valeur, à lui et à ses associés? Peut-être qu'en résolvant une autre affaire, en faisant preuve d'initiative et d'ingéniosité...

Un bruit interrompit ses réflexions. Sursautant, elle se rendit compte qu'elle s'était enfoncée dans le cœur du labyrinthe. Elle entendit un murmure dans le virage suivant, puis un cri déchira la nuit. Le cœur battant à tout rompre, elle recula instinctivement contre la haie la plus proche; des brindilles et des feuilles piquèrent la peau exposée entre ses omoplates. Elle attendit dans l'ombre, retenant son souffle.

Des voix émergèrent de l'autre côté de la barrière de feuillage.

— Vas-tu me faire mal? demanda une voix de femme, tremblante.

— Je ferai ce que je veux. Et tu vas aimer.

Cette déclaration pleine d'arrogance et de froideur secoua Emma. Ses cheveux se dressèrent sur sa nuque, et ses paumes devinrent moites dans ses gants. Mon Dieu! Elle connaissait cette voix grave d'homme avec un léger accent.

— S'il te plaît, je t'en supplie! gémit la dame.

— Tu aimes supplier, n'est-ce pas? Peut-être que si je suis d'humeur plus tard, je te demanderai de le faire... à genoux.

Les yeux d'Emma s'écarquillèrent sous la menace suave de ces mots. Qu'est-ce que ce pervers avait l'intention de faire? Les mains tremblantes, elle chercha une brèche dans le feuillage. Et n'en trouva pas. Il n'y avait que des feuilles sombres dans la nuit noire, un mur infranchissable pour accompagner le silence soudain et tendu. Les sens d'Emma étaient à l'affût du moindre indice, du moindre signe de ce qui se passait de l'autre côté. Son pouls s'emballa ; ses pensées se bousculèrent.

Dois-je appeler à l'aide ? Qui m'entendra ici ? Peut-être devrais-je courir chercher quelqu'un ?

Une voix féminine supplia dans la nuit.

— Oh, mon Dieu ! Je t'en prie, Strathaven, c'est insupportable...

Seigneur, je dois faire quelque chose ! Ce goujat est en train de l'agresser !

La crainte pour la sécurité de cette femme poussa Emma à agir. Elle se précipita de l'autre côté de la haie ; son regard affolé se posa sur le couple près du belvédère. Dans la lumière argentée de la lune, leur profil formait un tableau terrifiant. Une grande et mince rousse était piégée contre une colonne, les mains liées au-dessus de sa tête. Un bandeau lui recouvrait les yeux, la soie noire contrastant brutalement avec la pâleur de son visage, de sa gorge et de sa poitrine généreuse. Un homme aux larges épaules la dominait de toute sa hauteur, les poings enserrant ses jupes...

— Arrêtez-vous, espèce de brigand ! s'écria Emma en se précipitant sur lui.

— Que diable... !

Il se retourna juste à temps pour que le réticule de la jeune femme le heurte à la mâchoire. Sa tête bascula sur le côté et il trébucha en arrière avec un juron.

Emma ne perdit pas de temps. Elle courut vers la victime et lui arracha son bandeau.

— Je vais vous sortir de là !

— Qui êtes-vous ? Que faites-vous ? s'exclama la femme, dont les yeux bleus parcouraient frénétiquement la clairière. Taisez-vous ou quelqu'un va vous entendre !

Emma dut se hisser sur la pointe des pieds pour atteindre ses poignets. Elle parvint à détacher la corde qui glissa au sol, s'enroulant comme un serpent dans l'herbe. Une voix sarcastique s'éleva dans son dos.

— Encore vous ! dit-il.

Emma se retourna lorsque l'inconnu s'avança vers elle, se frottant la mâchoire. Mais, à présent, il n'était plus un inconnu : la femme l'avait appelé Strathaven... était-ce un lord ? Elle regretta de ne pas avoir prêté attention lorsque Marianne avait passé en revue l'annuaire mondain *Debrett*. Mieux valait connaître son ennemi.

La peau d'Emma fut parcourue de picotements quand le regard de Strathaven se posa sur elle ; ses yeux glacés et intenses la pénétraient couche par couche. Le cœur de la jeune femme s'emballa. Personne ne l'avait jamais regardée de cette façon. Jamais elle ne s'était sentie aussi exposée et dénudée... Refoulant cette sensation inconnue, elle rejeta les épaules en arrière et se redressa de toute sa hauteur. Malheureusement, il la dépassait d'une trentaine de centimètres ; elle devait lever la tête pour croiser son regard.

— Faites un pas de plus et je crie, l'avertit-elle.

Compte tenu du volume de l'orchestre et de la fête, ainsi que de l'endroit où elle se trouvait, au fond du jardin, il était peu probable que quelqu'un entende son appel à l'aide. Elle pria pour que le brigand n'en ait pas conscience.

— Oh ? demanda-t-il, haussant un sourcil. Qui pourrait vous entendre, selon vous ?

Et zut !

— Mes poumons sont extrêmement puissants, l'informa-t-elle.

— D'une certaine manière, cela ne me surprend pas.

Les lèvres de l'homme tressaillirent légèrement, attirant l'attention d'Emma sur la ligne dure de sa bouche et les légers sillons qui l'encadraient.

— Eh bien, ma jolie, je dois vous l'accorder, vous êtes parvenue à attirer mon attention.

Cet homme avait un *toupet* !

— De tous les arrogants, imbéc...

— *Je vous en prie*, baissez d'un ton, intervint la femme. Je vous en supplie, mademoiselle... ?

— Je m'appelle Emma Kent. Et vous n'avez pas à avoir peur,

car j'ai été témoin de tout, affirma la jeune femme en relevant le menton. Je serai heureuse de témoigner devant les magistrats.

— Les *magistrats*? Vous ne devez pas faire cela! hoqueta la femme.

— Cette canaille vous attaquait! Bien sûr que je dois le faire.

— Je l'attaquais? Pourquoi ferais-je une telle chose? s'exclama-t-il.

Devant son incrédulité, Strathaven éclata d'un rire brutal.

— Savez-vous qui je suis, mademoiselle Kent?

— Je me moque de savoir qui vous êtes. Votre rang ne vous dispense pas des règles de bonne conduite, my lord, rétorqua vivement Emma.

— Votre Grâce.

— Comment?

— Votre Grâce, c'est ainsi que l'on s'adresse à un duc.

Elle serra les dents face à la froideur de sa rectification.

— Le fait est, *Votre Grâce*, que je vous ai entendu agresser cette dame et...

— Vous n'avez aucune idée de ce que vous avez entendu, répliqua le duc avec un sourire sans humour. Maintenant, allez-vous-en, ma jolie, et laissez-nous tranquilles.

Ma jolie? Comme si elle était un épagneul dressé à ses ordres? Avant qu'elle puisse répliquer de façon cinglante, la femme lui agrippa le bras.

— Strathaven a raison, plaida la rousse. Il ne s'est rien passé.

— Mais, il vous a attachée, et il était sur le point de... vous faire du mal.

Ce brigand avait-il eu l'intention de battre cette femme... de la violer? Les deux? Réprimant un frisson, Emma dit :

— Vous ne devez pas avoir peur. Mon frère est un ancien membre de la police de la Tamise, et il connaît personnellement le premier magistrat de Bow Street...

— *Non*, insista la femme dans un murmure, le visage blême. Je vous implore, mademoiselle Kent. Si quelqu'un a vent de cela, je serai déshonorée. Lord Osgood, mon mari… il ne me pardonnera jamais.

Sa voix s'étrangla sur un sanglot.

— Il ne doit pas y avoir de scandale.

— Si vous expliquez à votre mari…

— Ma réputation sera détruite. Je préfère *mourir*.

Des larmes roulèrent sur le beau visage de Lady Osgood, dont les doigts s'enfonçaient douloureusement dans la chair d'Emma.

— Si vous voulez vraiment m'aider, jurez sur tout ce qui vous est cher que vous ne parlerez jamais de cette affaire.

Emma hésita, puis jeta un regard à Strathaven. Il appuyait une épaule vêtue de velours contre un pilier du belvédère, dans une attitude tout à fait indifférente. Emma sentait sa frustration enfler dans sa poitrine. Il n'était pas juste que Lady Osgood doive s'inquiéter de sa réputation tandis qu'il n'avait pas à répondre de ses méfaits. Pourquoi devrait-il s'en tirer avec une agression uniquement parce qu'il était un homme… un duc ?

C'était une injustice de la *pire* espèce.

— Promettez-moi, mademoiselle Kent, la supplia Lady Osgood, qui tomba à genoux.

Choquée, Emma essaya de la relever.

— S'il vous plaît, non…

De nouvelles larmes glissèrent sur les pommettes sculptées de la femme, dont les lèvres tremblaient.

— Je ne bougerai pas tant que vous ne m'aurez pas donné votre parole. Si vous ne le faites pas, je serai obligée de prendre des mesures radicales. Je préférerais mourir que de…

— Je ne le dirai à personne, dit Emma, désespérée. *Je vous en prie*, relevez-vous.

— Vraiment ? murmura Lady Osgood. Vous le jurez sur tout ce qui vous est cher ?

Avec une certaine réticence, Emma acquiesça.

Lady Osgood se releva, et son regard se porta sur Strathaven. Emma ne parvenait pas à déchiffrer l'expression du duc. Quelle emprise avait-il sur cette femme? Allait-il la menacer ou lui faire du mal à l'avenir?

— Ne vous approchez pas d'elle, prévient Emma, ou je ferai en sorte que justice soit faite.

Un éclair brilla dans le regard du duc, dont l'expression était celle d'un dieu courroucé prêt à entrer en guerre. L'air sembla crépiter sous l'effet de son agressivité. Rapidement, Emma attrapa le bras de Lady Osgood et l'entraîna vers la maison. Alors qu'elles traversaient le labyrinthe, le cœur de la jeune femme battait la chamade, et la sueur mouillait ses sous-vêtements tandis qu'elle adoptait un rythme rapide et déterminé.

Face à un adversaire comme Strathaven, mieux valait avancer et ne jamais regarder en arrière.

CHAPITRE DEUX

— Tu n'es pas en colère contre moi, n'est-ce pas, chéri ? demanda une voix féminine rauque.

Alaric James Alexander McLeod, huitième duc de Strathaven, jeta un regard froid sur Lady Clara Osgood. Ils étaient seuls dans son cottage privé de St John's Wood, et elle était nue, attendant à quatre pattes dans les draps de satin noir. Pour leur plaisir mutuel, il l'avait maintenue dans cette position pendant qu'il se déshabillait. Il prenait son temps, notant comment elle frissonnait au son du retrait de ses vêtements, ses fesses s'inclinant subtilement et de manière suggestive plus haut.

Clara aimait endosser ce rôle docile dans le cadre de leurs activités au lit. Comme il était un amant incontestablement dominant, cette situation lui avait convenu... pendant un certain temps, du moins. Il était conscient de son insatisfaction, de l'ennui qui demeurait intact malgré les jeux auxquels Clara et lui s'adonnaient. Moins d'un mois après le début de leur *liaison*, il se lassait déjà de sa compagnie.

— Pourquoi serais-je en colère ? demanda-t-il.

— À cause de ce qui s'est passé dans le jardin de Lady Buckley, répondit Clara, lui adressant une moue par-dessus son épaule nue. Comment aurais-je pu prévoir que notre jeu serait interrompu par une fille de la campagne ? Et je ne pouvais pas vraiment avouer qu'il s'agissait d'un jeu... je dois préserver ma réputation.

— Les apparences sont primordiales, remarqua-t-il, sarcastique.

Il ne reprochait pas à Clara de ne pas avoir dit la vérité à l'intrépide intruse. Son premier mariage lui avait appris qu'il ne devait pas s'attendre à la moindre intégrité de la part du beau sexe. Laura était morte depuis plus de deux ans, mais ses cheveux d'un blond brillant et son superbe visage hargneux lui revinrent en mémoire avant qu'il ne repousse cette image. Le passé était révolu, et il ne répéterait plus jamais ces erreurs.

C'était stupide de sa part de s'être laissé attirer dans le jardin par Clara et sa petite « surprise ». Il avait laissé son ennui prendre le dessus. Une curiosité blasée l'avait poussé à voir jusqu'où elle irait pour exciter son désir. En réalité, il n'avait absolument pas été impressionné ou excité par ses manigances. Les cordes et le bandeau n'étaient que des symboles, sans véritable attrait. Pas quand le cœur du défi était absent.

Car Clara n'avait pas vraiment de volonté à soumettre... à l'inverse d'Emma Kent.

Dès l'instant où elle avait trébuché contre lui, cette jeune fille obstinée avait attiré son attention. Ce n'était pas seulement son apparence, qui était fraîche et saine, plutôt que belle au sens classique du terme. Ses cheveux noirs rehaussaient sa peau claire et ses traits nets. Ses yeux étaient d'un brun clair et pétillant, avec une légère inclinaison féline aux coins. Petite et galbée, elle était aussi douce qu'un chaton.

Le souvenir fit bouillir son sang. Oui, c'était une fille ravissante, mais plus que cela, c'était la façon dont elle avait fondu, l'espace d'un instant, dans ses bras. Ce moment d'abandon exquis et instinctif avait trahi une passion féminine d'une profondeur inégalée, et il aurait parié ses écuries sur le fait qu'elle ne le reconnaîtrait jamais.

Son sexe s'était aussitôt raidi.

Pourtant, il n'était pas idiot. Il avait appris depuis longtemps à rester à l'écart des vierges.

Ce qui était aussi une bonne chose. Le hasard voulait qu'il connaisse le frère de Mlle Kent et son entreprise d'enquêtes privées. De l'avis général, Ambrose Kent était un homme d'honneur et un véritable défenseur de la justice. Apparemment, la pomme n'était pas tombée loin de l'arbre généalogique. Mlle Kent rayonnait pratiquement de vertu, son « sauvetage » de Clara étant à la fois courageux et téméraire.

Pour elle, il avait *agressé* Clara.

Pendant un instant, il réfléchit à ce qui pourrait se passer si Mlle Kent mettait à exécution sa menace de le dénoncer aux magistrats. Il repoussa cette idée. Aucune demoiselle n'irait jusqu'à s'impliquer dans un scandale. D'après son expérience, les femmes avaient l'habitude de dire une chose et d'en faire une autre. Elle n'oserait pas s'en prendre à lui... Il était duc.

Tu n'es rien. Un incapable défaillant. Oh, comme je regrette de t'avoir accueilli !

Avec une indifférence née de l'habitude, Alaric balaya le mépris du vieux duc. Au lieu de cela, Alaric imagina la réaction des magistrats si Mlle Emma Kent se présentait devant eux avec ses accusations bancales, et ses lèvres se retroussèrent avec dérision. Ils riraient aux éclats d'entendre qualifier de crime un jeu sexuel. L'innocence de ce bout de femme était absurde... et perversement intrigante. Alors qu'il retirait son pantalon, son érection se dressa en signe d'assentiment. Son sourire se fit moqueur.

N'était-ce pas tout à fait son genre d'être excité par le défi ?

— Strathaven, l'appela Clara d'une voix gutturale et suppliante qui le ramena à la tâche qui l'attendait. Combien de temps vas-tu me faire patienter ? Je suis folle de toi, chéri.

— As-tu le droit de décider de ce qui va se passer ? demanda-t-il.

— Non. Est-ce que tu vas... me punir ?

Il perçut la note d'espoir dans sa question. Tout comme le tremblement de ses cuisses minces qui s'écartaient pour lui montrer les lèvres gonflées de son sexe. Entièrement déshabillé, il s'approcha du lit. Il passa un doigt dans son buisson trempé, et Clara cambra le dos en gémissant.

— Qu'avais-tu en tête ? s'enquit-il.

— Eh bien... j'ai été vraiment vilaine, dit-elle, rejetant ses boucles rousses sur son épaule, battant des cils en le regardant. Une fessée, peut-être ?

Parce qu'elle réclamait, il ne la satisferait pas. Il aurait pu élaborer sa propre version d'un châtiment pour Clara, un moyen de prolonger leurs jeux sexuels, mais il n'avait pas envie de faire durer les choses. Elle était mouillée et prête. Il empoigna ses hanches étroites, écarta davantage ses genoux et plongea son membre dans son sexe, tandis qu'elle poussait un cri de surprise.

Il contrôlait le rythme de leur accouplement. Il savait ce que Clara aimait ; après tout, elle ne s'en cachait guère, se montrant aussi bruyante pendant l'acte que lui était silencieux. Alors qu'elle le suppliait d'y aller plus fort et plus profond, il maintint des coups de reins mesurés et superficiels, l'empêchant d'atteindre son orgasme qu'il construisait avec une précision méthodique. Tandis que son corps maîtrisait celui de Clara, son esprit était inexorablement ramené à Mlle Kent.

Sa robe simple avait épousé ses courbes avec un érotisme subtil, et la couleur chair de l'étoffe lui avait inspiré des images de sa peau en dessous. Son pouls s'emballa lorsqu'il imagina ses appas généreux et séduisants sous lui, se balançant au rythme de ses va-et-vient. Ses mamelons seraient gonflés et d'un rose sombre, à l'instar de ses lèvres impudentes. Agrippant ses hanches délicieuse-ment galbées, il la dompterait en lui donnant du plaisir, pilonnant sa boutonnière serrée et humide jusqu'à ce qu'elle hurle sa soumission...

La pression dans ses testicules le surprit. Un crépitement précurseur remonta le long de son vit.

— Oui, éperonne-moi avec ton braquemart ! s'écria Clara.

En gémissant, elle se frottait contre lui, répondant à ses coups de boutoir.

— Je vais jouir...

À quoi ressemblerait Mlle Kent en atteignant son paroxysme ? Supplierait-elle pour qu'il la laisse jouir ? Il était plus que probable que cette petite créature l'exigerait. Eh bien, si elle se montrait une bonne fille, il le lui accorderait. Il voyait ses grands yeux bruns fondre de plaisir, entendait sa voix haletante scander son nom tandis qu'il s'enfonçait dans son fourreau douillet, de plus en plus profondément, prenant ce qui lui appartenait, ce qu'elle n'avait jamais donné à aucun homme auparavant...

Il serra les dents et tint bon jusqu'à ce que sa partenaire atteigne son apogée. Ce ne fut qu'à ce moment-là qu'il la rejoignit, frissonnant, réprimant un gémissement involontaire. Il se retira quelques instants plus tard, physiquement éprouvé... et dérouté par son fantasme. Par sa nature, et par son intensité.

Emma Kent est une source d'ennuis. Chasse-la de ton esprit.

Il expira et s'obligea à le faire.

Nouant sa robe de chambre, il alla se servir son verre habituel. Cet unique verre de whisky Tobermary avant de se coucher était un luxe. Il avait souffert d'une affection digestive dans sa jeunesse, et les médecins lui avaient diagnostiqué toutes sortes de choses, depuis des nerfs sensibles jusqu'à un déséquilibre des humeurs. Un charlatan était même allé jusqu'à l'accuser de simuler ses symptômes.

Ce verdict avait valu à Alaric d'innombrables coups de la part du vieux duc, suivis de périodes de privation forcée de nourriture pour le débarrasser de sa « sournoiserie ».

Ce qui n'avait pas arrangé sa maladie.

Ce ne fut qu'après la mort de son tuteur qu'il était parvenu à vaincre la maladie. À Oxford, il avait rencontré un professeur de boxe qui l'avait non seulement aidé à améliorer sa condition physique, mais aussi à suivre un régime alimentaire destiné à développer les muscles et l'endurance des boxeurs. Aujourd'hui encore, Alaric s'astreignait à faire de l'exercice et à manger des aliments sains.

Il refusait de perdre à nouveau le contrôle de son corps... de son existence.

Clara se hissa langoureusement contre la tête de lit, s'étirant comme un chat.

— Après de tels ébats, il me faut quelque chose de plus revigorant que du ratafia, dit-elle avec une satisfaction sensuelle. Je crois que je vais me joindre à toi et boire ce vilain breuvage que tu apprécies.

Sans mot dire, il lui apporta un verre. Alors que Clara buvait son whisky à petites gorgées, il s'installa sur le fauteuil en cuir près du feu. Le principal défaut de cette femme résidait dans sa tendance à s'attarder après la fin de leurs activités.

— Qu'as-tu pensé de Mlle Kent ? s'enquit-elle.

Les muscles de son ventre se tendirent à cette question, et Alaric lui jeta un coup d'œil.

— Pas grand-chose.

— De mon côté, je l'ai trouvée plutôt amusante. À la fois petite provinciale curieuse et bon samaritain, affirma Clara avec un sourire moqueur. Sais-tu qu'elle a continué à me harceler pour que je te dénonce aux magistrats ?

Cela ne le surprenait pas. Mlle Kent lui avait paru à la fois vertueuse et déterminée : une combinaison dérangeante s'il en était.

— Je suis convaincu que tu es parvenue à l'en dissuader. Ton interprétation de l'épouse accablée était très touchante. Comparable à la grande Mme Siddons, je dirais.

— Ce n'était pas un rôle. Osgood a terriblement peur du scandale, affirma Clara d'un ton péremptoire. Il se moque bien de ce que je fais... Il veut seulement que personne ne le sache. Il est tellement ennuyeux !

— Et il le compense par des bijoux et une généreuse allocation, répliqua Alaric, un sourire cynique aux lèvres. Tu as signé pour ce mariage, ma chère.

Clara fit la moue. Après avoir terminé son verre, elle se dirigea, toute nue, vers l'armoire à spiritueux. Il haussa les sourcils lors-qu'elle se servit une nouvelle dose généreuse de whisky qu'elle but d'une traite. Bon sang! Il espérait qu'elle n'avait pas l'intention d'avoir une liaison cachée. Dans ce cas, il ne se débarrasserait jamais d'elle.

Clara versa davantage du liquide ambré dans son verre, en renversant un peu au passage.

— En parlant de mariage, comment se passe ta quête d'une épouse?

— Bien, dit-il sèchement.

— Toutes ces femmes qui se languissent d'être la prochaine épouse du *Duc diabolique*! se moqua Clara, légèrement ivre, agitant son verre. Elles sont même prêtes à accepter tes exigences scandaleuses.

Pendant qu'il fréquentait le marché du mariage, il avait claire-ment indiqué sa condition préalable : les vierges ne devaient pas postuler. Rien n'était plus trompeur que l'innocence, et il n'allait pas reproduire le désastre de son premier mariage. Cette fois, il ne serait pas question d'amour, un sentiment qu'il ne souhaitait plus connaître, et dont il n'était plus capable. Sa prochaine duchesse serait une femme du monde, prête à lui donner ce qu'il attendait : un héritier et une obéissance totale, dans et hors du lit. En retour, elle ne manquerait de rien, elle aurait tout ce que sa richesse et son statut pourraient lui apporter.

Un échange équitable, en somme.

Alaric retira une peluche sur la manche de sa robe de chambre.

— Je crois fermement qu'il faut que les attentes soient claires. *Je ne me laisserai plus trahir.*

— Tu es un véritable défi, tu sais. Tu es riche, beau, et puis il y a ce légendaire cœur froid qui est le tien. Toutes les femmes rêvent de te faire tomber amoureux d'elles.

— Vraiment? dit-il d'un ton indifférent.

Clara sourit.

— Elles ne connaissent pas l'homme au sang chaud que je connais.

En réalité, elle ne le connaissait pas du tout. Il ne prit pas la peine de la détromper.

— Le sujet devient lassant, remarqua-t-il, alors que ses tempes le faisaient souffrir.

— J'aimerais ne pas être mariée à Osgood, dit Clara soudainement. Alors je serais libre de t'épouser.

Alaric s'immobilisa sur son siège, le tic-tac de l'horloge en orfèvrerie résonnant désagréablement dans le silence. Il ne voulait pas lui manquer de respect, mais il ne mentirait pas. Cette possibilité ne lui avait jamais traversé l'esprit.

Le rire crispé de Clara rompit le silence.

— N'aie pas l'air aussi horrifié, Strathaven... je ne faisais que plaisanter. Je n'ai pas besoin d'un autre mari. En parlant de cela, dit-elle d'une voix un peu pâteuse, j'ai encore quelques heures avant qu'Osgood ne rentre de sa soirée de dépravation.

Alaric n'avait aucune envie de s'accoupler à nouveau avec elle. Il se rendit compte qu'il était plus que fatigué. Il se sentait étrangement mal en point, l'esprit embrouillé. Soudain, son estomac se retourna, et le violent tiraillement familier lui coupa le souffle. Les souvenirs affluèrent : les draps froissés et humides de sa disgrâce, la chambre de malade étouffante, les médicaments ignobles qu'on lui faisait avaler de force...

Que diable ? Ce n'est pas possible. Je n'ai pas été malade depuis des années.

Luttant contre la panique, il cilla devant son verre. Les facettes de cristal étincelaient de façon étourdissante. Le whisky ? Il ne l'avait jamais affecté de la sorte auparavant. Son front était brûlant, ses paumes étaient moites.

— Strathaven, je ne... je ne me sens... pas bien...

Il eut du mal à comprendre les mots que marmonnait Clara. Soudain, son image se scinda en deux, dans un flou vertigineux de cheveux et de lèvres rouges. Elle tendit le bras, faisant tomber la carafe de whisky au sol avec fracas. Elle suivit, s'effondrant à terre.

— Clara ! s'exclama Alaric qui se leva en titubant.

Il fit un pas et la douleur lui déchira le ventre ; le monde se mit à tourner. Le sol se précipita vers lui, et il bascula dans un gouffre de ténèbres.

———

Le cri strident d'un goéland le réveilla.

Ensommeillé, Alaric s'enfonça plus profondément dans le matelas sablonneux. Il était dans sa caverne, la grotte secrète qu'il avait découverte le long des rives de sable du loch, et, ici, il était en sécurité. Ici, la maladie qui lui tordait l'estomac en nœuds douloureux, qui affaiblissait ses muscles et lui valait le dégoût du duc, semblait s'estomper pour un court moment.

Lorsqu'il était seul, les choses allaient mieux.

Mais la duchesse... elle allait s'inquiéter. Elle ferait les cent pas dans son salon recouvert de dorures et de velours comme un canari pris au piège dans une cage. Il sentit ses petites mains passer sur son front et ses joues brûlants, le baigner d'eau fraîche. Pour l'aider à aller mieux. Pour empirer les choses...

Maman, pourquoi m'as-tu abandonné ? Da, pourquoi m'as-tu fait partir ?

Les oiseaux marins crièrent... ou était-ce Laura ? Ses crises de colère le poursuivaient jusque dans sa grotte, sans qu'il puisse échapper à ses accusations folles, à son comportement instable. Il n'avait qu'une envie, se reposer, mais ses cris s'intensifiaient.

Il se réveilla en sursaut et cligna des yeux. Pas de Laura, et pas de loch... une chambre ? Le cottage... pourquoi était-il allongé sur le sol ? L'horloge en bronze émettait des gazouillis avec une insistance folle. Il passa ses mains sur son visage, et elles se couvrirent de sueur. En grognant, il s'obligea à s'asseoir pour se repérer. Son regard fit le tour de la pièce, et le choc le frappa de plein fouet.

— Clara ? appela-t-il, se levant en titubant.

Trébuchant, il s'approcha d'elle.

Elle gisait sur le sol comme une sirène échouée, ses cheveux reposant en un éventail rouge et raide jonché de tessons de la carafe. Ses grands yeux le fixaient sans ciller. Elle ne répondit pas... à l'évidence, elle ne le ferait plus jamais.

CHAPITRE TROIS

Deux jours plus tard, Emma quitta sa chambre à coucher juste après l'aube. Le fait de vivre en ville ne changeait rien à son habitude de se lever avec le soleil. Malheureusement, elle ne se sentait pas très en forme ; depuis deux nuits, son sommeil était troublé par des rêves vagues et menaçants. À la lumière du jour, ses inquiétudes prenaient une forme explicite.

Ai-je eu raison de ne pas signaler Strathaven aux autorités compétentes ? Et s'il arrivait quelque chose à Lady Osgood ? En gardant le silence, me suis-je rendue complice d'une terrible injustice ?

L'anxiété accélérait son pouls, mais elle ne pouvait rien y faire pour le moment. Elle avait fait une promesse à Lady Osgood, et un Kent ne revenait jamais sur sa parole. Elle ne pouvait que prier pour avoir choisi la bonne voie.

Emma souffla, puis descendit l'escalier en colimaçon. Le calme qui régnait dans la maison signifiait que ses trois jeunes sœurs dormaient encore ; depuis qu'elles avaient emménagé dans la résidence de Mayfair d'Ambrose et Marianne, Dorothea, Violet et Polly s'étaient rapidement adaptées à leur nouvelle vie. Emma ne pouvait pas en dire autant. Alors qu'elle passait devant les tableaux hors de prix et les meubles exotiques, elle se sentait aussi peu à sa place qu'une tasse en fer blanc au milieu d'un service en porcelaine de Limoges.

Au premier étage, elle s'arrêta pour saluer les domestiques qui époussetaient et astiquaient l'atrium immaculé. Les servantes lui répondirent « Bonjour, mademoiselle Kent » à l'unisson, et lui firent la révérence. Lorsqu'elle avait emménagé, Emma avait commis l'erreur d'essayer de participer aux tâches ménagères. Après tout, l'oisiveté était la mère de tous les vices, et elle avait l'habitude d'entretenir sa maison de famille.

Il avait fallu les douces remontrances de Marianne pour qu'Emma se rende compte que son comportement avait l'effet inverse de celui escompté. En réalité, elle *contrariait* le personnel, qui considérait qu'elle agissait ainsi pour leur montrer qu'ils ne faisaient pas leur travail correctement.

Horrifiée, Emma avait abandonné l'habitude de faire son lit, qu'elle entretenait depuis toujours. Elle avait permis qu'on lui attribue une femme de chambre pour l'aider à s'habiller et à se coiffer. Et elle n'avait plus jamais proposé d'aider le chef Arnaud à préparer les repas.

Pour elle, les loisirs étaient un concept étranger qui ne lui convenait franchement pas. Elle ignorait comment les femmes de la haute société occupaient tout ce temps libre. Heureusement, elle avait Kent et Associés. Elle deviendrait folle si elle n'avait pas un véritable but, et quelque chose *à faire*.

Lorsqu'elle entra dans la salle du petit déjeuner, Ambrose leva les yeux du buffet. Le mariage allait bien à son grand frère. Emma voyait l'influence de sa femme dans la veste et le pantalon anthracite, simples, mais à la mode, parfaitement taillés pour sa grande carrure. Ses cheveux noirs indisciplinés avaient été arrangés en une coupe experte. Plus important encore, là où des cernes hagards avaient vieilli son apparence, il paraissait désormais plus jeune, plus heureux, et le bonheur réchauffait ses yeux ambrés.

C'était là, pensait Emma avec gratitude, le véritable cadeau de Marianne.

— Bonjour, Em, dit-il. Tu es debout tôt.

— Pas plus tôt que toi.

Elle le rejoignit au buffet, examinant l'étalage déconcertant de choix pour le petit déjeuner.

Les Kent n'avaient pas toujours vécu dans le luxe. Avant de rencontrer Marianne, Ambrose avait travaillé à Londres, subvenant aux besoins de toute la famille avec un salaire de policier, tandis qu'Emma s'occupait du cottage à Chudleigh Crest. Pendant des années, son frère et elle avaient formé une équipe, prenant soin ensemble de leur père âgé et de leurs frère et sœurs plus jeunes.

Comme s'il songeait au même souvenir, Ambrose lui adressa un sourire gêné.

— C'est toujours un peu compliqué de s'y habituer, n'est-ce pas ?

Elle n'avait pas besoin de lui demander ce qu'il voulait dire.

— Oui, effectivement.

Prenant une assiette, elle choisit des œufs et dit pensivement :

— Les filles s'accommodent bien de ce nouveau confort. La santé de Thea s'est améliorée et Violet excelle dans ses cours d'équitation et de danse. Même Polly s'épanouit.

Elle ressentit un pincement au cœur en songeant à leur timide sœur de seize ans, le bébé de la famille, qui était en train de sortir de sa coquille.

— Elle est ravie de retrouver Rosie, qui lui donne confiance en elle, je crois.

Primrose, ou Rosie, pour tous ceux qui l'aimaient, était la fille de Marianne, issue d'une liaison de jeunesse. C'était la recherche de cette jeune fille qui avait réuni Ambrose et Marianne huit ans plus tôt. Si tous les Kent considéraient Rosie comme l'une des leurs, Rosie et Polly partageaient un lien particulier. Elles avaient le même âge et s'étaient dévouées l'une à l'autre depuis leur rencontre.

— Effectivement, Rosie a de l'assurance à revendre, affirma Ambrose et, bien que son ton soit sec, le sourire dans ses yeux témoignait de l'amour qu'il portait à sa dynamique fille adoptive.

Mais il y a quelqu'un d'autre que tu n'as pas encore pris en compte.

Emma s'assit sur la chaise que le valet de pied tirait pour elle.

— Eh bien, Harry est le problème de Cambridge maintenant. Je parierais qu'il est bien plus sûr pour lui de bricoler dans leurs laboratoires qu'ici.

Leur jeune frère était parti à l'université l'année précédente. Scientifique en herbe, il s'était rapidement imposé comme un petit génie. Les professeurs louaient la propension de ce cher garçon à faire voler les choses en éclats. Il passait l'été à l'étranger, à l'université de Paris, où il apprenait des techniques avancées auprès d'un célèbre chimiste français.

— Je frémis à l'idée de l'expansion de l'arsenal de Harry, répondit Ambrose en coupant son jambon. Mais je ne parlais pas de lui.

Emma fronça les sourcils.

— De qui, alors ?

— De toi, Em. Tu n'as pas dit grand-chose à propos de ce bal d'il y a deux jours.

Sous le regard de son frère, Emma s'efforça de ne pas se tortiller. C'était typique d'Ambrose : rien ne lui échappait. Il avait toujours dit qu'en tant qu'enquêteur, son principal travail consistait à observer et à laisser la vérité se révéler d'elle-même. Des images assaillirent Emma : Lady Osgood impuissante et attachée au belvédère, Strathaven, ducal et menaçant... et elle s'empressa de les repousser.

Tu as fait une promesse à Lady Osgood. La parole d'un Kent l'engage.

Ambrose demanda du café frais au valet de pied. Ce dernier quitta la pièce avec la discrétion bien rodée qui caractérisait l'ensemble du personnel de Marianne.

— C'est si terrible que cela ? demanda Ambrose lorsqu'ils furent seuls.

Emma entendit la nuance de sympathie dans sa voix grave. Il comprenait mieux que quiconque les difficultés de vivre dans un monde auquel on n'appartenait pas vraiment. Ambrose s'occupait des affaires de la bonne société sans se plaindre parce qu'il aimait sa femme. Cependant, cela ne signifiait pas qu'il les appréciait.

— C'était mémorable, dit Emma en toute sincérité.

Un instant, elle fut tentée de tout raconter à son frère, mais les menaces hystériques de Lady Osgood résonnaient dans son esprit. Elle avait donné sa parole, et elle ne pouvait pas prendre le risque que l'autre femme fasse une bêtise.

Elle déglutit et dit :

— La vérité, c'est que je préfère de loin aller travailler avec toi qu'aller à n'importe quel bal. Nous partons bientôt? Il y a beaucoup à faire et...

— À ce propos... il faut que nous parlions, Em, lui dit Ambrose qui s'éclaircit la gorge et posa ses couverts. Tu as été formidable, et les associés et moi-même sommes extrêmement reconnaissants de tout ce que tu as fait pour nous aider à nous remettre de l'incendie. Mais une jeune femme comme toi ne devrait pas être enfermée dans un bureau. Tu as porté suffisamment de fardeaux en t'occupant de la famille pendant toutes ces années. Je veux plus pour toi. Il est temps

de t'amuser, de trouver le bonheur...

— Je sais ce dont j'ai besoin pour être heureuse! s'exclama-t-elle.

— Ah, vraiment?

Le cœur d'Emma battait la chamade. Prête ou non, elle devait maintenant faire sa proposition.

Rien de tel que le moment présent... Suis la sagesse de ton cœur.

— Je veux travailler avec toi. En tant qu'enquêteuse, je veux dire, ajouta-t-elle précipitamment.

Ce n'était pas souvent qu'elle voyait Ambrose dérouté.

— Tu n'es pas sérieuse.

— Je n'ai jamais été aussi sérieuse. Avec les nouveaux bureaux, et la clientèle croissante, vous avez besoin d'aide. Et moi, dit-elle avec un regard suppliant, j'ai besoin d'un but.

— Tu as plein de choses à faire, répondit Ambrose, l'air déconcerté. Tu t'occupes des filles.

— Elles sont grandes. Elles n'ont plus autant besoin de moi qu'avant, affirma-t-elle, et son chagrin enfla devant la vérité. Elles ont des leçons, des essayages et des sorties pour occuper leur temps maintenant. Et en matière de mode, Marianne est un bien meilleur mentor que moi.

— Alors, passe ton temps à rencontrer des gentlemen dignes d'intérêt. Ne veux-tu pas un mari, Em, avec qui tu pourrais fonder ta propre famille ?

— Je n'ai jamais rencontré d'homme dont j'admire vraiment la moralité, répondit-elle en toute honnêteté. Si je devais me marier, je voudrais un époux qui partage mes valeurs et me traite comme une partenaire égale.

Toute sa vie, elle avait admiré son père et son frère, des hommes de principe et de caractère qui se dévouaient à leur famille. Si Ambrose avait épousé une femme riche, le mariage n'avait pas altéré sa nature profonde. Il travaillait toujours, plus par nécessité, mais parce qu'il croyait en la poursuite de la justice. Son orgueil était tel que lorsque son bureau avait brûlé, il avait refusé de prendre l'argent de Marianne pour le reconstruire. Il était allé d'un prêteur à l'autre, essayant d'obtenir une somme raisonnable. Au moment où la situation devenait désespérée, il avait reçu le soutien de la banque Hilliard.

Il disait que c'était la preuve que la persévérance était la clé du succès.

— C'est parce que tu n'as pas rencontré d'hommes dignes d'intérêt, répondit Ambrose, prévisible. Tu as été tellement occupée à prendre soin des autres que tu n'as pas pris le temps de penser à toi.

— Il n'en reste pas moins que je ne suis guère faite pour le mariage, affirma Emma, qui se mit à compter sur ses doigts les points qui lui faisaient défaut. J'aime diriger, je suis franche, sans parler du fait que je suis presque une vieille fille...

— Tu n'as que vingt-quatre ans !

— Au sein de la bonne société, cela fait de moi une vieille fille. S'il te plaît, Ambrose, le supplia-t-elle, ne veux-tu pas au moins envisager de me laisser rejoindre l'entreprise familiale ?

Son frère s'adossa à sa chaise, les traits sombres.

— C'est une chose que tu réorganises le bureau, mais c'en est une autre que de t'engager dans mon travail. Ce n'est pas comme si j'étais marchand de légumes, et que tu m'aidais à vendre de la laitue. L'activité d'enquêtes privées est pleine de dangers. Je ne veux pas prendre le risque de t'y exposer, Em.

— J'ai aidé Mme Kendrick, n'est-ce pas ? insista-t-elle, désespérée.

— C'était une exception. La plupart des cas ne peuvent se résoudre en donnant de l'émétique à un chat mangeur de bagues ! répondit son frère, exaspéré.

Certes, mais Emma avait été la seule à soupçonner Snowball, le persan à poil long de Mme Kendrick. S'étant elle-même occupée de chats, elle savait tout de leur penchant pour les objets brillants. Tabitha, son propre félin, avait un jour avalé une broche ; le retrait n'avait pas été beau à voir, et, pendant des jours, l'animal l'avait regardée d'un œil mauvais.

Réfléchissant rapidement, Emma poursuivit :

— Et si je ne travaillais qu'avec des personnes âgées et des veuves ? Quel genre d'ennuis pourrais-je avoir ?

Ambrose lui jeta un regard noir.

— Ta question révèle ton innocence.

— Tu pourrais diriger, et je ferais tout ce que...

— Non, Emma. Je ne peux pas le permettre.

Elle ouvrit la bouche pour protester davantage, mais la porte s'ouvrit.

— Bonjour, les salua Pitt, le majordome, qui s'inclina. Je suis désolé de vous interrompre, mais vous avez un visiteur, monsieur.

Ambrose fronça les sourcils.

— À cette heure-ci ?

— Il s'agit de M. McLeod. Il dit que c'est urgent.

— Faites-le entrer, répondit Ambrose.

Frustrée, Emma savait que la conversation se déroulait aussi mal qu'elle l'avait craint. L'arrivée de William McLeod, l'un des associés de son frère, serait peut-être une bonne chose. C'était un homme juste et raisonnable. Il l'avait félicitée pour son travail au bureau. Peut-être pourrait-elle le convaincre de se ranger de son côté...

La vaste salle du petit déjeuner sembla se rétrécir lorsque l'Écossais robuste entra à grands pas. M. McLeod était aussi grand qu'Ambrose et plus musclé encore. En dépit de son apparence féroce et démesurée, l'ancien soldat était un gentleman. Les Kent avaient dîné chez M. McLeod, qui était manifestement un mari dévoué à sa femme Annabel, et un père attentionné pour leurs deux enfants.

Cependant, aujourd'hui, les traits de M. McLeod, à la fois beaux et rugueux, étaient sévères. Il se dégageait de lui un sentiment d'énergie agitée. Ses cheveux bruns épais étaient ébouriffés, et il tenait un journal serré dans une main. Emma comprit que quelque chose n'allait pas lorsque l'homme, habituellement poli, la salua à peine avant de s'adresser directement à Ambrose.

— Qu'y a-t-il, McLeod ? s'enquit son frère.

— J'ai besoin de ton aide, dit l'Écossais en poussant le journal vers l'avant.

Ambrose prit le papier et le secoua. Il plissa les yeux en parcourant les lignes.

— Doux Jésus ! dit-il tout bas.

Il jeta un coup d'œil alerte à son associé.

— As-tu parlé à Strathaven ?

Emma tressaillit sur sa chaise. *Strathaven ? Que se passe-t-il ?* M. McLeod se passa une main dans les cheveux en faisant les cent pas.

— Non. Lui et moi... nous n'avons pas parlé depuis des mois. Mais une chose est sûre, je sais qu'il n'a pas fait ça.

Faire quoi ? Le sentiment d'inquiétude d'Emma grandit. *Comment M. McLeod connaît-il le duc ?*

— Allons le voir maintenant, proposa Ambrose, laissant le

journal sur la table, puis il donna une tape sur l'épaule de son associé. Nous lui offrirons notre aide, et ferons tout ce que nous pourrons pour l'aider.

— Merci, mon ami. J'espère que cela suffira, répondit M. McLeod avec force.

Pendant que les hommes s'arrangeaient pour faire préparer le carrosse, Emma alla chercher le journal. Le choc la secoua alors que le titre défilait sous ses yeux.

LE DUC DIABOLIQUE DÉCOUVERT AVEC UNE FEMME ASSASSINÉE.

— Oh, non ! chuchota-t-elle.

M. McLeod se retourna vivement.

— Ce ne sont que des preuves indirectes et des conjectures, mademoiselle Kent. Ce n'est pas parce que Lady Osgood a été trouvée avec Strathaven qu'il a...

— Mais c'est vrai. Je le sais, dit-elle, les lèvres engourdies.

La culpabilité et l'horreur la submergèrent. *C'est ma faute. Lady Osgood est morte... à cause de moi. Parce que je n'ai pas fait ce qu'il fallait...*

— De quoi parles-tu, Em ? lui demanda Ambrose d'un ton qui transperça l'état d'hébétude de sa sœur. Et pourquoi es-tu aussi pâle qu'un fantôme ?

Elle prit une grande inspiration, agrippant le dossier d'une chaise. La promesse qu'elle avait faite à Lady Osgood n'avait plus lieu d'être. Cette femme était morte... il n'était plus nécessaire de garder ses secrets.

Je lui ai fait faux bond une fois. Je ne peux plus la décevoir.

— Ambrose, nous devons aller voir les magistrats, dit-elle, la voix tremblante.

— Quoi ? Pourquoi ? s'enquit son frère, fronçant les sourcils.

Elle eut du mal à parler tant sa gorge était serrée.

— J'ai la preuve que Strathaven a bel et bien tué Lady Osgood.

— Vous dites n'importe quoi !

Elle reporta son regard sur M. McLeod. Le gentleman bienveillant qu'elle connaissait avait disparu. À sa place se tenait un Écossais féroce qui semblait prêt à en découdre.

Elle expira.

— J'ai été témoin d'un incident. Il y a deux nuits, entre Strathaven et la victime.

— Laisse-lui une chance de s'expliquer, McLeod.

Le ton d'Ambrose contenait une pointe d'avertissement. William McLeod acquiesça, mais le feu ne quitta pas ses yeux.

— Allez-y, expliquez-vous, mademoiselle Kent, dit-il d'un ton sombre. Dites-nous pourquoi vous accusez mon frère de meurtre.

Chapitre Quatre

— Vous avez des visiteurs, Votre Grâce.

Au son de la voix de Jarvis, les chiens de chasse d'Alaric, Phobos et Deimos, qui somnolaient près du feu, se réveillèrent. Ils inclinèrent leur tête grise; ne voyant aucune promesse de nourriture ou de promenade en plein air, ils s'installèrent à nouveau sur le tapis d'Aubusson. Derrière son bureau, Alaric posa le rapport minier qu'il lisait pour se distraire de ses pensées sombres et fixa son ancien majordome d'un regard dur. Jarvis, voûté et ridé, lui rendit son regard d'un air indifférent.

— Je vous ai donné pour instruction de dire que je ne suis pas à la maison, répliqua Alaric.

— J'ai pensé que vous pourriez faire une exception dans ce cas.

Les traits du vieux domestique étaient figés dans son expression habituellement imperturbable.

— C'est M. McLeod qui est venu nous voir, et je l'ai installé dans le grand salon.

William. Tout simplement parfait. Comme si je n'avais pas assez de soucis.

Alaric déposa la liasse de papiers sur le buvard et s'éloigna de son bureau, irrité.

— À l'avenir, dit-il d'un ton acerbe, je vous conseillerais de moins réfléchir et d'obéir davantage aux ordres.

Jarvis ne sourcilla pas.

— Je vais m'occuper des rafraîchissements pour vos invités.

— Attendez une minute. Invités au pluriel ? Qui diable… ?

Jarvis était déjà sorti. Le majordome faisait semblant d'être sourd quand il ne voulait pas entendre ce qu'Alaric avait à dire. Son ouïe sélective aurait dû lui valoir d'être renvoyé, mais tous deux étaient conscients que cela n'arriverait jamais. Jarvis avait servi les Strathaven toute sa vie, sa loyauté étant aussi inébranlable que le rocher sur lequel le château de Strathmore avait été construit.

Au cours des années de règne du précédent duc, à la connaissance d'Alaric, le majordome n'avait enfreint les règles de son maître que dans un seul domaine : il avait fait preuve de bonté à l'égard d'un garçon malade. Avec son antipathie envers toute forme de faiblesse, le vieux duc avait essayé de soigner la « simulation » d'Alaric en interdisant tous les plaisirs dans la chambre du malade. Les fenêtres étaient verrouillées, les distractions supprimées. Les repas, composés de gruau et d'eau, étaient pris à la lueur d'une seule bougie.

En glissant de temps à autre une friandise sur le plateau du dîner ou un livre sous l'oreiller d'Alaric, Jarvis avait gagné la loyauté éternelle du garçon.

— Cela n'en fait pas moins un vieux bougre qui se mêle de tout, grommela Alaric.

En signe d'assentiment, Phobos émit un jappement et se mit sur le dos.

Laissant échapper un soupir de dépit, Alaric se dirigea vers le salon. Son humeur massacrante s'aggravait à chaque pas. Il avait du mal à digérer les événements infernaux de ces deux derniers jours. Une rage impuissante s'empara de lui en songeant à Clara. Elle avait été assassinée sous son toit… à cause de lui.

Quelqu'un avait empoisonné son whisky. La carafe ayant été brisée et son contenu perdu, il ne pouvait pas le prouver, mais c'était la seule explication à ses yeux. Après avoir bu un seul verre, il avait été malade, et avait perdu connaissance. Avec les trois qu'elle avait ingurgités, Clara avait payé le prix fort.

Qui avait tué Clara ? Qui voulait sa mort ?

Les possibilités se bousculaient dans son esprit. Comme tout homme puissant, il avait son lot d'ennemis, mais un seul l'avait menacé de mort : Silas Webb. Alaric serra les poings en imaginant ce gros malotru au visage de porc, avec ses cheveux noirs clair-semés et ses lunettes.

Quatre mois plus tôt, Alaric avait repris une société minière en difficulté. Il avait formé un consortium d'investisseurs et vendu des actions de la société pour lever des fonds supplémentaires. En l'espace de quelques semaines, il avait redressé United Mining, et l'entreprise était désormais sur la voie du succès. Dans le cadre de sa refonte, Alaric avait licencié Silas Webb, son homme d'affaires de longue date. L'incompétence flagrante de Webb, qui allait d'une tenue imprécise des livres comptables à des dépenses scan-daleuses, avait saboté l'entreprise qui battait déjà de l'aile.

Webb n'avait pas aimé être limogé. Il avait proféré des menaces lorsqu'il avait été expulsé de force des locaux. La semaine suivant le licenciement de M. Webb, une pierre avait brisé la vitre du bureau.

Pour Alaric, Silas Webb était le principal suspect de l'empoi-sonnement, et il avait donné le nom de l'homme aux magistrats chargés de l'enquête.

Pour ce que cela a changé, songea-t-il avec dégoût.

Deux jours s'étaient écoulés depuis la mort de Clara, et les magistrats n'avaient pas avancé. Leur examen post-mortem avait donné des résultats « non concluants » sur la cause de sa mort. Ils n'avaient pas non plus trouvé trace de Webb, qui avait apparem-ment disparu. Et pour finir, ils n'avaient pas su exploiter l'autre piste possible : Lily Hutchins, l'une des servantes du cottage d'Ala-ric, ne s'était pas présentée au travail depuis le meurtre, et aucun de ses autres employés ne savait où elle se trouvait. Sa disparition soudaine était une trop grande coïncidence pour être négligée.

Alaric savait qu'il allait devoir prendre les choses en main et engager ses propres enquêteurs. Comme si trouver un tueur n'était pas suffisant, il devait maintenant traiter avec son fichu demi-frère.

Les épaules tendues, il entra dans le salon. Will se tenait près des fenêtres donnant sur la place extérieure. Comme toujours, la vue de son frère ravivait une foule d'émotions qu'il n'appréciait guère. Mais il apprécia encore moins le choc que constituait le fait de voir Mlle Emma Kent assise là. Vêtue de jaune, elle avait l'air aussi fraîche qu'une jonquille sur son canapé de velours vert.

Que diable fait-elle ici ?

Elle semblait en grande discussion avec le gentleman assis à côté d'elle. Leurs têtes étaient penchées l'une vers l'autre, et Alaric n'entendait pas leur conversation. Quoi qu'il en soit, il n'aimait pas l'intimité de leur posture.

— À quoi dois-je ce grand plaisir ? s'enquit-il.

Tous se tournèrent vers lui; Mlle Kent et l'inconnu qui l'accompagnait se levèrent de leur siège.

— Bonjour, Alaric.

Le ton prudent de Will était révélateur de la situation inconfortable qui régnait entre eux ; des demi-frères qui avaient été séparés pendant la plus grande partie de leur vie. Ils n'avaient rien en commun, en dehors d'un parent et d'un passé d'animosité.

— Je pense que tu sais pourquoi je suis ici, poursuivit son frère.

— En fait, je n'en ai pas la moindre idée... *Peregrine*.

Will se raidit en l'entendant utiliser ce prénom qu'il détestait.

Alaric reconnaissait qu'il s'agissait là d'une satisfaction mesquine de sa part, mais il fallait savoir prendre son plaisir là où l'on pouvait. Arquant un sourcil, il ajouta :

— Et tu as amené des invités pour cette visite non sollicitée. Tu fais preuve d'un savoir-vivre exceptionnel, petit frère.

— Va au diable, Alaric..., répliqua Will.

— Pardonnez cette intrusion, Votre Grâce.

Debout, l'étranger était grand, proche de la taille d'Alaric. Il devait avoir une quarantaine d'années, et son trait le plus remarquable était son regard, dont les iris brun doré et clairs trahissaient une vivacité d'esprit déconcertante.

— Je suis Ambrose Kent, l'associé de M. McLeod dans une entreprise d'enquêtes privées, expliqua l'homme avant de s'incliner. Voici ma sœur, Mlle Emma Kent.

— Sa Grâce et moi-même nous sommes rencontrés, déclara-t-elle.

L'hostilité dans sa voix, dans ses grands yeux couleur de thé, le transperça. Il comprit alors la raison de sa présence. L'incrédulité se répandit comme du givre au creux de son ventre.

Cette maudite femme n'oserait pas !

— Si ma mémoire est bonne, je ne vous ai pas lancé d'invitation lors de notre dernière rencontre, affirma-t-il d'un ton glacial.

Mlle Kent leva le menton.

— Il ne s'agit pas d'une visite de courtoisie.

— J'ai demandé aux Kent de venir, expliqua Will qui s'avança vers lui, l'air énervé. Pour t'aider, espèce de mule bornée !

Il ne cessait de s'étonner que Will et lui aient le même père ; ils n'avaient rien en commun, que ce soit au niveau du physique ou du tempérament. Will était l'enfant chéri, celui que tout le monde admirait. Robuste et résistant lorsqu'il était enfant, il était devenu un Écossais costaud au caractère bien trempé.

Alaric, lui, avait appris à contrôler ses impulsions avec sang-froid. Personne ne l'avait gâté ou dorloté ; comme le dieu Arès des légendes grecques qui avait été enfermé pendant des années dans une jarre de bronze sans que ses parents s'en aperçoivent, Alaric n'aurait manqué à personne s'il avait disparu. Toute sa vie, il avait été le mouton noir, et oui, il savait très bien jouer ce rôle.

Alaric ajouta à son ton une condescendance amusée.

— Pourquoi aurais-je besoin de leur aide ?

— Lady Osgood, cracha Will, les mains sur les hanches.

— Que veux-tu dire ?

— On t'a retrouvé avec une femme morte, Alaric... bon sang, c'est dans tous les journaux !

Lesdits journaux, aux yeux d'Alaric, n'étaient qu'un ramassis d'idioties. Les demi-vérités étaient pires que les mensonges. La mort de Clara faisait couler beaucoup d'encre; rien n'était dit sur la tentative d'assassinat à son égard. Comme il n'y avait eu aucun témoin, et qu'il n'avait souffert d'aucun effet durable après l'unique verre de whisky empoisonné qu'il avait bu, il n'était pas surprenant que le monde ignore les faits.

Les magistrats lui avaient conseillé de garder le silence sur son empoisonnement et de ne pas jeter d'huile sur le feu pendant qu'ils menaient leur enquête. Il s'était exécuté, pas pour obéir à ces imbéciles inutiles, mais parce qu'il n'allait pas s'abaisser au niveau des commérages. C'était un noble; il n'allait pas donner foi au scandale ou plaider son innocence auprès des masses ignorantes.

Néanmoins, les rumeurs selon lesquelles il serait impliqué d'une manière ou d'une autre dans la mort de Clara l'exaspéraient. L'idée que Mlle Kent puisse ajouter à ces idées fausses lui faisait voir rouge.

Il s'efforça de se calmer. Se dirigeant vers l'âtre, il appuya un bras sur le manteau de la cheminée, dans une attitude délibérément indolente.

— Tu ne devrais pas croire tout ce que tu lis, petit frère.

— C'est uniquement parce que je suis ton parent que je t'accorde le bénéfice du doute, répliqua Will d'une voix sombre. Mlle Kent m'a dit qu'elle avait été témoin d'un incident il y a deux nuits. C'est à ma demande qu'elle a accepté de venir aujourd'hui, pour dissiper le malentendu au lieu d'aller directement voir les magistrats.

— Il n'y a pas de malentendu, monsieur McLeod, dit Mlle Kent.

La conviction de la jeune femme mettait le sang-froid d'Alaric à rude épreuve. *Quel stupide et indiscret bout de femme.*

— Alors, pourquoi êtes-vous ici? s'enquit-il d'un ton cinglant.

— Pour dire ce que j'aurais dû dire cette nuit-là, affirma-t-elle, relevant le menton en dépit de la pâleur de ses joues. C'est ma faute, car je n'ai pas insisté pour que Lady Osgood vous dénonce aux autorités. Je me suis laissé influencer par la crainte qu'elle éprouvait à l'égard de sa réputation... et par ma propre peur qu'elle ne succombe à l'hystérie et ne fasse quelque chose qu'elle aurait pu regretter. Mais j'ai fait une erreur, et elle est morte. Il ne me reste plus qu'à faire en sorte que justice soit rendue.

La mâchoire d'Alaric tiqua.

— Comment, précisément, espérez-vous y parvenir ?

— En exigeant votre confession signée, dit-elle fermement.

Par Dieu ! Cette petite créature l'avait poussé trop loin. Il s'approcha d'elle à grands pas. Kent lui barra la route, mais elle retint son frère.

— Laisse Sa Grâce dire ce qu'il a à me dire en face.

— Vous voulez la vérité, mademoiselle Kent ? demanda Alaric avec une douceur mortelle. La voici, pour la dernière maudite fois. Je n'ai jamais fait de mal à Clara. Je ne l'ai certainement pas tuée. Mais je vais découvrir qui l'a fait, et votre ingérence ne fera que me ralentir.

— Je vous ai *vu*. Vous aviez ligoté Lady Osgood. Vous étiez en train de l'*agresser*, et elle vous suppliait d'arrêter !

Maudite soit-elle, avec ses accusations ! Pour ne rien arranger, il ne pouvait pas les nier sans nuire davantage à la réputation de Clara. C'était déjà bien assez qu'elle ait été retrouvée morte avec lui, un homme qui n'était pas son mari ; devait-il maintenant dire au monde entier qu'elle aimait être ligotée et, oui, fessée à l'occasion ?

Sa poitrine se contracta. Non, il protégerait son honneur.

Comme il aurait dû protéger sa vie.

— Est-ce vrai, Alaric ? l'interrogea Will.

Pour l'amour du ciel ! Pourquoi avait-il été assiégé toute sa vie ? Pourquoi était-il à présent attaqué dans sa propre maison par son frère moralisateur, une vierge vertueuse et un satané enquêteur ? Il était un duc, bon sang ! Un pair du royaume ! Il n'avait pas à leur répondre... ni à personne d'autre.

— Mademoiselle Kent, comme je vous l'ai dit ce soir-là, vous n'avez aucune idée de ce dont vous parlez. Lady Osgood vous a dit qu'il ne s'était rien passé. Vous en resterez là, décréta-t-il avec une froideur définitive.

— Ne me *dites pas* ce que je dois faire. Je sais ce que j'ai vu, et si vous ne l'admettez pas, je le dirai moi-même aux magistrats !

Alaric s'emporta.

— Mettez-moi à l'épreuve, ma jolie, et je vous promets que vous n'aimerez pas les conséquences.

— Ne m'appelez pas comme ça ! Je ne suis la *jolie* de personne.

— C'est vrai, et c'est bien là votre problème.

Elle plissa les yeux.

— Qu'est-ce que cela signifie ?

— Cela signifie que vous avez besoin d'un homme pour vous maîtriser. Pour que vous soyez suffisamment occupée avec votre propre vie, de sorte de n'avoir plus l'énergie ou le temps de vous mêler de la mienne, répliqua-t-il sèchement.

— Comment osez-vous !

Ses joues prirent une teinte rosée, et ses yeux rebelles se tournèrent vers lui. Sa poitrine se gonflait et s'abaissait rapidement sous la soie jaune. Ils se tenaient presque l'un contre l'autre ; aucun ne reculait. Sa manière de le défier et son parfum propre et féminin rendaient Alaric fou. Ses doigts fléchirent. Il avait envie de la secouer, car elle se montrait vraiment têtue et se trompait complètement. De la prendre dans ses bras et de l'embrasser jusqu'à ce qu'elle admette son erreur, qu'elle s'abandonne complètement à lui...

— Cela suffit, Votre Grâce ! l'avertit Kent, transperçant son brouillard de désir enragé.

Will lui agrippa le bras.

— Alaric, retire-toi.

Il secoua le bras pour s'arracher à la prise de son frère, puis recula d'un pas. Redressant sa veste, il se reprit.

— Sortez.

Il fit appel à toute sa discipline pour ne pas grogner les mots.

— Emma, nous partons, dit Kent d'un ton sombre.

Les joues en feu, elle sembla sur le point de refuser. Puis elle prit le bras que Kent lui présentait. Si son regard avait lancé des poignards, celui qu'elle lui jeta en partant aurait laissé Alaric plein de trous.

Resté seul avec son frère, il sentit la tension monter dans la pièce, un spectre mélangé de passé et de présent qui obscurcissait ses facultés. Le brouillard d'amertume le mettait d'humeur à se battre alors même qu'il luttait pour se maîtriser.

— Tu n'as absolument pas changé, lui dit Will avec dégoût. Je ne sais pas pourquoi je me donne la peine d'essayer.

— Je ne me souviens pas avoir demandé ton aide.

— Maman avait raison. Un léopard ne peut pas changer ses taches, répliqua Will.

La réponse d'Alaric fut catapultée hors de sa bouche, par réflexe.

— Alors, je suppose que ta mère était toujours une garce arrogante quand elle est morte.

L'instant d'après, Will le tenait par les revers.

— Retire ce que tu as dit, espèce de pendard ! Ma mère était la femme la plus gentille et la plus aimante qui ait jamais existé.

Alaric repoussa son frère avec la même force.

— Pour toi, peut-être. Bien que nous ayons partagé le même foyer, nous avons grandi dans des familles différentes, petit frère.

— Bon sang, mais qu'est-ce que c'est censé vouloir dire ?

Le fait que Will ignore la vérité rendait Alaric d'autant plus furieux. Oh, comme il devait être agréable de porter une auréole qui vous rendait aveugle à la laideur de la vie !

— Cela signifie que l'un d'entre nous a eu un foyer aimant, et pas l'autre, répondit-il d'une voix tendue.

— Tu as choisi d'aller à Strathaven ! s'exclama Will, levant les bras. C'était *ton* choix. Tu y es allé parce que tu voulais de l'argent et du prestige plus qu'une vraie famille.

Mieux vaut attirer la haine que la pitié. Laisse-le penser ce qu'il veut.

Avec un sang-froid absolu, Alaric dit :

— Peux-tu me reprocher d'avoir préféré un château à un cottage à la campagne?

— Même cela ne t'a pas suffi, répondit Will avec amertume. Après la mort de nos parents, tu avais la possibilité de m'accueillir, d'arranger les choses entre nous. Dieu sait qu'il y avait de la place dans ce maudit château que tu habitais! Mais *tu* en as dissuadé notre oncle, tu as fait en sorte que je ne sois pas le bienvenu. Grâce à toi, je n'ai eu d'autre choix que d'intégrer le régiment!

Tu crois que l'armée était une mauvaise chose? Tu crois connaître quelque chose à la violence et la brutalité? Au moins, sur le champ de bataille, petit frère, tu pouvais voir les baïonnettes et les balles arriver.

— As-tu terminé ton discours? s'enquit-il en frottant ses ongles contre sa manche. J'ai des rendez-vous à honorer. C'est le métier de duc, tu sais.

Will semblait prêt à exploser.

— J'ai terminé. J'en ai fini avec toi *pour de bon*.

Alaric le laissa atteindre le seuil de la porte avant de parler.

— Au fait, transmets mes salutations à ta charmante épouse. C'est dommage que je ne voie pas davantage Annabel... plus que je ne l'ai déjà fait, s'entend.

Pour sa sinistre satisfaction, cette référence cruelle fit résonner les jurons de Will dans les couloirs. Quelques instants plus tard, la porte d'entrée claqua. Alaric expira brusquement. Il se passa les deux mains dans les cheveux, espérant que le martèlement de ses tempes cesserait.

Le bruit d'un plateau annonça l'arrivée de Jarvis. Ses yeux balayèrent la pièce vide, et les rides de son visage se creusèrent.

— Où sont-ils tous allés?

— Au diable, pour ce que j'en ai à faire, rétorqua Alaric.

Chapitre Cinq

Ce soir-là, après son bain, Emma s'effondra sur son lit. C'était l'une des rares fois de sa vie où elle était trop fatiguée pour faire quoi que ce soit. Comme si elle sentait son épuisement, Tabitha vint se blottir contre elle. Emma caressa la douce fourrure grise rayée du chat tout en fixant le baldaquin rose ; ses idées tourbillonnaient dans son esprit, tel le motif du damas.

Accompagnée d'Ambrose, elle avait témoigné devant les magistrats cet après-midi-là.

Elle s'était senti le devoir moral de faire ce rapport. Sa poitrine se serra en pensant à la pauvre Lady Osgood. Emma ne pouvait rien faire de plus, pourtant ses nerfs étaient aussi tendus qu'une corde à linge.

Si Strathaven croit qu'il peut m'intimider et me faire taire simplement parce qu'il est duc, son réveil va être brutal, songea-t-elle.

Pour elle, la justice ne connaissait pas de distinction de classe. Un meurtrier restait un meurtrier, qu'il soit duc ou balayeur. Quel *toupet* de la part de ce goujat de lui dire qu'elle devait être maîtrisée ! Sa vie était bien remplie, et elle n'avait pas besoin qu'un homme, et encore moins *lui*, vienne lui dicter sa conduite. Jamais une personne ne l'avait autant énervée... ou affectée d'une si étrange manière.

Le simple fait de penser à lui la faisait vibrer. En sa présence, tous ses sens étaient en éveil. Elle se remémora l'hostilité crépitante entre eux dans le salon. Alors qu'il la toisait, sa silhouette mince et musclée avait rayonné d'une puissance maîtrisée. Dans ses yeux pâles, une lueur d'argent avait illuminé pendant un instant la tempête d'émotions qu'il retenait jusqu'alors. Difficilement.

Que se passerait-il s'il perdait le contrôle ?

Un coup frappé à la porte ramena Emma au présent. Elle respirait par à-coups, et sa peau était couverte de transpiration. Lorsqu'elle se redressa, ses seins frôlèrent sa chemise de nuit; étrangement, les pointes en étaient sensibles et la picotaient.

— Emma, tu es réveillée ? demanda la douce voix de sa sœur Dorothea à travers la porte.

— Je... j'arrive tout de suite !

Elle prit un instant pour se ressaisir; elle ne souhaitait pas inquiéter ses sœurs. Lorsqu'elle ouvrit la porte, Thea, Violet, Polly et Primrose entrèrent comme une troupe de joyeux fantômes dans leurs volumineux vêtements de nuit.

— N'êtes-vous pas censées être au lit ? demanda Emma, s'adressant aux deux plus jeunes.

Alors que Polly semblait embarrassée, une lueur d'espièglerie brilla dans les yeux couleur émeraude de Rosie.

— Si ! s'exclama joyeusement cette dernière. Alors, dépêche-toi de fermer la porte avant que maman ne nous attrape !

Avec ses cheveux blond filasse, son visage et ses formes sans défaut, Rosie Kent était une stupéfiante miniature de Marianne. Âgée de seize ans, la fougueuse jeune fille faisait déjà tourner les têtes, et Ambrose plaisantait en disant qu'il redoutait le jour de son entrée dans le monde, car il devrait sûrement commencer à porter un fusil de chasse pour repousser ses prétendants.

Alors qu'Emma refermait la porte, Violet, sa sœur cadette, déclara :

— La dernière au lit est un œuf pourri !

Au milieu de cris et de rires étouffés, les quatre filles se lancèrent dans une course effrénée vers leur destination.

Soulagée par le retour à la normale, Emma traîna une chaise à côté du lit. Elle s'assit et se retrouva sous le regard de quatre paires d'yeux brillants et curieux. Ses sœurs s'étaient installées tout le long du lit : Violet au pied, Polly et Rosie au milieu, et Thea à la tête.

Comme toujours, Violet prit la parole en premier. Elle était assise en tailleur, et ses cheveux châtain retombaient en cascade dans son dos. Agile et énergique, elle donnait l'impression d'être en mouvement permanent.

— Commence par le début, Em, dit-elle, et n'omets rien.

— Le début de quoi ?

Vi leva au ciel ses yeux couleur caramel.

— Ta visite au bureau des magistrats aujourd'hui, bien sûr !

Pour l'instant, Ambrose et Emma s'étaient mis d'accord pour garder le silence sur le meurtre de Lady Osgood. Ils s'étaient dit qu'il valait mieux protéger leurs jeunes frère et sœurs des détails macabres aussi longtemps que possible. Cependant, protéger un Kent de sa propre curiosité n'était jamais une tâche facile.

— Comment l'avez-vous découvert ? demanda Emma en soupirant.

— Nous ne voulions pas fureter.

Les yeux noisette de Thea étaient doux et pleins d'excuses. Elle était adossée à la tête de lit, ses mains caressant gracieusement Tabitha qui était allongée sur le dos et ronronnait sur ses genoux.

— Nous l'avons découvert par accident.

D'un an la cadette d'Emma, Dorothea était la plus douce des Kent. Emma l'attribuait à la constitution fragile de la jeune fille depuis l'enfance. Si sa santé était devenue plus solide, Thea continuait à privilégier des activités plutôt sédentaires, et Emma était fière de se dire que les performances de sa sœur au piano étaient comparables à celles de n'importe quelle lady londonienne.

— Thea l'a découvert par accident. C'est moi qui ai fureté,

avoua Vi avec aplomb. J'ai demandé à Millie, la femme de chambre, de s'enquérir auprès de John, le palefrenier, de l'endroit où Ambrose et toi étiez partis toute la journée. Comme John n'a d'yeux que pour Millie, il lui a tout de suite dit. Thea m'a entendue en parler à Polly et Primrose.

— Tu n'es pas censée encourager les commérages parmi les domestiques, Violet, la réprimanda Emma.

— Bla bla. Cesse d'essayer de changer de sujet, répliqua son incorrigible sœur.

— Oui, raconte-nous ! insista Rosie, dont le sourire aurait pu charmer n'importe qui, et elle était à deux doigts de supplier. Tu ne voudrais pas que nous périssions de curiosité, tout de même ?

— Tu devrais nous le dire, Emma ; pour ton bien, si ce n'est pour le nôtre, intervint Polly.

La plus jeune sœur d'Emma avait remonté ses genoux contre elle, et les entourait de ses bras. La féminité qui avait commencé à s'épanouir de manière si radieuse chez Rosie ne s'était pas encore manifestée chez Polly. À seize ans, elle était encore une fille petite et mince aux cheveux ondulés, qui n'étaient ni blonds ni bruns, mais d'une teinte intermédiaire. Aux yeux d'Emma, sa petite sœur possédait une beauté unique : les traits sérieux de Polly dégageaient une dignité tranquille, un mélange de sagesse et d'innocence dans ses yeux aigue-marine.

Parfois, ces yeux remarquables semblaient voir bien trop loin. À Chudleigh Crest, certains chuchotaient que Polly était « étrange », ce qui avait poussé la jeune fille sensible à se réfugier dans la timidité. Par conséquent, Emma et le reste de la fratrie étaient particulièrement protecteurs à son égard.

Cette famille était toujours solidaire.

— Pourquoi pour mon bien, ma chérie ? s'enquit-elle.

— Parce que quelque chose te tracasse, dit Polly avec sa perspicacité tranquille. Tu as toujours dit que nous pouvions venir te voir à n'importe quel sujet. Tu devrais donc te sentir libre de nous parler en retour.

— Tu n'es pas toi-même, Em. Même *moi*, je peux le voir, ajouta Vi.

— Nous voulons juste t'aider, renchérit Rosie.

— Mais seulement si tu le souhaites, dit Thea.

— Oh, pour l'amour du ciel! Vous avez gagné, s'exclama Emma.

À la fois amusée et touchée, elle secoua la tête.

— Qu'est-ce qui m'a pris? D'essayer de résister à une bande de Kent?

— Et Harry n'est même pas là, remarqua Violet.

La nostalgie contenue dans la voix de la jeune fille trahissait à quel point leur frère, son rival préféré, lui manquait.

— Il aurait ajouté une touche de logique.

— Que s'est-il passé, Emma? demanda Rosie.

Emma se demandait ce qu'elle pouvait leur dire. Elle ne mentirait pas, car ce n'était pas la façon de faire des Kent, mais elle ne voulait pas non plus abîmer l'innocence des filles. Elle opta finalement pour un compromis, reconnaissant avoir été témoin d'une altercation entre Strathaven et Lady Osgood, mais en omettant soigneusement les détails explicites de ce qu'elle avait vu.

— Quel brigand! s'exclama néanmoins Vi. Je suis contente que tu l'aies cogné avec ton réticule. Si j'avais été là, je lui aurais planté mon poing dans la figure pour l'achever!

Elle balança le poing pour imiter le mouvement.

— Pourquoi M. McLeod n'a-t-il pas mentionné qu'il avait un duc pour frère? s'interrogea Thea, les sourcils froncés.

— Je ne crois pas que M. McLeod et Strathaven soient proches.

Compte tenu de l'animosité dont Emma avait été témoin entre les deux, c'était peut-être l'euphémisme de l'année. *Qu'est-ce qui avait pu creuser un tel fossé entre les deux frères?* se demanda-t-elle.

— Selon M. Ambrose, M. McLeod veut réussir grâce à ses propres qualités et ne veut pas que l'on dise qu'il est l'héritier présomptif d'un duc.

— Et Strathaven n'est pas n'importe quel duc, c'est le *Duc diabolique*, annonça Rosie, experte maison en matière de bonne société. D'après les commérages, il est vraiment méchant. Si je me souviens de ce que j'ai lu dans le *Debrett*, il n'était même pas le plus proche héritier du duché ; il n'a obtenu le titre qu'après la mort mystérieuse des deux parents éloignés qui le précédaient dans la succession.

— Diantre ! souffla Violet.

— Il y a plus, poursuivit Rosie, dont la voix prit un timbre dramatique. Il y a eu des rumeurs de cruauté lors de son premier mariage. Aujourd'hui encore, certains disent que la duchesse le fuyait lorsque le bateau sur lequel elle se trouvait a coulé.

Des hoquets de stupeur s'élevèrent dans la chambre.

La nuque d'Emma la picota.

— Pourquoi un homme tel que lui est-il encore le bienvenu au sein de la bonne société ?

— Il est plus que le bienvenu ! La société lui est acquise, précisa Rosie. Les gens ont beau parler dans son dos, ils n'osent pas le snober. Il est trop riche et trop puissant. Aujourd'hui, il cherche à assurer sa dynastie avec un héritier, et, si l'on en croit les *on-dit,* ses exigences en matière d'épouse sont assez particulières.

Emma fronça les sourcils.

— Dans quelle mesure ?

— Il a clairement indiqué qu'il attendait une obéissance totale de la part de sa femme. Un héritier, et pas d'ennuis. Certains prétendent que le contrat de mariage comporte des *conséquences* spécifiques, ajouta Rosie, écarquillant ses yeux verts, pour toute violation de ses règles.

— Des conséquences ? répéta Violet, perplexe. A-t-il l'intention de l'envoyer au lit sans dîner ? De lui retirer le privilège de faire de l'équitation ?

— Je n'en sais absolument rien. On ne raconte pas les détails intéressants aux jeunes filles, répondit Rosie en soupirant.

Emma se renfrogna.

— Et qu'en est-il de lui ? Se propose-t-il d'être un modèle de bienséance maritale en retour ?

— Le *Duc diabolique* ? s'exclama Rosie, levant les yeux au ciel. Je ne pense pas. Il est connu pour avoir des maîtresses.

Emma secoua la tête.

— Pourquoi une femme saine d'esprit accepterait-elle de telles conditions ?

À ses yeux, le mariage devait être une union entre égaux. Un rapprochement des esprits et des cœurs. Elle avait vu la force du lien existant entre ses parents, et entre Ambrose et Marianne. Bien qu'elle n'ait jamais connu une telle connexion avec un homme, elle ne se contenterait de rien de moins si elle se mariait un jour.

— Hum, pour des bijoux ? Des richesses et des privilèges inouïs ? proposa Rosie, dont les cheveux, clairs comme la lune, ondulaient sur ses épaules. Avant le scandale Osgood, les femmes faisaient la queue en nombre.

— Au moins, le duc est franc quant à ses attentes, intervint Thea.

Cette jeune fille avait un grand cœur et pensait toujours le meilleur de tout le monde.

— On ne peut pas reprocher à un homme de se montrer honnête.

— Seulement d'être un *meurtrier*, ricana Vi.

— Si le duc est un homme dangereux, et que tu l'as contrarié, remarqua Polly, angoissée, as-tu des raisons de t'inquiéter, Emma ?

Cette dernière adressa un sourire rassurant à sa plus jeune sœur.

— Il n'y a pas lieu de t'inquiéter, ma chérie. J'ai déjà témoigné, et l'affaire est maintenant entre les mains des magistrats. Selon toute vraisemblance, Strathaven et moi ne nous croiserons plus jamais.

Réprimant un frisson soudain, elle pria pour avoir raison.

CHAPITRE SIX

— Nous avons déjà parlé de tout cela, dit froidement Alaric.

De l'autre côté du bureau, les deux magistrats remuèrent sur leur siège.

— Oui, Votre Grâce.

Celui de droite s'appelait Dixon, il était grassouillet et avait tendance à transpirer. Il tapota son crâne luisant avec son mouchoir.

— Cependant, à la lumière de nouvelles informations, nous aimerions vous poser quelques questions supplémentaires, si vous le permettez.

De nouvelles informations... fournies par Emma Kent, sans le moindre doute.

Un muscle se contracta dans la mâchoire d'Alaric. Ce maudit bout de femme n'avait pas perdu de temps pour mettre sa menace à exécution. À cause de son témoignage, le bureau des magistrats était maintenant en train de l'interroger, au lieu d'enquêter sur Silas Webb ou d'autres suspects possibles. Avant, les autorités avaient simplement fait preuve d'incompétence. Maintenant, elles lui faisaient perdre son temps.

Les tempes d'Alaric palpitaient, et son sang-froid était mis à rude épreuve par sa colère et sa frustration. Le fait qu'il ait mal dormi ces trois dernières nuits n'arrangeait pas les choses. Des images de Clara, inanimée sur le tapis, l'agitaient. Il pouvait le comprendre : il ne se reposerait pas tant qu'il n'aurait pas obtenu justice pour elle.

Ce qu'il ne comprenait pas, c'était qu'*Emma Kent* apparaissait elle aussi dans ses rêves. Il s'était réveillé en sueur, empoignant les draps. Son cœur battait la chamade tandis que son sexe en érection tendait les draps. Dans la pénombre, il n'avait pas su ce qu'il désirait le plus : lui tordre le cou ou la trousser à en perdre la raison.

Bon sang, mais qu'est-ce qui m'arrive ? Pourquoi éprouverais-je du désir pour une femme qui ne fait que semer la pagaille dans ma vie ?

L'obsession qu'il éprouvait envers elle était une véritable folie.

— Allez-y, leur dit-il d'un ton sec.

— Merci, Votre Grâce.

Dobbs, l'autre magistrat, était grand et mince, sa peau parcheminée était tendue sur ses traits osseux. Il tenait un cahier et un crayon à la main.

— Comment décririez-vous votre relation avec Lady Osgood ?

— Soyez plus précis.

— Diriez-vous que vous étiez en bons termes avec la victime ? reformula Dobbs.

Pour l'amour du ciel ! Je venais tout juste de la trousser ! Est-ce que, selon vous, c'est être en bons termes ?

— Oui.

— Aucun problème entre vous ?

— Non.

— Vous n'avez pas eu d'altercation avec Lady Osgood, commença Dobbs, consultant son cahier, au bal de Lady Buckley plus tôt dans la soirée ?

Maudite Emma Kent. Tout est sa faute.

Alaric serra les poings sous le bureau.

— Non. Je considérerai toute rumeur contraire comme une

calomnie et j'intenterai une action en justice contre tous ceux qui répéteront ces propos diffamatoires.

S'éclaircissant la voix, Dixon dit :

— C'est compris, Votre Grâce. Et il n'y a pas eu de témoins pendant que vous et Lady Osgood étiez… euh… ensemble au cottage ? Aucun domestique n'a remarqué quoi que ce soit ?

— Comme je l'ai déjà expliqué, la raison d'être de ce cottage, c'est de protéger ma vie privée. Le personnel s'en va à la tombée de la nuit, et ne revient qu'à midi.

— Je vous demande pardon, Votre Grâce. Nous étions simplement en train de confirmer qu'il n'y avait pas de témoins de l'empoisonnement de la victime, ou, euh… du vôtre, expliqua Dobbs.

Courroucé par les regards interrogatifs que les deux hommes échangeaient, Alaric dit d'un ton tranchant :

— Vous n'avez pas besoin de témoins. Vous avez ma parole de pair du royaume. Avez-vous progressé sur la disparition de la femme de chambre ou de Silas Webb ?

— Non, Votre Grâce, répondit Dixon en s'épongeant le front. C'est-à-dire, nous n'avons rien de nouveau à signaler sur Mlle Hutchins. Cependant, nous avons fouillé le bureau de M. Webb.

— Et ?

— Il apparaît qu'il a quitté les lieux, et plutôt précipitamment, dois-je ajouter. Il n'a pas emporté grand-chose et, si l'on en croit son propriétaire, il n'a pas laissé d'adresse.

— Nous continuerons à le chercher, bien sûr, marmonna Dobbs.

Fantastique. Je vais pouvoir maintenant dormir la nuit. Dépité, Alaric se leva pour indiquer que l'entrevue était terminée.

Les deux idiots maladroits peinèrent à se lever.

— Merci pour votre temps, Votre Grâce…, commença Dixon.

— Alors, cessez de le gaspiller, rétorqua-t-il.

Après le départ des magistrats, Alaric resta debout, les mains dans les poches, à regarder par la fenêtre la place verte immaculée entourée de maisons de ville. En général, cette vue l'apaisait et lui rappelait le chemin parcouru. Autrefois, il ne pouvait que rêver d'un tel privilège; aujourd'hui, grâce à une combinaison de hasard et de travail acharné, il possédait un titre ancestral, des domaines en Angleterre et en Écosse, ainsi que le pouvoir et la richesse nécessaires pour faire tout ce qu'il voulait.

Alors, pourquoi la paix lui échappait-elle *encore*?

Pourquoi était-il toujours assiégé? Pourquoi tout le monde, sa famille, Laura, la bonne société et même ces magistrats imbéciles essayaient-ils de le faire tomber? Qu'avait-il de si détestable que les gens l'attaquaient perpétuellement?

Avec amertume, il se demanda si le bonheur était destiné à rester hors de sa portée. Peut-être le bonheur était-il un mirage, comme le château de Strathmore lui était apparu comme un refuge... et Laura comme l'amour. Alors qu'il contemplait cette étendue verte et déserte, deux enfants bien habillés, un garçon et une fille aux cheveux noirs, entrèrent dans son champ de vision. Ils avançaient devant leur nourrice en sautillant, et ils rirent en franchissant la grille du parc. Une paire de lutins heureux aux joues roses.

Quelque chose se mit à palpiter dans sa poitrine. Une vieille blessure qui n'avait jamais guéri.

Ou un désir insensé qui refusait de mourir.

Jurant, il se passa une main sur le visage. *Reprends-toi, mon vieux.* Être la cible d'une tentative de meurtre n'était pas une excuse pour se muer en un imbécile larmoyant. Le monde pouvait bien aller au diable : il prendrait les choses en main, comme il l'avait toujours fait. S'il avait bien appris une chose, c'était qu'il ne pouvait compter que sur lui-même.

Prendre le contrôle et agir : telle était sa devise.

Il avait déjà engagé des coureurs[1] pour rechercher Silas Webb et la femme de chambre disparue. Il avait embauché des valets de pied supplémentaires pour assurer sa sécurité. À ce stade, il ne

---

1. Note de la traductrice (NDLT) : Les coureurs de Bow Street ont été les premières forces de police professionnelles de Londres.

pouvait rien faire d'autre que continuer ; il n'allait pas laisser la menace d'un meurtre perturber sa routine.

Il envisageait de s'arrêter chez Gentleman Jackson ou à l'Académie d'Apollon, plus récente, pour une séance de boxe, lorsqu'une calèche conduite par des chevaux gris assortis s'arrêta devant son perron. L'homme qui en descendit était grand et en forme, vêtu avec une sévérité puritaine d'une veste sombre, d'un pantalon et d'un gilet sans fioritures. La seule note de couleur était la chevelure fauve qui frisait sous le bord de son chapeau uni.

Quelques minutes plus tard, Alaric recevait son visiteur dans le bureau.

Il avait rencontré Gabriel Ridgley, le marquis de Tremont, à Oxford, et tous deux étaient devenus des amis très proches. À l'époque, Tremont était le remplaçant du titre, et il était parti à mi-parcours de ses études pour vivre avec un riche parent à l'étranger. Ils s'étaient perdus de vue ; ce n'était que l'année précédente qu'ils avaient renoué le contact. Alaric avait été surpris de voir à quel point son ami, autrefois espiègle, était devenu sombre.

Désormais, Tremont ne jouait plus et ne buvait plus à outrance ; il se consacrait à la restauration de ses domaines. Sa femme était morte depuis un certain temps, mais aucune rumeur ne lui attribuait une maîtresse ou une amante ; il était soit moine, ce dont Alaric doutait, soit parfaitement discret. En raison de son comportement exemplaire, la bonne société avait surnommé Tremont le *Marquis angélique.*

Toutefois, le temps n'avait pas érodé tous les points communs d'Alaric et de Tremont. Ils s'étaient découvert un intérêt commun pour les affaires. Contrairement à d'autres pairs qui ne daignaient pas se salir les mains dans ces domaines, ils passaient tous les deux de nombreuses soirées dans leur club, à discuter des mérites de divers plans financiers. En matière d'argent, ils avaient la même philosophie : plus il y en avait, mieux c'était.

Après avoir échangé des salutations, les hommes s'installèrent dans les fauteuils à oreilles près du feu.

— Comment vas-tu, Strathaven ? s'enquit Tremont.

— Je vais bien, dit Alaric sèchement. Pourquoi en serait-il autrement ?

Tremont leva vers lui son regard gris.

— À cause du scandale. Les rumeurs disent que quelqu'un a apporté la preuve que tu étais impliqué dans la mort de Lady Osgood.

Maudite Emma Kent. Je vais lui tordre le cou.

— Ce témoignage n'est qu'un tissu d'inepties.

— Je n'en doute pas, répondit Tremont en croisant les mains. Malheureusement, cela a un impact sur notre entreprise.

Bon sang ! La nouvelle transperça le ventre d'Alaric comme une flèche. Tremont avait été l'un des premiers investisseurs qu'il avait sollicités pour participer à l'entreprise United Mining, et leur partenariat s'était avéré fructueux. D'ici un peu plus d'un mois, ils tiendraient une assemblée générale pour mettre la touche finale à un plan de développement, qui comprendrait l'achat de plusieurs mines importantes en Écosse. Après le vote, Alaric était certain que le prix des actions allait grimper en flèche.

Tout s'était déroulé comme prévu... jusqu'à présent.

— À quel point est-ce grave ? demanda-t-il d'un ton sombre.

— Nous avons perdu une demi-douzaine d'investisseurs, dont Surrey et Burrowes.

— *Bon sang !*

Les mains d'Alaric se crispèrent sur les bras du fauteuil à la mention de deux des plus gros investisseurs de leur projet.

— Ce n'est peut-être qu'un début. Les nobles sentent le scandale et s'enfuient comme s'il s'agissait d'un incendie. Personne ne veut se retrouver dans une maison en feu.

Tremont marqua une pause avant d'ajouter sans ambages :

— Tu dois savoir que l'affaire en cours a également fait resurgir des rumeurs sur ton précédent mariage.

Depuis la tombe, la beauté tordue de Laura le narguait.

Tu ne m'aimes pas... tu n'en es pas capable ! Tu es égoïste, cruel et tu as le cœur noir. Ses yeux couleur bleuet brillaient de rage, ses lèvres rouges affichant un sourire mauvais. *Je vais m'assurer que tout le monde sache quel pendard tu es.*

Une fureur froide et pure s'empara d'Alaric. Sa maîtrise lui échappait, il se sentait emporté par un tourbillon de chaos. Clara était morte et un meurtrier était en liberté. Ses projets professionnels étaient soudain menacés. Et maintenant, son passé refaisait surface, comme une marée noire...

Tout cela à cause d'Emma Kent, des mensonges qu'elle avait proférés à son sujet.

Tout était du fait de cette femme.

— Je veillerai à ce que mon nom soit blanchi, promit-il. Celui qui nous a empoisonnés, Clara et moi, sera traduit en justice.

Le marquis fronça les sourcils.

— On a aussi tenté de te tuer ?

Alaric hésita avant de répondre.

— Oui.

Tremont et lui étaient des hommes attachés à leur vie privée et ils n'avaient pas l'habitude de discuter de sujets en dehors des affaires. Compte tenu de l'impact du scandale sur leur entreprise, Alaric décida de faire une exception et fit à Tremont un bref résumé des événements.

Le froncement de sourcil de son ami s'accentua à la mention de Silas Webb.

— Je me souviens que Webb était furieux lorsque tu l'as renvoyé. Mais aurait-il recours au meurtre ?

— J'ai l'intention de le découvrir.

— Tu dois faire attention. Le meurtre, c'est quelque chose de dangereux.

— À l'évidence, le scandale l'est aussi. Essaie de calmer les investisseurs. Pendant ce temps, je vais mettre un terme à la rumeur selon laquelle j'ai tué Clara.

Tremont haussa les sourcils.

— Comment comptes-tu t'y prendre ?

En m'attaquant à la cause même de ce fiasco.

La mâchoire crispée, Alaric répondit :

— J'ai mes méthodes. Tiens-t'en à cela.

— Comme tu voudras. Pour ce que cela vaut, je suis navré pour ton infortune.

S'il y avait bien une chose qu'Alaric méprisait, c'était la pitié.

— Que sais-tu de l'infortune ? rétorqua-t-il d'un ton froid.

Le regard de Tremont s'assombrit, et des sillons se formèrent autour de sa bouche. Se levant, il s'inclina avec raideur.

— Bonne journée, Votre Grâce.

Après le départ du marquis, Alaric se souvint que Tremont et lui avaient un autre point commun que les affaires : ils étaient tous les deux veufs. Mais la ressemblance s'arrêtait là. La femme de son ami était connue pour sa charité et sa gentillesse, et leur mariage avait été considéré comme heureux, avec un héritier pour le prouver.

D'un autre côté, la duchesse d'Alaric était une garce menteuse dont les efforts pour le manipuler avaient abouti à sa propre perte, et à celle de leur unique enfant. Son fils, Charlie...

Il sentit un craquement d'avertissement en lui, comme le grondement d'une eau sombre sous la glace. Les courants l'entraînaient, le tiraient vers le néant. Il luttait pour s'accrocher, pour se maîtriser face au chaos qui s'abattait sur lui.

Non, le passé est révolu. Regarde vers l'avenir. Aborde le problème qui se pose.

Il serra les poings. Oui, c'était ce qu'il devait faire.

Résoudre le problème.

Tout ce qu'il avait à faire, c'était la retrouver.

CHAPITRE SEPT

— Aurais-tu une minute, ma chère Emma ? demanda une voix féminine rauque.

Emma leva les yeux de son livre lorsque sa belle-sœur entra dans le salon. Comme à l'accoutumée, Marianne dégageait une impression de prestige. Ses boucles blond argent encadraient ses traits impeccables et sa robe de promenade émeraude, assortie à ses yeux vifs, épousait amoureusement sa silhouette fine.

— J'ai tout mon temps, répondit Emma, tâchant de ne pas soupirer.

Pourquoi Ambrose, n'accorde-t-il pas une chance à mon rêve de devenir enquêteuse ?

Cette affaire avec Strathaven, songea-t-elle, n'aidait pas sa cause. Depuis qu'elle avait dénoncé le duc aux magistrats, son frère était devenu encore plus protecteur. Les autorités avaient promis de garder son identité confidentielle, mais certains aspects de son témoignage avaient néanmoins été divulgués. Les rumeurs selon lesquelles le duc avait tué Lady Osgood allaient bon train, et Ambrose avait insisté pour qu'elle reste à la maison jusqu'à ce que l'affaire se tasse.

Toujours perspicace, Marianne déclara :

— Ambrose veut ce qu'il y a de mieux pour toi.

— Je sais.

À présent, Emma se sentait déloyale en plus du reste.

Toute la matinée, elle s'était montrée agitée. Elle savait qu'elle avait fait ce qu'il fallait vis-à-vis de Strathaven, mais le fait de penser à lui la mettait sur les nerfs, l'emplissait d'une énergie inquiétante et vibrante. Si seulement elle avait pu se noyer dans les tâches du bureau... Elle avait besoin de quelque chose à faire, d'une distraction. En désespoir de cause, elle avait ressorti son livre de remèdes maison.

Elle montra d'un geste l'ouvrage devant elle.

— Je cherchais une pommade pour les articulations de M. Pitt et le dos du second valet de pied. J'espère que cela ne te dérange pas que j'utilise ton bureau...

— Bien sûr que cela ne me dérange pas, répondit Marianne en fronçant les sourcils. Comme je l'ai déjà dit, ma maison est la tienne.

Marianne le lui avait répété à maintes reprises, mais Emma ne parvenait pas à étouffer le malaise que lui procurait le fait de vivre dans la maison d'une autre femme. Elle s'était sans doute trop habituée à tenir sa propre maison. À Chudleigh Crest, le cottage avait été son royaume ; elle avait arrangé les choses à sa guise, elle allait et venait comme elle l'entendait.

— Je voulais te voir pour que nous ayons quelques instants d'intimité, expliqua Marianne qui s'assit sur sa chaise longue blanche, ses jupes flottant gracieusement autour d'elle. Les filles sont avec le maître de danse et Edward dort encore.

Se laissant tomber sur le canapé voisin, Emma dit d'un ton compatissant :

— A-t-il encore passé une mauvaise nuit ?

Edward, l'enfant de Marianne et Ambrose, âgé de sept ans, avait récemment commencé à avoir des terreurs nocturnes. Pendant ces épisodes, le petit garçon était inconsolable et difficile à réveiller.

— Le pauvre n'était plus lui-même. Je suis restée avec lui jusqu'à l'aube, répondit Marianne, dépitée.

— Je me souviens que Polly a souffert d'une période de cauchemars similaire. La seule chose qui l'aidait, c'était un verre de lait chaud, et un biscuit.

— Je vais garder ça en tête, répondit Marianne avant de s'éclaircir la voix. Cependant, ce dont je voudrais vraiment discuter avec toi concerne le duc de Strathaven. Ambrose m'a tout raconté hier soir. J'aurais aimé que vous me consultiez tous les deux avant de porter l'affaire devant les magistrats.

Les épaules d'Emma se raidirent. Pas parce que son frère avait partagé cette information avec Marianne, car elle savait que lui et sa femme n'avaient aucun secret l'un pour l'autre, mais à cause du jugement qu'elle entendait dans le ton de sa belle-sœur.

Elle releva le menton.

— Je n'ai fait que signaler un crime dont j'ai été témoin.

— Je sais que tu voulais bien faire, ma chérie. Tu le fais toujours. Mais nous sommes à Londres, et les choses sont différentes de Chudleigh Crest.

— J'en suis consciente.

— Vraiment ?

Cette hésitation n'était pas habituelle chez Marianne, et elle mit Emma sur ses gardes.

— Je ne peux m'empêcher de me demander si tu n'as pas agi à la hâte. Non, n'aie pas l'air contrarié, ma chérie, je ne veux pas t'insulter. Ni Ambrose, d'ailleurs. Je sais que vous pensiez tous les deux avoir raison de vous rendre à Bow Street. Cependant, j'ai quelques informations qui auraient pu influencer ta décision.

— Quelle information pourrait changer la vérité ? Je sais ce que j'ai vu, dit Emma avec obstination.

Un léger sourire se dessina sur les lèvres de Marianne.

— Oh, tu me rappelles tellement Ambrose, ma chérie !

— Je le prends comme un compliment.

— Et tu as bien raison. L'intégrité de la lignée des Kent est une qualité que j'admire beaucoup, affirma Marianne qui haussa élégamment les épaules. Jusqu'à ce qu'Ambrose entre dans ma vie, je ne me souciais guère de moralité ou de vivre selon les règles de quelqu'un d'autre que moi.

— Tu es une femme et une mère merveilleuse. Et tu as fait preuve d'une gentillesse à toute épreuve envers nous, les Kent, répondit Emma.

— Je suis heureuse que tu le penses.

La sincérité de Marianne fit jaillir un sentiment de culpabilité chez Emma. Depuis qu'elle s'était installée à Londres, elle avait ressenti une certaine tension à l'égard de sa belle-sœur. Ce n'était pas la faute de cette dernière; tout ce que Marianne avait fait, c'était prendre les Kent sous son aile et leur offrir tous les luxes possibles. Pourtant, en faisant cela, elle avait involontairement donné à Emma l'impression d'être... étrangère. Lorsqu'il était question de mener une vie à la mode, Marianne était une guide experte, et Emma était aussi nécessaire qu'une cinquième roue à un carrosse. Cette dernière éprouva de la honte. Elle ne voulait pas se montrer ingrate, et elle aimait sa belle-sœur.

— Je sais que tu as nos intérêts à cœur, dit-elle en rougissant.

— C'est pourquoi je dois te parler de Strathaven.

— Qu'en est-il de lui? demanda Emma d'un ton méfiant.

— Bien que je ne puisse pas prétendre être aussi honorable qu'Ambrose et toi, j'ai mes domaines d'expertise, et l'un d'entre eux est la bonne société. En d'autres termes, j'ai accès à une grande quantité de commérages. En l'occurrence, je sais des choses sur le duc que tu ignores.

Avec inquiétude, Emma répondit :

— Comme?

— Tout d'abord, sa soi-disant victime n'était pas une étrangère pour lui.

— Je sais qu'ils se connaissaient. En fait, je crois qu'il est possible que Strathaven ait eu une certaine emprise sur Lady Os-good. Il l'a sans doute contrainte à venir dans son cottage, et...

— Ils étaient amants, Emma.

Un frisson parcourut l'échine de la jeune femme.

— Amants?

Marianne acquiesça.

— D'après ce que j'ai compris, leur liaison était récente. Ils sont restés discrets, car Lady Osgood était mariée.

L'esprit d'Emma travaillait à toute vitesse. Bonté divine! Lady Osgood et Strathaven avaient une relation amoureuse?

— Mais cela ne change rien à ce que j'ai vu. Il lui faisait du mal, protesta-t-elle. J'ai vu le duc retenir Lady Osgood. Il l'a attachée, et il lui a dit qu'il la ferait *supplier*.

Il y eut un silence.

— À ce sujet, il pourrait y avoir une autre explication, intervint Marianne.

— Laquelle?

En dehors de l'évidence, Emma n'en voyait pas une seule.

— Il y a eu quelques rumeurs. À propos des penchants de Strathaven, expliqua Marianne, dont les hautes pommettes prirent une teinte de pêche. Tu vois, ma chérie, parfois, les relations entre un homme et une femme peuvent prendre des... formes inhabituelles.

— Je ne comprends pas.

— Je ne m'attends pas à ce que tu le fasses, soupira Marianne. Je n'aime pas l'idée de gâcher ta belle innocence. Tout ce que tu as besoin de savoir, c'est qu'en faisant du mal à sa maîtresse, Strathaven ne l'a peut-être pas vraiment blessée. Tu vois ce que je veux dire?

— Non.

Cette explication était aussi limpide que la boue dans les rues de Londres.

— Bon sang! C'est plus difficile que je ne le pensais, marmonna Marianne.

Elles furent interrompues par un coup frappé à la porte. M. Pitt apparut.

— Bonjour, madame, dit-il en s'inclinant. Mme McLeod souhaite savoir si Mlle Emma et vous recevez en ce moment.

Le malaise d'Emma grandit. Mme McLeod voulait la voir? Il était trop tôt pour une visite de courtoisie.

Marianne fit un signe de la main.

— Faites-la entrer. Et apportez du thé... du Ceylan, s'il vous plaît.

Lorsque le majordome partit, elle dit :

— Nous poursuivrons cette conversation plus tard, Emma.

Alors que Marianne se levait pour saluer leur invitée, la jeune femme resta timidement en retrait. En présence des ladies plus âgées, elle se sentait maladroite. Sa belle-sœur était une beauté renommée, et Annabel McLeod, avec ses cheveux flamboyants et ses yeux d'un violet ardent, possédait une aura de féminité sensuelle.

Quel effet cela ferait-il de posséder une telle aura mystique ? s'interrogea Emma.

Elle se voyait comme une sœur, une fille, voire une sorte de mère, mais comme une... femme ? Une épouse ? Ordinaire et directe, elle n'avait jamais vraiment attiré l'attention des hommes. Elle n'avait jamais inspiré de passion à aucun homme, sauf, à l'occasion, pour sa cuisine. La seule demande en mariage qu'elle avait reçue, de la part du pasteur du village, avait été motivée par son engouement pour le souper du dimanche d'Emma. En vérité, à Chudleigh Crest, elle avait eu la réputation d'être un peu hargneuse, et cela n'avait pas renforcé son attrait.

Aurait-elle dû se taire quand le boucher essayait de lui vendre un morceau de viande trop cher ? Aurait-elle dû se contenter de croire le propriétaire de la maison sur parole lorsqu'il affirmait que le toit de fortune qu'il avait installé résisterait aux intempéries ? Sa forte volonté était le fruit d'années passées à s'occuper de sa famille, et sa détermination l'avait aidée à faire face à la pauvreté, à la maladie et à la perte d'un être cher.

Néanmoins, elle avait commencé à se dire que sa nature entreprenante pouvait l'empêcher de tomber amoureuse. Comme elle l'avait dit à Ambrose, elle n'avait encore jamais rencontré d'homme qui lui donnait envie de renoncer à son indépendance. Qui la pousserait à envisager d'abandonner la maîtrise de son propre avenir.

Le visage de Strathaven apparut soudain dans son esprit, ses pommettes saillantes et ses yeux de jade étincelants. Son ventre frémit au souvenir de son physique élancé, si proche d'elle qu'elle avait senti la chaleur qui émanait de lui, son parfum de mâle épicé qui infusait ses sens...

Son cœur s'emballa. *C'est simplement... de la peur. Tu avais peur de lui, et à juste titre.*

— À quoi devons-nous le plaisir de ta visite, Annabel ? l'interrogea Marianne lorsqu'elles furent toutes les trois assises.

Le regard de Mme McLeod se posa sur Emma.

— Je ne vais pas y aller par quatre chemins. Il s'agit de Strathaven.

Cette déclaration n'était pas surprenante en soi, mais Emma se crispa, et serra les mains sur ses genoux.

— M. McLeod ne sait pas que je suis ici, poursuivit la femme en remettant ses jupes brun-roux en place. Il est plutôt agacé par son frère en ce moment.

— Je ne peux pas lui en vouloir. D'après ce que m'a dit Ambrose, la rencontre entre eux ne s'est pas bien passée, murmura Marianne.

Mme McLeod soupira et secoua la tête.

— Les hommes peuvent se montrer si stupides parfois !

— Sur ce point, nous ne pouvons qu'être d'accord.

Les deux femmes échangèrent un sourire avant que Mme McLeod ne se tourne vers Emma.

— Il en a toujours été ainsi entre McLeod et son frère aîné, expliqua-t-elle. Depuis que je les connais, ils n'ont pas été capables de rester ensemble dans une pièce plus de quelques minutes avant de se sauter à la gorge.

— C'est Strathaven qui a commencé, intervint Emma. Il s'est montré impoli. M. McLeod essayait seulement d'aider.

— Oui, c'est pour cela que je suis ici. Une fois que la colère de mon mari se sera dissipée, je suis certaine qu'il regrettera de ne pas avoir fait davantage pour aider son frère. Après tout, ils sont parents, même s'ils ont été élevés séparément. Pour un Écossais, le sang est plus épais que l'eau.

— Pourquoi ont-ils été élevés séparément ? s'enquit Emma malgré elle.

— C'est une longue histoire qu'il ne m'appartient pas de divulguer. Je me bornerai à dire que ces deux-là ont eu une longue et difficile fraternité, mais cela ne signifie pas pour autant qu'ils ne tiennent pas l'un à l'autre. Et quant à Strathaven, son...

Mme McLeod fit un geste de la main, comme si elle cherchait à décrire précisément l'homme.

— Son arrogance ? Sa fourberie ? Son attitude moralisatrice ? suggéra Emma.

Les lèvres de Mme McLeod tressaillirent.

— Étant donné que vous ne le connaissez que depuis peu, vous semblez bien le connaître.

— Il n'est pas nécessaire de connaître Sa Grâce depuis longtemps pour comprendre ces faits.

— Quoi qu'il en soit, l'arrogance ne rend pas un homme capable de tuer. Strathaven est le frère de McLeod, et je ne peux pas croire qu'un homme qui partage le sang de mon mari puisse faire quelque chose d'aussi vil, affirma Mme McLeod, l'air sombre, et une ombre passa dans ses yeux violets. De plus, le duc m'a rendu un grand service une fois, et je ne pourrai jamais lui rendre la pareille. Je n'évoque jamais cette époque, mais, à dire vrai, McLeod et moi lui devons notre bonheur. Strathaven a un cœur, il n'est pas aussi méchant qu'il veut le faire croire.

Emma tâcha d'assimiler cette idée. Était-ce *possible* ? Mal à l'aise, elle repassa les faits dans sa tête, vit le duc maîtriser sa victime dans le jardin, entendit les appels à la pitié de Lady Osgood.

— Parfois, les choses ne sont pas ce qu'elles semblent être, dit Mme McLeod, avant de tousser délicatement. Les amants, par exemple, peuvent avoir un, euh... un comportement qui pourrait sembler... étrange. Pour un observateur extérieur, je veux dire.

Perplexe, Emma dit :

— Marianne essayait de me l'expliquer tout à l'heure.

— Et je n'ai pas eu plus de succès que toi, Annabel.

Marianne ajouta rapidement :

— Pour être franche, Emma, certains hommes ont davantage besoin de contrôle que d'autres. Il se dit que le duc est ce genre d'homme.

La voix de Strathaven résonna dans la tête d'Emma. *Je ferai ce que je veux. Et tu vas aimer.* Elle frissonna. Elle n'avait aucun doute sur le fait que le duc était une brute dominatrice.

— Voilà pourquoi il faut l'arrêter, affirma-t-elle d'un ton farouche. Pour qu'il ne puisse plus faire de mal à personne.

— Mais, voyez-vous, il y a des femmes qui ne voient pas d'un mauvais œil un tel comportement de la part d'un homme, insista Mme McLeod, les joues rougies. En réalité, elles pourraient même s'en réjouir.

Emma se sentait aussi incrédule que confuse; ce que l'autre femme disait n'avait aucun sens.

— C'est ridicule. Lady Osgood *suppliait* qu'il ait pitié. Je l'ai entendue !

— Êtes-vous certaine qu'il ne s'agissait pas d'un jeu amoureux ? Peut-être avez-vous mal compris...

— Je n'ai pas mal compris ! s'insurgea-t-elle.

Elle n'était peut-être pas aussi sophistiquée ou belle que les deux autres femmes, mais ses sens fonctionnaient parfaitement.

— Je sais ce que j'ai vu. Rien ne peut changer ces faits, et je ne reviendrai pas sur la vérité.

Les deux femmes échangèrent un regard.

Avec un soupir, Mme McLeod reprit :

— Mon beau-frère est un homme étrange et hautain, qui ne se laisse mener par personne d'autre que lui. Je vous invite cependant à réfléchir à nouveau à ce dont vous avez été témoin, et à vous demander si vous avez vraiment vu le duc blesser Lady Osgood de quelque manière que ce soit.

Emma fronça les sourcils tandis que la scène se rejouait dans son esprit. Lady Osgood avait *supplié* Strathaven d'arrêter, et elle était attachée, les yeux bandés... Pourtant, Emma avait-elle vu de réelles traces de blessures ? Avait-elle vu le duc porter la main sur cette femme ?

Non, mais c'est parce que je l'en ai empêché... n'est-ce pas ?

Mme McLeod se pencha en avant et prit l'une des mains froides d'Emma dans les siennes.

— La vie d'un homme est en jeu. En dépit de ses défauts et de sa nonchalance, Strathaven a beaucoup souffert. Il y a un peu plus de deux ans, il a perdu sa femme et son fils dans un terrible accident.

Le cœur d'Emma manqua un battement. Il avait eu un *fils* ?

— Mais, on raconte qu'il était cruel avec sa femme, répliqua-t-elle. Qu'elle est morte en le fuyant.

— Où as-tu entendu ça ? lui demanda Marianne.

— C'est Rosie qui me l'a dit, avoua Emma.

Marianne leva les yeux au ciel.

— Ma fille se croit peut-être experte vis-à-vis de la bonne société, mais elle n'a que seize ans. À cet âge, ses amies et elles sont aussi malléables que de la cire. Crois-moi, elle n'en sait pas autant qu'elle s'en persuade.

— Les rumeurs ne sont donc pas fondées ?

— Il y a des années, j'ai rencontré la duchesse de Strathaven. Elle était incontestablement belle : un ange blond aux yeux bleus. La bonne société et les gentlemen en particulier l'adoraient, expliqua Marianne qui plissa les yeux. Sous l'apparence charmante de Lady Laura, j'ai senti une nature manipulatrice. Je ne saurais dire si le vitriol qu'elle vomissait sur le duc était vrai ou non, mais seulement que son propre comportement était loin d'être irréprochable.

Se penchant en avant, Mme McLeod ajouta :

— C'est un fait peu connu, et je préférerais que les choses restent ainsi, que la duchesse a été fiancée à M. McLeod.

Emma en resta bouche bée.

— Comment?

— Elle a rencontré Strathaven lors de sa propre fête de fiançailles avec M. McLeod, et elle a rapidement abandonné l'un des frères pour l'autre. Bien sûr, le duc doit assumer sa part de responsabilité, mais quel genre de femme s'interposerait entre deux frères? demanda Mme McLeod avec dégoût.

L'esprit en ébullition, Emma s'efforçait d'absorber les nouveaux faits. Elle se souvint d'une autre chose que Rosie avait mentionnée.

— Qu'en est-il des héritiers? Les deux qui précédaient Strathaven dans la succession et qui sont morts mystérieusement?

— Est-ce que ma fille est ta source pour cela aussi? demanda Marianne sèchement.

Emma hocha la tête.

— Si le meurtre et le chaos permettent d'écrire d'excellents romans, la vraie vie est rarement aussi excitante. Les gens meurent tout le temps, remarqua sa belle-sœur avec un haussement d'épaules. Y compris les héritiers.

Cela pouvait-il être vrai? Les rumeurs concernant le duc ne seraient donc que des on-dit? Des voix excitées et des bruits de pas se firent entendre à l'extérieur du salon.

— La leçon de danse doit être terminée, dit Marianne.

— Et je dois rentrer avant que McLeod ne soupçonne quoi que ce soit.

Se levant dans un froufrou de soie, Mme McLeod prit la main d'Emma et la serra.

— Promettez-moi de réfléchir à ce dont nous avons parlé.

———

Après le départ de Mme McLeod et celui de Marianne pour conduire la famille à ses diverses activités de la journée, Emma décida de faire une petite promenade. Elle avait besoin de solitude; elle ne fit donc pas appel à une femme de chambre. Elle marchait dans les rues bordées d'arbres de Mayfair, le soleil tapait sur sa coiffe, et ses pensées ricochaient dans sa tête.

De quoi diable Mme McLeod et Marianne parlaient-elles?

Comment l'agression de Lady Osgood par Strathaven pouvait-elle faire partie d'un jeu? Comment son comportement dominateur pourrait-il être autrement que dangereux? Et pourquoi une femme accepterait-elle d'être contrainte de se soumettre à un homme? C'était ridicule, et pourtant...

Perplexe, Emma se demanda si sa perception de ce qui s'était passé dans le jardin de Lady Buckley n'avait pas été déformée. Son aversion pour l'arrogance de Strathaven l'avait-elle, d'une manière ou d'une autre, affectée, lui avait-elle fait mal évaluer la situation? Mais non, elle *savait* ce qu'elle avait vu. Depuis la mort de sa mère lorsqu'elle avait treize ans, elle s'était fiée à son propre jugement pour prendre soin d'elle et de sa famille. Sa capacité à prendre des décisions judicieuses était l'une de ses rares vertus.

Elle pouvait entendre la voix de son père : *le seul bien est la connaissance, et le seul mal est l'ignorance.*

Jusqu'à présent, elle n'avait jamais eu de difficultés à discerner le bien du mal, les faits des mensonges. Elle avait vu le monde en noir et blanc, pourtant, lorsqu'il était question de Strathaven, tout semblait être... gris. Une ombre orageuse, turbulente, qui l'empêchait de faire la part des choses.

Était-il un séducteur pervers, ou un père éploré? Un aristocrate au cœur froid, ou le frère attentionné à qui les McLeod devaient apparemment leur bonheur? Une brute arrogante et abusive, ou un amant qui s'était livré à une sorte de jeu incompréhensible?

Se mordillant la lèvre, Emma passa le coin de la rue et s'engagea dans une artère tranquille bordée d'hôtels particuliers. Et si Mme McLeod et Marianne avaient raison et qu'elle avait mal compris la situation? Seigneur! Elle ne pourrait pas supporter d'avoir accusé à tort un innocent de meurtre.

Entendant le claquement des sabots de chevaux en approche, elle leva distraitement les yeux. Un carrosse laqué noir s'arrêta à côté d'elle ; les épaisses tentures bleu marine étaient tirées. Elle eut à peine le temps de remarquer l'écusson doré peint sur la portière que celle-ci s'ouvrit à la volée. Un grand bras se tendit, l'attrapant par la taille. Une main gantée étouffa son cri effrayé, et elle fut hissée dans le véhicule.

Chapitre Huit

Alaric regarda calmement sa captive. En dépit de ses joues pâles et de sa poitrine qui se soulevait laborieusement, les yeux de Mlle Emma Kent lançaient des éclairs. Il était convaincu que s'il retirait les bandes de soie qui lui entravaient la bouche et les mains, elle hurlerait à tue-tête et lui arracherait les yeux.

Voilà pourquoi il avait dû recourir à ces mesures. Elle ne lui laissait pas le choix.

— Écoutez attentivement, mademoiselle Kent, dit-il. Je ne vais pas vous faire de mal. Vous avez ma parole.

— *Mfm mph gm.*

— Je vous libérerai, concéda-t-il, quand vous m'aurez accordé une heure de votre temps.

Elle marmonna quelque chose d'un air sombre.

— C'est votre faute. Je vous avais dit de ne pas me défier, et pourtant vous l'avez fait. Je vous ai affirmé que je n'avais rien à voir avec la mort de Clara, et pourtant vous avez persisté à porter de fausses accusations, à vous immiscer là où vous n'avez rien à faire. Bref, conclut-il, la mâchoire crispée, vous êtes parvenue à faire de ma vie un enfer.

— *Bhin.*

Il plissa les yeux.

— Au contraire, mademoiselle Kent, ce n'est *pas* bien. Ni pour moi ni pour vous. Par conséquent, vous ne me laissez qu'une seule option.

Le carrosse s'arrêta.

— Vous n'avez pas voulu entendre raison. Je vais donc devoir vous montrer la vérité.

———

Emma aurait dû être terrifiée. À tout le moins, sa sensibilité aurait dû en souffrir. Après tout, elle était là, ligotée et bâillonnée, victime d'un enlèvement, se tenant dans une pièce de ce qui devait être une maison de mauvaise réputation. Comme elle n'avait jamais mis les pieds dans un tel établissement, elle ne pouvait en être certaine, mais plusieurs indices confirmaient cette hypothèse.

Tout d'abord, ils étaient entrés ensemble par une porte arrière dérobée, encadrée par deux gardes. Par « entrés ensemble », elle voulait dire qu'elle avait refusé de marcher et que Strathaven s'était alors comporté comme un sauvage, la jetant sur son épaule pour l'entraîner à l'intérieur. Même à l'envers, elle avait déduit du couloir calme et richement décoré que c'était un endroit élitiste et secret.

Ensuite, un autre garde les avait conduits jusqu'à cette pièce, décorée dans des tons inquiétants d'écarlate et d'or. Une fresque murale dominait la pièce : elle représentait une femme nue, les mamelons peints d'un rouge criard, le corps enchaîné à un rocher surplombant la mer. La tête tubulaire, et plutôt phallique d'un monstre marin géant, émergeait de façon inquiétante des vagues écumantes.

Finalement, la patronne de l'établissement, qui les accueillait maintenant, avait un air nettement peu recommandable. Se présentant comme Mme Roddy, c'était une belle blonde voluptueuse qui portait davantage de fard à joues que de vêtements, et elle ne se priva pas de regarder lorsque Strathaven remit sur ses pieds une Emma ligotée et furieuse.

— Bienvenue chez Andromède, dit Mme Roddy. Les jeux sont déjà en cours, à ce que je vois.

Des jeux ? Quels jeux ? Que voulait dire cette femme ?

— On m'a enlevée ! s'indigna Emma, mais, malheureusement, cela se résuma à *Mmf bemf kdmgf !*

À dire vrai, elle était plus en colère qu'effrayée. Jamais de sa vie elle n'avait été malmenée de la sorte, ou de quelque manière que ce soit. Elle n'avait pas l'habitude qu'on lui dise ce qu'elle devait faire, et encore moins qu'on la force à se rendre dans des endroits contre son gré. Strathaven ne se comportait pas mieux qu'un barbare !

Lorsqu'elle tenta de s'éloigner de lui, son bras entoura sa taille comme une bande d'acier, l'emprisonnant contre son flanc. Elle se débattit, mais ne parvint qu'à se frotter contre sa silhouette raide. Une fois encore, la proximité de ce brigand avait un effet étrange sur ses sens : son ventre frémit, et une sensation brûlante se manifesta plus bas. Son souffle frappait le bâillon en rafales rapides et successives.

Les pommettes du duc étaient mouchetées de rouge.

— Cessez de vous agiter, ordonna-t-il.

Elle lui jeta un regard noir. *Alors, laissez-moi partir, espèce de barbare !*

L'ignorant, il dit :

— Tout est arrangé, madame Roddy ?

— Oui, Votre Grâce. Et si vous avez besoin de quoi que ce soit d'autre...

Avec un battement suggestif de ses cils noircis, la propriétaire fit une révérence qui montrait un peu trop ses charmes. En fait, les solides protubérances débordaient presque de son corsage inexistant. *Pourquoi porter une robe ?* Se reprenant, Emma fronça les sourcils à cette pensée peu charitable. Néanmoins, elle ne put s'empêcher de jeter un coup d'œil à Strathaven, qui ne semblait pas impressionné par le spectacle.

Non pas qu'elle s'en souciait, évidemment.

— Veillez à ce que nous ne soyons pas dérangés pendant la prochaine demi-heure, dit-il avec dédain.

La tenancière s'en alla en minaudant. Seule avec Strathaven, Emma était partagée entre la fureur et... une curiosité brûlante.

Pourquoi m'a-t-il amenée ici ? Qu'espère-t-il prouver ?

Son instinct lui disait qu'il ne lui ferait pas de mal ; s'il en avait eu envie, il aurait pu l'attaquer dans le carrosse. Il avait juré qu'il n'avait pas l'intention de lui faire de mal, et Emma espérait qu'Annabel avait raison lorsqu'elle disait que sa perversité dissimulait un caractère honorable.

Honorable est un peu exagéré, se dit-elle. *Que veut ce brigand ?*

Il s'avança vers un ensemble de rideaux cramoisis et les écarta d'un geste vif. Emma cligna des yeux lorsqu'une porte apparut. Il l'ouvrit, et, curieuse malgré elle, elle tendit le cou pour mieux voir. Son pouls s'emballa lorsqu'elle entrevit une pénombre vacillante.

— À vous de choisir, mademoiselle Kent, lui dit Strathaven. Vous pouvez soit franchir cette porte par vos propres moyens, soit je peux répéter notre entrée précédente.

Mon choix, songea-t-elle, dégoûtée.

Elle réfléchit à la situation. Debout, avec son pantalon et sa veste anthracite immaculés, sa silhouette élancée irradiant de puissance tendue, Strathaven avait l'air ducal. Sans pitié. Un homme qui ne proférait pas de menaces en vain. Si elle ne prenait pas de décision dans les prochaines secondes, elle ne doutait pas qu'il la jetterait à nouveau par-dessus son épaule.

— Vous n'avez pas peur, n'est-ce pas ?

À présent, ses mots avaient la saveur d'un défi.

Pensait-il l'intimider ? Elle n'était pas une petite fleur flétrie qui allait s'évanouir à la vue d'une pièce sombre. Redressant les épaules, elle franchit l'embrasure de la porte.

Elle pénétra dans l'obscurité enveloppante et entendit la porte se refermer avec un déclic, les enfermant, Strathaven et elle, à l'intérieur. L'air devint lourd et humide dans ses poumons. À mesure que ses yeux s'adaptaient, elle vit qu'ils se trouvaient dans un couloir étroit et sans issue. Des appliques murales vacillantes éclairaient une rangée de lattes de bois placées à hauteur d'œil de part et d'autre du couloir. Des sons étranges et étouffés lui donnaient la chair de poule, et son cœur battait un staccato furieux.

— Je vais vous libérer maintenant, dit Strathaven à voix basse. Gardez le silence si vous ne voulez pas être découverte... et je vous assure que vous n'en avez pas envie.

À l'instant où il retira son bâillon et lui libéra les mains, elle murmura avec férocité :

— Qu'est-ce que c'est ? Pourquoi sommes-nous ici ?

— Pour vous soulager de votre innocence.

Sa réponse la fit frissonner. Avant qu'elle puisse répliquer qu'elle n'était pas naïve, qu'elle savait tenir une maison et élever une famille, il posa la main dans le creux de son dos, la guidant vers le mur. Il fit glisser l'un des panneaux pour l'ouvrir. Emma cilla lorsqu'un trou lumineux apparut; elle eut le souffle coupé lorsqu'elle comprit que les sons étaient humains.

— Vous vouliez connaître la vérité, mademoiselle Kent. Jetez-y un coup d'œil... si vous l'osez.

Comme elle n'était pas du genre à reculer devant un défi, elle se pencha en avant.

Une onde de choc la percuta.

La pièce ressemblait à une cellule, chichement meublée d'un simple banc en bois, et d'une table à côté. Un homme blond entièrement vêtu était assis sur le banc tandis qu'une brune était allongée sur le ventre sur ses genoux... et elle ne portait pas le moindre vêtement ! Emma déglutit lorsque l'homme passa une main bronzée sur les fesses pâles de la femme.

— Tu as été une méchante fille ? dit-il.

— Oui, monsieur, répondit la femme d'une voix haletante et cultivée.

— Mérites-tu d'être punie ?

— Si cela vous fait plaisir, monsieur.

Calmement, l'homme tendit la main vers la table à côté de lui. Emma distingua un ensemble d'instruments bizarres sur sa surface. Il choisit un objet... une pagaie ? D'un geste rapide, il l'abattit sur les fesses de la femme. La claque bruyante fit sursauter Emma.

Son dos heurta Strathaven, et son pouls s'emballa à ce contact. Elle était parfaitement consciente que son corps dur comme la pierre l'encageait. Son parfum épicé lui faisait frémir les narines. Elle enfonça ses ongles désespérément dans ses paumes tandis que les bruits de claquement sur la chair emplissaient la pièce.

Respire. Reste calme.

— Continuez à regarder, murmura-t-il.

Frissonnant en sentant son souffle sur son oreille, Emma vit que la femme se trémoussait maintenant sur les genoux de l'homme. Confuse, Emma nota que son visage n'exprimait pas la douleur, mais... le plaisir? Comment cela était-il possible? Cette lady était maltraitée, n'est-ce pas?

— Oh, oui, fessez-moi plus fort, monsieur! s'écria la femme. Ne vous arrêtez pas. J'y suis presque!

Elle veut *être fessée?*

Alors que les cris de la brune s'amplifiaient et se faisaient plus désespérés, Emma prit conscience de son propre état physique. Ses membres tremblaient, la sueur coulait sous son corsage, humidifiant le creux entre ses seins dont les pointes s'étaient raidies, palpitantes. Elle était étourdie, dans un état second, elle ne se sentait pas du tout elle-même.

Elle trembla lorsque les mains de Strathaven se refermèrent sur le haut de ses bras. Il la guida vers le panneau d'observation suivant; comme dans un rêve, Emma regarda à travers le trou qu'il avait révélé. Tout l'air quitta ses poumons alors qu'elle s'efforça d'associer deux faits disparates et tout aussi choquants l'un que l'autre.

Pour commencer, elle observait un donjon.

Ensuite, les personnes qui s'y trouvaient participaient à une bacchanale sauvage.

Des barreaux de fer faisaient office de murs et les occupants, très légèrement vêtus, s'adonnaient avec enthousiasme à la débauche. Si Emma s'était imaginé que le fait d'avoir grandi au milieu des fermes et du bétail lui avait donné une idée approximative de l'acte sexuel, elle fut détrompée en un instant. Comme un voile, son innocence fut arrachée, et elle contempla les corps qui se tordaient avec de grands yeux incrédules. Sa gorge se noua alors que son regard faisait le tour de la cage...

Oh ! Bonté. Divine.

Ses joues s'enflammèrent devant le premier phallus humain qu'elle voyait. Un homme torse nu était assis sur une chaise en bois, son membre dépassant de l'ouverture de son pantalon en peau de daim noire comme un *mât de drapeau* cramoisi. Comme si cela n'était pas assez choquant, il tenait une lanière de cuir noir, qui était attachée au collier assorti que portait la blonde nue agenouillée entre ses cuisses musclées.

Lorsqu'il tira dessus, la femme lui adressa un clin d'œil lubrique et se rapprocha, toujours à genoux. Elle baissa la tête. Prise de vertige, Emma regarda la femme lécher lentement de haut en bas la colonne de chair turgescente avant de faire tournoyer sa langue sur le dôme en forme de champignon.

— Suce-le, ordonna l'homme, avale mon membre.

La bouche de la blonde s'ouvrit docilement, son phallus disparut entre ses lèvres...

Le cœur palpitant, Emma détourna le regard pour le poser sur trois corps ondulants... doux Jésus, *quatre*? Une femme était à quatre pattes, entourée par deux hommes. Celui qui se trouvait derrière elle était à genoux, avec une expression salace tandis qu'il enfonçait sa virilité en elle. Celui qui était devant était couché sur le dos, et la tête de la femme se balançait de haut en bas au-dessus de son aine. Emma ne voyait pas son visage, car une autre femme était assise dessus, balançant les hanches et se caressant les seins...

Des gouttes de sueur perlèrent sur le front d'Emma tandis que son regard se portait sur une femme aux cheveux auburn. Ses poignets étaient attachés aux barreaux de fer au-dessus de sa tête. Elle se tenait debout, les seins frémissants, un bandeau de soie noire sur les yeux. Un homme s'approcha, son membre charnu pointé vers elle comme une lance. Sans plus de cérémonie, il saisit l'une de ses cuisses et l'accrocha à sa hanche. Les muscles de ses fesses fléchirent alors qu'il la pénétrait d'un profond coup de reins, et la rousse gémit.

— Oh, *oui*. Prends-moi plus fort. Fais-moi implorer ta pitié…

Les images dansèrent dans l'esprit d'Emma, alors que le passé et le présent s'entrechoquaient. Lady Osgood attachée au belvédère, sa voix filtrant à travers les buissons. *Vas-tu me faire du mal ? Oh, Strathaven, s'il te plaît, je t'en supplie…*

L'homme lui demanda :

— Peux-tu prendre plus de ma verge, jeune fille ?

— Oui, maître, enfonce-la plus loin. Fais-moi ce que tu veux ! dit la rousse.

Choquée, Emma prit brutalement conscience de la vérité, et cela lui fit l'effet d'un coup de couteau.

Un jeu sexuel dépravé, voilà ce dont j'ai été témoin.

Lady Osgood était consentante, et Strathaven, lui, est innocent… pour ainsi dire.

La scène disparut soudain quand le panneau se referma. Strathaven la retourna, plaquant son dos contre le mur. Il planta ses paumes de part et d'autre de ses épaules, l'emprisonnant.

Dans la pénombre vacillante, un feu d'argent vif éclairait ses yeux. Une sauvagerie maîtrisée brûlait sous sa façade soignée. Des vagues de tension émanaient de sa puissante carrure, et Emma réagit à cette formidable énergie de tout son être. Sa peau était chaude, moite. Ses membres tremblaient.

— Maintenant, comprenez-vous ? demanda-t-il.

Elle ne pouvait détourner les yeux de son regard, la chaleur et la glace. Une force magnétique bourdonnait dans l'espace qui les séparait. Le cœur d'Emma tambourinait dans sa poitrine, à un rythme effréné et incontrôlé. Un désir inexprimable l'envahit. Elle se mouilla les lèvres.

Les yeux de Strathaven suivirent les mouvements de sa langue. Ses narines se dilatèrent. Il laissa échapper un son, un gémissement ou un juron, et sa bouche s'écrasa sur celle de la jeune femme.

Elle n'arrivait plus à respirer ni à penser. Les lèvres fermes et chaudes de Strathaven caressèrent les siennes avec une intensité magistrale. La sensation l'emportait sur tout, une marée de plaisir submergea Emma, si forte qu'elle en perdit ses repères. Ses lèvres s'accrochèrent désespérément à celles du duc, et son baiser devint encore plus puissant, séducteur et exigeant. Son goût masculin addictif fit fléchir ses genoux, et il l'attrapa, la plaqua contre le mur. Elle frissonna lorsque la langue de Strathaven effleura sa lèvre inférieure.

— Ouvrez pour moi, murmura-t-il. Laissez-moi entrer.

Les sens en éveil, elle obéit et sa langue plongea audacieusement à l'intérieur. Quelque part dans les recoins de son esprit, elle nota que son premier baiser était totalement différent de tout ce qu'elle aurait pu imaginer. Il la goûtait comme s'il la possédait, et cette appropriation sans complexe fit naître dans le sang de la jeune femme une douceur étrange et envoûtante. Elle n'avait plus conscience de rien d'autre que de lui. Instinctivement, elle le suivit, le laissant pénétrer plus profondément, caressant la langue du duc avec la sienne.

Un son s'échappa de la poitrine de Strathaven, et le baiser devint encore plus torride. Il pénétra sa bouche avec une puissance dévastatrice qui fit éclore une vague de chaleur au creux de son être. Le feu se déploya sur sa peau, les pointes de ses seins palpitaient, avides d'être touchées. Elle se colla à sa force et gémit sous cette sensation sublime, elle en voulait davantage...

Il posa ses mains sur ses seins, et elle haleta dans sa bouche lorsqu'il trouva les pointes douloureuses, les taquina, les faisant se dresser contre les couches de tissu. Lorsqu'il exerça une forte pression, du liquide coula entre ses jambes, tandis qu'un désir frénétique se manifestait au même endroit. Comme s'il était en phase avec ses moindres désirs, sa cuisse se cala dans ses jupes, et elle gémit, se frottant contre le muscle dur, avide de friction, de se libérer de cette douce douleur...

— Mes chéris ? Le temps est écoulé.

Ces paroles s'abattirent sur leur moment comme la lame d'une guillotine. Il fallut un moment à Emma pour reconnaître la voix de Mme Roddy. Avant qu'elle ait pu reprendre ses esprits, elle fut poussée derrière Strathaven. Lui présentant son dos, il fit face à la tenancière qui s'approchait.

— Ah, vous voilà, dit la femme, une lueur complice dans le regard. Le spectacle vous a plu ?

— Nous avons terminé, annonça Strathaven.

Hébétée par les sensations qu'elle éprouvait encore, Emma le vit déposer une petite bourse dans la paume de la femme, les pièces atterrissant dans un tintement honteux.

— Merci, Votre Grâce. S'il y a autre chose..., ajouta Mme Roddy, battant des cils.

— Ce sera tout, répondit le duc d'un ton impérieux.

La tenancière fit la révérence.

Strathaven se retourna et Emma manqua d'air en voyant son expression. On aurait dit qu'un rideau de glace s'était abattu sur lui. Son visage était figé dans des lignes dures et ses yeux étaient d'un jade glacial. Elle tressaillit lorsque sa grande main se referma autour de son bras comme une menotte.

— Nous partons, grogna-t-il. Maintenant.

Chapitre Neuf

Le lendemain soir, Emma se demandait ce qu'elle était en train de faire. Au vu de tout ce qui s'était passé la veille, le dernier endroit où elle aurait dû se trouver était ici, dans le hall d'entrée de la somptueuse maison de ville de Strathaven. Lors de sa dernière visite, elle avait été bouleversée par la nouvelle de la mort de Lady Osgood et par la culpabilité présumée de Strathaven ; elle n'avait pas fait attention à ce qui l'entourait. Elle voyait maintenant que le marbre en damier brillait sous ses demi-bottes, que des cristaux ruisselaient du lustre à étages et que, devant elle, les volées jumelles de la cage d'escalier en acajou semblaient flotter vers le plafond lambrissé.

Entourée des preuves irréfutables de la richesse et de la puissance de son hôte, elle n'aurait pu se sentir plus mal à l'aise. Pourtant, son honneur avait exigé qu'elle vienne. Ambrose et Marianne avaient emmené le reste de la famille à une représentation à l'Astley[1] ce soir-là, et, invoquant un mal de tête, plausible vu qu'elle était retournée voir les magistrats dans l'après-midi, Emma était

---

1. NDLT : amphithéâtre d'Astley, célèbre pour son école d'équilibre et le spectacle de type cirque qu'il offrait.

restée à la maison. Peu après, elle s'était faufilée dehors et avait hélé un fiacre pour se rendre ici.

Elle détestait duper sa famille, mais elle n'avait pas le choix. Elle avait une dette à régler, et le plus tôt serait le mieux. L'erreur catastrophique qu'elle avait commise, ruiner imprudemment la réputation d'un homme, la rongeait intérieurement.

Tout comme le souvenir de ce qui s'était passé la veille chez Andromède.

Le baiser la submergea, mêlant excitation et désarroi dans son sillage. Parmi tous les moments où elle aurait pu découvrir qu'elle était capable d'une passion féminine, parmi tous les hommes avec lesquels elle aurait pu la découvrir... pourquoi diable fallait-il que ce soit Strathaven ?

Le majordome revint, et elle remarqua à quel point sa démarche était traînante et semblait douloureuse.

— Sa Grâce vous recevra dans la bibliothèque, mademoiselle Kent, dit-il avec un fort accent écossais.

L'espace d'un instant, Emma fut tentée de s'enfuir, mais elle n'avait jamais été du genre à se soustraire à son devoir, aussi désagréable soit-il. C'était elle qui avait créé ce gâchis ; elle y mettrait de l'ordre.

Elle redressa les épaules.

— Merci, monsieur.

— C'est Jarvis, mademoiselle, lui dit-il avec une expression bienveillante.

Elle lui adressa un petit sourire et le suivit dans un long couloir orné de tableaux aux cadres dorés. Elle ignorait comment Strathaven réagirait en la voyant. Le retour en carrosse depuis Andromède s'était déroulé en silence. Il avait les lèvres blanches, inquiétantes, et elle avait été trop étourdie pour dire quoi que ce soit. Il l'avait déposée à l'angle de sa rue ; dès qu'elle était entrée dans la maison, il était reparti en trombe.

Jarvis lui ouvrit une porte.

— Ici, mademoiselle.

— Merci, répondit Emma, dont la voix tremblait.

Relève le menton. Un Kent assume toujours la responsabilité de ses actes.

Laissant échapper un soupir, elle pénétra dans la grande pièce au plafond élevé. Seules quelques lampes étaient allumées, et, dans la pénombre vacillante, elle vit les étagères de livres qui tapissaient les murs et les meubles en cuir regroupés autour d'un foyer rougeoyant au centre de la pièce. Au fond se trouvait un bureau encadré par de hautes fenêtres en arc de cercle. Strathaven se tenait là, à regarder les jardins sombres.

Sa posture immobile et solitaire déclencha dans sa poitrine une douleur qui résonnait étrangement. Juxtaposé sur le ciel étoilé, il avait l'air... seul. Comme s'il portait sur ses larges épaules le poids des cieux obscurs.

À ce moment-là, deux silhouettes surgirent de l'ombre et Emma sursauta lorsque de grosses pattes se posèrent sur ses cuisses. Elle se retrouva face aux têtes hirsutes et souriantes de deux lévriers écossais. Leur accueil joyeux était contagieux.

Elle les gratta tous les deux derrière les oreilles.

— Vous êtes des garçons amicaux, n'est-ce pas ? murmura-t-elle.

— Phobos, Deimos, *assis.*

Obéissant à l'ordre ferme de leur maître, les chiens s'en allèrent se blottir devant le feu. Elle leva les yeux, et son sourire s'estompa. Jusqu'à présent, elle n'avait jamais vu Strathaven autrement que dans une tenue impeccable. En manches de chemise, sa puissante virilité était encore plus prononcée. Sa chemise en batiste fine se tendait sur ses épaules larges et se drapait sur ses hanches étroites. Elle était partiellement déboutonnée, révélant sa gorge tendue, un aperçu fascinant de son torse musclé...

— Pourquoi êtes-vous là ? demanda-t-il.

Elle leva les yeux au ciel. Les animaux de compagnie de Strathaven avaient été judicieusement nommés d'après les compagnons du mythique Arès. Avec son visage aux lignes dures, ses yeux froids et étincelants, le duc semblait aussi impitoyable que le dieu de la guerre.

Rejetant ses épaules en arrière, elle dit :

— Nous avons une affaire à régler.

— Ah oui ? demanda-t-il, puis il but nonchalamment une gorgée du verre qu'il tenait à la main.

Son indifférence lui déplaisait, mais elle se rappela qu'elle l'avait accusé à tort d'un meurtre et qu'elle n'était probablement pas digne d'un accueil plus chaleureux... même s'ils avaient partagé un baiser. Pour un séducteur comme Strathaven, une telle intimité ne signifiait probablement rien. Il devait sans doute embrasser des femmes de cette manière tout le temps. En outre, elle savait qu'en l'embrassant, il avait voulu démontrer sa supériorité, et l'inexpérience d'Emma, en matière de sexualité.

Il y était parvenu de façon spectaculaire. Elle pinça les lèvres. *Trompe-moi une fois...*

Elle avait retenu la leçon. Même si elle reconnaissait maintenant que la conscience troublante qu'elle avait de lui était de nature sensuelle, elle savait qu'elle n'était pas dévergondée. En fait, c'était une bénédiction pour elle d'avoir acquis une meilleure compréhension des pulsions charnelles. La connaissance, c'était le pouvoir. Désormais, elle savait à quoi s'attendre.

Après tout, l'attirance n'était qu'un appétit comme un autre. Elle n'avait jamais eu de mal à réfréner ses pulsions. Durant les années où sa famille avait été plongée dans la pauvreté, elle avait souvent adopté des mesures d'économie rigoureuses et choisi des options pratiques plutôt que des choix faciles.

Ce n'est pas parce qu'on a envie d'une part de gâteau que l'on doit en manger une.

Résolue, elle déclara :

— Je voulais que vous sachiez que j'ai retiré mon témoignage aujourd'hui. J'ai dit aux magistrats que je m'étais méprise sur ce que j'avais vu entre Lady Osgood et vous dans le jardin.

Les cils de Strathaven s'abaissèrent devant son regard.

— Pourquoi ?

— Je me suis trompée, avoua-t-elle. Au sujet de ce que j'ai cru voir. Je suis venue vous présenter mes sincères excuses pour les ennuis que je vous ai causés.

— Mon pardon. C'est pour cela que vous êtes venue? demanda-t-il d'un ton sarcastique.

Ce n'était pas la seule raison. En réalité, elle était venue avec une proposition en tête.

Son impatience grandit alors qu'elle réfléchissait à son brillant projet de faire pousser deux arbres à partir d'une seule graine. Elle pouvait arranger les choses avec Strathaven et assurer son propre avenir. Cette proposition était parfaite et bénéficierait à toutes les parties concernées. Elle avait passé la dernière journée à élaborer une stratégie pour aborder le sujet; elle ne voulait pas répéter ses négociations ratées avec Ambrose.

C'est pourquoi elle ajouta avec prudence :

— En fait, il y a aussi une autre raison.

— C'est bien ce que je pensais.

La bouche de Strathaven présentait un pli dur et cynique. Il vida le contenu de son verre et le reposa avec un tintement sur le bureau avant de s'avancer vers elle.

Son cœur battait la chamade, mais elle tint bon. Il s'arrêta à quelques centimètres, les mains sur ses hanches minces, écartant ses jambes chaussées de bottes dans une posture agressive. Son musc propre et épicé dériva jusqu'à elle, et le corps d'Emma réagit de lui-même. Sa respiration s'accéléra, et elle eut l'eau à la bouche lorsque le souvenir de la saveur masculine et sombre de cet homme lui picota la langue.

Il haussa un sourcil sombre.

— Alors, mademoiselle Kent? Si vous êtes venue pour exiger le prix du diable, vous feriez mieux de poursuivre.

Le prix du diable? De quoi parle-t-il?

Elle rassembla ses idées.

— J'ai une proposition à faire, Votre Grâce. Un plan qui, je le crois, sera bénéfique pour nous deux.

— Économisez votre souffle. Je ne vous ferai pas d'offre.

Elle le fixa d'un regard vide.

— Une offre... de quoi ?

— Eh bien, il y a d'*autres* sortes d'offres, n'est-ce pas ? demanda-t-il alors que son regard pâle la parcourait avec insolence. Je n'aurais pas pensé que vous étiez intéressée par ce genre d'arrangement, mademoiselle Kent.

Elle comprit alors ce qu'il voulait dire.

— Vous êtes soit ivre, soit fou ! s'indigna-t-elle. Je ne voudrais pas vous épouser... et encore moins envisager l'autre... Pas même si nous étions les deux dernières personnes sur cette terre ! C'est totalement absurde que vous suggériez...

— Nous sommes d'accord sur ce point, acquiesça-t-il d'un ton glacial qui la coupa dans son élan. Alors, quelle est donc votre *proposition* ?

Emma serra les poings face à l'incroyable arrogance de Strathaven.

— Je vous propose de vous aider à trouver le meurtrier, espèce de nigaud prétentieux !

— Quoi ? répondit-il.

— Vous m'avez entendue, dit-elle, relevant le menton. Puisque je vous ai mêlé à un scandale, je vais vous aider à en sortir. En menant une enquête sur l'identité de celui qui a tué Lady Osgood.

Chapitre Dix

Pour une fois dans sa vie, il n'avait pas de mots. Aucun.

Ce bout de femme le laissait sans voix.

Il était déjà furieux contre lui-même d'avoir perdu le contrôle chez Andromède. Il y avait emmené Mlle Kent pour lui donner une leçon, pour lui montrer toute l'étendue de son ignorance. Bon sang ! Elle aurait dû s'évanouir au bout d'une minute ou deux. Ou le gifler.

Au lieu de cela, elle l'avait tenté... elle avait *fondu* pour lui.

Il n'arrivait toujours pas à croire qu'il l'avait embrassée, qu'il avait été à deux doigts de faire bien plus. Si la tenancière ne les avait pas interrompus, il se serait peut-être retrouvé pris au piège du mariage, car même son sens de l'honneur écorné ne lui aurait pas permis de déflorer une vierge sans en assumer les conséquences.

Il avait supposé qu'elle était venue ce soir pour exiger qu'il assume les conséquences de ses actes en l'épousant. L'idée d'être manipulé par ses ruses féminines l'avait rendu furieux. Il se rappelait avec rage comment Laura l'avait séduit avec des regards virginaux et des sourires timides. Oui, il avait payé cher le fait d'avoir perdu la tête pour une soi-disant innocente, et il s'était juré de ne plus jamais recommencer.

Mais apparemment, Mlle Kent ne souhaitait pas l'épouser.

Cela aurait dû améliorer son humeur. Pour une raison qu'il ignorait, cela ne faisait que l'exaspérer *davantage*.

Quel atout ce bout de femme cachait-il dans sa manche ?

Mieux valait connaître son adversaire. Faisant un signe de la main vers le divan près du feu, il dit d'un ton caustique :

— N'hésitez pas à m'abreuver de vos perles de sagesse.

Avec un soupir, elle alla s'asseoir sur les coussins. Il la suivit et s'installa sur le fauteuil adjacent. En dépit de sa méfiance, il ne put s'empêcher de remarquer que sa cape de velours mettait en valeur sa peau crémeuse et ses lèvres rosées... lèvres qu'il avait déjà savourées. Elle avait un goût aussi délicieux que son odeur, comme une tarte aux pommes, saine, sucrée et épicée...

— J'ai un plan, annonça-t-elle, et il se méfia aussitôt. Ces derniers mois, j'ai travaillé chez Kent et Associés, et j'ai un peu appris le métier.

Que diable ?

Il la fixa du regard.

— Vous avez été employée... en tant qu'enquêteuse ?

Elle s'éclaircit la gorge.

— Pas exactement. Je secondais mon frère dans un rôle plus, euh... administratif. Toutefois, j'ai appris les tenants et les aboutissants du travail d'enquête. En fait, j'ai récemment résolu une affaire toute seule.

Ce bout de femme était incroyable. Elle était dérangée. Peut-être déséquilibrée.

— En tant qu'enquêteuse, poursuivit-elle d'un ton déterminé, je suis sans doute dans une position privilégiée pour vous aider.

Les positions précises dans lesquelles elle pourrait l'aider lui traversèrent l'esprit.

Il se renfrogna et répondit :

— C'est la chose la plus démente que j'aie jamais entendue. Quels seraient donc vos talents féminins particuliers, mademoiselle Kent ? Votre capacité à manier un réticule comme une arme ?

Ou peut-être votre remarquable aptitude à tirer des conclusions erronées ?

— Je vous ai déjà présenté mes excuses pour mon erreur et je l'ai rectifiée auprès des magistrats, répliqua-t-elle, plissant les yeux. Vous montrez-vous toujours aussi difficile quand quelqu'un essaie de vous aider ?

— Je ne saurais pas dire. Je n'en ai jamais fait l'expérience, déclara-t-il abruptement.

Il n'avait pas confiance non plus. La seule personne qui avait essayé de faire quelque chose pour lui était la duchesse douairière, et il ne savait pas ce qui avait été le plus étouffant, sa maladie ou l'anxiété envahissante de sa tante Patricia.

— Cela ne peut être vrai, répondit Mlle Kent avec un froncement de sourcils. Tout le monde s'appuie sur quelqu'un à un moment ou à un autre. Qu'en est-il de votre mère ?

— Elle est morte quand j'étais jeune, dit-il sèchement.

— Votre père, alors...

— Je ne parle pas de ma famille.

Elle eut l'air de vouloir argumenter... et y renonça.

— Eh bien, moi, j'essaie de vous aider, et j'ai réfléchi : d'après les journaux, Lady Clara a été empoisonnée. On dit souvent que le poison est l'arme des femmes. Étant donné que la victime était également une femme, il semblerait qu'un point de vue féminin soit justifié dans cette affaire, vous ne croyez pas ?

Il ne put résister à l'envie de faire éclater sa petite bulle.

— Le poison n'était pas destiné à Clara. Il se trouvait dans mon whisky. Elle a eu le malheur de boire avec moi.

Elle cilla.

— Vous avez aussi été empoisonné ? Mais, vous n'êtes... pas mort.

— Déçue ? demanda-t-il d'un ton acerbe.

— Les journaux n'ont jamais fait mention...

— Moins il y a de gens qui savent, mieux c'est. Je ne veux pas que l'intégrité de l'enquête soit entachée.

Mlle Kent écarquilla ses yeux, où dansait la lumière du feu. La plupart des yeux bruns qu'il avait croisés donnaient l'impression d'être opaques, mais pas les siens : ils étaient aussi limpides et sombres que le thé le plus fin, et reflétaient les émotions qui l'agitaient.

— Cela change *tout*, dit-elle.

— Cela ne change *rien* en ce qui vous concerne, insista-t-il. Vous n'avez pas à vous impliquer. En fait, je voudrais que vous soyez le moins impliquée possible dans ma vie.

Il était arrivé à la conclusion que la tenir à distance de lui était le seul moyen de préserver sa santé mentale. Emma Kent possédait un étrange talent pour le pousser dans ses derniers retranchements. Son obstination était exaspérante... et sacrément excitante. Il voulait lui faire entendre raison. Il voulait la prendre dans ses bras, savourer à nouveau son abandon au goût de miel...

Elle se leva d'un bond, l'obligeant à faire de même. Il réprima une grimace lorsque son membre raidi vint buter contre son pantalon. Dieu merci, sa chemise couvrait le renflement.

— Mais vous pourriez être encore en danger ! s'exclama-t-elle, avant de se mordre la lèvre et de faire les cent pas devant le divan. C'est ma faute. J'ai induit les magistrats en erreur en les amenant à se concentrer sur vous plutôt que sur le véritable tueur.

Son inquiétude était... déconcertante. Au cours de sa longue expérience avec le beau sexe, il ne se souvenait pas d'un seul cas où une femme avait eu à répondre de ses actes. Ni d'une femme ayant fait preuve d'un sens de l'honneur ou ayant joué franc jeu. Alors qu'il se remémorait les larmes et les dénégations de Laura, ses accusations sans fondement, sa mâchoire se crispa.

— Des mesures ont été prises, annonça-t-il abruptement. J'ai engagé des enquêteurs.

— Vous avez parlé à M. McLeod et à mon frère ?

La dernière chose qu'il voulait, c'était être redevable à Will.

— Il y a d'autres bureaux en ville.

— Mais aucun n'est aussi doué que Kent et Associés. Ce sont les meilleurs, affirma-t-elle, penchant la tête sur le côté. Pourquoi ne feriez-vous pas confiance à votre propre frère ?

Parce que je ne le mérite pas.

— Cela ne vous regarde pas, répondit-il, irrité.

— Ne pourrions-nous pas laisser le passé derrière nous ? Si votre vie est en danger, nous devons travailler ensemble...

— Il n'y a pas de *nous*, mademoiselle Kent.

— Je suis sincèrement désolée pour mon erreur.

Elle posa sur lui un regard implorant. Alors qu'il commençait à se dégeler légèrement, elle ajouta :

— Et ce n'est pas comme si vous aviez entièrement raison. Après tout, vous m'avez enlevée et traînée chez Andromède.

— Je l'ai fait parce que vous étiez trop têtue pour accepter la vérité, gronda-t-il.

— Et j'ai témoigné parce que vous étiez trop arrogant pour expliquer ce qui s'est réellement passé, répliqua-t-elle, et elle eut l'audace de relever le menton. En fin de compte, je dirais que nous avons tous les deux fait erreur, pas vous ?

Il perdit son sang-froid.

— Bien sûr que non ! Vous m'avez espionné et accusé à tort de meurtre. Ensuite, vous avez provoqué ce baiser...

— Quoi ? s'écria-t-elle, indignée. C'est vous qui avez commencé !

— Vous vous êtes léché la lèvre en guise d'invitation.

— Si je l'ai fait, c'est par nervosité. Contrairement à vous, je n'ai pas l'habitude de la débauche.

Sa réponse guindée et vertueuse fit monter la pression dans ses veines. Un muscle près de son œil gauche se contracta.

— La nervosité, mon œil ! Si vous avez des nerfs, visiblement, ils sont de fer. La vérité, c'est que vous aviez sacrément *envie* de mon baiser.

Un soupçon d'incertitude passa dans ses yeux ; c'était la première fois qu'il en voyait chez cette femme têtue.

Elle se ressaisit rapidement.

— Les circonstances étant ce qu'elles étaient à ce moment-là, il est compréhensible que nous ayons tous les deux été quelque peu bouleversés. Mais ce qui est fait est fait. Cela ne sert à rien d'en discuter, dit-elle d'un ton agaçant et vif. Si votre réticence à accepter mon aide provient de la crainte que nous nous retrouvions à nouveau dans une situation compromettante, je peux vous assurer que cela n'arrivera plus jamais.

Sa confiance naïve, la manière désinvolte dont elle écartait toute attirance entre eux alimentait son besoin de lui démontrer à quel point elle se trompait. Cette petite créature avait besoin d'une bonne leçon, et il devait se débarrasser d'elle une fois pour toutes. Il savait exactement comment atteindre ces deux objectifs.

Faire d'une pierre deux coups.

— Vous pensez pouvoir vous contrôler avec moi ? demanda-t-il d'un ton mielleux.

— Bien sûr ! Et il n'y a rien à contrôler. Vraiment.

Le léger tremblement dans ce dernier mot trahissait la vérité.

— Alors, si je m'asseyais sur ce fauteuil à cet instant, dit-il avec un regard vers le meuble en question, avec vous sur mes genoux, et ma bouche sur la vôtre, vous seriez indifférente ?

— Ne soyez pas ridicule.

Il s'approcha d'elle, et elle recula aussitôt. Lorsque l'arrière de ses genoux toucha le fauteuil, elle perdit l'équilibre et ses fesses s'écrasèrent doucement contre le siège en cuir. Strathaven posa les mains sur le dossier, l'encageant sans la toucher.

S'abaissant, il se moqua :

— Alors, ne soyez pas menteuse. Vous avez dit être capable de parfaitement vous contrôler en ma présence.

— C'est vrai. Dans ce scénario hypothétique, j'essaierais de m'éloigner de vous, répliqua-t-elle.

— Et si je vous serrais fort, que je vous embrassais plus profondément, que je léchais vos douces lèvres jusqu'à ce que vous me laissiez entrer ?

Les joues d'Emma rosirent.

— Je... je vous mordrais la langue !

— Ah, mais, dans ce cas, je devrais vous punir.

Il laissa les mots pénétrer son esprit, vit ses pupilles se dilater...

pas de peur, mais... d'excitation. *Enfer et damnation !* Son pantalon se resserra instantanément.

— Vous n'oseriez pas, dit-elle, mais elle n'était plus si convaincue.

— Au contraire, ma jolie, j'ose presque tout, ronronna-t-il. Vous avez vu une grande variété de punitions chez Andromède ; je me demande laquelle vous préférez ? Par exemple, aimeriez-vous être ligotée et sans défense pendant que je prends mon plaisir ? Pendant que je vous touche et vous embrasse comme je l'entends, où j'en ai envie ?

Emma laissa échapper un halètement. Sous sa cape, sa poitrine se gonfla.

— Peut-être aimeriez-vous me donner du plaisir ? dit-il pensivement. À genoux, prenant tout ce que je vous donne...

Son membre, déjà tendu, palpita à cette idée, et encore plus lorsque Emma planta ses dents dans sa lèvre inférieure. La sueur mouillait le col de Strathaven ; il s'obligea à terminer ce qu'il avait commencé.

— Mais je crois que vous aimeriez surtout être penchée sur mes genoux. Vous lèveriez vos jolies fesses pour moi.

Les sens du duc furent submergés par la beauté de cette image : sa peau souple et blanche sous la sienne, tout entière entre ses mains. Il savait qu'elle n'était pas femme à faire les choses à moitié ; quand Emma Kent se soumettrait, elle donnerait... tout. La chaleur crépitait dans ses veines et il brûlait de connaître la générosité de ses ardeurs, de lui montrer une extase qu'elle n'avait jamais connue auparavant.

D'une voix rauque, il poursuivit :

— Vous pourriez abandonner la peur et l'inquiétude, Emma. Vous placer sous ma garde.

Il posa la main sur sa joue duveteuse, et le frémissement de la jeune femme se propagea directement jusqu'à son sexe.

— Vous pouvez me faire confiance pour vous donner tout ce dont vous avez besoin.

Elle émit un son étranglé, et il vit son propre désir sombre se refléter dans les yeux d'Emma. Ses joues étaient rougies par l'excitation plutôt que par le dégoût. Elle oscilla vers lui, le souffle haletant, sa passion comme une graine prête à germer à travers ses inhibitions virginales...

Une vierge... un piège.

Son esprit sonna l'alarme par-dessus le rugissement de son désir. *Laura semblait douce et passionnée, et pourtant, elle s'est jouée de toi.* Son ventre se noua alors qu'il se retrouvait submergé par le souvenir humiliant de ses trahisons. Cette perte...

Plus jamais.

Le contrôle est essentiel.

Il parvint finalement à se maîtriser. S'éloignant du fauteuil, il se redressa et haussa un sourcil.

— Alors, ma jolie ? N'êtes-vous pas affectée, maintenant ? Vous maîtrisez-vous totalement ?

Elle cligna des yeux, pâlissant sous l'effet des mots.

— Vous êtes un misérable ! murmura-t-elle.

— Je suis honnête, la corrigea-t-il froidement. Voilà ce qui arrivera si vous jouez avec moi. À présent, c'est votre dernier avertissement : cessez de vous mêler de ce qui ne vous regarde pas, ou vous en subirez les conséquences.

Elle se leva d'un bon.

— *Très bien.* Si vous finissez mort, sachez que je m'en moque !

Phobos et Deimos se levèrent, prêts à poursuivre la silhouette qui s'éloignait.

— Au pied ! leur ordonna Alaric.

Les lévriers s'approchèrent de lui, gémissant en voyant partir leur visiteuse.

— Faites-moi confiance, les garçons, leur dit-il d'un ton sombre. C'est mieux ainsi.

———

En dépit de sa victoire sur ce bout de femme indomptable, Alaric se sentait agité. Les fantasmes sombres dont il avait usé pour mettre en garde Mlle Kent continuaient de tourmenter son imagination lubrique. Il la voyait à genoux devant lui, ses lèvres s'écartant avec douceur tandis qu'il lui faisait engloutir chaque centimètre de son vit palpitant...

Il faisait les cent pas dans sa bibliothèque, comme un fichu prisonnier dans sa propre maison. Il pouvait soit monter à l'étage et se masturber comme un maudit puceau, soit trouver une distraction. Son club... c'était la solution. Il n'était pas allé au White depuis la mort de Clara, et son absence prolongée ne ferait qu'alimenter les ragots.

Mieux valait les étouffer dans l'œuf. Il n'avait rien à cacher.

Il fit venir sa calèche et parcourut le court trajet jusqu'à St James Street.

Lorsque Alaric entra au White, ce bastion du confort masculin, tous les regards se tournèrent vers lui. L'odeur du cuir et de la fumée de cigare se faufilait dans ses narines tandis qu'il répondait à autant de regards froids que de salutations polies. Rien de tel que les difficultés pour faire le tri entre les amis et les ennemis. Il prit mentalement note de qui était de quel côté : l'Écossais en lui valorisait la loyauté par-dessus tout.

— Strathaven, je suis surpris de vous voir ici.

Lorsqu'il entendit cette voix hautaine, Alaric se retourna pour voir le comte de Mercer s'approcher, accompagné de sa meute habituelle de dandys. Avec ses cheveux couleur blé impeccablement pommadés et sa silhouette élancée vêtue de velours brodé, Mercer était à la pointe de la mode. C'était aussi un snob, le genre de personnage dont le seul but dans la vie semblait être d'étaler sa richesse et sa position, qu'il n'avait ni l'une ni l'autre méritées, et de répandre son « intelligence » à l'aide de sa langue de vipère.

— Pourquoi seriez-vous surpris? demanda Alaric d'un ton égal.

— Le décès de Lady Osgood... tellement choquant pour les sensibilités! expliqua Mercer en frémissant. Il semble que vous ayez réussi à vous en sortir indemne. Ce doit être grâce à votre robuste nature écossaise.

Les amis de Mercer ricanèrent.

— Je n'ai rien à voir avec la mort de Lady Osgood. Ceux qui prétendent le contraire peuvent me rencontrer à l'aube, répliqua froidement Alaric.

— À l'aube? Quelle heure indigne! Dieu sait que j'ai beaucoup d'engagements, dit Mercer avec un rire cassant, et qu'il m'est impossible de réorganiser mon emploi du temps pour vous y faire entrer.

— Bonjour, messieurs, les salua Gabriel, marquis de Tremont, alors qu'il s'approchait d'eux.

Si le regard gris et perspicace de Tremont avait saisi toute la mesure de la situation tendue, son expression avenante n'en laissait rien paraître.

— Mercer, je crois que certains de vos amis vous cherchent. Il est question d'une entrée dans le registre des paris.

— La tâche d'un gentleman n'est jamais achevée.

Le comte s'inclina puis s'éloigna d'une démarche sautillante, son entourage sur ses talons.

Alaric dit à voix basse :

— J'aimerais faire bien plus que réorganiser l'emploi du temps de ce malotru.

— Mercer ne cherche qu'à semer le trouble. Ne lui donne pas satisfaction, lui dit Tremont, avant de lui donner une tape sur l'épaule. Prenons un verre et parlons de choses plus importantes.

Ils trouvèrent des places de choix près d'un foyer intime.

— On ne trouve de tels fauteuils nulle part ailleurs, fit remarquer Tremont en étendant ses jambes.

— C'est possible si on paie suffisamment.

Alaric avait commandé des meubles au même fabricant pour son bureau au château de Strathmore, et cela lui avait coûté une belle somme.

Tremont lui adressa un sourire sec.

— Nous ne sommes pas tous aussi riches que Crésus, tu sais.

Si le marquis avait amélioré la situation financière dont il avait hérité, il lui restait apparemment du chemin à parcourir. Alaric comprenait la situation difficile dans laquelle se trouvait son ami. Après tout, il avait passé son mandat de duc à renflouer les caisses laissées vides par la prodigalité de son tuteur.

— Tu le seras une fois que notre entreprise sera réglée à la fin du mois, le rassura Alaric.

— J'ai de bonnes nouvelles à ce sujet. J'ai discuté avec Burrowes aujourd'hui, et il a décidé de continuer à nous suivre. Son soutien devrait nous aider à cautériser cette blessure.

— Bien joué, dit Alaric. C'est la meilleure nouvelle de la journée.

— Que manigancez-vous, tous les deux ? demanda une voix amusée. Et, quoi que ce soit, puis-je participer ?

Marcus Harrington, Lord Blackwood, était un de leurs amis de l'époque d'Oxford. À l'époque, Blackwood était le remplaçant du titre, et, après l'université, il avait acheté une commission[1] dans l'armée. Son entraînement était encore perceptible dans son allure militaire et dans la coupe précise de ses cheveux d'un brun doré. Après la mort de son frère, il avait acquis un marquisat et peu après, il avait trouvé une marquise.

Tous trois se levèrent et s'inclinèrent.

— Une partie de cartes, Blackwood ? proposa Alaric.

— Pourquoi pas ? Je pourrais toujours faire bon usage d'une partie de ton or.

Vers une heure du matin, Alaric quitta la table les poches plus lourdes, s'inclinant sous les gémissements bon enfant de ses amis. Dehors, il descendit les marches du club, conscient d'une énergie nerveuse que les distractions de la soirée n'avaient pas apaisée. Alors qu'il se dirigeait vers son carrosse garé devant, il envisagea de s'arrêter dans une maison de débauche. Peut-être avait-il besoin de sexe pour se débarrasser une fois pour toutes de l'inexplicable démangeaison qu'il éprouvait à l'égard de Mlle Kent.

---

1. NDLT : pratique consistant à verser de l'argent à l'armée pour être fait officier d'un régiment de cavalerie ou d'infanterie. Cela évite d'avoir à attendre une promotion au mérite ou à l'ancienneté.

Pourtant, pour une raison qu'il ne s'expliquait pas, il n'avait pas envie de coucher avec une prostituée.

Le bruit de roues en approche le poussa à se tourner vers la route. Une calèche noire filait sur le pavé ; le cocher, un homme dissimulé par un chapeau et un manteau sombres, devait avoir du bacon dans la cervelle pour rouler aussi vite sur St James Street. Un détritus s'envola par la vitre ouverte. Lorsque le véhicule le dépassa, Alaric aperçut des rideaux flottants, un visage divisé par une cicatrice en deux moitiés menaçantes, le scintillement du métal...

Au moment où il se jetait au sol, le coup de feu résonna dans ses oreilles. Il se retrouva étendu sur le col, clignant des yeux vers les étoiles. Des cris étouffés se firent entendre au loin. Une douleur cuisante envahit son bras, et la nuit s'abattit sur lui.

Chapitre Onze

Le cellier, avec ses étagères garnies de bouteilles et sa grande table de travail, était un refuge pour Emma. Prétextant que les remèdes n'étaient pas son fort, la gouvernante de Marianne lui permettait généreusement d'utiliser l'espace en dessous de l'escalier quand elle le souhaitait. Pour l'heure, elle travaillait sur un remède pour les genoux douloureux de M. Pitt, et le dos douloureux du second valet de pied. Elle ajouta des gouttes de camphre dans le bol et les mélangea à l'épaisse préparation de cire d'abeille et d'eau de rose.

— Les nouvelles robes sont arrivées pour Polly et moi, dit Violet.

Perchée sur la table à côté du bol, elle balançait distraitement ses jambes.

— C'est bien, ma chérie, répondit Emma d'un air absent.

Dieu merci, elle avait quelques activités banales pour s'occuper. Sinon, ses propres pensées l'auraient peut-être rendue folle. *Ne pense pas à lui*, se réprimanda-t-elle.

— Il y a des rubans et des souliers assortis, poursuivit Violet.

— Hmm.

Alors qu'Emma se concentrait sur le mélange de la pommade avec la cuillère en bois, elle entendait la voix séduisante de Strathaven, les choses perverses qu'il avait décrites la nuit précédente. Le feu pâle de son regard la transperçait.

Vous pourriez abandonner la peur et l'inquiétude, Emma. Vous placer sous ma garde. Vous pouvez me faire confiance pour vous donner tout ce dont vous avez besoin.

Un frisson la parcourut. Elle aurait dû être choquée. Dégoûtée.

Au lieu de cela, ses mots provoquaient une résonance profonde et explosive qui ébranlait les fondements de son être.

C'était un désir ardent sur lequel elle ne pouvait mettre de mots, une envie si terrifiante que, pour la première fois de sa vie, elle ne s'était pas contentée de résister, elle s'était enfuie. Seulement, elle ne pouvait pas se fuir elle-même. Ni les impulsions étranges, mortifiantes et *exaltantes* que Strathaven avait éveillées en elle.

Elle avait rêvé de lui la nuit précédente. D'eux, enchevêtrés peau contre peau. Dans son sommeil, elle n'avait aucun contrôle sur sa volonté, et elle l'avait laissé faire tout ce qu'il lui avait décrit. Ses mains, sa bouche, ses ordres... Le plaisir l'avait prise au piège comme sous une cloche de verre, et elle n'avait pas pu échapper aux confins de sa propre capitulation. Il avait possédé son souffle, son corps, son âme... et elle ne s'était jamais sentie aussi libre. Elle s'était réveillée en sueur, les mamelons tendus et palpitants, le sexe gorgé de rosée...

— Je ne crois pas qu'une nouvelle garde-robe me soit très utile, poursuivit Violet. J'ai l'intention de rejoindre l'Astley et de devenir artiste de cirque.

— C'est bien, ma chérie, dit Emma.

Le silence lui répondit. Elle leva les yeux du bol.

— Désolée, soupira-t-elle. Je n'écoutais pas, n'est-ce pas ?

— Pas un seul mot de ce que je disais, confirma Vi, dont les yeux d'un brun doré se plissèrent. Qu'est-ce qui t'arrive ? Tu as agi bizarrement toute cette semaine.

— Il n'y a rien. Je suis juste... préoccupée.

— Par quoi ? La préparation de ta pommade ? l'interrogea Vi, levant les yeux au ciel. Quand nous étions à Chudleigh Crest, tu le faisais tout en t'occupant de papa, en cousant des jupons pour Polly et moi, en éteignant le dernier incendie en date de Harry, *et* en préparant le dîner. Non, il se passe quelque chose.

Vi se tapota le menton.

— Et je parierais sur le duc.

Son pouls s'emballa, mais Emma versa le baume à la cuillère dans les pots destinés à cet effet.

— J'ai réglé la question avec les magistrats. Je n'aurai plus affaire à lui.

Pourquoi cela ne me soulage-t-il pas ?

Elle se disait que c'était mieux ainsi. Elle devait bien avouer qu'elle n'était pas aussi maîtresse de ses pulsions charnelles qu'elle l'aurait cru ; rester loin de Strathaven était clairement l'option la plus sûre. Après tout, elle lui avait proposé de s'amender ; il avait refusé. Elle avait fait ce qu'elle pouvait. Pour ce qui était d'approfondir ses compétences d'enquêteuse, elle n'aurait qu'à trouver un autre moyen de convaincre Ambrose.

Un froissement de soie la fit se tourner vers l'embrasure de la porte. Il lui suffit d'un simple coup d'œil pour constater l'expression grave de Marianne. Et même Violette s'alarma :

— Qu'est-ce qui ne va pas, Marianne ?

— Je viens de recevoir des nouvelles plutôt inquiétantes.

Un pressentiment déclencha des picotements sur la nuque d'Emma.

— Qu'y a-t-il ?

— C'est Strathaven, dit Marianne. On lui a tiré dessus.

Chapitre Douze

S'il y avait bien une chose qu'Alaric méprisait, c'était le lit de malade.

Il y avait passé la moitié de sa jeunesse, et l'ennui et l'impuissance étaient presque aussi terribles que la maladie elle-même. Il avait détesté les médecins charlatans; convoqués par la tante Patricia, ils étaient arrivés en masse au château de Strathmore, des fioles de potions cliquetant dans leurs mallettes. Certains prétendus remèdes avaient en fait aggravé la situation; après avoir reçu une teinture de belladone, il avait vomi pendant des heures. Se tordant de douleur, et grelottant dans sa propre sueur, il avait prié pour que sa souffrance cesse.

Lady Patricia l'avait soigné sans relâche pendant tout ce temps. Comme elle avait perdu son propre fils d'une fièvre écarlate, elle n'avait voulu prendre aucun risque avec son nouveau pupille. Entre elle, la chambre de malade étouffante, et les crises de douleur incontrôlables, il s'était senti comme un oiseau de proie coincé dans la cage d'un canari.

Comme Arès emprisonné dans cette maudite jarre.

Son regard se porta sur le tableau accroché au mur, qui donnait vie à cette scène mythologique dans des huiles sombres et exquises. Il avait commandé l'œuvre à un maître italien, et elle représentait le dieu de la guerre, ses muscles ondulant et ses poings levés contre les murs incurvés de sa cellule. L'artiste avait admirablement saisi l'expression d'Arès, et l'image n'était pas belle à voir. Ce n'était pas le but.

Pour Alaric, il s'agissait d'un rappel : il ne se laisserait plus jamais piéger.

— Comment allons-nous aujourd'hui ? demanda une joyeuse voix féminine.

Annabel McLeod entra dans la pièce, Will sur ses talons. Ils étaient arrivés après le coup de feu, convoqués par Jarvis, ce vieux traître, et avaient commencé à soigner Alaric, trop faible pour les repousser.

À présent, il jetait un regard noir à sa belle-sœur. Elle avait tiré la manche de sa robe de chambre sans lui demander son avis, et s'occupait du pansement de son bras droit.

— Serais-tu en train d'essayer d'achever ce que l'assassin a commencé ? s'enquit-il.

Annabel plissa ses yeux violets vers lui. La femme de son frère n'avait rien d'une fille réservée. Elle avait un tempérament de feu, comme ses cheveux. L'Écossais en lui respectait les femmes capables de rendre coup pour coup. Ce qui, évidemment, le fit penser à Mlle Kent.

Savait-elle qu'on lui avait tiré dessus ? Et, si c'était le cas, s'en soucierait-elle ? Seulement dans la mesure où elle aimerait achever le travail.

— Si tu restais tranquille au lieu de remuer comme une anguille, ce serait plus facile pour moi, dit Annabel d'un ton acerbe. Le docteur Abernathy a dit de vérifier la plaie au moins une fois par jour.

— Il a beau être écossais, il n'en reste pas moins un charlatan, grommela Alaric.

— Reste poli ou je m'en vais, et ma femme avec moi, grogna son frère de l'autre côté du lit.

Tournant la tête sur l'oreiller, Alaric demanda :

— Oh, tu es encore là ?

— Espèce de maudit ingrat…

— Ça suffit, bande d'imbéciles ! s'exclama Annabel.

Elle retira le bandage avec suffisamment de force pour qu'il inspire brusquement. Son front se plissa tandis qu'elle examinait sa blessure.

— La plaie suinte, mais elle n'a pas l'air infectée. La pommade semble faire son effet.

— C'était une bonne idée, ma belle, dit Will. Aussi intelligente que belle. Je suis un homme chanceux.

En voyant l'expression de suffisance sur le visage de son frère, Alaric crut qu'il allait être à nouveau malade. En dépit de ses muscles, Will n'était rien d'autre qu'un chiot géant lorsqu'il était question de sa femme. Quel crétin !

Cependant, Alaric devait admettre qu'Annabel s'était avérée plutôt habile dans cette affaire. Fille d'un médecin de campagne, c'était elle qui avait suggéré d'enduire sa plaie d'une préparation de pain fermenté, un produit préventif contre les infections que son père utilisait avec beaucoup de succès. L'étendue de ses connaissances avait intrigué le docteur Abernathy, et tous deux avaient passé un bon moment à débattre des moyens de soigner la blessure d'Alaric. Il s'était senti comme un morceau de bœuf que deux chefs se disputaient, cherchant à savoir quelle était la meilleure façon de le servir.

— C'est moi qui ai de la chance, répondit Annabel en regardant son mari, le regard empreint d'admiration.

Par tous les diables, ces deux-là feraient mieux de se trouver une chambre à coucher et d'en finir.

Elle déposa un plateau sur les genoux d'Alaric.

— Quant à vous, Votre Grâce, vous feriez mieux de manger quelque chose si vous espérez retrouver vos forces.

Son estomac se retourna à la vue du gruau, qui lui rappela les punitions du vieux duc. Cette bouillie insipide qu'on lui donnait pour le guérir de ses « faux symptômes ». Il préférait mourir de faim plutôt que de manger une cuillère de cette horreur.

— Je n'ai pas faim, répondit-il d'un ton irrité. J'aimerais me reposer et avoir de l'intimité, s'il vous plaît.

Les poings sur les hanches, Annabel semblait prête à protester, mais Will intervint.

— Pas avant que nous ayons discuté.

— À quel propos ? demanda Alaric.

— De la personne qui cherche à te tuer, pour commencer.

— Ce n'est pas ton affaire.

Dans un moment de faiblesse, qu'il mettait sur le compte de son hémorragie, il avait tout raconté à son frère, depuis le poison dans son whisky jusqu'au tireur de la nuit précédente.

Will lui lança un regard noir.

— Nous sommes une famille. Bien sûr que c'est mon affaire.

Jarvis passa la tête dans la chambre.

— Votre Grâce, M. Kent est arrivé.

— Faites-le monter, dit Will, avant qu'Alaric ne puisse répondre.

Jarvis, ou plutôt *Judas*, sortit pour exécuter les ordres de Will.

— Que diable ton associé fait-il ici ? s'enquit Alaric.

— Je lui ai demandé de venir. C'est le meilleur enquêteur de Londres, expliqua Will, croisant les bras. Et quelque chose me dit que ta situation particulière exige d'avoir recours au meilleur.

Avant qu'Alaric puisse argumenter davantage, des pas se firent entendre dans l'escalier, et, une minute plus tard, Ambrose Kent entra. Il n'était pas seul. Mlle Kent le suivait et Alaric était peut-être plus affamé qu'il ne le pensait, car elle semblait appétissante dans une robe de la couleur des pêches d'été. Un spasme étrange lui saisit la poitrine lorsqu'il vit l'inquiétude sincère dans ses yeux.

Elle s'inquiétait... pour lui ?

— Votre Grâce. J'espère que nous ne vous dérangeons pas.

Le regard d'Alaric se porta sur la propriétaire de la voix sulfureuse et féminine. Il n'avait pas remarqué la superbe blonde qui était entrée à la suite de Mlle Kent à l'entrée, alors qu'il aurait dû le faire. Mme Kent, l'ancienne Lady Marianne Draven, était tout de même une *Incomparable*[1]. Elle exécuta une révérence élégante. Emma s'empressa de lui emboîter le pas, et son simple petit mouvement de tête lui donna envie de sourire.

Maîtrisant ses traits, il essaya de discerner si la famille de Mlle Kent avait le moindre soupçon concernant l'escapade chez Andromède ou sa visite de la veille chez lui. Étant donné que le frère de la jeune femme n'était pas en train de l'étrangler ni de le défier en duel, il devina qu'elle avait gardé le secret sur leurs rencontres.

Sa discrétion était surprenante... et irritante. N'importe quelle autre vierge aurait exigé de lui qu'il fasse ce qu'il convenait. Mais pas Emma Kent, ce bout de femme têtu et ambitieux. Lui, un maudit *duc*, n'était pas assez bien pour elle. Il s'interrogea sur ce qu'elle pouvait bien vouloir chez un mari, et repoussa tout aussi vite cette question.

Il reporta délibérément son attention sur la belle-sœur d'Emma.

— Madame Kent, dit-il, une beauté comme la vôtre n'est jamais un dérangement. J'ai bien peur d'être passablement immobilisé en ce moment. Sinon, je vous rendrais un hommage digne de ce nom.

— Tu ferais mieux de t'en abstenir, répondit Will à mi-voix.

Alaric comprit ce que voulait dire son frère. Même s'il avait jugé l'associé de son frère comme quelqu'un de calme et de raisonnable, la mine d'avertissement d'Ambrose Kent laissait présager le contraire. Ce qui démontrait que même un homme rationnel pouvait être rendu fou à cause d'une femme.

Si Kent et Will ne faisaient pas la différence entre un simple badinage et une intention réelle, c'était leur problème. La vérité, c'était que cela lui demandait un effort de maintenir son attention sur Mme Kent alors que tout ce qu'il voulait, c'était regarder Emma. Subrepticement, il continuait à la surveiller.

Elle observait son sanctuaire privé, et une ligne se creusa entre

---

1. NDLT : femme de la bonne société, qui n'a ni égale ni rivale.

ses fins sourcils lorsque son regard se posa sur le tableau. Il se demanda ce qu'elle en pensait. À ses yeux, elle semblait délicieusement déplacée dans cette chambre à coucher masculine. Sur la toile de fond des murs couverts de soie rayée vert forêt et du lourd mobilier en acajou, elle ressemblait plus que jamais à un fruit frais et juteux.

Une image surgit dans son cerveau : Mlle Kent, nue et attachée à son grand lit à baldaquin, gémissant tandis qu'il enfouissait son visage entre ses cuisses...

Sous les couvertures, son membre s'agita contre le haut de sa jambe. *Bon sang, reprends-toi en main !* Dieu merci, le plateau masquait son état honteux.

— Il semble que je vous doive des excuses, Votre Grâce, dit Kent avec raideur. Nous, les Kent, nous vous avons mal jugé, et je suis venu faire amende honorable. Les services de Kent et Associés sont à votre disposition, avec mes compliments.

Alaric était tenté de lui dire de prendre ses services gratuits et d'aller au diable... mais, même si cela l'horripilait, il avait effectivement besoin d'aide. Quelqu'un cherchait à le tuer, et les coureurs qu'il avait engagés s'avéraient inutiles. Ils étaient déconcertés par le coup de feu, et n'avaient pas non plus progressé dans l'enquête sur l'empoisonnement.

Son instinct lui disait que Kent était un homme de confiance. Et, en dépit de l'animosité de longue date entre Will et lui, à la vérité, il savait que son frère ne le poignarderait jamais dans le dos... même s'il le méritait.

— Votre Grâce.

Mlle Kent s'approcha du côté de son lit. Les doigts croisés, elle dit :

— Je suis terriblement navrée que mes actions aient mené à ce que vous soyez blessé, et j'espère que vous serez prêt à pardonner le passé.

Ses yeux suppliants et ses excuses sincères le frappèrent comme des éclats de soleil. Son antagonisme fondait doucement. En ce qui concernait le malentendu sur la mort de Clara, il se rendait compte qu'il ne pouvait plus en vouloir à Mlle Kent. Ce serait injuste de le faire alors qu'en vérité, elle avait fait une erreur de bonne foi, et que ses propres agissements n'avaient pas été irréprochables.

— N'y pensez plus. Ce n'est pas vous qui m'avez tiré dessus... mais un criminel, dit-il brusquement.

Il fut récompensé par son sourire timide.

— Connaissez-vous l'identité du tireur? s'enquit Kent, attirant son attention sur l'affaire en cours.

— Non. Mais il avait une cicatrice. Comme ceci, expliqua Alaric en passant un doigt sur le milieu de son visage, imitant sa défiguration en zigzag. Il faisait sombre, et je n'ai pas bien vu le reste de son corps.

Kent avait sorti un petit carnet et y griffonnait.

— C'est un début. Passons aux suspects, alors. Qui pourrait vouloir votre mort?

— Un charmant garçon comme lui? ricana Will. Il vous faudra un plus grand carnet.

— Très drôle, Peregrine, répondit Alaric d'un ton glacial. En fait, une seule personne me vient à l'esprit. Il s'appelle Silas Webb, et il travaillait pour l'entreprise que j'ai rachetée.

Il raconta son histoire avec Webb.

— Les coureurs que j'ai engagés n'ont pu trouver aucune trace de lui.

— Nous allons nous pencher sur la question, annonça Kent, tapotant la page avec son crayon. Avez-vous d'autres ennemis liés à votre entreprise minière ou à d'autres transactions commerciales? D'après mon expérience, l'argent est l'une des principales motivations du meurtre.

— Tous ceux qui ont investi dans mon projet se sont enrichis grâce à lui. Si nous devions nous fier à la piste de l'argent, je croulerais sous les amis, affirma Alaric.

— En parlant de relations personnelles, avez-vous, euh... des connaissances intimes qui pourraient avoir une dent contre vous?

s'enquit Mlle Kent. J'ai entendu dire que le poison est une arme de femme, voyez-vous…

— Nous n'allons pas discuter de mes affaires privées, rétorqua Alaric.

Il était hors de question qu'il ouvre cette boîte de Pandore devant quiconque. Néanmoins, la supposition de Mlle Kent lui tirailla la poitrine de manière inconfortable. Après la mort de Laura, il s'était livré à une véritable frénésie sexuelle. Il avait eu son lot d'aventures; certaines d'entre elles ne s'étaient pas bien terminées. Il avait clairement exprimé ses attentes, mais quelques femmes avaient espéré un mariage. L'une d'entre elles tenterait-elle de le tuer par déception?

Le moins que l'on pouvait dire, c'était que cela semblait peu probable.

— Comment pourrons-nous résoudre l'affaire si vous ne nous dites pas tout? s'exclama Mlle Kent

— *Tu* ne participeras pas à cette affaire!

— *Vous* ne participerez pas à cette affaire!

Kent et lui échangèrent des regards surpris : ils avaient prononcé les mots simultanément.

Emma croisa les bras.

— J'essaie juste d'aider.

— Emma n'a pas tort, intervint Mme Kent. Les relations peuvent être mortelles. Par exemple, avez-vous envisagé la possibilité que Lord Osgood soit le coupable? Il aurait un mobile, à la fois contre vous et Lady Osgood pour lui avoir été infidèle.

— Excellente déduction, ma chérie, dit Kent.

— Pour autant que je sache, les Osgood avaient un accord. Lord Osgood ne voyait aucun inconvénient aux… amitiés de sa femme.

Voyant Mlle Kent captivée, Alaric chercha une explication délicate.

— Tant qu'elle se montrait discrète, il l'encourageait même, car il avait ses propres occupations.

— Il avait des *amitiés* avec d'autres ladies? demanda Mlle Kent en plissant le nez.

— Pas avec des ladies, non.

Il vit que tout le monde commençait à comprendre, à l'exception de Mlle Kent, qui semblait toujours confuse.

— Ce que je veux dire, c'est que Lord Osgood comprenait et profitait de leur arrangement. Il voulait une épouse à son bras, et un mariage à exposer au monde; il n'avait aucune raison de tuer Clara.

— Ah, dit Mme Kent, avant de murmurer à l'oreille de Mlle Kent. Je t'expliquerai plus tard, ma chérie.

Kent s'éclaircit la gorge.

— Selon moi, il y a deux voies d'enquête à suivre. La première est l'empoisonnement. McLeod m'a parlé de votre domestique disparue, et c'est une coïncidence qu'on ne peut pas ignorer. Votre personnel doit être interrogé.

— Cela a déjà été fait, l'informa Alaric.

— Pas par moi.

Prononcées sans fierté, les paroles de Kent reflétaient malgré tout une confiance qui inspirait celle d'Alaric. Pour la première fois depuis le début de cette affaire de meurtre, il ressentit une lueur d'espoir.

— Maintenant, le coup de feu, poursuivit Kent en s'approchant du lit. Après que McLeod m'a décrit la tentative, je me suis rendu sur les lieux.

Ce disant, il sortit une petite bourse à cordon de sa poche latérale et en vida le contenu sur la couverture. Incrédule, Alaric ramassa les deux billes de plomb et les étudia. Difformes et grumeleuses, elles faisaient approximativement la taille de l'ongle de son pouce.

— Vous avez *trouvé* les balles?

— Elles étaient enchâssées dans un poteau en bois derrière l'endroit où vous vous trouviez, indiqua Kent avec un haussement d'épaules. Nous savons donc que l'arme était à double canon. À mon avis, un fusil à silex.

Secouant la tête, stupéfait, Alaric ramassa le morceau de papier déchiré à côté des balles.

— Qu'est-ce que c'est ?

— Une partie de l'emballage d'une cartouche, je crois.

Alaric savait que certaines échoppes proposaient des cartouches déjà assemblées, la poudre et le projectile étant enveloppés dans du parchemin pour faciliter le chargement. Lorsqu'il reposa le papier, des taches d'une substance noire s'accrochèrent sur le bout de ses doigts.

— Il était pris dans les débris d'une ruelle à quelques mètres de l'endroit où vous avez été attaqué. Le fait qu'il y ait encore des résidus de poudre sur la cartouche suggère qu'elle a été utilisée récemment, déclara M. Kent.

Un souvenir jaillit dans l'esprit d'Alaric.

— Alors que la voiture se dirigeait vers moi, j'ai vu quelque chose s'envoler par la fenêtre. Cela aurait pu être ceci.

Il tourna le papier dans tous les sens et aperçut un symbole sur le bord déchiqueté. Une partie avait été arrachée; ce qui restait était un demi-ovale rempli de lignes sinueuses.

— Est-ce une sorte d'emblème ?

— Je crois qu'il s'agit d'un insigne utilisé par l'armurerie. Cela pourrait nous conduire à l'endroit qui a vendu l'arme, et au tireur lui-même. Si vous souhaitez que notre bureau s'occupe de votre affaire, je poursuivrai personnellement cette voie d'enquête.

Alaric devait bien admettre qu'il était impressionné.

— L'affaire est à vous, à une condition.

Kent fronça les sourcils.

— Je réglerai vos honoraires habituels, plus les frais engagés au cours de l'enquête. Je ne veux être redevable envers personne, annonça-t-il.

Kent échangea un regard avec Will, qui haussa les épaules.

— Comme vous voulez, répondit vivement Kent. En plus des valets de pied que j'ai vus devant, je vous suggérerais de faire appel à des gardes professionnels pour votre protection.

— Je connais quelques personnes, dit Will. Des hommes

honnêtes et fiables du régiment, aux côtés desquels j'ai combattu, et dont je peux me porter garant. Ils seraient très intéressés par le poste.

Alaric inclina la tête.

— Engagez-les.

— Je vous tiendrai au courant de nos progrès, lui dit Kent en s'inclinant. Nous allons vous laisser vous reposer.

— Nous vous souhaitons un prompt rétablissement, Votre Grâce, dit Mme Kent.

— Pourrai-je revenir vous voir ? demanda brusquement Mlle Kent. Pour m'enquérir de votre santé ?

Sa demande le surprit... et le toucha.

— Si vous le souhaitez, dit-il d'un ton bourru.

— Je serai là les après-midi, annonça Annabel. Je pourrai jouer les chaperons.

Kent fronça les sourcils.

— Emma, ce n'est pas sûr. Après tout, le duc a été pris pour cible...

— Tu as vu les valets de pied à l'extérieur, chéri, l'interrompit Mme Kent, et maintenant il y aura aussi des gardes armés. Cet endroit est plus sûr que St James Palace.

Kent donna l'impression de vouloir continuer à discuter, mais sa femme le prit par le bras et le conduisit vers la porte.

— J'accompagnerai Emma après-demain. Deux heures vous conviendraient, Annabel ?

— Parfaitement, Marianne.

Aux yeux d'Alaric, le regard échangé par les deux femmes semblait étrangement... conspirateur.

CHAPITRE TREIZE

Accompagnée de Marianne, Emma retourna au domicile de Strathaven deux jours plus tard. La maison de ville de style palladien semblait encore plus imposante avec les gardes armés qui flanquaient l'entrée. M. Jarvis les fit entrer, et elle vit que sa démarche était aussi lente et traînante que la dernière fois. Elle sortit un pot du panier qu'elle portait et le lui tendit.

— C'est une pommade qui soulage les articulations douloureuses, dit-elle. Je me suis dit que vous aimeriez l'essayer.

— C'est bien gentil de votre part, mademoiselle. Je vous remercie, dit-il avec un large sourire.

Alors qu'il la conduisait avec Marianne dans le vestibule, elle s'enquit :

— Comment se porte Sa Grâce aujourd'hui ?

— Il se rétablit bien. Il a connu pire. Sa Grâce n'est pas un délicat dandy anglais, mais un Écossais pur et dur.

Emma entendit la fierté dans la voix du majordome.

— Vous travaillez pour lui depuis longtemps ?

— J'ai travaillé pour Strathaven toute ma vie, mademoiselle. J'étais là le jour où Sa Grâce est arrivée au château de Strathmore. Il avait neuf ans, et c'était le nouveau pupille de l'ancien duc.

Emma se rappela qu'Annabel lui avait dit que Strathaven avait été élevé séparément de son frère dès son plus jeune âge.

— Pourquoi est-il venu vivre ici alors qu'il avait sa propre famille ?

— Son père était un cousin éloigné du vieux duc. À la mort de son propre fils, le duc et la duchesse ne pouvant avoir d'autre enfant, il a recueilli le jeune maître.

Emma médita sur ce sujet tandis que le majordome les conduisait lentement vers l'une des volées de l'escalier.

— N'était-il pas triste d'être séparé de sa famille à un si jeune âge ?

Si elle s'était retrouvée dans sa situation, elle aurait eu le cœur déchiré.

— Toutes les familles ne sont pas heureuses, ma chère, murmura Marianne.

— Je ne peux pas dire que j'en sais beaucoup à ce sujet. Même lorsqu'il était enfant, Sa Grâce n'a jamais été du genre à montrer ses sentiments.

S'arrêtant sur le palier, M. Jarvis se retourna vers Emma, et posa sur elle son regard chassieux, et d'une sagacité inattendue.

— Il a ses raisons de se protéger, mais si vous l'approchez d'une main patiente et bienveillante, vous verrez qu'il aboie plus qu'il ne mord.

Avant qu'Emma ait pu digérer ces paroles, Mme McLeod s'approcha d'elles.

— Emma, heureusement que vous êtes venue, dit la beauté aux cheveux auburn. Strathaven est dans tous ses états aujourd'hui.

— Il se peut que je n'améliore pas la situation, déclara Emma en toute sincérité.

— Sottise ! Il vous a demandée.

Son cœur eut un stupide petit hoquet.

— Vraiment ? Il veut me voir ?

— Il a précisément dit : « Je croyais que cette fille devait être là à deux heures. », répéta Mme McLeod, qui lui fit un clin d'œil et la poussa vers la porte. Pourquoi n'entreriez-vous pas, ma chère ? Je dois discuter d'une chose avec Marianne, et nous serons là dans peu de temps.

Après avoir pris une inspiration, Emma s'aventura dans la chambre à coucher.

Strathaven était assis dans son lit à baldaquin, reposant contre les oreillers, incarnation de l'élégance vestimentaire dans sa robe de chambre en soie noire. Pourtant, il y avait aussi des signes de sa vulnérabilité : ses épais cheveux de jais étaient ébouriffés et des ombres se dessinaient sous ses yeux. Il étudiait une lettre, puis il la jeta avec impatience sur la pile de correspondance posée sur le lit.

— Bonjour, Votre Grâce, dit-elle.

Il releva brusquement la tête, et ses yeux vert pâle la scrutèrent.

— Vous êtes venue malgré tout.

— J'ai dit que je le ferais.

— C'est très rare. Une femme qui tient parole.

Elle était sur le point de répliquer lorsque les paroles de M. Jarvis lui revinrent. Le caractère revêche du duc était-il une sorte de bouclier ? Avait-il été blessé dans le passé...? Par sa famille ? Ou quelqu'un d'autre ?

Mais ce n'est pas une raison pour qu'il s'en prenne à moi.

Avec une patience acquise en élevant un frère et trois sœurs, elle compta jusqu'à dix dans sa tête.

— Ceci est l'unique raison de mon retard, dit-elle en tapotant le panier en osier. Notre chef est possessif lorsqu'il est question de sa cuisine. J'ai dû attendre qu'il parte au marché pour pouvoir l'utiliser.

Alaric fronça les sourcils.

— Pourquoi auriez-vous besoin d'utiliser la cuisine ?

— Pour cuisiner, bien sûr !

Repérant le plateau sur la petite table, elle s'affaira à y déballer le contenu de son panier. Elle l'apporta ensuite vers le lit, et le déposa sur les genoux de Strathaven.

Il gardait les yeux rivés vers le bas, comme s'il n'avait jamais vu de ragoût ou de pain auparavant.

— C'est vous qui l'avez fait ? Pour moi ?

La note étrange dans sa voix lui rappela que les ladies de la bonne société ne préparaient pas les repas, laissant ces tâches subalternes au personnel. Emma, elle, avait toujours cuisiné, et, à Chudleigh Crest, apporter de la nourriture à des voisins malades était un geste de bonté.

— Ce n'est qu'un mélange de diverses choses. Mme McLeod a dit que vous ne mangiez pas, alors j'ai pensé que vous aimeriez essayer ceci. C'est très réconfortant : mon frère Harry en demandait toujours lorsqu'il était malade.

Strathaven lui lança un regard indéchiffrable. Il prit la cuillère et la plongea dans le mélange mijoté de viande et de légumes. Avec précaution, il le porta à sa bouche.

À quoi pensais-je en préparant un simple plat campagnard pour un duc ?

Il avait sans doute à sa disposition une équipe de chefs français qui lui préparait une cuisine adaptée à son palais raffiné. Elle se sentit si gauche qu'elle réprima un gémissement.

Il était trop tard. Il avait goûté à la cuillère.

— C'est bon ! s'exclama-t-il, l'air surpris. C'est délicieux, en fait.

Troublée par ce compliment, elle répondit :

— C'est sans doute uniquement une impression par rapport aux aliments insipides que l'on donne aux malades, et que vous avez mangés jusqu'à présent. Je n'ai jamais compris pourquoi une personne malade devrait ingurgiter des aliments qu'une personne en bonne santé ne toucherait pas.

— Je ne l'ai jamais compris non plus, approuva-t-il.

Il lui adressa un sourire, un sourire tordu et enfantin qui le transforma. En un clin d'œil, il passa d'un duc méchamment taciturne à un homme d'une beauté dévastatrice. Les sens d'Emma étaient en ébullition.

Il fit un signe vers une chaise à son chevet, sur laquelle elle s'assit, encore plus étonnée lorsqu'il prit un morceau du pain qu'elle avait fait cuire et le trempa dans le bol. C'était un geste qu'aurait fait n'importe quel membre de sa famille, mais il semblait trop sophistiqué, trop *ducal*, pour saucer son plat avec du pain.

Néanmoins, il mangeait avec un semblant d'appétit, et le regard de la jeune femme s'égara sur le tableau accroché au mur. L'image sombre et grotesque représentait un homme, un soldat de l'Antiquité, d'après son casque à crête et sa tenue de gladiateur, retenu prisonnier dans... une urne ? L'expression dévastée, le pauvre homme frappait en vain les parois de ses poings.

Quelle personne saine d'esprit voudrait se réveiller avec une telle image ? se demanda-t-elle.

— Savez-vous cuisiner autre chose ? s'enquit Strathaven, ramenant l'attention d'Emma sur lui.

Elle acquiesça.

— Ma mère m'a appris. Comme j'étais l'aînée, je l'ai aidée à la cuisine dès que j'ai su éplucher une pomme de terre. Après son décès, j'ai pris le relais de la préparation des repas de la famille.

— Quel âge aviez-vous quand elle est morte ?

— Treize ans.

Étaient-ils en train d'avoir une... conversation normale ?

— Cela explique tout.

— Cela explique quoi ?

— Votre tendance à prendre les choses en main.

Emma raidit les épaules.

— Je fais ce qui doit être fait, Votre Grâce. Si vous voulez considérer que je suis autoritaire, libre à vous.

Il posa sa cuillère et s'essuya la bouche avec une serviette.

— Vous n'avez pas besoin de prendre ce ton. Dites-moi, mademoiselle Kent, êtes-vous toujours aussi difficile ? Ou est-ce simplement avec moi ?

— Avant vous, personne ne m'a jamais dit que j'étais difficile.

Du moins, pas *en face*.

— Alors, c'est moi, dit-il, arborant un léger sourire. Je suppose que ce n'est que justice.

— Qu'est-ce qui n'est que justice ?

— Étant donné que vous semblez faire ressortir le démon en moi, il semble normal que j'aie le même effet sur vous, dit-il sèchement.

Elle s'apprêtait à dire qu'il n'y avait pas de démon en elle... mais ce n'était pas vrai, n'est-ce pas ? Depuis leur rencontre, elle avait fait ingérence dans le fonctionnement de la justice, avait visité une maison de débauche et s'était livrée à une étreinte imprudente. Elle avait découvert qu'elle était sujette à des pulsions dévergondées ; sa morale, autrefois solide, était en ruines. Avec un sentiment de résignation, elle décida de ne pas ajouter le mensonge à la liste.

— Très bien. Nous faisons ressortir ce qu'il y a de pire chez l'autre, marmonna-t-elle. Satisfaite, Votre Grâce ?

Il se mit à rire, et le son rauque troubla davantage les sens d'Emma.

— Je crois bien que c'est la première fois que nous sommes d'accord sur quelque chose.

Elle esquissa un petit sourire.

— Nous sommes d'accord sur le fait que nous ne sommes pas d'accord ?

Il hocha lentement la tête.

— Pour célébrer cet événement capital, et aussi parce qu'il semble ridicule de ne pas le faire à ce stade, si nous sautions les formalités ? Je m'appelle Alaric.

— Oh ! Eh bien, je m'appelle Emma. Comme vous le savez.

Elle lutta pour ne pas rougir. Le sourire d'Alaric s'estompa et son regard se fit plus intense.

— Dites-moi, Emma, pourquoi êtes-vous si gentille ?

— Je n'agis pas différemment d'habitude.

— Laissez-moi reformuler : pourquoi êtes-vous gentille avec *moi* ?

Exact. Maintenant qu'elle avait pu constater que sa santé s'améliorait, il était temps de passer à l'autre objectif de sa visite.

Alaric était en danger, et il avait besoin d'aide. Ambrose faisait des progrès, mais son interrogatoire du personnel d'Alaric n'avait révélé aucun indice. Désespérée, Emma avait supplié son frère de la laisser s'occuper des bonnes. Il avait refusé catégoriquement.

— Tu as déjà été bien trop impliquée avec Strathaven, avait-il dit d'un ton sévère.

Tu n'en sais pas la moitié, avait-elle pensé.

— Je ne veux pas que tu sois davantage mêlée à cette affaire, Em.

Elle n'avait pas réussi à faire fléchir son frère. Une fois qu'il était décidé, Ambrose était aussi têtu qu'un bœuf. Emma n'avait donc plus qu'une seule solution. Si elle parvenait à convaincre Alaric de la laisser parler à ses domestiques, elle pourrait peut-être trouver un indice sur la disparition de Lily Hutchins et lui sauver la vie.

Elle se devait d'essayer.

— Puisque votre vie est en danger, je me disais que nous devrions enterrer la hache de guerre, commença-t-elle.

— Considérez qu'elle est enterrée.

C'était facile. Trop facile. L'expression d'Alaric ne laissait rien transparaître.

— Vous savez que mon frère a parlé à votre personnel au cottage...

— Et qu'il n'a rien découvert, comme je l'avais prédit.

— Il peut s'avérer difficile pour les femmes de parler aux hommes, dit-elle avec diplomatie. D'un autre côté, peut-être que si j'interrogeais les femmes de chambre...

— Par tous les diables, j'aurais dû m'en douter! s'exclama-t-il en lui jetant un regard noir. Vous ressemblez à un maudit chien avec son os, vous le savez?

— J'essaie seulement d'aider, protesta-t-elle.

— Pourquoi?

— Que voulez-vous dire par « pourquoi »? Quelqu'un vous a tiré dessus. Votre vie est en danger...

— Je suis touché que vous vous inquiétiez de mon bien-être. Mais il y a autre chose, une autre raison, n'est-ce pas? insista-t-il, et, sous son regard perçant, elle se mit à se tortiller. Crachez le morceau, mademoiselle Kent ou je vous le ferai cracher.

Elle souffla légèrement.

— Je me soucie *vraiment* du fait que vous viviez ou mouriez... Dieu sait pourquoi. Mais, oui, mon plan est bénéfique pour nous deux. J'ai essayé de vous l'expliquer la dernière fois, mais vous ne m'en avez pas laissé la possibilité...

— Expliquez-vous maintenant.

— En vous aidant dans votre affaire, je prouverai à mon frère que je suis capable de faire du travail d'investigation. Rejoindre Kent et Associés est ma vocation, et je l'accomplirai d'une manière ou d'une autre.

Avec une pointe de défi dans la voix, elle ajouta :

— Qu'en pensez-vous ?

— Vous n'avez pas envie de le savoir, répondit-il sombrement.

———

Il *savait* que cette femme avait une idée derrière la tête.

Alaric lutta pour maîtriser sa colère d'avoir été manipulé. Lui préparer un ragoût, se montrer si soucieuse, être si gentille, tout cela n'était qu'un stratagème. Elle était aussi rouée que toutes les femmes qu'il avait connues. Dire qu'il avait été touché qu'elle semble s'intéresser à lui...

Son ventre se noua en pensant à Laura. À la manière dont il s'était laissé séduire par ses mots d'amour. Après leur mariage, ses chuchotements d'adoration s'étaient mués en demandes insistantes pour obtenir son attention. Il avait eu beau donner, cela n'avait jamais été assez. Elle l'avait harcelé, avait essayé de le rendre jaloux, avait couché avec des hommes les uns après les autres. Et pendant tout ce temps, elle avait rejeté la faute sur lui.

Tu n'es qu'un scélérat égoïste. Tu n'as pas de cœur. Tu ne sais pas aimer.

Certes, elle s'était comportée en garce manipulatrice, mais elle ne s'était pas trompée non plus.

Il n'avait pas la capacité d'éprouver des sentiments tendres, et c'était une très bonne chose. Parce qu'on ne pouvait pas les utiliser contre lui. Parce que personne, pas même Emma Kent, ne pouvait le soumettre à sa volonté. À ses stupides lubies. La fureur lui glaça le ventre. Une *enquêteuse* ? Qui avait déjà entendu une telle chose ?

Elle se leva d'un bond et lui jeta un regard noir.

— Vous êtes comme Ambrose. Pourquoi aucun de vous ne veut au moins accorder une chance à mon plan ?

Avec un juron, il écarta brusquement les couvertures. Emma recula.

— Faites attention à vous. Votre blessure...

— Au diable ma blessure, et au diable votre obstination !

Il s'approcha d'elle à grands pas, la faisant reculer dans le coin de la pièce. Entre ses dents, il gronda :

— La prochaine fois, ne vous fatiguez pas à faire un ragoût et dites simplement ce que vous voulez.

— Qu'est-ce que le ragoût a à voir avec cela ? s'enquit-elle, l'air déconcerté. Et je *suis* en train de vous dire ce que je veux !

— Vous ne pouvez pas sérieusement penser que vous pouvez devenir enquêteuse, dit-il d'un ton sec.

— Pourquoi pas ?

— Nous parlons d'une enquête sur un meurtre. Une activité dangereuse pour laquelle vous n'êtes pas du tout qualifiée.

Elle *osa* lui jeter un regard noir.

— Et pourquoi cela ?

— Parce que vous êtes une maudite femme... et une innocente, de surcroît !

Elle se renfrogna.

— Je ne suis pas si innocente que ça, grâce à vous.

Parmi toutes les occasions de lui rappeler l'Andromède... il serra la mâchoire et s'efforça de réfléchir en dépit de la colère et de l'excitation qui l'envahissaient. Pourquoi le poussait-elle toujours à bout ? L'idée qu'elle soit blessée à cause de ce chaos faisait battre son cœur à un rythme effréné. Des instincts de protection qu'il croyait morts depuis longtemps se ravivaient et le mettaient encore plus en colère.

Pourquoi réveillait-elle ses vieux rêves stupides ?

L'expérience lui avait appris que l'amour n'était qu'un euphémisme pour le pouvoir. Dans les relations, il n'y avait que deux options : contrôler, ou être contrôlé. Il ne serait plus jamais la marionnette de qui que ce soit.

— Vous ne vous impliquerez pas dans cette affaire, et c'est définitif, gronda-t-il.

— Vous ne pouvez pas me dicter ma conduite, répliqua-t-elle, et sa poitrine se souleva.

— Vraiment ? Je crois vous avoir prouvé que vous aviez tort il y a deux nuits de cela, dans ma bibliothèque. Souhaitez-vous une autre démonstration ?

Parce qu'il *brûlait* d'envie de la lui donner.

— Cessez d'essayer de m'intimider avec vos... vos ruses de séduction !

— Vous me trouvez donc séduisant.

— Absolument *pas*.

— Vous ne pouvez pas me cacher la vérité, Emma.

D'un geste rapide, il saisit ses poignets dans une main et les coinça au-dessus de sa tête. Il se pencha, et la chaleur se mit à grésiller dans l'espace qui les séparait.

— Vous fondez pour moi chaque fois que nous nous touchons.

— Non, je ne...

Saisissant l'occasion, il l'embrassa.

Elle se débattit, et il ne fit pas de quartier, la maintenant en place. Il s'empara de sa bouche, son goût inondant ses sens, sa colère explosant en un désir brut. En quelques secondes, elle capitula, cédant avec un délicieux soupir. Introduisant sa langue entre ses lèvres, il pressa son corps dur et excité contre la douceur consentante de la jeune femme.

Restreinte, la passion d'Emma brûlait encore plus fort. Son petit corps doux s'étirait contre ses propres arêtes dures, et il avait l'impression de se trouver dans un piège de plaisir tandis qu'elle se tendait contre lui. Le désir se lisait dans les yeux d'Emma, et ses mamelons durcis taquinaient le torse d'Alaric à travers les épaisseurs de tissu.

L'esprit du duc l'avertit des dangers : la porte était ouverte, et n'importe qui pouvait les voir.

Cela ne fit que lui échauffer davantage les sangs.

De sa main libre, il souleva les jupes d'Emma, les poumons brûlants lorsqu'il découvrit la douceur soyeuse de ses cuisses. Il couvrit sa bouche de la sienne, étouffant son halètement, frissonnant quand ses doigts aventureux trouvèrent ses boucles humides, et les nymphes glissantes qui s'y trouvaient.

Bon sang ! Elle avait la figue la plus douce et la plus humide qui soit.

Lorsqu'il tourna autour de sa perle, elle gémit.

— Ne faites aucun bruit, murmura-t-il. À moins que vous ne vouliez vous faire surprendre.

La compréhension lui fit écarquiller les yeux. Simultanément, ses hanches basculèrent désespérément contre sa main. Elle mordit sa lèvre inférieure tandis qu'il jouait avec son nœud d'amour, le caressant, stimulant le bourgeon tendu tout en la maintenant contre le mur. Elle rougit, sa poitrine se gonfla, et il sut qu'elle était proche de l'apogée. Faisant rouler son clitoris avec son pouce, il glissa son majeur le long de sa fente gonflée.

Il soutint son regard tout en s'enfonçant dans son intimité virginale.

Elle était chaude, mouillée, si étroite... Tellement *parfaite*.

— Mon Dieu ! Pourquoi ne parviens-je pas à me lasser de vous ? gronda-t-il contre son oreille.

Les lèvres d'Emma s'écartèrent sur un cri silencieux.

Il se retint de justesse de gémir en la voyant jouir, les palpitations sensuelles faisant tressaillir son érection sous sa robe de chambre, où un jet de semence lui brûla le ventre. Il serra les dents, réfrénant l'envie de remplacer son doigt par son vit, de la prendre ici, et maintenant.

— Annabel, j'ai été ravie de discuter, dit la voix trop forte de Marianne Kent par la porte ouverte. Je pense qu'il est temps que nous allions voir Emma et Sa Grâce.

Haletante, Emma le regarda avec une panique muette.

L'instant d'après, il s'écartait brusquement d'elle. Il se remit au lit juste à temps et rabattit les couvertures sur lui. Le cœur d'Alaric tambourinait dans sa poitrine, et ses reins palpitaient. Son corps tout entier vibrait de désir.

— Emma, as-tu terminé ta visite ? s'enquit Mme Kent en entrant, Annabel sur les talons. J'ai d'autres visites à faire aujourd'hui.

— Ou... oui, balbutia Emma.

— Nous allons donc prendre congé, Votre Grâce.

Mme Kent prit le bras de sa protégée et se retourna pour partir. Alaric reprit ses esprits.

— Mademoiselle Kent ?

— Oui ? répondit Emma qui lui fit face, rougissant davantage.

— J'espère que vous n'oublierez pas notre *tête-à-tête* d'aujourd'hui, dit-il, lui lançant son regard ducal le plus impérieux. Il ne sera plus question que vous fassiez des recherches. Nous avons un accord, n'est-ce pas ?

Le regard d'Emma trahissait son agacement. Levant haut le menton, elle répliqua :

— Vous avez votre façon de voir et j'ai la mienne.

Sa manière même de faire la révérence était un défi.

— Bonne journée, Votre Grâce.

Bon sang de bonsoir. La frustration et le désir bouillonnaient en lui alors qu'elle sortait avec les deux autres femmes.

Manifestement, Emma avait l'intention de s'immiscer davantage dans ses affaires. Son titre, sa richesse et son pouvoir, et même sa *domination sexuelle*... rien de tout cela ne l'intimidait le moins du monde.

Il avait envie de montrer les dents. Il avait envie de la trousser à en perdre la raison.

Il se passa les mains dans les cheveux. Même s'il éprouvait un infime respect pour son audace, il n'était pas question qu'il la laisse faire n'importe quoi dans sa vie. Il allait devoir la surveiller. Si... quand son comportement dépasserait les bornes, il interviendrait. Rapidement, et avec détermination. Il lui montrerait une fois pour toutes qui contrôlait la situation.

L'impatience l'envahit. Le sang de ses ancêtres bourdonnait dans ses veines.

Tu veux jouer ainsi, ma belle ? Alors, que le jeu commence.

Chapitre Quatorze

Le lendemain, Emma paya le cocher du fiacre et s'engagea dans Compton Street, une artère très fréquentée proche de Soho Square. Des devantures de magasins bordaient les deux côtés de la rue, et les gens et les chevaux se bousculaient sur le pavé. Emma se rendait au numéro huit, un bâtiment de deux étages situé entre une boulangerie et un atelier de fabrication de pianos. Sur la porte vert foncé, une petite plaque dorée indiquait simplement, *Kent et Associés*.

Elle entra et s'arrêta sur le seuil. Le soleil brillait à travers la fenêtre en arc de cercle à l'avant de la pièce, miroitant sur le bureau d'accueil et la cage d'escalier qui menait aux nouveaux bureaux des associés, ajoutés lors de la reconstruction. Une petite salle d'attente proposait des sièges confortables et des journaux à feuilleter. L'odeur du pain cuit se mêlait de temps à autre à la discordance d'un instrument que l'on accordait.

Quelque chose dans ce bureau avait toujours rappelé le cottage de Chudleigh Crest à Emma. Peut-être était-ce le côté confortable, le mélange de vues, de sons et d'odeurs, et le bourdonnement de l'activité. Venir ici, c'était comme... revenir à la maison.

Elle ne pouvait pas abandonner. Elle devait convaincre son frère de lui accorder une chance.

Je suis capable d'être une enquêteuse, *songea-t-elle avec fougue. Je le montrerai à tout le monde... en particulier à Strathaven.*

Hier, pendant un bref instant, il lui avait semblé que le duc et elle étaient parvenus à un armistice. Elle avait découvert son côté accessible, un homme mangeur de ragoût avec un sourire à faire fondre le cœur. Puis il l'avait attaquée sans raison, avait dénigré ses objectifs... et lui avait fait éprouver un plaisir torride et pervers, comme elle n'en avait jamais connu. Ses orteils se recroquevillèrent au souvenir de cette félicité absolue.

Son murmure charnel la fit frissonner. *Mon Dieu ! Pourquoi ne parviens-je pas à me lasser de vous ?*

Comme s'il avait... besoin d'elle.

Cette perspective l'enthousiasmait, la troublait et la consternait. Pourquoi partageaient-ils cette intense attirance physique alors qu'ils étaient mal assortis sur tous les autres plans ? Strathaven n'était pas du tout le genre d'homme qu'elle aurait imaginé pour elle-même. Il n'avait pas de principes ni de cœur ; ce n'était pas un homme dévoué à sa famille. Il était compliqué, lunatique... et, pour couronner le tout, c'était un duc.

La seule chose qu'ils avaient en commun, semblait-il, c'était leur entêtement. Il était confronté à un péril *imminent*, et pourtant il refusait son aide. Comment pouvait-il s'attendre à ce qu'elle reste sans rien faire ?

— Mademoiselle Kent, quelle agréable surprise !

M. Hobson, le secrétaire à lunettes, arrivant du couloir un plateau de thé à la main, s'approcha d'elle d'une démarche bondissante. Il devait avoir son âge, et il avait l'air d'un chiot, avec ses cheveux d'un brun doré et son humeur joyeuse. Sa volonté de plaire n'avait d'égale que sa maladresse innée, ce qui exaspérait au plus haut point Ambrose et ses associés.

Si Hobson n'a pas renversé ou cassé quelque chose, la journée n'est pas terminée, avait coutume de grommeler M. McLeod.

Ce qui manquait à Hobson en matière d'habileté, il le compensait par sa loyauté, son optimisme et son enthousiasme inextinguible. On ne pouvait s'empêcher de l'apprécier, même s'il éclaboussait tout d'encre et qu'il brisait toutes les bonnes tasses à thé.

D'expérience, Emma savait qu'il fallait garder ses distances avec le plateau qu'il tenait à bout de bras.

— Bonjour, monsieur Hobson. Mon frère est-il là ? s'enquit-elle.

— Oui, répondit-il avant de baisser la voix. Il est à l'étage avec les Hilliard. Ils sont passés à l'improviste.

— Ah, dit Emma.

Les Hilliard étaient les banquiers père et fils qui avaient accordé le prêt pour la reconstruction du bureau. Hommes d'affaires avisés, ils passaient de temps à autre pour s'assurer de la santé de l'entreprise... et de leur investissement.

— J'étais sur le point de leur apporter du thé. J'ai pris des gâteaux à la boulangerie. Je me suis dit que cela pourrait les amadouer un peu, murmura Hobson.

Emma jeta un regard au plateau. Il y avait des traces de doigt sur le glaçage de deux des gâteaux. Les deux autres s'étaient manifestement écroulés, et avaient été recomposés... bizarrement. Ils ressemblaient désormais à de petites bottes de foin désordonnées.

— J'ai eu du mal à les sortir de la boîte, dit Hobson en fronçant les sourcils. Croyez-vous que quelqu'un le remarquera ?

Des voix et des pas qui descendaient l'escalier lui évitèrent d'avoir à répondre. Ambrose apparut, les Hilliard sur les talons.

— Emma ! s'exclama-t-il, surpris. Je ne m'attendais pas à te voir. Tu te souviens des Hilliard ?

Elle leur adressa une révérence polie.

— Bonjour, messieurs.

— À vous également, mademoiselle Kent, répondit M. Hilliard fils en s'inclinant sur sa main.

Vêtu de noir sombre, rehaussé seulement par le blanc de sa chemise, il lui faisait un peu penser à un pingouin. Il était petit et rondelet, une réplique de son père en plus jeune.

— Père et moi sommes très impressionnés par les progrès réalisés ici, et M. Kent nous a expliqué que vous aviez joué un rôle dans tout cela.

— Je suis toujours heureuse d'apporter mon aide quand je le peux, dit Emma.

— Vous êtes une jeune femme qui n'a pas peur de se retrousser les manches, hein ? remarqua M. Hilliard père avec un grand clin d'œil adressé à son fils. Il n'est pas si aisé d'en trouver de nos jours.

Les oreilles de son fils devinrent rouges.

— Je vous raccompagne, messieurs, dit brusquement Ambrose. Emma, tu m'attends en haut ?

Tandis que les hommes sortaient, Emma grimpa au nouvel étage, coupé en deux par un couloir principal avec des bureaux de chaque côté. Celui d'Ambrose se trouvait au bout du couloir, un espace confortable lambrissé de chêne. Des fauteuils en cuir étaient disposés près de la cheminée en pierre et une étagère de livres occupait l'un des murs. Le bureau se trouvait près de la fenêtre qui donnait sur l'avant du bâtiment.

Elle alla écarter les rideaux pour regarder, et vit Ambrose discuter avec les Hilliard près de leur calèche. Distraitement, elle posa les yeux sur le bureau de son frère... et sur son carnet de rendez-vous. Avant qu'elle puisse s'interroger sur ses propres actes, elle feuilletait les pages.

Son frère avait été très occupé la semaine précédente, effectuant de nombreuses recherches pour le compte de Strathaven. Alors qu'elle parcourait les pages, elle trouva le compte rendu de la visite au cottage du duc, et mémorisa l'adresse à St. John's Wood. Entendant des pas, elle referma rapidement le registre et se précipita de l'autre côté du bureau pour se laisser tomber sur une chaise. La culpabilité fit s'emballer son pouls.

— Navré de t'avoir fait attendre, Em, dit son frère en entrant.

— Tout va bien ? s'enquit-elle. Avec les Hilliard, je veux dire ?

Ambrose s'assit en face d'elle, l'air contrit.

— Tant que nous réglons nos versements mensuels, ils n'ont aucune raison de se plaindre.

La culpabilité d'Emma redoubla lorsqu'elle vit la tension sur le visage de son frère. C'était un homme qui détestait être redevable ; une dette aussi importante devait peser lourdement sur ses larges épaules. Elle éprouva une vive nostalgie du bon vieux temps, lorsqu'il partageait ses fardeaux avec elle. Quand ils formaient une équipe.

— S'il te plaît, laisse-moi aider, laissa-t-elle échapper.

— Ne te fais pas de souci pour ça, Em. L'agence se porte bien. Notre clientèle se développe, et nous continuerons à satisfaire les Hilliard.

— Mais vous pourriez avoir besoin d'une paire de mains supplémentaire. Je sais que l'affaire de Strathaven t'a pris beaucoup de ton temps. J'ai réfléchi, poursuivit-elle, à la manière dont je pourrais apporter ma contribution. Par exemple, si tu me donnais la possibilité d'interroger son personnel...

— Nous en avons déjà discuté. Je ne veux pas que tu sois impliquée.

Bien qu'il soit calme, le ton d'Ambrose était empreint d'une détermination sans faille.

— Surtout avec le duc de Strathaven.

— Je ne suis pas impliquée avec lui, protesta-t-elle, et ses joues s'échauffèrent.

— Je vois la façon dont il te regarde, dit son frère sans ambages. C'est un séducteur, Emma, un homme peu recommandable. Tu es trop innocente pour comprendre, mais je t'assure que ses intentions ne sont pas honorables.

Elle fut prise d'une envie étrange et mutine de dire à son frère que non seulement elle connaissait les intentions de Strathaven, mais qu'elle en avait déjà fait l'expérience. *Deux fois.*

Au lieu de cela, elle se mordit la langue et dit :

— Je lui suis redevable, Ambrose. Après la manière dont je l'ai mal jugé...

— Je m'en occupe.

Frustrée, elle fixa son frère du regard.

— Autrefois, tu me faisais confiance.

Emma lut la surprise dans les yeux ambrés de son frère.

— Je te fais confiance. Mais il s'agit d'une affaire d'hommes, pleine de dangers. Je ne permettrai pas que tu sois blessée.

— Il n'y a rien que je puisse dire pour te convaincre de me laisser t'aider ?

Pourquoi me traites-tu comme si j'étais inutile ?

— Rien du tout, mais ton offre me touche, répondit Ambrose.

Il s'avança vers elle et lui tapota l'épaule.

— File, Em. Je suis sûr que tu trouveras quelque chose à faire à la maison.

———

Emma n'avait jamais désobéi volontairement à son frère auparavant, et son cœur et sa tête étaient en émoi lorsque le fiacre entra dans St. John's Wood. Elle se sentait coupable de défier Ambrose, pourtant, sa résolution était plus forte. Elle savait que Strathaven et lui avaient besoin de son aide, et elle ne pouvait pas rester là à se tordre les mains. C'était une Kent, après tout.

Dans ce cas précis, elle allait devoir agir d'abord, et s'excuser ensuite.

Suis la sagesse de ton cœur.

Ce conseil la conduisit au « cottage » d'Alaric, une luxueuse villa à l'italienne nichée dans un cadre bucolique de bois et de plantes en fleurs qui semblait à mille lieues de la ville. Tandis que le fiacre remontait la longue allée, elle remarqua l'intimité offerte par les arbres imposants et les haies.

Lorsqu'elle sonna la cloche, une femme d'âge moyen lui répondit. Sa robe de taffetas noir et ses cheveux gris solidement attachés la désignaient comme la gouvernante.

— Comment puis-je vous être utile, mademoiselle ?

— Je m'appelle Emma Kent, se présenta la jeune femme.

Refoulant sa culpabilité, Emma tendit la carte de visite qu'elle avait volée sur le bureau de M. Hobson en sortant de l'agence.

— Kent et Associés a été engagé par Sa Grâce pour enquêter sur l'affaire de Lady Osgood.

Fronçant les sourcils, la brave femme regarda la carte, puis leva les yeux sur elle.

Emma adopta son expression la plus professionnelle.

— Ces messieurs de votre agence étaient ici en début de semaine, déclara la gouvernante.

— Je fais un suivi, improvisa Emma. J'ai encore quelques questions.

La femme la scruta encore quelques instants avant de s'écarter.

— Je suis Mme Millbury, la gouvernante, et j'ai déjà dit à ces messieurs ce que je savais de Lily Hutchins, c'est-à-dire très peu. Mais, si vous le souhaitez, vous pouvez parler à nouveau aux femmes de chambre.

Emma avait du mal à contenir son excitation.

— Merci, madame Millbury.

On la fit attendre dans un salon décoré de manière exotique. De la soie bronze à motifs de bambou recouvrait les murs, et les meubles étaient tapissés d'une riche nuance de bleu oriental. Il régnait une atmosphère de décadence. Songeant aux invitées qu'Alaric devait recevoir ici, Emma sentit sa poitrine se serrer sous l'effet d'un sentiment inconnu... de la jalousie ?

Impossible. Elle n'était pas attachée à lui, elle n'avait aucun droit sur lui.

Tu es ici pour retrouver un meurtrier. Alors, concentre-toi.

Deux femmes de chambre entrèrent, une brune bien en chair, et une fille aux cheveux roux. Les deux fléchirent les genoux.

— Bonjour, mademoiselle Kent, la salua la brune avec des taches de rousseur et des fossettes qui laissaient entrevoir une nature joviale. Mme Millbury a dit que vous vouliez nous parler ?

— Oui, mademoiselle... ?

— Je m'appelle Jenny, répondit la brune, manifestement la

meneuse, puis elle montra sa compagne d'un geste du menton. Et voici Gretchen.

Cette dernière baissa timidement le menton.

— Voudriez-vous vous asseoir, toutes les deux ? leur demanda Emma.

— Moi, oui.

Jenny s'installa confortablement sur le divan, et Gretchen s'assit sur le bord.

Prenant place dans le fauteuil adjacent, Emma sortit un crayon et un carnet de son réticule.

— J'ai cru comprendre que vous connaissiez toutes les deux Lily Hutchins. Pourriez-vous me la décrire ?

— Des cheveux blond cendré, des yeux noisette, le genre de femme que les hommes remarquent, si vous voyez ce que je veux dire, ricana Jenny. Lily a commencé à travailler ici il y a environ un mois, mais comme je l'ai dit aux autres enquêteurs, elle était trop prétentieuse pour se frotter à des gens comme Gretchen et moi. Moi-même, je ne serais pas surprise si c'était elle la coupable de l'empoisonnement.

— Pourquoi dites-vous cela ? s'empressa de demander Emma.

Jenny se tapota la tempe.

— Je *connais* les gens, mademoiselle. J'ai travaillé dans plus d'un foyer en mon temps, et quelque chose n'allait pas chez Lily.

— Qu'est-ce qui n'allait pas chez elle ?

— Pour commencer, elle ne *savait pas* certaines choses. Une fois, je l'ai surprise en train de polir une casserole en *cuivre* avec du produit pour l'argent.

— Alors qu'une pincée de sel et de jus de citron aurait suffi, intervint Emma, fronçant les sourcils.

N'importe quelle domestique aurait dû le savoir. Jenny la regarda droit dans les yeux.

— Exactement. Lily a fait beaucoup d'autres erreurs, mais elle s'en est tirée grâce à ses charmes. Et Billy, le deuxième valet de pied, se mettait en quatre pour faire ses corvées.

— Croyez-vous que Billy pourrait savoir où elle se trouve ?

— Non, répondit Jenny en levant les yeux au ciel. Ce n'était qu'un pigeon, et il ne se rendait pas compte qu'il se faisait plumer. Il a pleuré comme un bébé, je vous assure, quand Lily est partie.

— A-t-elle mentionné des lieux qu'elle fréquentait, des endroits où elle aurait pu aller ?

Jenny secoua la tête.

— Elle était muette comme une carpe. Lily n'a jamais rien révélé sur elle-même.

— En fait... elle a mentionné quelque chose, une fois, dit une voix timide.

Le regard d'Emma se posa sur l'autre domestique, dont les joues étaient à présent de la même couleur que ses cheveux.

— Pourquoi n'en as-tu pas parlé plus tôt ? s'exclama Jenny. Au maître ou aux enquêteurs ?

— Je ne pouvais pas en parler devant des gentlemen. C'est embarrassant, marmonna Gretchen. D'ailleurs, je suis certaine que ce n'est pas important.

— Tout ce dont vous vous souvenez pourrait être utile, Gretchen, lui dit Emma avec un sourire rassurant. S'il vous plaît, j'aimerais l'entendre.

Les doigts tirant sur ses jupes, Gretchen dit d'une voix hésitante :

— Lily et moi, nous étions en train de nettoyer la chambre à coucher de Sa Grâce ce jour-là. Soudain, elle a juré... parce qu'elle avait accroché son bas, voyez-vous. Comme il n'y avait que nous deux, elle a relevé ses jupes pour regarder de plus près, et, croyez-moi, je suis restée bouche bée devant ce que j'ai vu.

Un picotement remonta le long de la colonne vertébrale d'Emma.

— Qu'avez-vous vu ?

— Ses bas, mademoiselle. Ils étaient faits de la soie la plus fine, ils avaient des pointes qui s'étendaient du mollet au genou, expliqua-t-elle, ouvrant de grands yeux ronds. Elle a dû voir que je la fixais, parce qu'elle m'a lancé un sourire étrange, et qu'elle m'a dit :
« *Je parierais qu'une petite bonne comme toi n'a jamais rien vu*

d'aussi joli de toute sa vie, n'est-ce pas ? » Alors je lui ai répondu :
« *Non, Lily, jamais.* » Et alors, elle... elle m'a montré quelque
chose d'autre.

— Oui, Gretchen ? demanda Emma, se penchant en avant.

La femme de chambre se mordit la lèvre.

— Elle m'a fait promettre de garder le secret.

— Si c'est une meurtrière, tu ferais mieux de ne pas garder ses
secrets, remarqua Jenny d'un ton sévère.

D'une petite voix, Gretchen avoua :

— Elle m'a laissé voir... son jupon. Seigneur, il était magnifique ! s'exclama-t-elle d'une voix étouffée par l'émerveillement. Il
était brodé de bourdons, de vignes, et de toutes sortes de jolies
fleurs.

Le pouls d'Emma s'emballa. Que faisait une femme de
chambre avec des sous-vêtements aussi coûteux ?

— Savez-vous où Lily s'est procuré ce jupon et ces bas ? s'enquit Emma.

— À bien y réfléchir, elle a mentionné un nom.

Le front de Gretchen se plissa sous l'effet de la concentration.

— Quand j'ai dit que son jupon était digne d'une reine, Lily a
ri et a dit :

« *Madame*[1] *Marieur demande une vraie fortune, mais pour
moi, elle offre une réduction spéciale.* »

Madame Marieur. Une piste.

Emballée, Emma dit :

— Vous souvenez-vous d'autre chose, Gretchen ?

— C'est tout, je le jure. Je... je ne pensais pas que parler de
sous-vêtements était important, répondit la femme de chambre, la
lèvre inférieure tremblante. Vais-je avoir des ennuis, mademoiselle ?

— Au contraire, vous m'avez été d'une aide extraordinaire, la
rassura Emma. Je vous remercie toutes les deux. Je dois maintenant prendre congé.

---

1. NDLT : en français dans le texte

Parce qu'elle avait une suspecte à retrouver... et une piste à suivre.

Chapitre Quinze

Alaric se tenait devant le miroir de sa garde-robe. Tandis que son valet travaillait les plis de sa cravate, ses pensées revinrent à la lettre qu'il avait reçue de la duchesse douairière. L'écriture cursive de Lady Patricia s'étalait sur plusieurs pages, avec des mots comme « catastrophe », « fatalité » et « sauvetage » soulignés plusieurs fois.

Sa tante avait toujours eu le sens du drame.

L'idée qu'elle vienne ici, qu'elle remplisse sa maison de son inquiétude nerveuse et démesurée, le fit grimacer. Il lui avait répondu en lui assurant qu'il allait bien, et en lui demandant de rester dans le Lanarkshire. Même s'il était redevable à Lady Patricia qui, après tout, avait fait de son mieux pour lui, ses inquiétudes constantes au sujet de sa santé et de son bonheur étaient pour le moins épuisantes.

Son projet de se trouver une nouvelle duchesse était, en partie, un moyen de la tenir à distance. Depuis la mort de Laura, la douairière lui avait apporté un soutien indéfectible, assumant à nouveau les fonctions de maîtresse au château de Strathmore. Comme elle avait tenu la maisonnée durant les années de règne de son mari, elle avait affirmé que cela ne la dérangeait pas du tout.

La gratitude d'Alaric s'était rapidement muée en un intense désir de s'enfuir.

Il en était donc arrivé à une solution : se trouver une nouvelle femme, et envoyer définitivement sa tante dans la maison douairière.

Bien sûr, dénicher une lady capable de se frotter à sa tante ne serait pas chose facile. Laura et Patricia s'étaient affrontées comme deux chats bien élevés, polies en public, sifflant et se griffant en privé. Une idée avait germé dans son esprit ces derniers jours, et, l'espace d'un instant, il s'autorisa à y réfléchir : comment Emma et Lady Patricia s'entendraient-elles ?

Sa tante éthérée et nerveuse succomberait probablement au choc de la franchise d'Emma.

Pourtant, aussi folle soit-elle, l'idée de faire de la jeune femme sa duchesse avait un certain... attrait. Une fois que cette possibilité s'était frayé un chemin dans sa tête, il ne pouvait s'empêcher d'y réfléchir. À cause de son ingérence, sa recherche d'une épouse avait été contrariée. Le témoignage d'Emma contre lui avait entaché sa réputation, et, même après sa rétractation, le scandale mettrait du temps à s'estomper. Il ne voulait pas perdre une autre saison à rechercher une épouse.

Pas alors qu'il avait une candidate tout à fait valable sous les yeux.

— Les boutons de manchette en jade ou en or, Votre Grâce ?

— Jade, murmura-t-il.

Emma avait gâché ses projets de mariage ; elle lui *devait* une duchesse. Et, en l'épousant, il aurait le contrôle sur elle. Elle porterait son nom. Et son enfant, un jour.

Ses reins s'agitèrent à cette idée.

Oui, c'était bien là la raison la plus convaincante de toutes : il n'aurait plus à nier l'attirance sexuelle qu'il éprouvait pour elle. Il pourrait coucher avec elle aussi souvent et aussi totalement qu'il en aurait envie. Nuit après nuit, il l'amènerait à s'abandonner avec passion.

Alors que son valet l'aidait à enfiler sa veste, Alaric se dit qu'il ne fallait pas se précipiter. Parce qu'il y aurait également des inconvénients à épouser Emma, le principal étant qu'il ne connaîtrait plus jamais un moment de tranquillité. C'était la femme la plus têtue et la plus tenace qu'il avait jamais rencontrée... mais il devait admettre qu'elle n'était pas sournoise. Lorsqu'elle le défiait, Emma le faisait en face.

Rétrospectivement, il savait qu'il avait été injuste de la traiter de manipulatrice ; sa réaction avait été déclenchée par ses expériences avec Laura. Par la sournoiserie de sa femme décédée, sa capacité à l'enfermer habilement dans des nœuds de culpabilité et de colère.

En dépit de ce sombre souvenir, il sourit soudain.

On pouvait reprocher bien des choses à Emma Kent, mais la subtilité ? Pas vraiment.

Le valet recula.

— Votre Grâce ?

Repoussant ses réflexions, Alaric jeta un coup d'œil à son reflet. Son bras avait bien cicatrisé, et le bandage était à peine visible sous la manche de son vêtement. Il avait l'air et se sentait presque comme neuf.

— Cela fera l'affaire, Johnston, dit-il.

Le valet s'inclina et s'en alla au moment où Jarvis entrait en traînant les pieds. Le majordome lui tendit une note.

— Un message est arrivé, Votre Grâce. De la part de M. Cooper.

Les sens d'Alaric s'éveillèrent. Richard Cooper était l'un des gardes qu'il avait engagés sur la recommandation de son frère. Comme Will, il avait été éclaireur pour le 95ᵉ régiment de fusiliers et, reconnaissant immédiatement les compétences de l'ancien soldat stoïque, Alaric l'avait chargé d'une mission spéciale.

Il parcourut le bref message. Ses cheveux se dressèrent sur sa nuque.

Bon sang ! Je vais la fesser jusqu'à ce qu'elle ne puisse plus s'asseoir pendant une semaine.

Avec un mélange de fureur et de peur, il passa devant le major-dome surpris en criant qu'on lui amène sa calèche.

————

— Comment puis-je vous être utile... mademoiselle Kendall, c'est bien cela ?

La plantureuse propriétaire aux cheveux noirs arqua un fin sourcil.

— Euh, oui. Eloise Kendall. C'est moi, confirma Emma.

Intérieurement, elle grimaça. Elle détestait les mensonges, et elle n'était vraiment pas douée en la matière. Pourtant, lorsqu'elle était entrée dans la boutique située dans une ruelle cachée de Covent Garden, son instinct lui avait soufflé de ne pas dévoiler sa véritable identité, ou l'objet de sa visite. Quelque chose dans cet endroit lui semblait... étrange.

Mais elle n'arrivait pas à en déterminer la raison. La boutique était somptueusement décorée dans des tons crème et bronze pâle. Ses articles, des sous-vêtements féminins qui semblaient aussi chers que ceux que Lily portait, étaient artistement exposés.

Selon toute apparence, Madame Marieur dirigeait un établissement prospère.

Les oreilles d'Emma perçurent un bruit et son regard se porta sur le rideau rouge au fond de la boutique.

— Quel était ce bruit ?

— Simplement mes filles qui travaillent dur. Un magasin ne se gère pas tout seul, vous savez, dit Madame Marieur avec désinvolture. Comment puis-je vous être utile, *chérie*[1] ?

La politesse de la couturière ne masquait pas l'impatience qui se lisait dans ses yeux d'onyx.

Emma réfléchit rapidement.

— J'ai, euh... besoin de sous-vêtements.

————

1. NDLT : en français dans le texte, comme tous les mots en italique lorsque Madame Marieur parle.

— Je crains que nous ne prenions les clientes que sur rendez-vous. Nous sommes très occupées, vous comprenez. Peut-être pourriez-vous tenter votre chance chez la modiste du quartier d'à côté... Madame Marieur la poussa vers la porte.

Emma planta ses talons dans le sol.

— Mais... mais Lily a dit que vous m'aideriez.

La couturière s'arrêta, plissant les yeux.

— C'est Lily White qui vous envoie ? À moi ?

Lily *White* ? Était-ce le vrai nom de la femme de chambre ?

— Euh, oui, répondit Emma, alors que les paroles de Gretchen lui revenaient en tête. Elle m'a dit que vous me proposeriez la, euh... *réduction spéciale* ?

Son stratagème dut fonctionner, car la lueur d'impatience quitta les yeux de Madame, laissant place à de... l'intérêt ?

— Je vois. Je n'aurais pas deviné, *petite*, que vous étiez une amie de Lily.

— Nous nous sommes rencontrées sur notre lieu de travail, improvisa Emma.

— Vous êtes actrice à la Cythère ?

Lily était *actrice* ? Avait-elle été engagée en raison de sa profession pour jouer le rôle d'une servante dans la maison de Strathaven ? L'esprit d'Emma fourmillait de nouvelles possibilités.

— J'ai rencontré Lily, euh... lors d'une production, dit-elle avec une excitation débordante. Mais je ne l'ai pas vue ces derniers temps. Et vous ?

— Elle va et vient, *non* ? demanda Madame en haussant les épaules. Je ne l'ai pas vue depuis plus de quinze jours.

Pas depuis l'empoisonnement de Strathaven. Coïncidence ? Sûrement pas.

— Savez-vous où elle a pu aller ? s'enquit Emma.

— Vous posez beaucoup de questions, constata Madame Marieur, qui plissa les yeux. Vous apprendrez, *chérie*, que la discrétion est la meilleure politique pour les femmes du monde. Et vous *êtes* une femme du monde, *n'est-ce pas* ?

— Bien sûr, s'empressa de dire Emma.

— Bien.

Les jupes noires de la couturière ondulèrent tandis qu'elle se dirigeait vers le comptoir, indiquant d'un signe de la main à Emma de la suivre. Elle ouvrit un grand registre à la couverture en cuir gaufré et trempa sa plume dans l'encre.

— Dites-moi ce qui vous ferait plaisir aujourd'hui ?

— Je... je voudrais un corset et des jupons. Et des bas, aussi. Comme ceux de Lily.

Plus l'ensemble serait élaboré, plus elle aurait le temps d'essayer de soutirer des informations à Madame Marieur.

— Vous êtes un petit oiseau ambitieux, n'est-ce pas ? Vous exigez ce que mon établissement a de mieux à offrir. Par chance, poursuivit-elle, une lueur calculatrice dans le regard, il se trouve que j'ai exactement ce que vous cherchez aujourd'hui.

La couturière nota quelque chose sur la page... ce qui semblait être un chiffre. Doux Jésus ! *Cinq cents livres ?* Pour des sous-vêtements ?

L'espace d'un instant, Emma fut tentée de négocier ce chiffre astronomique. Mais Madame referma le registre et se dirigea vers le rideau au fond de la boutique.

— Venez, *petite*, l'invita-t-elle avec un geste impatient. Si vous souhaitez conclure cette transaction, nous n'avons pas de temps à perdre.

Emma reprit son souffle. Strathaven avait déclaré qu'il paierait pour toutes les dépenses engagées au cours de l'enquête. Son offre s'appliquait sûrement à cette situation. Cependant, à l'idée de sa réaction en découvrant l'intrigue en cours, elle frémit intérieurement.

Elle durcit sa colonne vertébrale et raffermit sa détermination. *Tu dois agir au mieux de tes connaissances. Tu fais cela pour le bien de Strathaven. Regarde ce que tu as déjà découvert.*

Sa décision prise, elle s'approcha de Madame, qui écarta le rideau de velours et ouvrit la lourde porte derrière, faisant signe à Emma d'avancer dans un étroit couloir. La porte se referma derrière elle, accentuant les ombres. La lumière vacillante de quelques bougies et le parfum profond et musqué des roses désorientèrent les sens d'Emma.

Madame marchait à vive allure et la jeune femme peinait à la suivre.

La couturière annonça :

— Le boudoir rouge devrait faire l'affaire.

Les charnières grincèrent doucement, et une porte s'ouvrit, un puits de lumière surgissant dans l'obscurité. À pas prudents, Emma suivit l'autre femme à l'intérieur. Elle cligna des yeux : pour un vestiaire, cet endroit était pour le moins opulent.

Des bougies rouges en cire d'abeille diffusaient une lueur brumeuse dans la chambre. Leurs flammes oscillaient dans les miroirs qui ornaient les quatre murs. Les reflets amplifiaient la décadence de l'intérieur écarlate, les murs, le divan et la moquette se fondant dans une teinte riche et sensuelle.

À côté du divan se trouvait une estrade surélevée pour la couturière. Un tapis rouge luxueux la recouvrait, ainsi que les trois marches qui y conduisaient. Le miroir qu'on y trouvait habituellement était absent; Emma se dit qu'il n'était pas nécessaire, étant donné tous ceux qui l'entouraient.

— Montez, *chérie*, dit Madame Marieur.

Hésitante, Emma monta les marches menant à l'estrade. Pendant qu'elle se tenait là, des images d'elle-même apparaissaient dans la chambre, et sa respiration devint saccadée à cause de la gêne qu'elle éprouvait. La couturière fouilla dans une armoire avant de rejoindre Emma sur l'estrade.

— J'ai exactement votre taille. *Eh bien*, tournez-vous, et nous allons vous déshabiller.

Les joues de la jeune femme s'enflammèrent lorsque la couturière entreprit de la déshabiller avec l'efficacité d'un chasseur dépeçant un gibier. Bientôt, sa robe, son jupon et son corset gisaient en tas au sol. Emma, qui ne portait plus que sa chemise et ses bas, frissonna et s'entoura de ses bras.

— Retirez aussi la chemise, dit Madame.

— Ce n'est sûrement pas nécessaire...

— *Si.* Seul un ajustement étroit conviendra.

Comme elle n'avait pas le choix, Emma laissa retomber ses bras sur les côtés alors que l'autre femme lui retirait sa dernière couche de protection. La respiration laborieuse, elle essaya de ne pas regarder son reflet nu qui dansait sur les murs. Elle fut soulagée lorsque Madame ajusta un corset sur son buste.

— Respirez profondément. *Un, deux, trois...*

Emma eut le souffle coupé quand la couturière tira sur les liens. Ses yeux s'écarquillèrent largement, pas à cause du manque d'air, mais parce qu'elle se voyait dans le vêtement le plus sensuel qu'elle ait jamais porté. Fait de satin fuchsia, le corset était orné d'une colonne de petits nœuds noirs sur le devant, et de dentelle noire sur les bords. Il modelait son corps en une silhouette sensuelle, cintrant sa taille et remontant ses seins au point qu'ils débordaient presque des bonnets plissés.

— Il vous va comme une seconde peau, remarqua Madame d'un air satisfait. Maintenant, les bas.

Tandis que la Française sortait les accessoires noirs, Emma se concentra pour inspirer et expirer. *Ne perds pas ton sang-froid maintenant. Reste fixée sur ton objectif.*

Elle essaya de réfléchir.

— Madame, quelqu'un accompagnait-il Lily lors de ses visites ?

Marieur lui attacha une jarretière à volants, de couleur fuchsia, assortie au corset.

— Bien sûr que non. Cela irait à l'encontre du but de la visite, *non ?*

— À l'encontre du but de la visite ? De quelle manière ?

Les yeux de l'autre femme se réduisirent à deux fentes d'obsidienne.

— Êtes-vous certaine que Lily vous a envoyée à moi ?

Zut alors !

— Oui, bien sûr. Elle a parlé en termes élogieux de vos

services, confirma rapidement Emma. Elle a dit que vous aviez exactement ce que je cherchais.

Semblant apaisée, Marieur termina avec l'autre jarretière et se leva.

— Pour que ce soit une réussite, nous devons être deux. Vous, mademoiselle Kendall, devez également faire des efforts. Aujourd'hui, c'est un test : je ne travaille qu'avec ceux qui valent la peine que je m'y attarde, *comprenez-vous* ?

Sous ce ton agréable se cachait un avertissement clair. *Qu'est-ce que Madame Marieur entend par* test ? Emma avait l'intuition qu'elle était sur le point de faire une découverte importante. Dans le même temps, sa peau dénudée se couvrit de chair de poule.

Prudemment, elle répondit :

— Oui, je comprends.

L'autre femme lui plaça le reste des sous-vêtements dans les mains.

— Finissez avec ça. Je reviens tout de suite.

Dans un tourbillon de jupes noires, elle disparut de la pièce.

Restée seule, Emma s'assit sur le bord de l'estrade. Elle enfila les bas de soie noire et les attacha aux jarretières. Alors qu'elle était assise, les fesses nues contre le tapis, vêtue de l'ensemble le plus débauché qu'elle aurait pu imaginer, une vague d'inquiétude monta en elle avec la rapidité d'un brouillard venant de la Tamise.

Que suis-je en train de faire ? J'aurais dû aller voir Ambrose ou Alaric au lieu de venir ici toute seule...

Elle s'était laissé emporter par l'enthousiasme d'un possible succès, et de découvertes imminentes. Son regard se porta sur ses vêtements en tas. Il était encore temps qu'elle remette sa robe. Qu'elle s'échappe rapidement avant le retour de la couturière.

Des voix s'élevèrent à l'extérieur de la pièce. Madame Marieur... *mais elle n'était pas seule.* Une vague de panique s'empara d'Emma lorsqu'elle entendit des sons graves et profonds, indubitablement masculins, qui s'amplifiaient et se dirigeaient vers la pièce où elle se trouvait.

Doux Jésus ! Je dois m'enfuir, me cacher. Mais où ?

La porte était en train de s'ouvrir. Avec un petit cri, Emma croisa les jambes, plaquant ses mains sur la partie exposée de sa féminité. Un homme entra à grands pas. Des yeux d'un vert hivernal la fixèrent, et le soulagement jaillit... suivi rapidement par l'inquiétude.

— Strathaven, murmura-t-elle.

Chapitre Seize

Alaric resta subjugué, sa rage froide se muant en un brûlant torrent de désir. Il serra les poings sur ses flancs. Ses reins s'enflammèrent.

— Je vois que vous vous connaissez, fit remarquer Marieur avec un rictus.

— Sortez, lui ordonna-t-il.

— *Oui*, Votre Grâce, mais comme vous êtes intervenu au beau milieu de ma... euh... sélection de garde-robe pour Mlle Kendall...

— Je prendrai toute une garde-robe pour Mlle Kendall.

Alaric vit Emma grimacer lorsqu'il utilisa son nom d'emprunt, et sa colère s'enflamma. Comment osait-elle se mettre dans une situation aussi dangereuse ?

— Veillez à ce que nous ne soyons pas dérangés.

— Compris, Votre Grâce.

La couturière se retira en faisant des courbettes. La porte se referma avec un déclic. La tension monta dans la pièce.

Perchée sur le bord de l'estrade, Emma avait les mains plaquées sur son sexe. Le sang d'Alaric bouillonnait d'indignation et de faim. Bon sang ! Sa tenue aurait pu être empruntée à ses fantasmes les plus sombres. Un coquin corset rouge remontait ses seins comme une offrande aux dieux, ses mamelons sombres jouant à cache-cache derrière de la dentelle noire. Vêtues de soie noire, ses jambes minces et galbées l'attiraient avec un érotisme scandaleux.

— Ce n'est pas ce que l'on pourrait croire, dit-elle.

— Ah non ?

La mâchoire crispée, il s'avança vers elle à grands pas. Et s'arrêta à quelques centimètres de ses genoux.

— Alors peut-être auriez-vous l'amabilité de m'expliquer ce que vous faites habillée comme une maudite libertine dans une maison de débauche !

Il se rendit compte que son accent ressortait, ce qui n'était jamais bon signe. Au prix d'un effort monumental, il garda son sang-froid. Emma rosit davantage... *par tous les saints*, elle rougissait dans les endroits les plus intéressants...

— Je ne savais *pas* qu'il s'agissait d'un lieu malfamé. Je suivais un indice, voyez-vous, et...

— Un indice ? Expliquez-vous, lui intima-t-il à travers ses dents serrées.

Elle s'agita, et le corset se déplaça. La respiration d'Alaric se fit plus laborieuse. Bon sang ! Il avait une vue imprenable sur ses mamelons sous cet angle, et les petites baies tendues étaient bien mûres, à en devenir fou. Elles auraient un goût si doux sur sa langue...

— J'ai interrogé votre personnel. Avant que vous ne vous mettiez en colère, dit-elle en relevant le menton, et la température d'Alaric grimpa en flèche à un certain endroit de son anatomie, j'ai découvert quelque chose d'extrêmement utile. Votre servante disparue était actrice dans un théâtre appelé La Cythère ; son vrai nom est Lily White. Elle venait régulièrement chez Madame Marieur.

Un sillon se creusa entre ses sourcils, et elle reprit.

— Apparemment, pas dans le but que je croyais initialement, cependant.

Alaric la fixa du regard. Il ignorait ce qui le stupéfiait le plus : son ingéniosité ou sa témérité.

— Vous avez interrogé mes domestiques et vous êtes venue ici *toute seule*?

— Vous n'avez pas besoin de crier. Comment pouvais-je savoir qu'il s'agissait d'un repaire d'iniquité? L'enseigne à l'extérieur indiquait clairement qu'il s'agissait d'un magasin de vêtements pour dames; une annonce mensongère, si vous voulez mon avis.

Elle avait le toupet de paraître mécontente.

— Et Madame semblait tout à fait convaincante en tant que couturière.

— Votre couturière est l'une des tenancières de bordel les plus connues de Londres, lança-t-il. Ses talents d'entremetteuse sont sollicités par toutes les femmes légères et les courtisanes de la ville. À l'instant même, elle s'apprêtait à entrer dans la chambre d'enchères des gentlemen pour vendre vos faveurs au plus offrant.

Les cils d'Emma se relevèrent.

— Chambre d'enchères? Une *vente*?

— Vos faveurs étaient sur le point d'être vendues au prix de départ de cinq cents livres.

Les pupilles d'Emma se dilatèrent. Elle se mordit la lèvre, et eut l'air inquiète. *Enfin.* Les poings sur les hanches, Alaric se pencha sur elle.

— Si je n'étais pas arrivé à ce moment-là, n'importe quel homme aurait pu entrer dans cette pièce. Que croyez-vous qu'il se serait passé, alors?

L'idée qu'un autre homme puisse la voir ainsi, la désirer, la toucher...

Personne ne pose la main sur ce qui m'appartient.

Alors que sa fureur débordait, il fut simultanément frappé par une vérité brûlante. Qu'il le veuille ou non, il désirait Emma Kent. Lutter contre ce fait était une pure perte de temps. Il lui avait donné de nombreux avertissements, qu'elle avait tous ignorés.

Il était maintenant temps pour eux deux d'en assumer les conséquences.

— Je suis sûre que j'aurais trouvé quelque chose. Je suis parfaitement capable de prendre soin de moi.

Elle s'interrompit et leva ses grands yeux vers lui, prise d'une conscience toute féminine, légèrement essoufflée.

— Si vous pouviez simplement, euh... me donner mes vêtements.

Alaric fit un pas en avant, écartant les genoux d'Emma avec les siens dans un mouvement énergique. Elle haleta lorsqu'il se glissa entre ses cuisses écartées. Instinctivement, elle leva les mains pour tenter de le repousser et, ce faisant, elle exposa sa féminité.

Bon sang, elle était aussi belle et douce qu'il l'avait imaginée en la touchant.

Les narines d'Alaric se dilatèrent et elle haleta encore, baissant ses mains pour cacher son sexe.

— Ne vous cachez plus, gronda-t-il. Tous mes avertissements sont restés lettre morte. Vous avez abusé de votre chance une fois de trop, Emma.

Ses joues rosirent.

— Cessez de vous comporter comme un barbare. Laissez-moi partir tout de suite...

Il réagit en la faisant basculer sur l'estrade recouverte d'un tapis. Il fit reposer son poids sur ses coudes pour ne pas l'écraser, mais son corps excité se collait à toutes ses courbes. Sa douceur fondit aussitôt contre sa silhouette rigide, et le résultat était... sublime.

Un ajustement parfait.

— Dites-moi, ma jolie, dit Alaric d'une voix douce, pourquoi m'avez-vous désobéi à tout bout de champ ?

— J'ai fait preuve de discernement. Vous n'avez pas le droit de me dire ce que je dois faire...

Elle s'interrompit sur un gémissement lorsqu'il bascula les hanches, les faisant rouler délibérément contre son sexe dénudé. Il était en proie à un désir intense tandis que sa rosée imprégnait la barrière de son pantalon. Son sexe gonflé se heurtait à l'étoffe, cherchant à s'y loger.

— Je pense que vous avez envie qu'on vous dise ce qu'il faut faire, affirma-t-il.

Le rythme saccadé de sa respiration lui indiqua qu'il avait touché juste, qu'elle s'en rende compte ou non. L'impatience lui noua le ventre. Bon sang! Elle était la compagne parfaite de ses désirs.

— C'est ridicule. Je ne suis pas une fille faible d'esprit, murmura-t-elle.

— Emma, tu es la femme la plus têtue que j'aie jamais rencontrée, répliqua-t-il, la tutoyant sans s'en rendre compte.

Il fit à nouveau rouler ses hanches, et le regard d'Emma devint flou, ses paupières s'alourdirent.

— Il faut de la force pour choisir de capituler. Tu m'as testé à maintes reprises, parce que tu sais que je suis l'homme qui peut te donner ce dont tu as besoin. Parce que tu as envie de moi, dit-il, autant que j'ai envie de toi.

Il ne pouvait pas s'attendre à ce qu'une vierge comprenne les subtilités du pouvoir et du sexe. Ou qu'elle avoue ses propres pulsions charnelles. Mais il commencerait comme il comptait continuer : il ne lui permettrait pas de lui cacher sa passion, ou quoi que ce soit d'autre.

Elle était *à lui*. La question était de savoir si elle était prête à l'admettre. Une myriade d'émotions passa dans les yeux clairs d'Emma.

D'une voix étouffée, elle dit :

— Mais je ne *devrais pas* te vouloir. Nous nous faisons du tort l'un à l'autre.

Une sensation de triomphe envahit Alaric.

— Non, jeune fille, dit-il d'une voix rauque, laisse-moi te montrer à quel point nous nous faisons du bien...

Il s'empara de sa bouche, qu'elle lui offrit avec un empressement qui confirmait ce qu'il venait de dire. Posant la main sur sa mâchoire, il s'abreuva de sa douceur, plus enivrante que les alcools les plus fins. Il lécha sa bouche, l'explorant tout entière. Lorsque Emma suça timidement sa langue, il comprit qu'il avait mis le feu aux poudres et que ses inhibitions s'envolaient en fumée.

Même s'il brûlait de désir pour elle, il savait qu'il devait se maîtriser. Il ne prendrait pas sa virginité dans un élan de désir irréfléchi comme il l'avait fait avec Laura. Lors de ses fiançailles avec son frère, Laura l'avait séduit, s'était servi de son désir contre lui, et il était tombé dans son piège, trahissant Will par la même occasion. Il ne commettrait pas deux fois la même erreur.

Ce fut à ce moment-là qu'il prit sa décision : il ne coucherait pas avec Emma avant qu'ils soient mariés. Dans cette relation, *il* tiendrait les rênes. Il gagnerait sa soumission, la ferait jouir encore et encore jusqu'à ce qu'elle le *supplie* d'être sa duchesse...

Il embrassa à pleine bouche son cou et ses épaules, se délectant de la douceur de sa peau. Emma glissa les doigts dans les cheveux d'Alaric, le rapprochant d'elle. Ses narines se dilatèrent à la vue de ses appas, les pointes couleur cerise dépassant de la ligne de dentelle noire. Il passa le pouce sur un bourgeon tendu, et elle gémit.

— Comme ça, Emma ? Tu veux que je recommence ? demanda-t-il.

— Hmm, soupira-t-elle.

— Réponds-moi correctement, ma jolie, lui intima-t-il en tordant légèrement son mamelon.

La surprise lui coupa le souffle, mais ses yeux fondirent comme du chocolat.

— Oui... s'il te plaît ?

— Oui, ma bonne fille.

Il fit rouler le bourgeon charnu entre son pouce et son index, et elle poussa le plus doux des gémissements. Malédiction ! Il aurait dû adopter cette approche avec elle dès le début, et leur épargner tout ceci.

— Tes seins sont magnifiques. J'ai hâte de les goûter.

— Les goû... goûter ? demanda-t-elle d'une voix chevrotante.

Desserrant le corset, il le tira vers le bas pour dégager ses seins fermes et arrondis, puis il abaissa la tête. Le cri de surprise qu'elle poussa fit monter la satisfaction dans ses veines. Emma était tellement réceptive... elle ne pourrait jamais lui cacher ses réactions, lui mentir. Elle s'agrippa à ses épaules, haletant rapidement tandis qu'il léchait les baies mûres de ses mamelons. Il adorait les voir si fièrement dressés, si sensibles. Lorsqu'il en aspira un profondément dans sa bouche, elle cambra le dos sur l'estrade.

Il passa une main possessive le long de sa cuisse soyeuse, puis s'arrêta sur son sexe. Son membre palpita lorsqu'il la trouva mouillée pour lui. Avec révérence, il plongea dans son petit nid, caressant ses replis moites. Elle laissa échapper un gémissement guttural quand il fit rouler sa perle. Il joua avec elle, à coups de caresses légères, dansant sur sa chair délicate, la taquinant jusqu'à ce qu'elle approche l'orgasme, et se retirant lorsqu'il était trop près.

Ainsi, il la maintenait à la limite du désir. Elle agita frénétiquement la tête.

— Alaric, que fais-tu ? *S'il te plaît...*

— Elle est à moi, affirma-t-il en caressant son bourgeon. Ta perle m'appartient. Dis-le.

Elle se mordit la lèvre. Il s'arrêta.

— Ma perle... elle est à toi, murmura-t-elle.

Il enveloppa la totalité de son sexe, massant le sommet avec sa paume.

— Ta jolie figue est à moi.

Elle gémit, ses hanches se cambrant en signe de supplication.

— Oui, oui.

Il immobilisa sa main.

— Les mots, ma jolie.

— Ma... figue t'appartient, répondit-elle timidement.

Il plongea un doigt en elle, ses testicules se contractant à mesure que le sexe de la jeune femme l'enserrait comme un étau. Mon Dieu ! Ce n'était qu'un seul doigt ! Quel effet cela ferait-il de s'enfouir dans son petit fourreau douillet ?

Tu le sauras quand elle sera devenue ta femme.

Serrant les dents, il caressa son clitoris, l'amenant au bord de l'extase.

— Alors, jouis pour moi, ma douce.

Ses halètements et ses soupirs étaient une symphonie de

soumission féminine, la musique la plus sensuelle qu'il ait jamais entendue. Alors que des tremblements secouaient les membres d'Emma, il s'agenouilla. Lui écartant les cuisses, il se pencha et lui offrit le baiser qui embrasait ses rêves.

———

Le cri choqué d'Emma fut balayé par le brasier déclenché par le baiser d'Alaric. De ses mains, il maintenait ses cuisses écartées, clouées à l'estrade, tandis qu'il posait sa bouche sur l'endroit le plus intime de son corps. De leur propre volonté, ses hanches se cambrèrent contre sa bouche, ses lèvres brûlantes faisant fondre ses protestations, ne laissant rien d'autre qu'une étrange et flamboyante vérité.

Qui aurait cru que la capitulation pouvait procurer une telle félicité ?

Puis ses pensées se réduisirent en cendres, et il ne resta plus que l'instant, les sensations, le tourbillon de sa langue qui la faisait totalement fondre.

— Ton sexe est comme du miel, lui dit-il d'une voix gutturale qui la fit frissonner. Je pourrais me régaler de toi toute la journée.

Elle n'y survivrait pas. Ses nerfs étaient sous tension à cause de son dernier orgasme, et elle se sentait submergée de plaisir. Pourtant, la pression au creux de son ventre remontait.

— Tu aimes ma bouche sur toi, ma jolie ? Tu aimes que je te lèche, que je mange ta figue ?

Elle ne pouvait pas répondre à cette question. C'était impossible.

— Emma.

Il releva la tête, et l'autorité qui se dégageait de son regard pâle et brillant était étrangement... apaisante. Calmante. Comme si elle n'avait pas à se battre pour le plaisir comme elle l'avait fait pour tant d'autres choses dans sa vie : elle n'avait qu'à demander.

— Oui, j'aime ça, murmura-t-elle.

— Bonne fille, approuva-t-il d'une voix rauque.

La tête d'Emma bascula en arrière alors que la langue d'Alaric effleurait son bourgeon sensible pendant que son doigt plongeait en elle. Il l'étirait, l'ouvrait à des ondes d'autres sensations. La pression dans son ventre monta encore d'un cran, et elle se retrouva *si proche...*

— Tu es tellement étroite, tu serres mon doigt si fort, gronda-t-il. Prends-en un autre, prends-le profondément...

Il plongea plus loin en elle et elle explosa une fois encore. Une chaleur divine se répandit au creux de son ventre. Elle flottait, totalement détendue, lorsque son ordre, prononcé d'une voix grave, lui parvint.

— Encore, Emma.

Est-ce possible?

Le visage d'Alaric était au-dessus du sien, marqué par l'excitation et la détermination. Il continuait les assauts de ses doigts en elle, sa moiteur facilitant le passage. Il s'enfonça profondément avec une force soudaine, et le claquement sec de sa paume contre elle réveilla ses nerfs rassasiés. Il recommença jusqu'à ce qu'elle balance ses hanches contre lui, haletant son nom.

L'extase la submergea encore, plus profondément cette troisième fois, en une vague langoureuse et sans fin.

— Bon sang, que tu es belle! s'exclama-t-il d'une voix grave.

À travers le brouillard de son euphorie, elle remarqua son front luisant, sa mâchoire crispée. Naguère, elle avait interprété son contrôle comme le signe d'une nature froide et insensible; à présent, elle se demandait pourquoi un homme au sang aussi chaud tenait ses passions en laisse de façon aussi stricte. Quelle qu'en soit la raison, elle comprit en un clin d'œil ce que lui coûtait sa résistance, et elle n'allait pas le tolérer.

Il s'immobilisa lorsqu'elle leva la main pour balayer une mèche sombre et ébouriffée.

— Et toi? s'enquit-elle.

Les yeux d'Alaric brillèrent.

— Que veux-tu dire?

— N'as-tu pas envie… ? commença-t-elle avant de rougir, sans pouvoir prononcer le mot.

— Veux-tu que je jouisse, ma belle ?

Elle hocha timidement la tête.

Les narines du duc se dilatèrent. Il se mit à genoux à côté d'elle sur l'estrade et posa les mains sur la ceinture de son pantalon, sans la quitter du regard en écartant les pans. Elle écarquilla les yeux en découvrant sa virilité proéminente. Son grand et épais phallus se dressait hardiment, la couronne violette engorgée atteignant plusieurs boutons de son gilet. Les muscles intimes d'Emma se contractèrent lorsqu'il fit lentement glisser son poing de la racine à la pointe. Tandis qu'il se caressait, son vit turgescent s'animait d'une vie propre, les veines pulsant sur toute sa longueur. À la base, ses bourses pendaient comme des prunes mûres et lourdes.

— Je t'ai choquée, ma jolie ? s'enquit-il d'une voix douce.

Était-elle choquée ? Oui. Mais, plus encore, elle était *curieuse*.

Se sentant très audacieuse, elle demanda :

— Puis-je… le toucher ?

Il afficha un sourire lent, plein de promesses sensuelles.

— Non, cette fois, tu regardes.

Elle se hissa sur les coudes pour mieux le voir. Il s'empoignait fermement, son geste était rapide et fort, et son biceps se gonflait sous sa veste. L'excitation rendait ses traits plus nets et, dans sa main, la peau brun rosé de son sexe ondulait autour de son centre rigide. Il était l'exemple même du contrôle, de la puissance masculine primitive maîtrisée par une discipline personnelle tout aussi redoutable.

Le regarder se donner du plaisir avait un effet intense sur Emma. Ses mamelons se raidirent, et elle saliva devant sa magnificence. Elle mouilla ses lèvres, et le regard avide d'Alaric suivit le parcours de sa langue. Lorsqu'il tira la peau vers l'arrière, elle regarda, fascinée, la rosée s'écouler de la fente. Il balaya le liquide avec sa paume, et il en coula davantage ; il accéléra ses caresses. À la façon dont sa mâchoire se contractait, comme s'il se retenait de pousser un cri de plaisir, elle comprit qu'il aimait cette sensation.

. . .

Il avait l'air si puissant… et si seul. Un dieu solitaire et sauvage. Sa solitude, même en cet instant, tiraillait le cœur d'Emma.

— Jouis pour moi, Alaric, murmura-t-elle. S'il te plaît.

Il sursauta, un feu sauvage brillant au fond de ses yeux.

— Ressens-moi, alors. Sens ma semence.

L'instant d'après, il explosa, serrant les dents. Sa respiration se fit saccadée tandis que des gouttes perlaient sur les seins d'Emma, la marquant de sa chaleur, de son odeur si masculine et excitante. Une perle nacrée atterrit sur son mamelon et s'accrocha à la pointe durcie, avant de glisser tranquillement le long de la courbe.

Le cœur battant à tout rompre, Emma vit le regard d'Alaric suivre cette trace langoureuse.

— Mon Dieu, Emma ! s'exclama-t-il d'une voix rauque.

L'attirant contre lui, il s'empara de sa bouche avec férocité.

Chapitre Dix-Sept

En dépit du fait que les rideaux de velours avaient été tirés pour préserver leur intimité, Emma était consciente des quatre gardes robustes postés devant et à l'arrière du véhicule en mouvement. C'était surréaliste d'être confortablement installée dans le luxueux carrosse avec Alaric, alors que le monde et ses dangers défilaient à l'extérieur. Il était assis sur la banquette opposée, ses longues jambes étendues devant lui, l'une de ses larges épaules appuyées contre la paroi. Il arborait une pose décontractée, mais la chaleur possessive de son regard emplissait Emma d'une étrange chaleur apaisante.

Ses pensées étaient complètement embrouillées. Elle se sentait désorientée, confuse... mais, et c'était le plus déconcertant, elle était trop *détendue* pour s'en préoccuper. Pour la première fois de sa vie d'adulte, elle n'avait qu'une envie : faire une sieste.

— Nous avons des sujets à régler, Emma, dit-il.

Devant la détermination qu'elle voyait dans les yeux d'Alaric, une partie de la langueur de la jeune femme s'estompa.

— Tu t'es donnée à moi, dit-il d'une voix neutre, et maintenant nous devons discuter des conséquences.

La panique acheva de disperser le reste de sa torpeur. Il

donnait l'impression qu'elle avait cédé plus qu'elle ne l'avait fait. Elle se redressa.

— C'était dans le feu de l'action, et je n'ai pas donné... c'est-à-dire que nous n'avons rien *fait* d'irrévocable...

— Ce n'est qu'une question de temps. Tu ne peux pas nier ce qu'il y a entre nous, répondit-il, l'avertissant du regard qu'elle ne devrait même pas essayer. Je ne vais pas dépenser mon énergie à lutter contre l'attirance que j'éprouve pour toi.

Il devait *lutter* contre son désir pour elle ? Elle sentit une douce chaleur envahir sa poitrine.

— Avec du temps, et des conseils appropriés, poursuivit-il, je suis certain que tu t'en sortiras.

Elle cilla.

— Je m'en sortirai dans... quoi ?

Il haussa un sourcil.

— Tu t'en sortiras en tant que duchesse, bien sûr.

Il fallut une seconde à Emma pour qu'elle comprenne ce qu'il insinuait de façon aussi arrogante. Sa mâchoire se relâcha, et son traître de cœur fit un bond.

— Est-ce censé être *une demande en mariage* ?

— Ma jolie, le temps des demandes est révolu. Tu as fait ton choix. Tu es à moi.

Sa prétention hérissa Emma.

— Je ne suis *pas* à toi. Un simple... intermède imprudent ne constitue pas un droit de propriété.

— Avec l'Andromède et ma chambre à coucher, cela fait trois intermèdes, dit-il avec suffisance, et si tu es encore vierge, c'est uniquement parce que je souhaite respecter notre nuit de noces.

La pression monta dans la tête d'Emma comme de l'eau qui chaufferait dans une marmite couverte.

— Je n'ai jamais dit que j'allais me marier avec toi ! Et Dieu sait pourquoi tu veux m'épouser. Nous nous querellons comme chien et chat. Nous n'avons rien en commun. Tu es un duc, et je suis une demoiselle de la campagne...

— Comme je l'ai dit, tu apprendras.

— Je n'ai aucun intérêt à renoncer à ce que je suis pour devenir ton épouse esclave. J'ai mes propres rêves, un but à atteindre...

— La direction de mon foyer et la production de mes héritiers devraient te tenir occupée.

Était-il sérieux ? Pensait-il vraiment pouvoir lui dicter son avenir ?

— Je vais devenir enquêteuse.

Elle le répéta lentement, comme si elle s'adressait à un imbécile.

La lueur bienveillante disparut du regard d'Alaric.

— Je t'offre l'une des positions les plus convoitées de la bonne société. Sais-tu combien de femmes seraient capables de vendre leurs propres dents pour devenir la prochaine duchesse de Strathaven ?

— Alors, épouse l'une d'entre elles.

— Je ne veux aucune d'entre elles. C'est toi que je veux.

Pourquoi, oh ! pourquoi l'autorité dans sa voix la faisait-elle frémir de désir ? Elle se disait qu'elle n'éprouvait que du dédain pour son arrogance. Pourtant, son ventre palpitait, et une partie féminine d'elle restait impuissante, captivée par le fait qu'un homme aussi beau et sensuel puisse la regarder avec des yeux brûlants de possessivité.

Déglutissant, elle dit :

— *Pourquoi* veux-tu m'épouser ? Tu... tu ne m'aimes pas.

— Non, c'est vrai, confirma-t-il d'un ton dépourvu de passion. L'amour est une complication dont je n'ai ni besoin ni envie dans ma vie. Ce que je te propose, c'est un mariage mutuellement bénéfique.

Comment pouvait-il se montrer aussi cynique au sujet de l'amour... de la vie ?

— Jusqu'à présent, je ne t'ai entendu présenter aucun avantage, parvint-elle à articuler.

Alaric fronça les sourcils.

— En m'épousant, tu recevras des biens matériels et tu auras le privilège de faire ce que tu veux. De mon côté, je gagnerai une duchesse et quelqu'un qui me donnera un héritier, expliqua-t-il, avant que sa voix ne s'abaisse, adoptant un timbre séduisant. Compte tenu de l'attirance que nous éprouvons l'un pour l'autre, l'engendrer devrait s'avérer une activité des plus agréables.

— Ce n'est pas suffisant pour construire un mariage.

— Je dis que c'est le cas.

— Tu ne vas pas m'obliger à t'épouser.

Elle se prépara à un assaut de menaces et d'intimidations. Au lieu de cela, il l'observa pendant de longs moments, ses yeux aussi impénétrables que du verre fumé. Ses paroles la prirent par surprise.

— Tu veux négocier? Allons-y, lui dit-il, hochant froidement la tête. Dis-moi ce que je dois faire pour que tu sois mienne.

———

Apparemment, trois orgasmes n'avaient pas convaincu cette femme obstinée qu'elle lui appartenait.

Néanmoins, Alaric devait bien admettre qu'Emma n'avait pas tort : l'intimidation se révélait une tactique inefficace avec elle. Visiblement, il allait devoir employer un autre stratagème pour la conquérir. Cette idée le remplissait d'impatience plutôt que d'irritation : sa future duchesse le défierait, le provoquerait, et le mettrait à l'épreuve... mais jamais elle ne l'ennuierait.

— Tu veux négocier avec moi? Pour te marier? demanda Emma, fronçant les sourcils.

Ce n'était pas pour rien qu'il avait amassé une fortune grâce à ses affaires. Il savait tirer parti de ses atouts et exploiter les faiblesses de ses adversaires pour obtenir ce qu'il voulait. Le cas échéant, il pouvait adapter sa stratégie pour atteindre le résultat souhaité. Il était temps d'appliquer le même état d'esprit aux négociations avec sa future duchesse.

Il comptait sur l'effet de surprise.

— Oui. Énonce tes conditions.

— Mes conditions ?

La voir à ce point troublée touchait une partie profonde et glacée de lui... et la réchauffait. C'était comme si elle n'avait pas réfléchi à ce qu'elle avait à gagner en épousant un duc. Comme si elle n'éprouvait de désir que pour lui, et pas seulement pour ce qu'il pouvait lui donner...

Il interrompit sans ménagement le fil de ses pensées. Il ne se ferait pas d'illusions à propos de ce mariage, et ne permettrait pas à Emma de s'en faire non plus. Il avait été clair au sujet de l'amour : il n'y aurait pas de faux espoirs de part et d'autre. Tant qu'elle n'attendait pas plus que ce qu'il pouvait donner, ils s'entendraient très bien.

Il ne lui restait plus qu'à veiller à ce qu'elle lui accorde sa main. Ce ne serait pas difficile. Il connaissait son talon d'Achille, après tout, et l'utiliserait à son avantage.

— Par exemple, dit-il innocemment, tu pourrais négocier une généreuse allocation mensuelle, suffisante pour acheter tous les bijoux et toutes les fourrures qu'une lady pourrait désirer.

Elle fronça les sourcils.

— Je ne veux pas de bijoux ni de fourrures.

Il le savait, bien sûr.

— Alors, peut-être aimerais-tu avoir ton propre carrosse et ton propre voilier, aménagé au goût du jour pour impressionner tes amies ?

— Mes amies ne seraient pas impressionnées par un tel excès de frivolité, répliqua-t-elle avec mépris.

— Ah ! s'exclama-t-il, puis il croisa les doigts. Alors, peut-être n'y a-t-il rien que je puisse t'offrir pour t'inciter à m'épouser, après tout... à moins que... attends une minute. Non.

Il s'interrompit et secoua la tête.

— Tu n'as pas besoin de *mon* aide pour ça.

— Pour quoi ? demanda-t-elle, plissant les yeux.

— Pour ton projet. Ton objectif de devenir enquêteuse.

— Tu m'aiderais à faire cela ? demanda-t-elle, visiblement

sceptique. Alors que tu as dit et répété que c'était un travail qui ne convenait pas à une femme?

— À une femme ordinaire. Maintenant, s'il s'agit d'une *duchesse*..., dit-il, avant de faire une pause pour l'emphase, c'est une tout autre histoire.

Elle fronça les sourcils.

— Pourquoi?

— Parce qu'une duchesse a le pouvoir et le prestige pour agir à sa guise. Ce qui est considéré comme un comportement inacceptable pour une femme ordinaire ne serait rien d'autre qu'une charmante excentricité pour Sa Grâce. Personne n'oserait te contredire par crainte de représailles de ma part.

— Et, à titre d'hypothèse, tu serais favorable à ce que ton épouse s'engage dans un travail de détective? l'interrogea-t-elle d'un air soupçonneux.

En quelque sorte. Il en était arrivé à la conclusion qu'il valait mieux laisser Emma travailler en amateur sous sa surveillance plutôt que de la laisser agir seule dans son coin. Au moins, de cette façon, il saurait ce qu'elle faisait. Il pourrait la surveiller et lui éviter des ennuis.

— Tant que tu respectes les règles que je fixerai, je ne vois pas quel mal il y aurait à ce que tu aies un loisir, concéda-t-il.

— Une profession, le corrigea-t-elle. Et quelles seraient tes prétendues règles?

Alaric se dit qu'il devait rester prudent.

— Ta sécurité doit passer avant tout. Bien que tu aies découvert une information utile aujourd'hui, dit-il, remarquant qu'elle rayonnait aussitôt de plaisir, tu t'es également exposée à un grand risque. Je ne tolérerai pas une telle insouciance.

Le sourire d'Emma s'estompa. Lorsqu'elle prit la parole, ce fut avec une franchise étonnante.

— Tu as raison. Je me suis laissée un peu emporter par les événements, admit-elle, l'air abattu. Pendant un instant, j'ai craint d'être dépassée.

— Tu ne risqueras plus ta vie de cette manière, dit-il sévèrement. Tu es trop importante.

— Je... vraiment?

Devant la timide attente dans son regard, le cœur d'Alaric s'emballa. Il le calma. Il ne devait pas se laisser dominer par la sensiblerie.

— Certainement. Tu es la mère de mes futurs héritiers.

— Oh! s'exclama-t-elle en clignant des yeux, puis elle secoua la tête. Tu parles comme s'il s'agissait d'un *fait accompli*. Ce n'est pas le cas.

— Dis-moi comment faire pour qu'il en soit ainsi, insista-t-il, déterminé.

— Ne devrions-nous pas apprendre à mieux nous connaître avant de prendre une décision définitive?

Pour Alaric, la décision était prise. Mais s'il se confrontait à elle, elle ne ferait que se braquer davantage. S'il lui fallait davantage de temps pour parvenir à l'inévitable conclusion, qu'il en soit ainsi.

— Je vais te faire la cour, déclara-t-il avec détermination. Combien de temps te conviendrait?

— Je l'ignore, répondit-elle, se mordillant la lèvre. Jusqu'à ce que nous soyons certains que nous sommes faits l'un pour l'autre?

— Si tu as encore besoin d'être convaincue après ce qui vient de se passer chez Marieur, je serai ravi de te faire une autre démonstration. Je peux encore goûter ton miel, ma jolie, et j'ai déjà faim de plus.

Les joues d'Emma prirent une charmante teinte rose.

— Tu ne devrais pas dire de telles choses.

— Pourquoi pas? C'est toi qui insistes toujours pour que je dise la vérité.

Elle souffla légèrement.

— Pas à *ce sujet*. Le fait est qu'une relation ne se limite pas à l'intimité physique. Nous nous connaissons à peine. Nous venons d'horizons différents, nous avons des points de vue divergents sur le mariage, et...

— Explique-moi en quoi ton point de vue diffère du mien.

Elle pinça les lèvres.

— Pour commencer, je crois en la fidélité.

— D'accord. Ensuite ?

— Attends... c'est tout ? Tu ne veux pas discuter de ce sujet ?

— Qu'y a-t-il à discuter ? Il n'y aura pas d'autre homme pour toi. Et je serai tellement occupé à te donner du plaisir, ajouta-t-il avec un haussement de sourcils, que je n'aurai de temps pour personne d'autre.

Elle rougit.

— Tu serais fidèle à tes vœux... Vraiment ?

À l'évidence, elle avait entendu les rumeurs concernant son premier mariage. L'amertume monta, mais il se rappela que Laura faisait partie de son passé. Son avenir serait différent ; il ferait en sorte qu'il le soit.

— J'étais un mari fidèle, répliqua-t-il froidement, en dépit de ce que tu as pu entendre.

— Ton premier mariage... à quoi ressemblait-il ? s'enquit-elle timidement.

Il ne voulait pas parler de ses erreurs. Il ne voulait pas que cette traînée d'immondices le suive dans le présent. Pourtant, il savait que pour gagner la confiance d'Emma, il devait lui donner quelque chose.

— J'étais jeune et idiot lorsque j'ai rencontré Laura, séduit par sa beauté et son charme. Je l'ai épousée après une cour éclair. Notre mariage n'a pas été heureux.

L'euphémisme du siècle.

— Pourquoi n'étais-tu pas heureux ?

La mâchoire d'Alaric se crispa.

— Laura et moi n'étions pas compatibles, restons en là. Mais je lui suis resté fidèle jusqu'à sa mort. Dieu sait que je n'ai pas été un saint depuis, mais lorsque je me remarierai, j'ai l'intention d'honorer mes vœux.

Pour une raison qu'il ignorait, il s'entendit demander :

— Me crois-tu ?

Au bout d'un moment, Emma hocha brièvement la tête.

— Oui.

— Simplement comme ça ?

— Tu es parfois arrogant, dominateur et manipulateur. Cependant, pour autant que je sache, tu ne m'as jamais menti.

Un soulagement inattendu envahi Alaric.

— Merci, dit-il doucement.

— Je t'en prie. Et... je suis désolée.

Il se crispa.

— Je ne veux pas de ta pitié, Emma.

— Il y a une différence entre la pitié et l'empathie. Je ne suis pas désolée *pour toi*, je suis navrée que tu aies vécu une expérience qui semble épouvantable.

— C'est terminé, tout comme cette conversation.

Il n'était pas prêt à lui avouer le pire... son impardonnable déloyauté envers Will. Il ne prendrait pas le risque d'exposer ses défauts plus que nécessaire.

Elle plissa le nez.

— Voilà qui met en relief une autre différence entre nous. Je ne me laisserai pas dicter ma conduite. Tout mariage dans lequel je m'engagerai sera fondé sur le respect mutuel.

— Encore une fois, je n'y vois aucun inconvénient.

— Comment peux-tu dire cela ? s'exclama-t-elle, incrédule. Tu veux une épouse qui se soumettra à toi sans poser de question. Alors que je suis une femme indépendante qui sait où elle va, qui a ses propres opinions et qui ne se laissera pas imposer des ordres à tort et à travers...

— As-tu l'intention de me duper, Emma ? De me trahir d'une manière ou d'une autre ?

Elle fronça les sourcils.

— Non. Bien sûr que non.

— Alors, nous travaillerons sur le reste.

— Les gens ne changent pas tant que cela, dit-elle d'un air dubitatif. Je ne me vois pas devenir moins indépendante... ni toi moins dominateur.

— Je ne t'entends pas te plaindre de cela quand nous faisons l'amour. Quand tu es dans mes bras, tu t'abandonnes avec tant de douceur..., murmura-t-il. Comme si tu étais prête à me donner tout ce que je demandais.

Une rougeur intense monta aux joues d'Emma.

— Je ne suis *pas* faible ! s'exclama-t-elle.

Il leva un regard surpris vers elle.

— Non, tu ne l'es pas. Pourquoi penses-tu une chose pareille ?

— À cause de ce que tu viens de dire. Ce qui se passe lorsque nous sommes ensemble. J'ignore ce qui me prend, mais en vérité, je ne suis ni soumise ni faible...

Alaric comprit alors l'essentiel de ce qui la préoccupait. En regardant son expression gênée, ses yeux écarquillés, il était rempli à parts égales de désir... et de tendresse. Du haut de toute son expérience blasée, il avait oublié que la véritable innocence existait.

— Viens ici, lui ordonna-t-il d'une voix douce, tapotant ses genoux.

Il vit ses muscles frémir pour lui obéir, même si son esprit résistait. Elle se recula contre son côté du banc.

— Non, nous devrions en parler.

Pour éviter davantage de discussions, il se contenta de s'abaisser et de la soulever pour la poser sur ses genoux. Aussi délicieux que soit son tortillement, il l'arrêta en resserrant ses bras autour d'elle.

— Te soumettre à moi ne te rend pas faible, lui expliqua-t-il. Au contraire, il faut une femme forte et vive pour me donner ce que tu m'offres.

Elle cessa de se débattre.

— Vraiment ?

Alaric effleura de ses phalanges la joue soyeuse et rougie d'Emma.

— Oui. Ta reddition est puissante *à cause* de ta force. Parce que j'ai conscience de ce que tu me confies, ajouta-t-il d'une voix rauque. D'ailleurs, en dehors de nos ébats, je sais que tu continueras à n'en faire qu'à ta tête.

Elle fronça les sourcils.

— Cela ne te dérange pas que je sois têtue ?

— Oh, que si ! Mais cela m'enthousiasme aussi... et cela m'excite.

Pour appuyer son propos, il la plaqua délibérément contre son érection, et elle rougit encore.

— Tout comme mon arrogance t'enthousiasme et t'excite.

Elle se mordit la lèvre.

— Tout cela est très perturbant.

Le carrosse ralentissait : ils étaient presque arrivés chez elle. Il était temps de pousser son avantage.

— Laisse-moi donc te faire la cour. Nous explorerons cela ensemble, pour que tu n'aies pas peur de la passion qui brûle entre nous, lui dit-il, avant de lui mordiller l'oreille. Donne-moi ta réponse. Dis-moi que tu me laisseras te faire la cour, ma douce.

Un frémissement traversa Emma.

— Je le ferai... à une condition.

Il aurait dû s'y attendre.

— Laquelle ?

— Si je respecte tes règles, tu me laisseras t'aider dans ton enquête, là où il sera sûr pour moi de le faire. S'il te plaît, Alaric, insista-t-elle, l'air sincère, je ne peux pas rester sans rien faire quand ta vie est en danger.

S'il refusait, elle le ferait quand même. Mieux valait contenir un feu que d'être brûlé par lui.

— D'accord... tant que tu me laisses te guider. Je suis sérieux, Emma, insista-t-il. Finies les investigations en solitaire.

Elle hocha la tête, ravie.

— Nous avons un marché...

La portière du carrosse s'ouvrit brusquement et lui coupa la parole. Le soleil frappa le visage d'Alaric, mais son éclat n'était rien comparé à la fureur dans le regard du nouveau venu.

Le frère d'Emma se pencha à l'intérieur, l'air livide.

— Que diable se passe-t-il ici ? s'exclama Kent.

Chapitre Dix-Huit

Dans l'ensemble, Emma se disait que pour sa première rencontre avec sa famille, Alaric s'en sortait plutôt bien. Après un début de mauvais augure avec Ambrose, ils furent accueillis par ses sœurs dès qu'ils mirent le pied à l'intérieur de la maison. Emma s'empressa de faire les présentations.

Après sa révérence, Violet étudia Alaric avec une franche curiosité.

— Donc, vous êtes un duc? Je n'en ai jamais rencontré auparavant.

— Sois polie, Vi, lui intima Thea en sourdine.

Mais Alaric semblait seulement... amusé.

— Je dois avouer ma propre curiosité... Je n'ai jamais rencontré autant de *Kent* avant. La beauté et la grâce doivent être des traits de famille.

Les filles échangèrent des regards... et gloussèrent comme des débutantes. Emma, qui n'avait jamais été témoin de la galanterie d'Alaric, l'observa avec stupéfaction tandis qu'il continuait d'exercer son charme.

— Merci pour le compliment, Votre Grâce, dit Rosie avec un sourire laissant apparaître ses fossettes.

— Ce n'est que la vérité.

Il sourit à la sémillante jeune fille, puis se tourna vers Polly, qui se tenait timidement à l'écart. Il s'inclina courtoisement au-dessus de sa main.

— Je n'envie pas Kent. Il va devoir chasser les prétendants lorsque vous ferez votre entrée dans la société, affirma-t-il.

Polly devint rose de plaisir et la poitrine d'Emma se réchauffa devant la sensibilité inattendue d'Alaric, de le voir taquiner ses sœurs avec qui il semblait parfaitement à l'aise.

Le ton sévère d'Ambrose interrompit la discussion.

— Il est temps d'assister à vos leçons, les filles. Sa Grâce et moi avons des affaires à régler.

Après que les filles se furent éclipsées, Ambrose les conduisit au salon. La tension s'installa tandis qu'ils prenaient place. Emma et Alaric s'assirent sur le canapé, Marianne sur la méridienne, et Ambrose se mit à faire les cent pas derrière elle comme un tigre en cage. Il grogna ses questions les unes après les autres.

Alaric, un pied botté reposant sur un genou, était l'image de l'assurance ducale en répondant. Il semblait avoir réponse à tout, se faufilant entre les questions de son frère comme un cocher de fiacre aguerri dans les rues de Londres. Il passa sous silence certains détails, comme leurs ébats chez Madame Marieur, par exemple, sans pour autant mentir.

Finalement, Ambrose se tourna vers sa sœur.

— Qu'est-ce qui t'a pris, Emma, d'interroger le personnel de Sa Grâce? demanda-t-il, déconcerté. De partir seule dans cet endroit peu recommandable?

— J'ai pensé que je pouvais aider, dit-elle d'une petite voix. Les femmes de chambre m'ont parlé. Et j'ai découvert la véritable identité de Lily.

— En prenant quels risques? Il aurait pu arriver n'importe quoi. Tu aurais pu être blessée, agressée, ou pire encore.

— Je vous assure, Kent, qu'elle était en parfaite sécurité, intervint Alaric. J'ai chargé un garde de la surveiller.

Emma en fut choquée. Elle avait cru que son personnel au

cottage lui avait parlé de Marieur. Au lieu de cela, il l'avait fait suivre ?

L'air aussi stupéfait qu'elle, Ambrose s'exclama :

— Vous avez fait *quoi* ?

— La question serait plutôt de savoir pourquoi vous ne l'avez pas fait. C'est votre sœur. Vous devriez savoir à quel point elle est déterminée lorsqu'elle se met en tête de faire quelque chose, affirma Alaric calmement.

Son attitude hautaine était stupéfiante. Et il n'avait pas l'air le moins du monde désolé. Emma lui jeta un regard noir.

— Tu ne peux pas demander à quelqu'un de me suivre...

— En fait, je peux, et je l'ai fait. Je te l'ai dit, ma jolie : je protège ce qui est important pour moi.

La flamme argentée dans ses yeux de jade coupa le souffle d'Emma. Comment avait-elle pu le trouver froid ? Sous cette autorité glaciale, une chaleur volcanique faisait rage... et cela la perturbait de constater qu'elle *appréciait* ce côté de lui. Elle aimait être capable de susciter des émotions chez lui... tout comme il le faisait pour elle.

— À ce propos, Votre Grâce, intervint Marianne, lissant promptement ses jupes jonquille, qui étaient aussi lisses que son expression. Vous comprenez pourquoi nous devons vous demander vos intentions à l'égard d'Emma.

— Pourquoi ma sœur était-elle assise sur vos foutus genoux dans le carrosse ? tonna Ambrose.

La chaleur monta aux joues d'Emma.

— Ambrose, ce n'était pas...

— Laisse-moi répondre, ma jolie. C'est une question normale, et je n'ai rien à cacher, affirma Alaric, observant sa famille avec une froide sérénité. Mes intentions à l'égard d'Emma sont honorables.

Elle entendit sa possessivité dans l'utilisation délibérée et intime de son prénom.

— Des *intentions* ? Envers ma sœur ? Mais...

— Chéri.

Marianne tendit la main pour toucher la manche d'Ambrose.

Une communication silencieuse s'établit entre eux. Ses yeux d'ambre s'enflammèrent, mais il serra les dents et laissa sa femme parler.

— Vous souhaitez épouser Emma, Votre Grâce? s'enquit Marianne.

— Oui. Dès que possible.

Puis, les yeux rivés sur le visage d'Emma, il murmura :

— Enfin, dès que j'aurai convaincu la lady en question de m'épouser.

Voilà une belle manière de me jeter sous les roues du carrosse. Emma lui adressa un regard courroucé.

Un sourire se dessina sur les lèvres d'Alaric.

— Emma? l'interpella son frère, incrédule. L'envisages-tu vraiment?

Elle inspira.

— Sa Grâce et moi avons convenu d'une période de cour. Pour nous aider à décider si nous sommes vraiment faits l'un pour l'autre.

— Vous voyez? intervint Alaric en haussant les épaules. C'est Emma qui badine avec moi et non l'inverse.

— Personne ne badine avec qui que ce soit! Emma, je ne peux pas approuver cela.

Ambrose s'agrippa au dossier de la méridienne, le visage marqué par la désapprobation. Pour la première fois, Emma ressentit une étincelle de colère. Pourquoi son frère se montrait-il aussi déraisonnable? Elle était une femme adulte, capable de prendre ses propres décisions.

— C'est toi qui m'as dit que je devrais me trouver un mari.

— Je voulais parler d'une personne convenable. Il... son passé..., commença son frère, agitant une main vers Alaric dans une frustration muette. Il n'est pas assez bien pour toi.

L'injustice de cette déclaration mit Emma en colère.

— C'est un homme bon!

— Un duc qui se fait traiter avec condescendance par un simple *monsieur*, ce doit être une première, remarqua Alaric en arquant un sourcil sombre. Préféreriez-vous, Kent, que je sois un marchand des quatre saisons ?

— C'est votre passé et votre caractère que je remets en question, pas votre titre. Ne voyez-vous pas à quel point Emma et vous êtes différents ? C'est une jeune fille innocente, dévouée à sa famille. Vous êtes un séducteur patenté, et d'après ce que j'ai vu entre vous et McLeod, vous n'avez pas la moindre notion de ce qu'est une famille.

Emma grimaça. La mâchoire d'Alaric se crispa.

— Vous ne savez rien de ma famille.

— Et vous ne savez rien de la mienne, répliqua Ambrose. Lorsqu'il est question de mariage, les Kent ne se soucient ni de l'argent ni du rang.

— Oui, je vois que vous avez sacrifié les plus belles choses de la vie sur l'autel du mariage.

Alaric balaya d'un regard ironique le salon bien aménagé. Les pommettes de son frère virèrent au rouge foncé.

Intervenant rapidement, Emma dit :

— Strathaven et moi ne prenons pas de décisions hâtives. Nous prenons le temps d'apprendre à nous connaître. Rien n'est gravé dans le marbre.

— Emma sait ce qu'elle veut, dit Marianne d'un ton doux à Ambrose. Elle l'a toujours su.

Emma ressentit un élan d'amour envers sa belle-sœur.

— Quelqu'un veut vous tuer, Strathaven, grogna son frère. Souhaitez-vous mettre ma sœur en danger aussi ?

— La sécurité d'Emma est ma première préoccupation. Voilà pourquoi nous garderons notre cour secrète jusqu'à ce que le meurtrier soit arrêté, l'informa Alaric d'un ton égal. Si vous voulez vraiment garantir la sécurité d'Emma, vous pourriez envisager de trouver ce maudit tueur.

— Nous avons fait des progrès, répliqua Ambrose, le ton dur.

— Je suis tout ouïe.

Emma vit l'indécision sur le visage de son frère. Manifestement, il voulait faire quelques rounds de plus avec Alaric. Il posa les yeux sur elle, et sa bouche se crispa.

— Nous allons nous retirer dans mon bureau...

— Emma entendra ce que vous avez à dire. Elle a le droit d'être informée de cette affaire, qui concerne mon avenir et donc le sien. En outre, c'est grâce à ses efforts que nous disposons désormais d'une nouvelle piste concernant la femme de chambre.

Malgré la trop grande assurance d'Alaric, qui pensait que leurs avenirs étaient bel et bien liés, la poitrine d'Emma se gonfla, légère. Il l'avait écoutée dans le carrosse. Il respectait ses souhaits... Il venait de *reconnaître* publiquement ses capacités d'enquêteuse.

Croisant son regard, Alaric murmura :

— Tu vois, ma jolie ? Je suis capable de compromis.

— Emma finira par le découvrir, de toute façon. Et moi aussi, déclara Marianne. Vous pouvez tout aussi bien discuter de l'affaire ici, mon chéri.

Ambrose annonça d'un ton laconique :

— Nous n'avons pas fini de parler de vous et de ma sœur, Strathaven.

Le regard d'Alaric était froid, posé. De toute évidence, *lui* avait terminé.

Son frère se passa une main dans les cheveux et se reprit. Lorsqu'il s'exprima, ce fut avec un grand professionnalisme.

— Je vais commencer par l'empoisonnement. J'ai discuté de vos symptômes avec un médecin expérimenté dans ce domaine. Il soupçonne qu'il s'agisse d'une substance très toxique, dont les propriétés dépendent de la dose... très probablement une plante sauvage. Il a vu un jour une famille dont tous les membres avaient ingéré par erreur des champignons vénéneux. Le père, qui avait mangé la plus grande partie du ragoût contaminé, est mort, tout comme l'un des fils, qui s'était resservi. Comme elles avaient moins mangé, la mère et les sœurs ont survécu.

— C'est pourquoi Clara est morte, et pas moi.

En dépit du ton détaché d'Alaric, Emma le connaissait assez

bien maintenant pour comprendre qu'il s'en voulait. Elle toucha son bras. Sous ses doigts, son biceps dur frémit.

— Ce n'était pas ta faute, lui dit-elle. Tu ne savais pas que le whisky était empoisonné.

Il garda une expression dure, mais son menton s'inclina dans un léger hochement de tête.

— Nous ignorons si boire moins de whisky aurait sauvé Lady Osgood, poursuivit Ambrose. Selon l'individu, la dose létale peut varier dans une certaine mesure. Dans le cas de cette famille, un deuxième fils, qui avait mangé autant que son frère décédé, a fini par survivre. Mon ami médecin a émis l'hypothèse que ce garçon avait déjà survécu à l'ingestion de champignons vénéneux auparavant et qu'il avait ainsi développé une certaine résistance aux toxines.

Des sillons se creusèrent autour de la bouche d'Alaric.

— J'ai souffert d'une maladie digestive dans ma jeunesse, que j'ai surmontée par la suite. Cela a peut-être renforcé ma résistance.

— Peut-être. Quoi qu'il en soit, nous avons affaire à un meurtrier qui connaît le poison. Il en savait assez pour choisir une arme dont le goût et l'odeur ne sont pas détectables. Son erreur a été de ne pas mettre assez de poison dans le whisky pour vous tuer d'un seul coup... ce qui nous amène à la deuxième tentative d'assassinat.

Alaric se redressa.

— Vous avez des nouvelles du coup de feu ?

— McLeod a progressé dans l'établissement de la liste des armuriers. Il l'a réduite à une poignée, et il m'a informé qu'il devrait avoir identifié l'atelier d'ici demain.

— J'irai avec vous, dit Alaric d'un ton sombre.

— Je veux venir aussi, intervint Emma.

Le silence retomba comme une guillotine.

— Non ! répondirent en chœur son frère et Alaric.

Au moins, les deux sont d'accord sur quelque chose. Eh bien, ce n'était pas comme si elle ne s'attendait pas à une résistance. Respirant un grand coup, elle se prépara à protester, mais Alaric la devança.

— J'ai respecté ma part du marché. Maintenant, à toi de faire de même. Mes règles, Emma, lui rappela-t-il.

— Mais je veux aider à enquêter...

— Et c'est ce que tu feras. J'ai une mission. Une mission importante.

— Une mission pour moi ? s'exclama-t-elle, impatiente. Veux-tu que j'aille à la Cythère, que je retrouve Lily White...

— Non. Ta tâche est plus importante que cela.

Plus importante ?

— Oui ? s'enquit-elle, impatiente.

— Ton travail consistera à infiltrer la bonne société.

— Quoi ? dit-elle, renfrognée. Pourquoi ferais-je cela ?

— Tu te souviens de ce que tu disais à propos du poison qui est l'arme des femmes ?

Les sourcils froncés, elle acquiesça lentement.

— Mais ce n'était qu'une hypothèse. Nous n'avons pas de preuves spécifiques pour appuyer...

— C'est là que tu interviens. Je veux que tu évolues parmi mes pairs. Sois attentive à toute activité suspecte, en particulier quand les femmes sont impliquées.

— Mais je ne connais rien à la haute société ! protesta-t-elle.

— J'ai besoin de ton aide, Emma.

Avec ces simples mots, il la tenait. Comment pourrait-elle refuser sa demande, lui refuser quoi que ce soit alors qu'il la regardait avec une chaleur si envoûtante dans les yeux ?

Déglutissant, elle dit :

— Quel genre d'activité suspecte devrais-je surveiller ?

— Les commérages, pour commencer. Au sein de la bonne société, c'est une arme puissante. Ils contiennent souvent une part de vérité, et ils peuvent fournir des indices sur l'identité du tueur.

Alaric s'interrompit, puis il lança un regard de défi à Ambrose.

— Si tu ne me crois pas, demande à ton frère.

Ce dernier fonça les sourcils. Au bout d'une minute, il dit sèchement :

— Il est vrai que les commérages peuvent être une source d'informations importantes.

— Tu vois ? insista Alaric en haussant ses larges épaules. Je le ferais bien moi-même, mais les gens n'osent pas parler de moi en ma présence. C'est pourquoi j'ai besoin de toi : une enquêteuse dotée d'un excellent sens de l'observation, quelqu'un sur qui je peux compter.

Touchée par sa confiance, Emma scruta son visage.

— Ce n'est pas un stratagème pour me détourner du vrai danger, n'est-ce pas ? Tu penses vraiment que je pourrais apprendre quelque chose d'important simplement en tendant l'oreille ?

— Emma, tu as la capacité d'accomplir ce que ton frère et ses associés ne peuvent pas faire : tu peux te fondre dans la masse, mener des reconnaissances dans les salons et les salles de bal sans te faire repérer. Et, permets-moi d'être clair : *tout* ce que tu as à faire, c'est écouter. Tu ne prendras aucun risque, et tu rapporteras tout ce que tu entendras directement à ton frère et à moi. Est-ce que c'est compris ?

Il planta son regard dans celui de la jeune femme, jusqu'à ce qu'elle hoche la tête.

— Si j'en demande trop, ma jolie...

— Je suis prête à faire tout ce qu'il faudra pour que tu sois en sécurité, affirma-t-elle.

Elle ne voulait pas qu'il s'imagine le contraire, alors qu'il lui confiait une mission aussi vitale.

— Je ne te laisserai pas tomber.

— Merci, répondit-il, arborant un lent sourire qui perturba les sens d'Emma. Je vais m'occuper des arrangements.

— Attends. Quels arrangements ?

— Tu ne peux pas mener ton enquête sans l'équipement adéquat. Pour opérer au sein de la bonne société, tu auras besoin de quelques fournitures. Je prendrai bien sûr les frais à ma charge.

Avant qu'elle puisse demander de quelles fournitures il s'agissait, il dit à Marianne :

— Voudriez-vous bien chaperonner Emma, madame Kent ?

— Bien sûr, répondit Marianne, dont les lèvres tressaillirent étrangement. Y a-t-il des… euh… des opportunités d'enquête particulières que vous aimeriez que nous poursuivions, Votre Grâce ?

— Commencez par le bal des Blackwood, dit Alaric. Leurs fêtes sont toujours des succès.

— Et seule l'élite y est invitée, murmura Marianne.

— Lord Blackwood est un de mes amis et nous pouvons compter sur sa discrétion. Je veillerai à ce que vous receviez des invitations.

Le ventre d'Emma se noua à l'idée d'assister à un événement aussi important, mais elle se rappela qu'elle était prête à tout faire pour aider à protéger la vie d'Alaric, y compris à naviguer dans les eaux traîtresses de la bonne société.

Alaric s'adressa au frère de la jeune femme.

— Kent, j'aimerais que vous m'avertissiez lorsque Will aura identifié l'armurier.

L'expression dure comme la pierre, Ambrose leva le menton en guise de réponse. Alaric se leva, s'inclinant d'abord devant Marianne, avant de prendre la main d'Emma. Lorsque ses lèvres frôlèrent ses jointures, elle frémit de désir.

— Tu ne regretteras pas notre marché, ma douce.

Ses iris vert pâle brillaient d'une fumée argentée tandis qu'il murmurait :

— Une fois que tout cela sera terminé, je viendrai à toi en homme libre, et ne t'y trompe pas : nous réglerons les choses entre nous.

— Est-ce une promesse ou une menace ? s'enquit-elle, plissant le nez.

Il lui décocha un petit sourire malicieux.

— Dans tous les cas, ma jolie, cela signifie que tu seras à moi.

Chapitre Dix-Neuf

— Papa, je peux dormir avec la lumière allumée?

Assis à côté du lit, Ambrose sourit à son fils de sept ans.

— Tu n'en as pas besoin. Il ne se passera rien, je te le promets.

Les yeux pleins d'inquiétude d'Edward, de la même couleur émeraude que ceux de sa mère, se détachaient nettement sur son petit visage.

— Comment le sais-tu?

— Parce que les monstres ne vivent que dans les rêves, et qu'ils ne peuvent pas te faire de mal. Tu n'as rien à craindre, mon garçon, le rassura Ambrose, bordant la couverture autour des épaules de son fils. Je resterai ici jusqu'à ce que tu t'endormes.

— C'est promis, papa?

— C'est promis, mon garçon.

Un quart d'heure plus tard, Ambrose passa délicatement la main sur les cheveux noirs ébouriffés d'Edward, éteignit la lumière et se dirigea vers la chambre à coucher principale.

Marianne attendait au lit. Même après huit ans de mariage, sa beauté le frappait encore. Avec ses cheveux platine détachés autour de ses minces épaules blanches et ses yeux brillants d'amour, elle était un ange. Et lui était un sacré veinard.

Posant son livre de côté, elle lui sourit.

— Il s'est endormi ?

— Oui. Le pauvre petit.

Après avoir retiré sa robe de chambre, Ambrose se mit au lit et la prit dans ses bras. Les installant tous les deux contre les oreillers, il dit :

— J'espère que ses terreurs nocturnes vont bientôt disparaître.

— A-t-il posé des questions sur les monstres ?

— Je lui ai dit qu'ils n'étaient pas réels.

— Du moins, pas le genre qu'il craint.

Devant le ton pensif de sa femme, Ambrose tourna la tête pour la regarder. Il vit les ombres dans son regard, comme si elle se remémorait les monstres de son passé. Il avait fait tout ce qui était en son pouvoir pour les éliminer.

— Chérie ? dit-il d'une voix douce.

Elle posa une main sur sa mâchoire.

— Je ne pense pas à mes propres démons, chéri, mais aux tiens.

— Aux miens ? répéta-t-il, surpris.

— Les monstres se présentent sous toutes les formes. Des personnes malveillantes, des événements pénibles, et même quelque chose d'aussi banal que l'incapacité à protéger ceux que l'on aime.

Les muscles d'Ambrose se tendirent.

— Qu'es-tu en train de me dire ?

— Ambrose, tu es un frère merveilleux, mais Emma est une femme adulte, remarqua Marianne, dont les yeux perspicaces scrutaient son visage. Tu ne peux plus la protéger, et tu ne *dois pas* t'en vouloir pour les moments où tu n'as pas pu le faire.

Le souvenir de cette époque remonta en lui. Ces années où il avait à peine pu nourrir son frère et ses sœurs... où Emma, en tant qu'aînée, avait été contrainte d'assumer toutes les charges de leur famille pendant qu'il gagnait sa vie en ville. Un jour, elle, une jeune fille de seize ans, avait fait le voyage jusqu'à Londres toute seule parce qu'un malheur avait frappé sa famille et qu'elle n'avait personne vers qui se tourner...

D'anciens nœuds se resserrèrent dans sa poitrine.

— Elle a manqué tellement de choses. Elle n'a jamais eu la chance d'être jeune, dit-il brusquement. Elle mérite d'être heureuse.

— Oui, c'est vrai. Mais elle seule peut décider de ce qui la rendra heureuse.

— Tu ne peux pas croire que Strathaven est une bonne décision ! s'exclama-t-il, incrédule.

— Pourquoi pas ? demanda doucement Marianne. Parce qu'il est duc ? Et qu'il est riche ?

— Non. Parce que c'est un *séducteur*.

— Les rumeurs ne sont pas toutes vraies. Sa femme décédée a répandu de viles rumeurs à son sujet. Et Annabel dit qu'il a bon cœur, que M. McLeod et elle lui sont redevables.

Après une pause, Marianne dit :

— Je sais ce que c'est que d'être mal jugé par la société.

Ambrose resserra les bras autour d'elle.

— C'était différent. Tes actes étaient motivés par ton désir de retrouver Primrose. Tu n'as rien à te reprocher, ma chérie.

— Comment sais-tu que ce n'est pas aussi le cas de Strathaven ? Quel que soit son passé, il tient à Emma.

— Comment peux-tu en être aussi certaine ?

Les lèvres de Marianne se courbèrent en un sourire ironique.

— Pour quelle autre raison aurait-il concocté ce plan pour qu'elle enquête au sein de la bonne société ? Il la tient à l'écart du véritable danger, et il la sauve d'elle-même, si je puis dire.

Cette constatation n'était pas du goût d'Ambrose. Même si Marianne avait raison, il n'avait pas confiance dans les motivations de Strathaven. Il ne voulait pas qu'un libertin à la vie dissolue s'approche de sa sœur innocente.

Ambrose poursuivit d'un ton raide :

— Même s'il n'a pas tué Lady Osgood, il a eu une liaison scandaleuse avec elle, une femme mariée. Il est moralement corrompu.

Son épouse émit un son amusé.

— Qu'y a-t-il de si drôle? demanda-t-il en fronçant les sourcils.

— Toi, mon chéri.

Souriant toujours, elle embrassa sa mâchoire.

— Selon tes critères, aucun gentleman ne serait assez bien pour Emma. Quel homme n'a jamais eu de liaison ou de maîtresse?

— Moi.

— Tu es l'exception. C'est pour ça que je t'adore, répondit-elle.

Sa main glissa le long de son torse et il se sentit durcir, réagissant comme toujours au toucher de sa femme.

— Tu dois faire attention avec Emma. Tu ne voudrais pas la repousser.

— Je ne peux pas parler de ma sœur quand tu fais ça, remarqua-t-il, la voix rauque.

Marianne lui décocha son sourire de sirène.

— Vas-tu réfléchir à ce que je t'ai dit?

Dans son travail, il se targuait d'examiner toutes les preuves avant de tirer des conclusions. Il devrait sûrement faire la même chose dans ce cas. Toutefois, il pouvait parfois s'avérer difficile d'être objectif quand sa propre famille était impliquée.

— Je vais essayer, concéda-t-il.

— Merci, mon chéri.

Les lèvres de sa femme caressèrent son cou, et sa main se promena plus bas encore. Un feu s'alluma dans ses reins, et il la fit rouler sur le dos, s'emparant de sa bouche dans un baiser affamé. Elle soupira de plaisir. Son ardeur effaça les pensées d'Ambrose, et, pour les quelques instants suivants, tous les soucis du monde s'envolèrent au vent.

Chapitre Vingt

Deux jours plus tard, Alaric se retrouva dans son carrosse avec son frère. Ils étaient devant chez Palmer, un petit établissement niché entre Covent Garden et St Giles. Par la vitre, Alaric aperçut l'enseigne usée au-dessus de la porte, qui arborait l'emblème de l'armurerie, un ananas. Will, assis sur la banquette en face de lui, brandit l'emballage déchiré de la cartouche.

Le demi-ovale avec les lignes sinueuses correspondait parfaitement avec le fruit sur le panneau.

— C'est l'endroit, constata Will avec satisfaction. Kent arrive, il était à la Cythère. Quand il arrivera, nous entrerons et interrogerons le propriétaire.

Alaric hésita. Une partie de lui avait envie de louer les capacités d'éclaireur de son jeune frère. Une autre partie se sentait... gênée. Trop de choses s'étaient passées entre eux, des briques d'hostilité et d'incompréhension les séparant comme un mur invisible.

Pourtant, Will était *son frère*. Son unique frère. Il choisit le compromis.

— Comment as-tu retrouvé l'échoppe? Ce n'était pas une mince affaire, j'imagine. Il doit y avoir des dizaines d'armuriers dans la ville.

— Comparé à la recherche d'espions, et à la reconnaissance du terrain ennemi, c'est un jeu d'enfant.

Néanmoins, on lisait la fierté dans les yeux bruns de Will. Alaric fut replongé dans un souvenir. Ils étaient de jeunes garçons et s'étaient introduits dans la propriété de leur voisin. McGregor était l'homme le plus avare et le plus méchant du comté, et les paris entre les garçons du village portaient souvent sur son fameux arbre, qui produisait des pommes rouge vif de la taille d'un petit melon.

Tout garçon capable de montrer une pomme McGregor gagnait le respect éternel de ses pairs, et, à l'âge de neuf ans, Alaric avait besoin de ce respect plus que de respirer. Une simple pomme garantissait une protection contre les railleries et les coups des autres garçons ; il s'était préparé à voler le fruit ou à mourir en essayant. Ce à quoi il ne s'était pas préparé, c'était l'insistance de son petit frère à vouloir l'accompagner.

Si tu ne me laisses pas venir, je le dirai à maman, avait dit Will. *Papa te fouettera pour t'être introduit chez le voisin.*

En fin de compte, il n'avait eu d'autre choix que de laisser Will faire ce qu'il voulait. Au début, tout s'était bien passé : à l'aide d'une échelle, ils étaient parvenus à franchir la haute clôture de pierre, et à courir à travers les champs d'herbe ondulante sans se faire repérer. Alaric avait grimpé à l'arbre et jeté les pommes dans les bras de Will.

Je t'ai dit que je pouvais t'aider, avait fièrement crié son frère.

Sans crier gare, un coup de feu avait retenti.

L'après-midi d'été idyllique avait explosé sous les cris d'oiseaux paniqués. L'instant d'après, Alaric sautait à terre, et sifflait « Cours ! » à son frère paralysé. Comme Will ne bougeait pas, Alaric l'avait tiré par le bras, l'entraînant à travers les champs, les pommes s'éparpillant tandis qu'ils couraient pour sauver leur vie. Lorsque son frère avait trébuché en pleurant, il l'avait relevé et tiré derrière lui.

Ils étaient arrivés en vue de la clôture, de cette promesse de sécurité. Au moment où Alaric avait atteint le sommet, il avait entendu le gémissement de son frère derrière lui.

C'est trop haut. Les doigts potelés de Will glissaient sur les pierres, et il retombait sans cesse, les yeux écarquillés et brillants. *Je n'arrive pas à grimper.*

Jurant, Alaric s'était laissé tomber au sol. Il avait mis un genou à terre, croisé les mains, et avait propulsé son frère par-dessus la clôture. Cela avait fonctionné... *trop* bien. Will avait volé au-dessus du sommet, et atterri assez brutalement pour se casser le bras. Alaric voyait encore les regards accusateurs sur les visages de leurs parents.

Qu'est-ce qui t'a pris d'impliquer mon fils dans tes manigances? s'était écriée sa belle-mère.

Bon sang! Tu n'es qu'une mauvaise graine, avait craché son père. *Aucun de mes fils ne ferait de mal à sa propre famille.*

Alaric avait été fouetté plus brutalement que jamais. Non seulement cela, mais il n'avait même pas eu de pomme en guise de récompense.

— La voiture de Kent vient juste d'arriver, dit la voix de Will, le ramenant au présent. Tu es sûr de vouloir venir avec nous?

La mâchoire tendue, Alaric dit :

— Je ne me cacherai pas dans le carrosse comme un lâche.

— Comme tu veux, concéda son frère avec un haussement d'épaules. Reste près de moi, je vais passer devant.

William avait peut-être été une plaie durant leur jeunesse, mais Alaric devait bien admettre qu'il éprouvait de plus en plus de respect pour l'expertise de l'adulte. Son frère avait l'air aussi aguerri et féroce que l'un de leurs ancêtres des Highlands lorsqu'il ouvrit la marche depuis le carrosse, ses yeux parcourant constamment leur environnement, sa posture robuste prête à toute éventualité.

Kent descendit d'un fiacre et les rejoignit. Au vu du salut laconique de l'enquêteur, Alaric supposa que l'autre homme n'avait pas encore accepté sa relation avec Emma.

Dommage pour lui.

En entrant dans l'échoppe, Alaric fut assailli par une odeur d'huile, de cuir, et de poudre. C'était un local simple et plutôt sombre comparé à Manton sur Davies Street, le fabricant d'armes préféré de la bonne société. Ici, de la poussière recouvrait les comptoirs et les pistolets étaient accrochés en lignes inégales sur les murs.

Un employé au visage rond les accueillit au comptoir principal.

— Bonjour, messieurs, dit-il en s'essuyant les mains sur son tablier de cuir. Comment puis-je vous être utile ?

Will déposa l'emballage déchiré de la cartouche sur le comptoir et le tapota de son doigt ganté.

— C'est à vous ?

L'employé jeta un coup d'œil sur le papier.

— Oui, c'est une cartouche pour notre fusil à silex à double canon. Je le vois à la qualité du papier, expliqua-t-il en le pinçant entre le pouce et l'index. Il est très lourd, vous voyez, pour supporter le poids de la poudre et des plombs. Ça coûte plus cher, mais ça vaut...

— Et ceci ? s'enquit Will en déposant les balles que Kent avait trouvées. C'est à vous aussi ?

— C'est possible. Mais c'est plus difficile à dire... Les balles ne sont pas aussi caractéristiques, répondit l'homme dont l'expression se fit méfiante. Euh... vous m'avez dit que vous cherchiez quoi ?

— Nous sommes à la recherche du client qui a acheté un fusil à silex à double canon et cette cartouche. Un homme qui porte une cicatrice au visage, précisa Will.

Le regard de l'employé devint nerveux, et son visage rougit.

— Je suis désolé, messieurs, mais je n'ai rien vendu à un homme avec une cicatrice. Maintenant, si vous voulez bien m'excuser, je dois me remettre au travail...

— Babcock, espèce de crétin paresseux, qu'est-ce que tu racontes ? s'exclama un homme aux cheveux poivre et sel qui sortit de l'arrière-boutique.

— Rien, monsieur Palmer, balbutia l'employé.

Palmer plissa les yeux en regardant Alaric et les autres.

— Qui êtes-vous?

Kent s'avança.

— Ambrose Kent, à votre service, se présenta-t-il en lui tendant sa carte. Mon collègue et moi enquêtons sur un crime. Nous recherchons un homme au visage barré d'une cicatrice qui aurait acheté un fusil à silex à double canon et les cartouches qui vont avec.

Quelque chose passa dans les yeux de Palmer. Il froissa la carte de visite dans son poing taché de graisse.

— Je n'ai pas vu d'homme balafré, dit l'armurier. Si vous n'avez besoin de rien d'autre, j'ai une affaire à faire tourner.

Will montra Alaric d'un signe du pouce.

— Savez-vous qui c'est?

Palmer le regarda de haut en bas et ricana :

— Un aristo, à en juger par son allure.

— Il se trouve que l'aristo est le duc de Strathaven. Et quelqu'un, se servant de vos balles et de votre arme, a tenté de l'assassiner il y a une semaine. Alors, à moins que vous ne vouliez être emmené à la prison de Newgate en tant que complice, grogna Will, vous allez nous raconter ce que vous savez.

— Je vous l'ai déjà dit. Je ne sais rien, répliqua Palmer d'un ton belliqueux.

Alaric vit la sueur couler sur l'une des tempes de l'employé.

— Vous... Babcock, c'est ça?

— Oui, Votre Grâce.

— Avez-vous vu un homme défiguré dans le magasin? Un avec une cicatrice au milieu du visage?

Babcock jeta un regard terrifié à son employeur.

— N... non, monsieur... je veux dire, Votre Grâce.

— C'est un mensonge éhonté! s'exclama Will, serrant les poings.

Alaric retint son frère.

— Si l'un de vous deux se rappelle quoi que ce soit, il y a une belle récompense à la clé, annonça-t-il froidement.

L'employé se mouilla les lèvres, et sa pomme d'Adam s'agita.

— Nous n'avons rien à nous rappeler, cracha Palmer. Maintenant, sortez de ma boutique avant que je vous jette dehors.

———

Alors que le carrosse s'éloignait, Will dit d'un ton frustré :

— Tous deux mentaient comme des arracheurs de dents. J'aurais pu leur soutirer la vérité.

— En les frappant ? demanda Alaric, remettant ses gants en place. Palmer n'aurait quand même pas parlé. Je pense qu'il a un lien personnel avec le tireur.

— Nous allons faire suivre Palmer, annonça Kent. Il pourrait nous mener au suspect.

— Si Babcock ne vient pas nous voir plus tôt, intervint Alaric.

Son instinct lui disait que l'employé était plus que prêt à quitter la maison de son employeur.

— Il veut cette récompense.

— L'argent n'achète pas tout, affirma Will.

— Quiconque le croit n'en a pas assez, répliqua Alaric. Kent, avez-vous fait des progrès à la Cythère ?

— J'ai eu la confirmation que Lily White y était bien actrice, bien que le terme soit utilisé assez vaguement, répondit l'enquêteur. À en juger par ce que j'ai vu, le théâtre est un cran au-dessus d'une maison de débauche, avec des tenues minuscules, et des talents qui le sont encore davantage.

— Vous avez regardé attentivement, n'est-ce pas ? répondit Alaric.

— Ce genre de dépravation ne m'intéresse absolument pas, répliqua Kent, l'air irrité. Selon le directeur, Mlle White a quitté l'entreprise à peu près au moment où elle a commencé à travailler comme domestique dans votre cottage. Personne au théâtre ne l'a revue depuis, et ils ignorent totalement où elle a pu aller. Apparemment, elle était réservée.

— C'était aussi ce que prétendait mon personnel, jusqu'à ce qu'Emma les fasse parler.

Avec un étrange mélange de tristesse et de fierté, Alaric devait reconnaître la vérité : sa future femme était une force avec laquelle il fallait compter. Heureusement, il savait comment utiliser ses ardeurs à bon escient.

— Ne mêlez *pas* ma sœur à tout cela, gronda Kent entre ses dents.

— Elle l'est déjà.

— Oui, et je n'aime pas cela, répliqua l'enquêteur avec un regard noir. Qu'est-ce que vous mijotez, Strathaven ? Pourquoi envoyez-vous Emma poursuivre une chimère au sein de la bonne société ?

— Avez-vous une meilleure idée pour lui éviter des ennuis ?

L'expression de frustration impuissante de Kent était bien plus éloquente que les mots.

Will plissa le front.

— Quelle chimère ? Pourquoi Mlle Emma est-elle impliquée ?

— Elle est déterminée à participer à l'enquête et, plus particulièrement, à protéger ma vie.

La loyauté et la compassion d'Emma touchaient un coin sombre et glacé en lui. Elle était de nouveau là, cette dangereuse étincelle d'espoir...

Ne sois pas stupide. Il pouvait désirer Emma, faire ce qu'il fallait pour qu'elle devienne sienne. Mais il ne perdrait jamais le contrôle de son cœur ou de sa tête. Ne jamais se fixer d'attentes qui ne mèneraient qu'à des désillusions et à des souffrances.

D'un ton froid, Alaric répondit :

— Je laisse à Kent le soin d'expliquer pourquoi sa sœur désobéit aux ordres et fait exactement ce qu'elle veut.

— Je suis son frère, pas son gardien, protesta Ambrose. Oui, Emma est indépendante et têtue ; elle y a été contrainte. Elle dirige notre foyer depuis qu'elle est jeune, elle a vu notre famille traverser la pauvreté et les pertes.

— C'est un fait que j'admire. Si vous ne pouvez pas la

protéger d'elle-même, alors je le ferai, dit Alaric calmement. Nous savons tous les deux que Webb est notre principal et unique suspect à ce stade, et qu'il se cache quelque part, il a peur. Ainsi, si Emma est décidée à se mêler de ce qui ne la regarde pas, la bonne société est l'endroit le plus sûr pour le faire.

— Je ne suis pas idiot, Strathaven, je sais ce que vous êtes en train de faire, gronda Kent. Vous la faites évoluer parmi vos semblables à dessein... vous la préparez à devenir votre prochaine duchesse.

Alaric ne prit pas la peine de le nier. La réticence d'Emma à l'épouser était en partie liée au fait qu'elle pensait qu'ils venaient de mondes incompatibles. Ce qui signifiait qu'il était essentiel de la mettre à l'aise dans sa sphère sociale pour faire avancer sa cause.

— Mme Kent se préparait à la faire entrer dans le monde, de toute façon, expliqua-t-il, haussant les épaules d'un air insouciant. Avec mon appui, Emma ne connaîtra pas seulement le succès, elle décrochera la plus grosse prise de la saison.

— Je me fiche de votre titre. Vous n'avez pas ce qu'il faut pour rendre Emma heureuse.

Will, qui avait observé l'échange avec un air de fascination muette, s'exclama :

— Toi... et Mlle Emma ? Oh, bon sang ! Annabel avait raison.

Il avait l'air abasourdi.

— Ma sœur n'a pas donné son accord sur quoi que ce soit, intervint sèchement Kent.

— Pas encore, dit Alaric.

Le visage de Will se fendit d'un soudain sourire.

— La jeune fille ne veut pas de toi ? Elle s'est refusée au grand duc de Strathaven en personne ?

— Tais-toi, Peregrine, rétorqua Alaric, plissant les yeux en direction de son frère. Emma m'épousera.

— Pas si j'ai mon mot à dire à ce sujet, jura Kent.

Alaric perdit patience.

— Qu'avez-vous au juste contre moi ? En dehors de la richesse et des privilèges que j'ai l'intention d'accorder à votre sœur, s'entend ?

Un instant s'écoula et Kent demanda :

— L'aimez-vous ?

Acculé par le regard acéré de l'autre homme, Alaric sentit les fantômes en lui tourbillonner. Les yeux bruns furieux de son père, les sermons qu'il prononçait entre les coups de ceinture... *Aucun de mes fils ne mettrait en danger son propre frère. Tu es une honte pour le nom des McLeod. Tu n'as rien à faire dans cette famille...*

Le beau visage de Laura, déformé par une colère brûlante. *Tu ne m'aimes pas. Tu n'es pas capable d'aimer. Eh bien, un jour prochain, tu sauras ce que tu as perdu...*

— C'est bien ce que je pensais, constata Kent d'un ton froid.

Alaric tenta d'ignorer la pression qui s'exerçait sur ses tempes.

— Je prendrai soin d'Emma. Elle ne manquera de rien.

— Sauf de la seule chose dont elle a le plus besoin. Vos frasques sont de notoriété publique. Ma sœur vous donnera son cœur, sa confiance, et, en retour, qu'avez-vous à offrir ?

Tu n'es rien. Un invalide inutile. Les paroles de son tuteur sur son lit de mort le transpercèrent. *Je n'aurais jamais dû t'accueillir...*

— Je suis un *duc*, dit-il.

Kent secoua la tête avec dégoût.

— Vous ne comprenez même pas, n'est-ce pas ?

Will s'éclaircit la gorge.

— Kent, loin de moi l'envie de m'en mêler, mais Strathaven... eh bien, après tout, il est ma famille. Je ne dis pas qu'il est parfait, mais il n'est pas si mauvais que ça...

Alaric se réfugia derrière une muraille de colère. Il n'avait pas besoin du jugement de cet enquêteur ni de la condescendance de son frère.

Ces imbéciles vertueux ne me connaissent pas. Que le diable les emporte tous les deux.

— Je vais épouser Emma. Faites-vous à cette idée ou non, Kent, je m'en moque totalement, déclara-t-il d'un ton glacial. En attendant, je vous paie pour trouver un meurtrier. Si vous ne pouvez pas remplir vos fonctions, dites-le maintenant et j'engagerai quelqu'un d'autre.

Les lèvres blanches, l'autre homme dit :

— Je ferai mon travail, Votre Grâce. Ne serait-ce que pour mettre un terme à cette affaire, et à la relation de ma sœur avec vous.

Will sembla vouloir prendre la parole... puis il secoua sa tête hirsute et regarda par la vitre. Le silence s'abattit dans le véhicule, et tandis qu'Alaric maintenait une façade glaciale, son esprit tournait aussi vite que les roues du carrosse. Il savait l'importance qu'Emma accordait à l'opinion de son frère... Elle l'admirait comme s'il était un saint !

Que ferait-elle si Kent interdisait leur union ? Quel choix ferait-elle ?

Les mains d'Alaric se serrèrent avec une férocité soudaine. *Il n'y a qu'une seule solution. Personne ne me l'enlèvera. Emma est à moi.*

Chapitre Vingt-et-un

— Bonjour, mademoiselle Kent, dit Jarvis en la faisant entrer dans le vestibule.

— Bonjour, Jarvis. Comment vont vos genoux aujourd'hui ? s'enquit Emma.

Sous ses sourcils froncés, ses yeux pétillaient.

— Beaucoup mieux, merci beaucoup. Votre pommade n'est rien de moins qu'un miracle.

— Je vous en apporterai d'autres à ma prochaine visite, lui promit-elle. Le duc est-il à la maison ?

— Oui, mademoiselle. Mais Sa Grâce est en réunion en ce moment...

— Je vais attendre. J'ai un sujet important à aborder avec lui, dit-elle avec détermination.

— Bien sûr. Par ici.

Jarvis l'installa dans le salon et s'en alla chercher des rafraîchissements. Seule, elle fit les cent pas sur le tapis d'Aubusson, impatiente de voir Alaric pour le réprimander. Depuis qu'elle avait accepté d'espionner la bonne société pour lui, un flot ininterrompu de soi-disant *fournitures* était arrivé sur le pas de sa porte. Son extravagance avait été ahurissante : robes de soirée, fanfreluches, accessoires en tout genre ; tout était à la dernière mode et chaque article lui allait à merveille.

Rosie et ses sœurs s'étaient extasiées devant chaque cadeau somptueux, et même Marianne avait haussé les sourcils devant l'objet qui se trouvait actuellement dans le réticule d'Emma. Emma, elle, n'était pas impressionnée. Alors qu'elle se préparait à effectuer sa première mission de reconnaissance chez les Blackwood le lendemain soir, elle se demandait si Alaric n'avait pas autre chose en tête qu'une enquête.

Une arrière-pensée qui n'avait pas grand-chose à voir avec le fait qu'elle aidait à traquer un méchant, et tout à voir avec le fait qu'il cherchait à obtenir ce qu'il désirait.

Lorsqu'elle entendit au loin son ton grave et distinct, elle ne put attendre plus longtemps. Elle se dirigea vers les voix... et s'arrêta net. Non pas à cause d'Alaric, qui apparaissait, comme à son habitude, impeccablement viril dans un gilet bordeaux et un pantalon chamois, mais à cause des deux hommes familiers qui se tenaient à ses côtés.

— Nous vous sommes reconnaissants de votre parrainage, Votre Grâce, déclara l'homme d'affaires.

— Comme toujours, nous sommes à votre service, ajouta sa jeune réplique.

Cependant, Alaric ne les regardait pas. Ses yeux s'étaient fixés sur elle. Ses invités suivirent la direction de son regard.

— Ah, mademoiselle Kent. Quelle surprise ! Bonjour !

Le regard interrogateur que l'ancien banquier jeta en direction d'Alaric confirma le soudain et brûlant soupçon de la jeune femme.

— Messieurs Hilliard, dit-elle. Quelle coïncidence de vous voir ici.

— Euh, oui. Une coïncidence, bien sûr, répondit le jeune M. Hilliard qui lança un regard hésitant à Alaric. C'est un plaisir de vous voir, mais père et moi devons partir. Nous avons des rendez-vous, vous savez.

— Ne me laissez pas vous retenir, dit Emma.

Après leur départ, elle se tourna vers Alaric, qui exsudait une certaine tension. L'intuition de la jeune femme lui souffla la cause de son malaise. Pourtant, si son intuition était correcte, pourquoi voudrait-il cacher une telle chose ?

Il se frotta la nuque, la regardant d'un air renfrogné.

— Qu'est-ce qui te prend de venir ici sans chaperon ? Il y a un meurtrier en liberté, sans parler des convenances...

— Tu as arrangé le prêt pour Kent et Associés, n'est-ce pas ?

Elle le vit tressaillir, mais il se ressaisit instantanément.

— Mes affaires ne te concernent pas.

S'il pensait que le dédain le protégerait, il se trompait. Il était trop tard pour cela, elle l'avait vu tel qu'il était. Et elle *aimait* ça. Elle aimait vraiment beaucoup cela.

— Après l'incendie, aucune banque n'a voulu prêter à l'agence la somme à un taux raisonnable. C'est donc toi qui as fait en sorte que cela se produise, dit-elle d'un ton ferme. Tout ce temps, tu as veillé sur ton frère.

Il la prit par le bras et la conduisit dans le couloir jusqu'à son bureau. Ses chiens bondirent pour accueillir Emma, mais il les expulsa de la pièce d'un geste sec. Refermant la porte, il la fit reculer contre elle. Posant les mains de chaque côté d'elle, il se pencha et lui dit :

— Tu ne dois pas dire un mot de tout cela. À qui que ce soit.

Emma leva les yeux vers le beau visage agacé d'Alaric, et une vague de tendresse l'envahit. C'était un homme complexe, dont les motivations et les désirs se cachaient derrière une façade d'arrogance. Il pouvait se montrer maussade, sombre, et mériter son surnom. Pourtant, elle savait maintenant ce que son instinct avait pressenti très tôt : ce duc fier et puissant avait un cœur sincère et loyal.

— Pourquoi ne veux-tu pas que M. McLeod sache que tu as fait cela pour lui ? demanda-t-elle doucement.

— Cela ne te regarde pas. Contente-toi de faire ce que je te demande, et ne dis rien.

— Mais pourquoi ne veux-tu pas que M. McLeod, ou mon

frère, d'ailleurs, sachent que tu es leur bienfaiteur secret ? Tu es leur ange gardien...

— Je ne suis pas un ange ! Demande à qui tu veux !

Le feu sauvage et pâle dans ses yeux la mettait au défi de contester.

D'un ton doux, mais ferme, elle répliqua :

— Je dis que tu en es un. Pourquoi essaies-tu de le cacher ?

Le souffle court, il s'éloigna d'elle et se dirigea vers son bureau. Elle le suivit.

— Pourquoi es-tu là ? s'enquit-il, remuant une pile de papiers avec agacement. Tu risques ta sécurité, sans même parler de ta réputation, en venant ici toute seule.

— Avec M. Cooper qui me suit comme un faucon, je suis parfaitement en sécurité, répliqua-t-elle, penchant la tête. Pourquoi évites-tu ma question ?

— Pourquoi évites-tu la mienne ?

Avec une pointe d'exaspération, elle répondit :

— Très bien, je répondrai en premier. Je suis là pour te rendre ceci.

De son réticule, elle retira l'écrin à bijoux en velours noir qu'elle posa sur son bureau. Alaric plongea son regard brûlant dans celui d'Emma.

— Tu ne l'aimes pas ?

— Ce n'est pas la question. Je ne peux pas l'accepter.

— Pourquoi pas ?

— C'est trop cher. C'est *trop*.

— C'est parfait pour toi. Tu le porteras.

Il se remit à trier sa correspondance, comme si le sujet était clos.

— Non, répondit-elle, relevant le menton. Notre marché prévoyait que j'enquête sur la bonne société pour toi, pas que je me pare de bijoux qui pourraient nourrir une famille pendant des générations. Je commence à me demander si tu ne m'envoies pas faire une quête impossible pour m'occuper. Pour m'empêcher de faire un vrai travail de détective et de continuer à suivre la piste de Lily White à la Cythère.

— Tu as accepté ce plan, et tu t'y tiendras.

Fâchée par son ton dictatorial, elle répliqua :

— Je peux me retirer à tout moment. Rien ne m'oblige à respecter notre accord.

Il releva brusquement la tête.

— Qu'as-tu dit ?

L'éclat inquiétant dans son regard fit aussitôt comprendre son erreur à Emma.

— Je veux dire que j'ai accepté que tu me fasses la cour, mais rien n'est gravé dans le marbre... tu te souviens ?

Ce dernier mot fut prononcé d'une voix essoufflée, car Alaric contournait le bureau pour s'approcher d'elle. Elle ne bougea pas, même s'il la dominait avec son mètre quatre-vingts viril, mince et musclé.

— Oh, je me souviens. Et je me rends compte que j'ai été trop permissif avec toi.

La menace veloutée de sa voix lui donna des picotements sur la peau. Sous son apparence civilisée, le dieu sauvage s'était réveillé et se préparait à livrer bataille. Et, que le Ciel lui vienne en aide, tout son corps réagit. Sous la mousseline jaune pâle de son corsage, ses mamelons bourgeonnèrent, et une chaleur humide s'épanouit au creux de son ventre.

— Je ne t'appartiens pas, protesta-t-elle. Tu ne peux pas me dicter ma conduite.

— Le fait que tu le penses prouve que j'ai choisi la mauvaise tactique avec toi. En négociant avec toi, je t'ai amenée à penser que tu pouvais me diriger. Que tu pouvais me dresser comme un chien de salon et m'ignorer.

L'idée de faire de cet homme viril et dangereux un chien de salon était ridicule.

— Ce n'est pas ce que je crois.

— J'ai accepté de te laisser enquêter. J'ai accepté de te faire la cour. Je t'ai fait plaisir pour te rendre heureuse, poursuivit-il avec un calme mortel. En retour, tu me harcèles sur des sujets qui ne te concernent pas, tu mets en doute mes motivations et tu ne portes même pas un maudit collier !

Elle le connaissait assez bien maintenant pour reconnaître l'immobilité du prédateur dans l'instant qui précède l'attaque. Pourtant, elle ne put s'empêcher de dire :

— Je te *harcèle* ? J'essaie de communiquer avec toi... C'est ce que font les gens qui se courtisent. Comment savoir si nous nous convenons quand nous ne sommes pas capables d'avoir une conversation normale ?

— Tu veux que nous communiquions ?

Elle hocha la tête avec emphase.

— Penche-toi sur mon bureau.

— Pardon ?

— Je crois avoir été assez clair, poursuivit-il, les yeux brillant d'une lueur de défi. Mets-toi face à mon bureau et place tes mains dessus. Ne les déplace pas à moins que je ne t'en donne l'autorisation.

Son autorité sensuelle lui procura un frisson d'excitation. Avec une honnêteté aveuglante, elle reconnaissait que c'était ce qu'elle désirait depuis leur dernière rencontre. Seule dans son lit, elle avait fantasmé sur lui, sur eux deux, liés seulement par la passion torride qui les animait. Il lui avait dit que sa soumission ne la rendait pas faible, et ce paradoxe attisait sa curiosité.

Avec lui, elle découvrait que la passion était une forme de communication. Chaque fois qu'ils participaient à leurs jeux intimes, ils s'ouvraient un peu plus l'un à l'autre. La confiance allait dans les deux sens. Pour gagner celle d'Alaric, peut-être devrait-elle d'abord lui démontrer sa propre foi dans leur relation naissante.

Le souffle court, elle se retourna. Elle posa ses paumes nues à plat sur la surface dure.

— Bonne fille.

Il lui retira son fichu, le morceau de batiste bordé de dentelle atterrissant négligemment sur le bureau. Son souffle se déversa en bouffées chaudes sur sa nuque découverte.

— Était-ce si difficile ?

— Essaie d'avoir quelqu'un qui te donne des ordres à...

Le reste de sa phrase mourut dans la gorge d'Emma lorsque Alaric mordit la tendre crête entre son épaule et son cou. Elle renversa la tête en arrière sous la pression de ses dents. La succion brûlante, quand il lécha la petite blessure avec des caresses sinueuses de sa langue, lui fit recroqueviller les doigts contre le bois. Derrière elle, l'érection d'Alaric était plaquée contre elle, et son excitation ne faisait aucun doute, malgré les couches qui les séparaient. Il remonta les mains le long du corsage d'Emma, saisissant et pressant ses seins douloureux. Lorsqu'elle gémit, il suça à nouveau son cou avec une force délicieuse.

— Tu es si réceptive, ma belle, murmura-t-il. Dis-moi, es-tu mouillée pour moi ?

Les joues d'Emma s'enflammèrent.

— Toujours timide, à ce que je vois. Il n'y a pas de place pour la pudeur entre nous. Tu sens à quel point tu me rends dur ? lui demanda-t-il, se frottant contre elle. Tu sens comme mon sexe est gros, combien il palpite pour toi ?

Les paupières d'Emma s'alourdirent. Oh ! elle le sentait. Elle le sentait vraiment.

Il passa son bras sur le bureau, envoyant des objets s'écraser pêle-mêle sur le sol.

— Penche-toi complètement.

Plaçant la main au creux de son dos, il poussa pour qu'elle s'allonge sur le bureau.

— Reste comme ça, lui intima-t-il.

Les paumes et les joues soutenues par la fraîcheur du bois, Emma sentit un calme luxueux l'envahir. Cette immobilité décadente ancra la jeune femme lorsqu'il souleva ses jupes, les couches de soie et de lin effleurant ses jambes chaussées de bas, ses cuisses nues. L'étoffe ondulait doucement autour de sa taille et elle frissonna au contact de l'air frais sur son postérieur exposé.

— Mon Dieu! Tu es magnifique, grogna-t-il de façon irrévérencieuse, la faisant frissonner de plaisir. Écarte davantage les jambes. Montre-toi à moi, ma jolie.

Honteusement excitée, elle écarta les jambes, sentant son regard de rapace posé sur elle, sur son sexe mouillé et frémissant. Plusieurs secondes passèrent. Le silence d'Alaric, sa maîtrise, lui mettait les nerfs à vif. Elle se tortillait contre le bureau dans une attente impuissante; sa discipline de fer la rendait folle, et rendait son excitation insupportable. Pourquoi ne la touchait-il pas?

Elle comprit brusquement, comme un coup de foudre. Il s'agissait d'une bataille, d'un concours de volontés. Et la seule façon de gagner, c'était... de se rendre.

— S'il te plaît, murmura-t-elle.

— S'il te plaît, quoi?

— Touche-moi, le supplia Emma.

Alaric passa les mains sur ses fesses, les fit courir le long de ses cuisses, et elle ronronna.

— Mon chaton aime être caressé, approuva-t-il d'une voix rauque. Monte plus haut tes jolies fesses pour moi.

Elle s'exécuta avec empressement et sursauta lorsque ses doigts se glissèrent dans ses replis intimes.

— Oh, Emma, tu es trempée. Tu recouvres mes doigts de ton doux miel.

Son ton guttural, son accent traînant qui ressortait trahissaient la limite de son contrôle, et cela la ravissait. Avec avidité, elle fit tourner ses hanches contre ses doigts.

— C'est si bon quand tu me touches.

— J'adore toucher ton sexe doux et humide. Caresser ta perle.

Elle ferma les yeux tandis qu'il poursuivait sa litanie lascive, trouvant ce point qui lui procurait un plaisir exquis, le frottant et tournant autour, resserrant de plus en plus la spirale au creux de son ventre. Les muscles de son sexe palpitèrent, s'agrippant au vide.

— Tu en veux plus, Emma?

— Oui, souffla-t-elle. Donne-m'en plus.

Il la pénétra rapidement, fort et loin, lui arrachant un gémissement.

— Pousse ton petit abricot serré contre moi, lui ordonna-t-il. Fais-toi plaisir sur mes doigts.

La rudesse de son injonction l'enflamma. Haletante, elle bascula son bassin en arrière, s'empalant sur ses doigts longs et épais. Ses éloges ténébreux stimulaient son comportement dévergondé. *Ton sexe est si gourmand. Si avide. Prends-moi encore plus loin...* Au désespoir, elle obéit, la tension en elle s'accroissant à chaque mouvement, chaque claquement de sa paume contre son sexe. Le précipice étincelant se rapprochait, des vagues de plaisir la propulsant de plus en plus près.

Elle serra les dents, résistant à l'envie de basculer. Alaric pencha son corps sur celui d'Emma, son souffle réchauffa son oreille tandis que ses doigts s'enfonçaient profondément en elle.

— Qu'est-ce que tu veux, ma chérie ? Dis-le-moi. Tout ce dont tu as besoin, je te le donnerai.

— Avec toi, Alaric, haleta-t-elle. Je veux basculer *avec toi.*

Dans l'instant qui suivit, il la retourna. Il la fit asseoir, ses fesses atterrissant sur le bord du bureau. Elle entrevit la faim éperdue dans son regard au moment où sa bouche se referma sur la sienne. Il y plongea sa langue, et elle lui répondit avec un abandon enthousiaste, suçant ce qui lui était offert, l'attirant plus profondément.

Il lui prit la main, et elle haleta lorsque ses doigts s'enroulèrent autour de son membre chaud et palpitant. Elle pouvait à peine encercler l'épais diamètre de son vit, dont la peau soyeuse contrastait fortement avec le cœur de fer.

— Touche-moi, Emma, lui intima-t-il, le regard brûlant derrière ses paupières lourdes. Comme ça.

Alaric couvrit la main d'Emma de la sienne, resserrant son poing, le faisant courir de l'extrémité à la racine et vice-versa. Incroyablement excitée, elle reprit le rythme avec un plaisir téméraire, tirant sur son sexe engorgé, frottant son pouce sur la tête humide, impatiente de partager ce plaisir sauvage avec lui.

— Bon sang! Ma belle, tes mains étaient faites pour me caresser, gronda-t-il.

— J'aime te caresser, murmura-t-elle en retour. Comme j'aime partager ça, ensemble...

Il dévora le reste de ses paroles en même temps que ses doigts s'enfonçaient entre ses cuisses, titillant sa perle et plongeant dans son fourreau. Ils haletaient, filant tout droit vers la félicité. Elle atteignit son apogée la première, et il avala ses cris avant de frémir sous le coup de sa propre extase, sa libération chaude se répandant sur les cuisses d'Emma.

Il l'entoura de ses bras, et elle s'affaissa contre lui, comme une poupée de chiffon. Le bruit de leurs respirations saccadées emplit le silence. Elle flottait, se laissant porter par une délicieuse satisfaction.

— Ne te refuse pas à moi, Emma. Ne me repousse pas.

La surprise traversa la brume de langueur qui l'entourait. Relevant la tête du torse d'Alaric, elle remarqua son air dur.

— Je ne te repousse pas.

— Tu mets en doute mes motivations. Tu n'acceptes pas un simple cadeau. Tu veux revenir sur notre accord.

Il avait beau débiter mécaniquement les mots, elle perçut une vive agitation dans ses yeux. Cette pointe de vulnérabilité était en totale contradiction avec le duc plein d'assurance, et elle le rendait... humain. Il avait dit qu'il ne voulait pas d'amour, que ce n'était qu'une complication... mais était-il possible qu'il désire son affection en secret? Quand il la regardait comme il le faisait à cet instant, elle avait l'impression qu'il avait *besoin* d'elle. Et ce sentiment rendait difficile de lui refuser quoi que ce soit.

— Je ne reviens pas sur notre accord. Mais je veux que nous soyons honnêtes l'un envers l'autre. Que nous nous fassions mutuellement confiance, déclara-t-elle avec conviction.

— Je te veux, Emma. Je ne te laisserai pas partir.

— Je te veux aussi, Alaric, répondit-elle, jetant un regard appuyé au bureau. De toute évidence.

L'expression d'Alaric se détendit un peu.

— Bien. Alors, tu vas m'épouser.

— Nous ne pouvons pas nous précipiter, protesta-t-elle, et, le voyant se raidir, elle posa la main sur sa mâchoire dure et le regarda dans les yeux. Nous y arriverons si tu nous donnes du temps.

— J'en suis déjà là. C'est toi qui as besoin de te décider.

Prenant sa respiration, elle dit :

— J'y arriverais plus rapidement si tu me disais pourquoi tu ne veux pas que l'on sache que tu es le bienfaiteur secret de Kent et Associés.

— Mais, bon sang! Tu es aussi têtue qu'une mule!

Elle se risqua à un petit sourire. La poitrine d'Alaric se souleva.

— Je ne suis pas un bienfaiteur. J'ai une dette envers mon frère, et je ne fais que m'amender.

— Parce que tu as épousé sa promise, tu veux dire?

Il la fixa du regard.

— Tu es au courant?

— Annabel en a parlé il y a quelque temps, avoua-t-elle. Elle reprochait à Lady Laura d'avoir semé le trouble entre M. McLeod et toi.

— Ma belle-sœur est trop généreuse. J'ai choisi de trahir mon frère. Le destin m'a récompensé en me donnant le mariage que je méritais, mais ce n'est pas suffisant, pas pour ce que j'ai fait.

Les reproches qu'il se faisait à lui-même pesaient sur ses paroles, même s'il haussait les épaules.

— Tout ce que j'ai à offrir, c'est de l'argent. J'ai fait passer les fonds par les Hilliard parce que je connais la fierté de mon frère. Je ne voulais pas que William se sente redevable envers moi, alors que c'est moi qui ne pourrai jamais réparer le mal que je lui ai fait.

La culpabilité d'Alaric, la profondeur de ses remords, serra le cœur d'Emma.

— Tu as bien plus à donner que de l'argent, lui dit-elle d'une voix douce. Et la famille pardonne.

Son expression sombre lui rappela qu'il avait été séparé de sa vraie famille dès son plus jeune âge.

— Ta famille, peut-être. Il y a trop d'animosité entre William et moi. Ça va au-delà de Laura. Et, avant que tu ne poses la question... oui, je t'en parlerai. Mais pas aujourd'hui.

Aujourd'hui, il s'était davantage exposé à elle qu'il ne l'avait jamais fait. Quelque chose avait changé, s'était approfondi entre eux. Une pointe d'esprit fleurit en elle au sujet de leur avenir.

— Merci d'avoir partagé ça avec moi : Je ne le dirai à personne, lui promit-elle.

— Emma, tu ne me méprises pas pour avoir trahi mon propre frère ?

Soudain, elle comprit.

— C'est pour ça que tu n'as pas voulu me répondre quand je t'ai interrogé sur les Hilliard tout à l'heure ? Parce que tu croyais que je te mépriserais ?

Devant le hochement de tête d'Alaric, la poitrine d'Emma se serra. Croyait-il son estime pour lui si conditionnelle ? D'un autre côté, elle ne s'était pas vraiment montrée sans faille dans leur relation. Elle grimaça, songeant à la façon dont elle l'avait mal jugé la première fois, et à son manque d'engagement depuis lors.

— Je ne te déteste pas. Je ne pourrais pas. Je... je tiens à toi, Alaric.

Doux Jésus ! C'était *plus* que cela. Était-elle... en train de tomber amoureuse d'Alaric ? Lui, qui lui avait affirmé ne pas vouloir ni avoir besoin de son amour ?

Du dos de ses doigts, il effleura sa joue; son regard était argenté et intense.

— Alors, porte mon collier. C'est mon cadeau pour toi, un gage pour que tu puisses penser à moi quand nous ne sommes pas ensemble.

Comment pourrait-elle refuser une telle demande ?

— Et tu dis que *moi*, je suis têtue ? marmonna-t-elle.

— Qui se ressemble s'assemble, ma jolie.

Elle débattit intérieurement pendant un moment, puis elle trouva le compromis parfait. Croisant son regard, elle lui sourit.

— Je porterai le collier... si tu me rends un service en retour.

CHAPITRE VINGT-DEUX

— Je n'arrive pas à croire que j'ai accepté cela, dit Alaric.

Emma lui adressa un sourire rayonnant.

— C'était un marché équitable, Votre Grâce.

Elle avait l'air aussi satisfaite que si elle avait marchandé avec le boucher et obtenu un morceau de choix à un prix dérisoire. En tout cas, elle semblait n'avoir aucun scrupule à se trouver dans un théâtre de troisième ordre, délabré, à quelques rues de Drury Lane. Des « actrices » circulaient, et leurs robes légères et leurs visages maquillés suggéraient que la principale source de revenus de la Cythère n'était pas les pièces ribaudes qu'elle montait, mais les divertissements qu'elle offrait ensuite aux clients masculins dans les salles de « visite ».

Comme à son habitude, Emma était trop concentrée sur son objectif pour se rendre compte de l'inconvenance de sa présence dans un tel endroit. *Que ferait-elle sans moi pour la protéger d'elle-même ?* se demanda Alaric d'un air ironique. Il avait pris la précaution de poster des gardes autour du théâtre et de graisser la patte au directeur pour qu'il le laisse entrer dans les coulisses avec Emma.

— Qui devrions-nous approcher en premier ? s'enquit-elle.

Les lèvres d'Alaric tressaillirent. En vérité, elle ressemblait à une enfant dans une confiserie, les yeux écarquillés et brillants alors qu'elle réfléchissait à tous ses choix.

— C'est toi qui voulais venir ici pour enquêter. Je pensais que tu avais un plan.

— Bien sûr que j'en ai un ! répliqua-t-elle, rejetant les épaules en arrière. Tu n'as qu'à... euh... me suivre.

Parce qu'il trouvait sa détermination à l'aider si adorable, et que le fait de jouir entre ses douces mains l'avait mis d'humeur indulgente, il s'exécuta. Dans sa robe de promenade jaune pâle, elle était comme un rayon de soleil au milieu de cet espace sans fenêtres. Elle se faufilait entre les vanités bancales qui permettaient aux actrices de se préparer. Elle s'arrêta devant l'une d'elles, et, s'éclaircissant la voix, elle tapa sur l'épaule d'une actrice aux cheveux roux qui était assise, en train de se poudrer le visage devant un miroir fissuré.

La cocotte regarda Emma dans le reflet.

— Qui êtes-vous ?

— Je m'appelle Emma Kent, commença-t-elle. Je recherche une actrice qui travaillait ici, sous le nom de Lily White.

— Je ne sais rien... c'est ce que j'ai dit à l'autre enquêteur qui est venu poser des questions sur Lily en début de semaine, répondit la femme qui se concentra à nouveau pour se poudrer.

— Mais il est essentiel que vous nous parliez. Vous voyez, Lily est peut-être impliquée dans un crime et...

— Pour ce que j'en sais, elle pourrait tout aussi bien être impliquée avec le roi d'Angleterre. Je ne mets pas mon nez là où il ne faut pas. Maintenant, je dois me préparer pour un spectacle.

Alaric s'avança.

— Excusez-moi, mademoiselle... ?

L'actrice se tourna sur son siège pour lui faire face. Ses sourcils maquillés s'agitèrent, et elle rajusta le décolleté de sa robe, dévoilant davantage ses atouts jumeaux.

— Eh bien, bonjour, chéri, ronronna-t-elle. Je ne vous avais pas vu. Je suis Mlle Bloom, mais vous pouvez m'appeler Daisy.

Du coin de l'œil, Alaric vit Emma froncer les sourcils.

— Mademoiselle Bloom, dit-il, il est urgent de retrouver Mlle White. Tout ce dont vous vous souvenez serait utile, et je serai heureux de vous dédommager pour votre temps.

— Quel genre de compensation avez-vous à l'esprit, mon joli ? roucoula-t-elle.

— Il parle d'*argent*, répliqua Emma en serrant les poings sur ses hanches.

Alaric dissimula son sourire. C'était agréable de savoir que son chaton se sentait aussi possessif envers lui qu'il l'était envers elle. L'espace d'un instant, le souvenir de la jalousie maladive de Laura surgit de son esprit pernicieux, mais il le repoussa.

C'était différent. *Emma* était différente.

Elle avait le droit de défendre ce qui lui appartenait ; si la situation avait été inversée, il ne tolérerait pas qu'un homme lui fasse des avances.

Il sortit une petite bourse de sa poche, et il vit les oreilles de Daisy se dresser lorsque les pièces à l'intérieur tintèrent. Alors qu'elle tendait la main pour l'attraper, il le mit juste hors de sa portée.

— Contre votre aide, dit-il.

— J'aime les hommes durs en affaires, dit-elle avant de lui faire un clin d'œil. Parlons affaires, alors. Lily a travaillé ici pendant environ six mois avant de partir. C'était il y a environ un mois.

— Savez-vous où elle est allée ? s'enquit Emma.

— Nous n'étions pas des amies intimes. Nous étions en compétition, n'est-ce pas, pour les meilleurs... euh... clients réguliers, expliqua Daisy en lui lançant un regard en coin. Lily était une très mauvaise comédienne, mais elle possédait le genre de talents que les hommes admiraient, si vous voyez ce que je veux dire.

— Quelqu'un ici était-il proche de Lily ? poursuivit Emma.

— Comme je l'ai dit, elle était proche de nombreux gentlemen. Mais vous pourriez essayer auprès de Peter Dunn... celui qui a quatre yeux, là-bas.

Elle inclina la tête vers un jeune homme à lunettes dégingandé, qui se tenait près d'un ensemble de colonnes en plâtre.

— C'est l'auteur. Lily l'avait embobeliné pour qu'il lui écrive de bons rôles.

— Merci, dit Emma.

Daisy jeta un regard appuyé sur la bourse.

Quand Alaric la lui donna, elle roucoula :

— Venez seul la prochaine fois, mon chéri, et je vous ferai une démonstration privée des principales attractions de la Cythère.

Elle agita les épaules, ce qui eut pour effet de quasiment faire déborder de sa robe lesdites attractions. Emma prit Alaric par le bras et l'entraîna à l'écart. Hors de portée de voix de l'actrice, elle marmonna :

— Tu peux fermer la bouche, maintenant.

Amusé, il haussa un sourcil.

— Tu ne serais pas jalouse ?

— Bien sûr que non ! Je pense simplement qu'il est impoli de fixer une femme… où que ce soit en dessous de son visage, dit-elle d'un ton guindé.

— Pour commencer, je ne la fixais pas. Ensuite, je te regarde tout le temps en dessous du visage. Et quand j'ai vraiment de la chance, murmura-t-il, je fais plus que regarder.

Elle rougit. Il espérait qu'elle ne perdrait jamais cette charmante habitude.

Alors qu'ils s'approchaient de l'auteur, elle dit d'un ton vif :

— C'est moi qui vais parler.

— Il ne me viendrait pas à l'idée de m'immiscer dans le travail d'une professionnelle.

Elle le regarda en plissant les yeux, et il se retint de sourire. Il devait bien admettre qu'enquêter avec Emma était plutôt… drôle. Il ne s'était pas autant amusé depuis… eh bien, il ne se souvenait plus de la dernière fois. Son plaisir ne fit que croître lorsqu'ils approchèrent de Peter Dunn, qui essayait d'expliquer son accent à une actrice plantureuse.

— Répète la phrase après moi, dit le grand gaillard à lunettes.

» *Les cieux pleurent et je me soumets* »

» *À la grêle des Dieux sur mon sein.*

— *Les zieux pleurent et je me soumets*, commença l'actrice.

— *Cieux*, répéta-t-il.

— C'est ce que j'ai dit. *Zieux.*

— Cieux et zieux… Tu n'entends pas la différence ?

— J'entends très bien.

L'actrice fit la moue et repoussa une mèche noire par-dessus son épaule.

— Maintenant, on peut y aller ?

— Vas-y, soupira Dunn.

— *Les zieux pleurent et je me soumets*

» *À la… à la krêle des Dieux sur…*

Un pli se forma entre ses sourcils avant qu'elle termine triomphalement :

— Mes tétons !

Alaric réfréna un rire.

— C'est *sein.*

Dunn semblait prêt à s'arracher les cheveux. L'actrice releva une hanche.

— Je sais reconnaître un bon texte quand j'en entends un… et ce n'est pas *sein.*

— Monsieur Dunn ? intervint Emma.

— Qu'est-ce que c'est ?

L'auteur se tourna face à elle, et son expression passa de l'agacement à l'enchantement, d'une manière qui fit grincer les dents d'Alaric. Dunn remit ses cheveux blonds en place et fit une belle révérence.

— N'est-ce pas là Aphrodite, marchant parmi les simples mortels ?

— En fait, je m'appelle Emma Kent. Mlle Bloom m'a dit que vous pourriez m'aider.

— Je serais ravi de vous porter assistance, répondit Dunn. Et d'être libéré des travaux de Sisyphe.

— Vous n'avez pas le droit de m'insulter, peu importe d'où sort cette injure, protesta l'actrice.

— Je ne t'ai pas... peu importe. Nous travaillerons sur le texte plus tard.

Dunn fit un geste impatient de la main, et l'actrice s'en alla. Il adressa un sourire éclatant à Emma.

— Comment puis-je vous être utile, belle jeune fille ?

— Vous pouvez commencer par ne pas l'appeler *belle jeune fille*, intervint Alaric.

Dunn cligna des yeux, et remonta ses lunettes.

— Mes excuses. Je ne vous avais pas remarqué, monsieur.

— Nous sommes à la recherche de Lily White, l'informa Emma, jetant un regard d'avertissement à Alaric, et nous avons cru comprendre que vous la connaissiez mieux que quiconque.

Dunn poussa un soupir dramatique.

— Elle était ma muse, mon étoile. Puis, un jour, elle m'a abandonné, m'a laissé dans le crépuscule déclinant de l'amour.

— Je suis, euh... navrée de l'apprendre, répondit Emma.

— Votre gentillesse est un baume pour mon cœur.

Dunn voulut lui prendre la main.

— Touchez-la et vous aurez besoin d'un baume pour d'autres parties de votre corps, l'avertit Alaric.

La main de Dunn retomba sur son flanc.

— Comme cela ?

— Oui, dit Alaric.

Emma leva les yeux au ciel.

— Écoutez, monsieur Dunn, nous avons vraiment besoin de savoir où est allée Lily.

— Pourquoi ?

— Nous avons des raisons de penser qu'elle est impliquée dans des activités dangereuses. Nous devons la retrouver pour connaître la vérité et éviter que d'autres malheurs ne se produisent.

Alaric ne pouvait qu'admirer la réponse à la fois honnête et pleine de tact d'Emma.

— Lily a de mauvaises fréquentations, n'est-ce pas ? demanda Dunn, surprenant Alaric.

— Pourquoi dites-vous cela ? l'interrogea rapidement Emma.

L'homme ricana.

— Je suis peut-être auteur, mais je ne suis pas dans la lune. Un jour, Lily est pauvre comme Job, et le lendemain, elle nage dans l'argent. Elle m'a dit qu'il provenait d'une aubaine, d'un parent décédé qu'elle n'avait jamais rencontré, mais je ne l'ai pas crue.

— Pourquoi pas ?

— Parce qu'elle était vraiment pressée, voire désespérée, de quitter Londres sur-le-champ. Comme si elle fuyait les ennuis. Imbécile que j'étais, je l'ai laissée me convaincre de partir avec elle. J'ai pris les billets, j'ai fait les plans, et j'ai tout emballé pour partir à Brighton avec elle, raconta Dunn d'un ton sombre.

Brighton. Alaric croisa le regard d'Emma et vit sa propre excitation se refléter dans ses yeux. Finalement, ils avaient retrouvé la piste de la femme de chambre.

— Vous êtes parti à Brighton avec Lily ? l'interrogea Emma, impatiente.

Dunn secoua la tête.

— Je ne suis pas allé aussi loin. Nous n'étions pas encore arrivés à mi-chemin qu'elle a rencontré un homme riche qui voyageait dans notre carrosse. L'instant d'après, elle m'abandonnait et s'enfuyait avec ce brigand.

— C'était il y a combien de temps ? s'enquit Alaric. Savez-vous où ils allaient ?

— C'était il y a près trois semaines et, pour autant que je sache, ils continuaient vers Brighton. Je suis revenu ici et j'ai eu la chance de retrouver mon ancien emploi. Tout ce qu'il me reste de Lily, c'est cela.

Il s'interrompit, fouilla dans la poche intérieure de sa veste, et en sortit une miniature de la femme de chambre.

— Je la porte sur moi pour me rappeler la cruauté de l'amour.

Emma échangea un regard avec Alaric.

— Nous allons avoir besoin de ce portrait, monsieur Dunn, lui dit-elle.

Chapitre Vingt-Trois

Le lendemain après-midi, Alaric était adossé à sa chaise, faisant rouler un presse-papier en cristal d'une main à l'autre. Le soleil entrait par les hautes fenêtres, illuminant son bureau et son humeur déjà optimiste. Le vent tournait enfin en sa faveur. Emma et lui avaient informé Kent de leur découverte concernant Lily White; bien que mécontent du rôle joué par sa sœur, il avait remis à son associé, M. Lugo, un vigoureux gentleman africain, le portrait de Lily, et l'avait chargé de retrouver l'actrice.

M. Lugo était actuellement en route pour Brighton.

Ils faisaient des progrès... sur tous les fronts.

Car, petit à petit, Alaric conquérait aussi Emma. Non seulement leur passion brûlait plus ardemment à chaque rencontre, mais il sentait que la résistance de la jeune femme au mariage s'estompait. Et, en dépit de ses tendances dominatrices, il devait bien admettre que la laisser prendre les choses en main au théâtre n'avait fait que renforcer son admiration à son égard. Avec son intelligence et sa détermination, elle ferait une excellente duchesse pour lui. Une fois réglée l'affaire de son meurtrier, il la revendiquerait pour de bon.

Et maintenant, son visiteur était venu apporter d'autres bonnes nouvelles.

— La situation avec les investisseurs s'est stabilisée, dit le marquis de Tremont en croisant ses longues jambes. Apparemment, le scandale qui te concerne est déjà devenu de l'histoire ancienne.

— Les commérages ne peuvent pas vaincre l'appât du gain, affirma Alaric.

— Quelques personnes comme Mercer continuent de prédire la mort de notre entreprise, mais elles sont minoritaires. Dieu merci, dit Tremont, dont les yeux gris étaient empreints de tristesse. Je dois avouer que je respire mieux maintenant que nos projets sont à nouveau garantis. Comme tu le sais, une bonne partie de mes avoirs personnels est liée à United Mining. J'ai bien peur de dépendre un peu de la réussite de ce projet.

Alaric dit tranquillement :

— Si tu es à court d'argent, je serais heureux de...

— Non, merci, dit Tremont.

Connaissant la fierté de son interlocuteur, Alaric n'insista pas.

— Peu importe, dit-il à la place. Dans quinze jours, nous obtiendrons le vote sur le plan de développement lors de l'assemblée générale et la valeur des actions montera en flèche. Tu seras un homme riche.

— C'était le plan, confirma Tremont, et les rides autour de sa bouche s'estompèrent. Pour en venir à des questions plus importantes, comment se passe la recherche du démon qui t'a tiré dessus ?

— Nous progressons. Ce n'est qu'une question de temps avant que nous n'attrapions ce brigand.

— Je suis soulagé de l'entendre, mon vieux. Les assassinats mettent à mal les projets des gens, dit Tremont, avant de marquer une pause. Au moins, si notre affaire se passe bien, tu pourras passer le reste de la saison à te concentrer sur la chasse à l'épouse.

Alaric reposa le presse-papier avec une nonchalance étudiée.

— En effet.

Cependant, Tremont avait dû percevoir un signe qui l'avait trahi.

— Bon sang! Ne me dis pas que tu as réussi à trouver une duchesse avec toute la pagaille qu'il y a eu?

— Rien n'est encore définitif, marmonna-t-il.

— Mais tu as quelqu'un en vue.

Un lent sourire se dessina sur le visage de Tremont. Cela lui enlevait quelques années, le faisait ressembler davantage au jeune garçon espiègle qu'il avait été à Oxford.

— J'ai toujours dit que tu étais l'homme le plus efficace que j'aie jamais rencontré. Est-ce que je la connais?

— J'en doute.

— Une femme mystérieuse qui ne fait pas partie de notre cercle. Maintenant, je suis intrigué, dit Tremont, dont les sourcils fauves se soulevèrent. Est-ce une chanteuse d'opéra scandaleuse? Ou une fille de marchand magnifique...

— J'aimerais que tu sois intrigué par une autre femme, dit Alaric d'un ton irrité.

Le sourire de Tremont s'accentua.

— Serait-ce le son de l'arc de Cupidon que j'entends?

Alaric n'eut pas le temps de répondre : on frappa à la porte, et Jarvis passa la tête à l'intérieur.

— Pardonnez mon intrusion, Votre Grâce. Vous avez un visiteur.

— Vous voyez bien que je suis occupé, dit Alaric.

— Je ne voulais pas vous déranger, mais ce... euh... gentleman prétend que vous l'avez invité à vous rendre visite. Il s'appelle Babcock.

Un sentiment d'impatience s'empara d'Alaric. *Certains jours sont meilleurs que d'autres.*

— Faites-le patienter au salon. Je l'y rejoindrai rapidement.

— Cela semble important. Je ne vais pas te retenir, dit Tremont en se levant. Avant que je parte... ne pourrais-je pas avoir au moins un indice sur l'objet de ton éternelle affection?

À sa grande consternation, Alaric sentit ses pommettes s'échauffer.

— Va au diable, Tremont.

Le marquis éclata de rire.

———

— Êtes-vous sûre de ne pas avoir besoin de mon aide pour vos sous-vêtements, mademoiselle Emma? demanda anxieusement la femme de chambre de l'autre côté de la porte. Au moins pour resserrer les ficelles de votre corset...

— Tout va bien pour le moment, merci. Je sonnerai quand je serai prête à mettre la robe de bal, dit Emma d'un ton joyeux.

Dès qu'elle entendit la domestique s'éloigner, elle respira. Elle était assise devant sa coiffeuse, enveloppée dans une robe de chambre à col montant. Elle l'avait passée après avoir retiré la robe à col montant qu'elle avait portée toute la journée. Elle défit la ceinture, écarta le revers, et rougit en constatant que rien n'avait changé depuis la dernière fois qu'elle avait regardé.

La marque écarlate brûlait toujours sur le côté de sa gorge.

Elle effleura du bout des doigts la preuve du baiser d'Alaric. Elle n'avait aucun doute sur le fait qu'il l'avait placée là exprès. Se remémorant la brûlure de ses lèvres lorsqu'il l'avait penchée sur son bureau, elle se sentit envahie de chaleur.

Au même moment, son reflet plissa le nez.

— Quel homme sournois, murmura-t-elle.

Ce n'était pas un hasard s'il avait mis sa marque à cet endroit précis. Compte tenu du décolleté de sa robe de bal à la mode, elle n'aurait d'autre choix que de la couvrir avec la parure qu'il lui avait offerte. Elle laissa échapper un soupir excédé face à son autoritarisme inutile. Elle aurait porté le collier de toute façon... pour respecter sa part du marché après qu'il l'avait emmenée à la Cythère.

Son irritation se mua en exaltation lorsqu'elle songea à leurs découvertes au théâtre, aux excellents progrès qu'ils avaient accomplis dans la recherche de Lily. De plus, Alaric avait manifesté son soutien aux rêves d'Emma, et elle devait admettre que travailler avec lui était encore mieux que de se lancer seule.

Ils étaient en train de devenir de véritables partenaires, des égaux capables de donner et de recevoir. À la Cythère, il l'avait laissée mener l'interrogatoire des témoins. Juste avant cela, lorsqu'ils avaient fait l'amour sur son bureau, elle s'était abandonnée à son contrôle. Un sentiment de vertige la saisit. Dans les deux cas, elle s'était sentie liée à lui, par le corps et l'esprit. Elle s'était déjà demandé si elle était capable de se lier passionnément à quelqu'un, et, maintenant, elle connaissait la réponse.

Je suis tombée amoureuse d'Alaric.

D'une manière ou d'une autre, en dépit de leur rencontre désastreuse et des conflits qui s'étaient ensuivis, elle avait perdu son cœur pour le duc. Un homme autoritaire dont le cynisme glacial cachait une nature passionnée. Un homme qui possédait plus de couches qu'un oignon. Combien lui faudra-t-il en retirer, se demanda-t-elle, avant d'atteindre son cœur ?

Avec nostalgie, elle sortit le ras du cou de son écrin de velours noir. Le triple rang de perles parfaitement assorties glissa sur ses doigts. La pièce centrale, un énorme diamant rose serti dans un éblouissant cadre de diamants, reposait lourdement dans sa paume.

C'était un collier digne d'une duchesse, ou plutôt d'une *reine*. D'après Marianne, cette pièce particulière avait été exposée chez Rundell, Bridge et Rundell, le plus prestigieux bijoutier de Londres ; elle aurait appartenu à l'épouse d'un grand maharadja.

Secouant la tête devant l'extravagance d'Alaric, elle fixa le fermoir serti de diamants et se regarda dans le miroir. Son cœur s'emballa dans sa poitrine.

Oh ! Bonté. Divine.

Elle ne s'était jamais préoccupée outre mesure de son apparence. Après tout, *la beauté sans vertu est une fleur sans odeur.* Pourtant, à cet instant, elle s'émerveilla de son reflet, de la façon dont le collier l'imprégnait d'une vitalité rayonnante. Elle ne reconnaissait pas la femme aux yeux brillants, à la peau aussi étincelante que les perles et aux lèvres aussi rouges que la pierre rare. Le collier semblait allonger son cou, ajoutant de la grâce à son port. Elle ne ressemblait pas à la vieille fille de la campagne qu'elle était.

Il est parfait pour toi, avait dit Alaric.

Se pouvait-il qu'il la voie ainsi, comme une créature exotique, audacieuse et sûre d'elle ?

— Emma, pouvons-nous entrer ?

Les voix de ses sœurs interrompirent sa rêverie. Lorsqu'elle les fit entrer, les yeux noisette de Thea s'écarquillèrent.

— Le collier est magnifique sur toi, Emma.

— Ce diamant est aussi gros que l'œuf que j'ai mangé au petit déjeuner, déclara Violet.

Posant les mains sur le cadeau d'Alaric, Emma sentit ses joues s'échauffer.

— Est-ce que c'est trop ?

— Tu es rayonnante, dit simplement Polly.

— Merci, ma chérie, répondit Emma en souriant. Aidez-moi à m'habiller, voulez-vous ?

Refermant la porte derrière elles, ses sœurs s'agglutinèrent autour d'elle devant le miroir. Avec une efficacité issue de la pratique, puisqu'elles avaient grandi sans femme de chambre et s'étaient toujours habillées les unes les autres, les filles se mirent au travail. Vi l'aida à enfiler ses sous-vêtements, Thea s'occupa des liens du corset, et Polly s'accroupit pour ajuster les jupes de ses jupons.

— Comme au bon vieux temps, remarqua Vi.

— Est-ce que vous repensez à Chudleigh Crest ? leur demanda Emma.

— Oui. À trois..., dit Thea qui tira habilement sur les liens, chassant tout l'air des poumons de sa sœur. Aussi passionnante que soit la ville de Londres, parfois la simplicité de la vie à la campagne me manque.

— Pas à moi. Londres, c'est ce qu'il y a de mieux, décréta Vi. On ne sait jamais ce qui se passera ensuite.

— Vas-tu épouser le duc, Emma ? l'interrogea soudain Polly.

Dans le reflet, Emma vit ses sœurs s'immobiliser, le visage brillant de curiosité.

Croisant les yeux aigue-marine de Polly, elle s'enquit :

— Cela vous dérangerait-il si je le faisais ?

— Non, dit Polly. Je l'aime bien.

L'approbation de sa plus jeune sœur confortait Emma dans ses propres sentiments. S'il y avait quelqu'un en qui elle avait toute confiance pour juger du caractère d'une personne, c'était bien elle. Dotée d'une nature intuitive, Polly était plus sage que les jeunes filles de son âge.

— La question est de savoir si *toi*, tu aimes bien le duc ou non, Emma, dit Thea d'une voix douce.

— Je l'aime bien, répondit-elle, et c'était un soulagement d'admettre la vérité. Il peut être têtu et autoritaire, et il croit *toujours* qu'il a raison. Et pourtant, il a un bon cœur.

— Cela me fait penser à quelqu'un que je connais, constata Vi en souriant.

— Qui ? demanda Emma.

Ses sœurs échangèrent des regards, puis éclatèrent de rire. Emma leva les yeux au ciel.

— C'est différent. Vous avez besoin d'une main ferme. Je *devais* être autoritaire pour que vous restiez dans le droit chemin.

— Nous le savons, ma chère, répondit Thea, les yeux pétillants. Mais, soyons réalistes, tu n'es pas une violette flétrie. Il te faut quelqu'un dont la volonté soit à la hauteur de la tienne, et Sa Grâce remplit assurément ce rôle.

— J'espère que cela ne signifie pas que le duc et moi sommes voués à une vie entière de prises de bec.

— Père a toujours dit que l'amour impliquait des compromis, déclara Thea.

— Eh bien, Strathaven et moi apprenons à négocier et à

travailler ensemble, répondit Emma, et il est même d'accord pour que je l'aide dans son affaire.

— Je trouve ça formidable que tu travailles avec Ambrose. J'aimerais qu'il me laisse l'aider aussi, dit Violet.

Oh, oh... Qu'ai-je déclenché ?

Voyant l'étincelle dans les yeux de sa sœur, Emma dit :

— Je, euh... je croyais que tu appréciais tes leçons et les plaisirs de la ville.

— C'est le cas, mais ce que tu fais a l'air *plus* amusant.

— Ce n'est pas un jeu, intervint Thea d'une voix douce. La vie du duc est en danger. Tu ne dois pas harceler Ambrose et le détourner de son travail sérieux.

— Tu es un vrai trouble-fête.

Avec un soupir amusé, Violet alla chercher la robe de bal de sa sœur dans la penderie.

Emma avait l'impression que cette conversation n'était pas tout à fait terminée. Mais elle aurait eu l'impression d'être l'hôpital qui se moquait de la charité. Peut-être l'intérêt soudain de Violet allait-il suivre le chemin de tant d'impulsions de la jeune fille. Quelque temps plus tôt, après avoir assisté à un spectacle à l'Astley, Vi avait décidé de devenir acrobate.

Quoi qu'il en soit, nous nous occuperons de ce problème le moment venu, songea Emma.

— Pour ma part, je suis heureuse que tu aies trouvé quelqu'un qui t'apprécie, Em, dit Thea. Et tu feras une bonne duchesse.

— Est-ce vraiment difficile ? s'interrogea Vi, revenant avec la robe en satin dans les bras. Il te suffit de porter un turban hideux sur la tête, et de parler de toi à la première personne du pluriel.

Elle imita un ton nasillard :

— *Nous ne trouvons pas le dessert à notre goût. Cela ne nous amuse pas de nous faire servir un pudding alors que nous avions expressément demandé un gâteau au chocolat.*

Polly se mit à rire.

Même les lèvres de Thea tressaillirent lorsqu'elle aida Emma à enfiler la robe.

— Je me fiche d'être une duchesse. Je tiens… à lui.

Emma tâchait de mettre des mots sur ce qu'elle savait au fond de son cœur.

— Je ne peux pas l'expliquer, mais je pense qu'il a besoin de moi. D'après ce que j'ai compris, son premier mariage a été plutôt horrible. Sa mère est morte quand il était jeune et il a été séparé de M. McLeod très tôt. Je crois qu'il n'a jamais eu l'impression de faire partie d'une véritable famille.

— Diantre ! s'exclama Violet avec compassion.

— Le pauvre homme, murmura Thea.

— Il est seul, chuchota Polly.

S'il était une chose qu'un Kent comprenait, c'était l'importance de la famille.

— Eh bien, si tu l'épouses, il deviendra un membre de *notre* famille, affirma Vi. Personne n'est jamais seul quand nous sommes dans les parages.

— Merci, ma chérie, mais rien n'est encore réglé. Nous avons un meurtrier à trouver. De plus, j'ai besoin d'être certaine que nous sommes vraiment faits l'un pour l'autre, et que nous pouvons vivre dans le même monde.

— Tourne-toi, et regarde-toi dans le miroir, suggéra Thea.

Emma lui obéit, et elle en eut le souffle coupé.

La robe ivoire laissait ses épaules nues, le corsage scintillant de l'éclat subtil des perles de rocaille brodées d'un motif de vigne tourbillonnante. La taille suivait la tendance actuelle, se resserrant avant de s'évaser subtilement aux hanches. L'ourlet était relevé à intervalles réguliers par des rubans ressemblant à de minuscules papillons magenta, les éclats de couleurs vives faisant écho à la brillance du collier.

Déconcertée, elle remarqua :

— J'ai l'air différente, n'est-ce pas ?

— Oh ! Emma, dit Polly, tu as l'air d'une duchesse.

Chapitre Vingt-Quatre

Le crépuscule était tombé, rendant la ruelle des Sept Cadrans encore plus sombre. La puanteur des déjections humaines emplissait l'air fétide, et Alaric était tenté de se couvrir le nez d'un mouchoir parfumé. La seule raison pour laquelle il ne le faisait pas, c'était qu'il ne voulait pas donner cette satisfaction à son frère. Posté contre le mur adjacent, Will surveillait la taverne de l'autre côté de la rue.

— Tu es sûr que Babcock a parlé du *Bœuf assoiffé* ? demanda-t-il, et c'était loin d'être la première fois.

— Je n'ai aucun souci d'audition, répliqua Alaric. Babcock m'a dit deux choses. Premièrement, notre tireur s'appelle Clive Palmer, et deuxièmement, il se rend dans cette taverne tous les vendredis.

— Je pose la question, parce que les établissements publics ont souvent des noms proches. Comme tu viens de Mayfair, tu pourrais ne pas saisir la fine distinction entre le *Bœuf assoiffé*, le *Bœuf ivre*, l'*Ours assoiffé*...

— Oh ! bon sang, William ! Je suis un duc, pas un âne !

— Tu es susceptible, n'est-ce pas ?

— Si par susceptible, tu veux dire que je suis prêt à te frapper avec mes poings, alors oui.

Will grogna.

— Comme si *toi*, tu pouvais *me* frapper.

— Tu veux essayer ?

— Messieurs, dit Kent derrière eux. Les chamailleries peuvent-elles attendre que nous ayons attrapé le criminel ?

— C'est lui qui a commencé, lança Will en pointant un doigt en direction d'Alaric.

— Pour l'amour du ciel ! s'exclama ce dernier, puis, soufflant de dégoût, il reprit sa surveillance.

La rue était encombrée de gens et de brouettes de marchands ambulants. Des clients bruyants entraient et sortaient de la taverne dans un flot continu, leurs vêtements ternes les rendant presque impossibles à distinguer les uns des autres. Heureusement, le lampadaire près de l'entrée éclairait leur visage au passage. Aucun signe du tireur balafré pour le moment.

— Nous devrions peut-être aller voir Cooper, suggéra Alaric.

Lui et d'autres gardes étaient postés devant l'entrée arrière. Alaric ne voulait pas prendre le risque de laisser Palmer s'échapper. Au départ, il avait proposé de faire irruption dans la taverne, mais Kent avait fait valoir le risque qu'il y avait à s'attaquer à un bâtiment rempli de crapules ivres et armées, et il s'était rangé à son avis.

Kent leva le sifflet qui pendait à une ficelle autour de son cou. Il avait équipé les gardes de dispositifs similaires.

— Cooper sonnera l'alarme s'il a le suspect. Pour l'instant, il observe, et il garde son calme comme nous le faisons.

Alaric n'aimait pas attendre, surtout pas dans ce cloaque.

Will sourit.

— Peut-être seriez-vous plus à l'aise dans le carrosse, Votre Grâce ?

— Je suis bien là où je suis, répliqua-t-il sèchement.

Le silence retomba. Kent se chargeait de la surveillance principale, tandis que Will et Alaric se tenaient derrière lui. Debout à côté de son frère, Alaric se souvint soudain d'une autre fois où ils avaient attendu ensemble dans l'obscurité : lors de la veillée funèbre de leur père. Âgé de seize ans, Will avait pleuré ouvertement à côté du cercueil, son chagrin coulant à flots ; Alaric n'avait pas versé une seule larme, alors que la douleur et la colère enflaient en lui.

Pourquoi ne tenais-tu pas à moi, Da ? Pourquoi n'étais-je pas ton fils aussi ?

À sa grande surprise, il se rendit compte que l'indifférence de son père ne lui pesait plus autant qu'avant. Avec les années, les effets s'étaient estompés jusqu'à ce qu'il ne porte plus que les meurtrissures invisibles de l'acceptation. En revanche, le chagrin de son frère lui semblait encore frais. L'expression du jeune Will, le cœur brisé, hantait Alaric dans l'ombre. Il était conscient que la perte de son frère avait été aggravée par son refus de ramener Will avec lui dans le Lanarkshire après l'enterrement de leur père.

À l'époque, il n'avait pas voulu expliquer ses raisons. Son orgueil l'avait empêché d'expliquer à l'enfant chéri, au fils parfait, qu'Alaric était rejeté jusqu'au château de Strathmore. Qu'il devait y avoir quelque chose de si méprisable en lui que la cruauté le suivait où qu'il aille. Non, il n'avait pas pu dire la vérité à haute voix, alors il avait fait ce qu'il pensait être le mieux : il avait protégé Will en le repoussant.

Les yeux froids du vieux duc l'épinglaient alors qu'il levait sa ceinture. *Tu mérites d'être puni, espèce d'incapable défaillant !* Alors même que le ventre d'Alaric se nouait à ce souvenir, la voix d'Emma lui parvint à travers l'obscurité.

La famille pardonne, avait-elle dit.

Son tuteur et ses parents étaient tous morts. Son plus proche parent vivant était son frère.

Alaric jeta un coup d'œil à Will, qui surveillait la rue de son œil d'aigle. Qui essayait de le protéger en dépit de toute l'animosité entre eux.

Prenant une respiration, il dit tout bas :

— Ce n'était pas parce que je ne voulais pas de toi à Strathmore.

— Quoi ? demanda Will en posant le regard sur lui.

— Le régiment était l'endroit le plus sûr pour toi.

Même dans l'ombre, il distinguait l'expression incrédule de son frère.

— Pourquoi parles-tu de cela maintenant? Après tout ce temps?

Alaric n'en était pas vraiment sûr. Il haussa légèrement les épaules.

— Tu mérites de savoir.

— De savoir quoi? Que faire face à des ennemis avec des baïonnettes, faire du repérage sur le terrain ennemi, répondit Will avec une colère grandissante, *ça*, c'était plus sûr?

Alaric serra les poings, mais garda la voix basse, pour que seul Will l'entende.

— Comparé au fait de vivre sous la tyrannie du duc et de subir ses châtiments? Oui, dit-il brutalement.

Will s'immobilisa.

— Notre oncle, il... il t'a fait du mal?

— J'aurais préféré affronter un bataillon entier, répondit brièvement son frère.

Au bout d'un moment, son frère s'enquit à voix basse :

— Pourquoi n'as-tu rien dit?

— Ce n'était pas un sujet de conversation convenable. Et nous n'étions pas vraiment en bons termes.

— Mais, tu es mon frère! J'aurais..., commença Will, avant de s'interrompre.

— Exactement. Tu n'aurais rien pu faire. C'est terminé maintenant. Je voulais juste clarifier les choses.

Alaric tourna le regard vers la taverne, signe que la conversation était terminée.

À sa grande surprise, Will lui dit doucement :

— Je me demandais à l'époque pourquoi tu semblais différent. Lors de tes rares visites à la maison, je veux dire. Maman pensait que c'était à cause de ta maladie, mais je savais que tu n'étais pas toi-même.

Son frère l'avait remarqué? Un étrange spasme lui saisit la gorge.

— La maladie n'était qu'un aspect de la question. Plus j'étais malade, plus le duc me punissait.

— Mais, bon sang, Alaric! Je n'ai jamais rien...

— Attention, messieurs, murmura Kent, brisant leur moment. Un homme balafré quitte les lieux. Pouvez-vous l'identifier, Votre Grâce?

Alaric s'écarta du mur, et s'avança vers l'entrée de la ruelle. Il repéra aussitôt la silhouette. Si la carrure corpulente et les cheveux gras et trop longs pouvaient appartenir à n'importe qui, on ne pouvait pas se tromper sur la cicatrice dentelée qui divisait le visage de l'homme en deux parties menaçantes.

— C'est lui, dit-il d'un ton sombre.

— Voulez-vous attendre ici? demanda Kent.

Alaric ne prit pas la peine de répondre. Tirant son chapeau vers le bas, il se dirigea vers Palmer. Les pas de Kent et de Will résonnèrent derrière lui et, du coin de l'œil, il les vit se disperser, se mêlant à la foule. Prenant exemple sur eux, il ralentit l'allure; quand Palmer fit brusquement volte-face, Alaric s'arrêta devant une charrette des quatre saisons. Il sentit le regard de l'autre homme sur lui; son cœur martelait sa poitrine tandis qu'il faisait semblant d'étudier les offres du colporteur.

— Ce gobelet est en argent massif, patron, dit joyeusement l'homme à qui il manquait des dents. La ruine peut vous pourrir les entrailles, mais elle ne ternira pas cette belle pièce.

Alaric s'efforça de ne pas regarder Palmer.

— Combien?

— Une livre, patron, et c'est parce que j'ai un cœur généreux.

Le duc risqua un regard de côté... et vit le dos de Palmer s'éloigner au loin. Il s'élança à sa suite, la voix du colporteur retentissant derrière lui.

— Une demi-couronne, et c'est ma meilleure offre!

Kent et Will gagnaient du terrain sur Palmer, l'encadrant sur deux côtés. Alaric accéléra le pas et resta au milieu de la route, dépassant les ivrognes et les prostituées trop maquillées, évitant les charrettes de marchandises. La fumée des châtaignes en train de brûler lui piquait les yeux et le nez. Il était presque sur le malfaiteur, et Will et Kent étaient quasiment parallèles : leur formation en triangle était prête pour l'attaque.

Il croisa le regard de Kent, vit l'autre hocher la tête. Ses muscles se contractèrent, prêts à le propulser vers la cible. À cet instant, Palmer tourna la tête. Alaric comprit à son expression que l'homme le reconnaissait, juste au moment où il se mettait à courir.

Il vira à droite et, dans une dynamique musclée, percuta Kent, qui s'étala sur le sol. Le méchant disparut dans la ruelle la plus proche, Will à ses trousses, et Alaric juste derrière son frère. Ce dernier entendit le son strident d'un sifflet à travers le martèlement sourd dans ses oreilles; il fut enveloppé dans l'obscurité. Le labyrinthe l'engloutit, les murs s'écartaient et se rapprochaient, un chemin tortueux synonyme de désorientation.

— Droit devant, s'écria Will. C'est une impasse. Nous le tenons.

Le fait que son frère connaisse aussi bien cet endroit stupéfiait Alaric, et il ne pouvait qu'être reconnaissant qu'il lui serve de guide. L'énergie se répandit dans ses veines, tandis que l'instinct de combat de ses ancêtres se réveillait. Il avait *soif* du sang de son ennemi.

L'obscurité diminuait à mesure que les avant-toits bas cédaient la place au ciel nocturne. Il aperçut une faible lueur à quelques pas devant lui : un filet de lumière du clair de lune se posant sur des pierres... un mur. Palmer luttait pour le franchir.

Quelques pas devant Alaric, Will s'élança en criant :

— Arrêtez! Vous ne pouvez pas vous échapper.

Palmer se retourna, et quelque chose brilla dans sa main.

— À terre, Will! hurla Alaric.

Il se jeta en avant et fit tomber son frère au sol au moment où deux tirs jumelés passaient à côté de lui, traversant la nuit. Respirant fort, il se releva une seconde plus tard, et vit Palmer recharger le pistolet. Il fonça sur le malfaiteur, envoyant l'arme à feu dans les ténèbres. Alaric vit rouge et plaqua son ennemi contre le mur. Coinçant l'autre par la gorge, il lui planta son poing dans la figure à plusieurs reprises.

— Personne ne tire sur un McLeod ! grogna-t-il.

— Strathaven, je m'occupe de Palmer.

Kent était arrivé, se positionnant à la gauche d'Alaric, haletant et pointant un pistolet sur le méchant. Happé par sa soif de sang, Alaric s'en moquait éperdument. Il ramena son poing en arrière.

Palmer haleta :

— Bon sang ! Arrêtez ! Je vais vous donner...

— Qui vous a payé pour me tuer ? s'écria Alaric en plaquant à nouveau Palmer contre le mur. Donnez-moi son nom.

Le sang coulait sur le visage de Palmer et le long de sa cicatrice.

— Je... je ne sais pas. Il ne me l'a jamais dit. Il m'a juste payé cinq cents livres... pour ce travail.

— À quoi ressemblait-il ?

— Des cheveux noirs, un visage rond... comme un bébé. Il portait des lunettes.

Silas Webb.

— Où puis-je le trouver ? exigea Alaric.

— Si je vous le dis, vous me laisserez partir...

— Si vous ne le faites pas, je vous tuerai, répliqua Alaric en serrant la gorge de Palmer.

— Il le fera, vous savez, intervint Will, qui se tenait maintenant aux côtés de son frère. Nous, les Écossais, nous tenons notre parole.

— D'accord... d'accord, s'étrangla le criminel. Je l'ai suivi une fois... je voulais savoir d'où venait mon argent. Il a un logement... à Whitechapel.

— Emmenez-nous là-bas, ordonna Alaric.

———

Le bâtiment se trouvait au cœur de l'East End et faisait partie d'un ensemble de maisons de misère.

— C'est la chambre.

Les mains menottées dans le dos, Palmer ne pouvait que secouer la tête en direction de la porte décrépite du logement.

— Je m'en souviens parce que c'est à côté de l'escalier.

— Ramenez-le au carrosse, demanda Alaric à Cooper. Gardez un œil sur lui.

Le garde hocha la tête et emmena Palmer sous la menace d'une arme. Kent essaya la poignée. Le déclic fit dresser les cheveux sur la nuque d'Alaric.

Sans mot dire, l'enquêteur sortit un pistolet de son pardessus, suivi de Will et Alaric. Kent poussa la porte plus fort, et le grincement des charnières rouillées fit s'emballer le pouls du duc. L'obscurité les accueillit, l'air empestait le moisi et l'humidité, et un bruit indistinct se faisait entendre... un bourdonnement. Une odeur nauséabonde saisit les narines d'Alaric, et son estomac se révulsa.

Kent leva sa lanterne, et une lumière sourde se répandit à l'intérieur de la pièce exiguë.

— Je pense que nous avons trouvé notre homme, dit-il d'un ton grave.

Une silhouette était allongée face contre terre sur la table au milieu de la pièce. En s'approchant, Alaric vit les mouches tourbillonner, et la tache sous la tête. Will alluma une autre lampe, et la lumière brilla au-dessus de la tête du mort... du moins, ce qu'il en restait. Un trou béant se trouvait à l'arrière ; un pistolet gisait sur le sol, près de la main pendante de l'homme.

Avec un professionnalisme détaché qu'Alaric ne pouvait qu'admirer, Kent tourna la tête du cadavre vers la lumière.

— Silas Webb ? s'enquit l'enquêteur.

Alaric grimaça.

— Oui.

— D'après l'état de décomposition, je dirais que cela fait

plusieurs jours que ce brigand s'est fait sauter la cervelle, marmonna Will. C'est une manière sacrément salissante de partir.

Se penchant, Kent récupéra une feuille de parchemin de la poche de la veste de Webb. Des plis se creusèrent autour de la bouche de l'enquêteur.

— C'est une confession signée. Webb prétend avoir agi par vengeance, et il se repent, expliqua Kent avant de passer la note à Alaric. Pouvez-vous vérifier l'écriture ?

Alaric parcourut les quelques lignes.

— On dirait la signature de Webb.

Il se demandait pourquoi il ne ressentait pas de soulagement. Alors qu'il parcourait la pièce du regard, il ne vit aucun signe inquiétant, aucune trace de lutte, aucune preuve qu'il s'agissait d'autre chose que ce qui semblait être : un pécheur succombant à sa conscience. Pourtant, Webb ne lui avait jamais donné l'impression d'être un homme d'une grande moralité ou du genre à mettre fin à ses jours.

Le duc fit un pas en avant, dans l'intention de regarder autour de lui, et quelque chose craqua sous sa botte. Se penchant, il découvrit des lunettes en fil de fer, dont les verres étaient fissurés... et l'éclat de quelque chose d'autre dans l'ombre. Tendant la main sous la table, il récupéra le petit objet niché contre la botte de Webb.

— Qu'avez-vous trouvé ? s'enquit Kent.

Alaric lui montra le bouton de manchette. Fait d'onyx et d'or, d'une grande finesse de fabrication, cet objet coûteux n'avait manifestement pas sa place dans ce quartier miteux.

Rapidement, Kent vérifia les poignets du cadavre ; les deux attaches en laiton étaient intactes. Les trois hommes entreprirent alors de fouiller les maigres effets personnels de Webb et, sans surprise, le jumeau du bouton de manchette en onyx ne s'y trouvait pas.

Un pressentiment glacial saisit Alaric aux tripes.

— Le bouton de manchette n'appartenait pas à Webb. Quelqu'un d'autre était ici.

Le regard de Kent était aussi brillant que l'éclat de sa lanterne.

— C'est ce qu'il semblerait.

— Par ici, les appela Will.

Ils allèrent le rejoindre près de l'âtre, où il avait récupéré les restes calcinés d'un registre.

— On dirait un carnet de rendez-vous, remarqua le frère d'Alaric.

Lorsqu'il l'ouvrit, des cendres se répandirent sur le sol.

— Mon avis ? Le véritable meurtrier a détruit ce document pour cacher son identité, déclara M. Kent. Connaissez-vous des hommes avec qui Webb aurait pu être en affaires, Votre Grâce ? Un homme riche. Qui aurait un penchant pour les accessoires raffinés tels que ce bouton de manchette ?

Alaric secoua la tête.

— Pour autant que je sache, Webb n'avait travaillé que pour United Mining pendant des années. Enfin, jusqu'à ce que je le congédie.

— Nous reviendrons dans la matinée, annonça Kent avec détermination, et nous ferons le tour du quartier. Peut-être quelqu'un aura-t-il vu Webb avec notre mystérieux homme.

— J'apprécie votre diligence, dit Alaric.

— Nous, les Kent, ne cédons pas tant que la question n'est pas résolue, affirma Ambrose, et un sourire inattendu atténua la noirceur de son expression. Je crois que vous en savez quelque chose, Votre Grâce.

Chapitre Vingt-Cinq

Pour ce qui était des affaires de la bonne société, ce bal était nettement préférable à la première expérience d'Emma.

Emma ne doutait pas qu'Alaric avait tiré les ficelles pour qu'elle se sente à l'aise lors de cette somptueuse soirée. Les hôtes, Lord et Lady Blackwood, les accueillirent personnellement, Marianne et elle, comme si elles étaient des amies de longue date.

Lady Blackwood, dont la beauté des cheveux de jais seyait à son nom, embrassa l'air près des joues d'Emma.

— Quel collier divin ! dit-elle chaleureusement. Il vient de chez Rundell et Bridge, n'est-ce pas ?

— Euh, oui. Il me semble, marmonna Emma.

— C'était un cadeau, intervint Marianne.

— Ah !

Le regard de Lady Blackwood devint interrogateur.

— N'allez pas donner d'idées à ma femme, dit Lord Blackwood ironiquement.

Avec ses cheveux courts d'un bronze poli, il avait une allure de soldat et des yeux bienveillants.

— Lady Blackwood est déjà encline à l'extravagance.

— Pour ce commentaire, j'attends un bracelet assorti aux

boucles d'oreilles en émeraude que j'ai achetées, répliqua sa femme d'un ton narquois.

— Je suis ruiné! s'exclama Blackwood, regardant sa femme avec une affection évidente.

— Comme si un bracelet pouvait te ruiner, mon chéri, répondit Lady Blackwood, qui se tourna ensuite vers Emma. Eh bien, nous n'allons pas vous laisser dans un coin, mademoiselle Kent. Puis-je vous présenter à d'autres invités?

— Oui, s'il vous plaît, acquiesça Emma, plus que prête à se lancer dans sa mission.

Au cours de l'heure qui suivit, sous la houlette de Lady Blackwood, Emma circula parmi la foule étincelante. Elle fit des efforts pour discuter; après tout, son but était de déterminer si l'un de ces invités pouvait être coupable d'un meurtre, et, pour ce faire, elle devait établir une relation. À sa grande surprise, certains des lords et ladies n'étaient pas aussi hautains qu'elle l'avait imaginé.

Certaines femmes discutaient même de sujets aussi terre-à-terre que les remèdes maison ou les enfants turbulents, et Emma se retrouva tout naturellement à participer à la conversation. À la demande d'une douairière, elle livra sa recette de pommade pour les articulations; à celle d'une comtesse dont le bébé de deux mois était grognon, elle confia le tonique dont elle s'était servie pour calmer les coliques de Polly.

C'était assez étrange de se retrouver à sa place.

Deux heures de conversation et de danse s'écoulèrent agréablement, mais Emma ne découvrit rien de vraiment suspect. Elle se dirigea vers la table des rafraîchissements, l'oasis idéale pour entendre les commérages, quel que soit l'événement. Acceptant une coupe de champagne que lui tendait un valet de pied, elle se plaça discrètement derrière une plante en pot, et écouta les voix environnantes. Le nom d'Alaric ne tarda pas à surgir, et elle jeta un coup d'œil à travers le feuillage pour voir le dos du trio qui bavardait.

— ... il semblerait que Strathaven soit vraiment riche comme Crésus! dit un gentleman aux cheveux gris.

— Le prix des actions de son entreprise commune a été multiplié par trois au cours de la semaine dernière. Tout ce qu'il touche se transforme en or.

— J'aurais dû acheter des actions! déclara un petit homme chauve.

Un grand blond dont la veste noire était méticuleusement ajustée à sa silhouette intervint, la voix traînante.

— Je n'agirais pas trop vite, à votre place. On ne sait jamais ce qui peut arriver en matière de spéculation. Si j'ai bien compris, Strathaven n'a pas la confiance de ses investisseurs. Si le vote sur le développement de l'entreprise dans quinze jours ne tourne pas en sa faveur, les actions s'effondreront à nouveau.

De toute évidence, cet homme ne connaît pas Alaric, songea Emma. Strathaven ne laisserait jamais un vote au hasard.

— La spéculation est un jeu d'hommes jeunes, dit l'homme aux cheveux gris. J'ai toujours dit que la seule richesse sur laquelle un homme peut compter provient de la terre.

Alors que les hommes passaient à d'autres sujets, l'attention d'Emma fut attirée par une autre conversation qui avait cette fois-ci lieu dans un groupe de femmes qui se tenaient près de la fontaine à champagne, sur sa gauche. Emma avait une vue imprenable sur leurs plumes qui se balançaient pendant qu'elles parlaient avec excitation.

— On dit que Strathaven a l'intention de reprendre la chasse à la duchesse, affirma une brune plantureuse.

— Compte tenu des scandales qu'il a connus ces derniers temps, je m'étonne de sa témérité, répondit son amie, vêtue de soie rose.

— Il n'a jamais manqué de témérité, et vous le savez bien.

Cette fois, c'était une troisième femme à l'air narquois.

— Je ne doute pas qu'il obtienne ce qu'il veut... il y parvient toujours, après tout. Quoi qu'il en soit, sa recherche d'épouse n'est pas nouvelle. Ce qui m'intéresse, c'est de savoir quand il sera sur le marché pour remplacer Clara Osgood.

— Lady Julia, comme c'est pervers de votre part! murmura la première femme, ravie.

— Vous pensiez la même chose, Lady Lauren. Seulement, je l'ai dit à haute voix.

— J'avoue être intriguée par les rumeurs au sujet de ses prouesses. Vous avez entendu ce qui se dit à propos de sa, euh... dotation personnelle? demanda Lady Lauren, hilare. Apparemment, elle correspond à sa fortune.

— Et c'est sans parler de son endurance et de son contrôle, ronronna Lady Julia. J'ai entendu dire que notre duc est aussi délicieusement dominateur dans la chambre à coucher qu'il l'est en dehors. On dit qu'une certaine Lady M. a passé un délicieux après-midi *sur son bureau*...

Tandis que les femmes ricanaient, Emma se détourna, les joues en feu. Bien sûr, elle était consciente du passé d'Alaric et de ses penchants; pourtant, entendre d'autres femmes parler de lui de manière aussi ouvertement lascive et concupiscente lui faisait mal, et, oui, elle était *jalouse*.

Des images l'envahirent : Alaric ligotant Lady Clara dans le jardin... faisant l'amour avec des beautés sans nom et sans visage sur le *même bureau* où il lui avait fait l'amour...

Jusqu'à cet instant, la passion qu'elle partageait avec Alaric, bien qu'indubitablement coquine, lui avait aussi semblé... spéciale. Précieuse. Le fait que d'autres aient connu l'intensité brute de ses ébats lui faisait mal dans la poitrine. Sa gorge se serra, et soudain, son cadeau lui parut lourd et étouffant.

— Bonjour, mademoiselle, dit une voix hésitante. Je me demandais si vous accepteriez un peu de compagnie ?

Emma se retourna et se retrouva face aux yeux bleus d'un lutin roux plantureux.

— Je vous demande pardon ? demanda-t-elle d'un air absent.

La jeune fille, qui devait avoir à peine dix-huit ans, devint aussi rouge que ses cheveux.

— Vous vous teniez ici, toute seule, et je suis seule... enfin, pas exactement. J'ai mon chaperon, mais elle est occupée avec les autres duègnes, et je... Oh, zut! Je parle trop, n'est-ce pas? acheva-t-elle, l'air misérable. C'est une terrible habitude que j'ai, et mon père dit que cela me rend gênante. Comme si je pouvais l'être davantage...

Son haussement d'épaules gêné fit voltiger les rubans sur les nombreux pans de sa robe.

— Peu importe. Je suis désolée de vous avoir dérangée. Je vais simplement...

Emma se prit immédiatement d'affection pour la jeune fille.

— Non, ne partez pas. J'étais en train de rêvasser; j'aimerais bien avoir de la compagnie. Je suis Emma Kent.

— Je suis Gabriella Billings, mais tout le monde m'appelle Gabby.

La façon dont le sourire de la jeune fille éclairait son visage lui fit penser à Polly.

— C'est un plaisir de vous rencontrer. C'est tellement ennuyeux de faire tapisserie à tel point que les autres jeunes filles qui font tapisserie ne vous remarquent même pas. En réalité, j'ai l'impression d'être la *mauvaise herbe* d'une tapisserie florale.

Emma se retint de sourire.

— Ce n'est sans doute pas aussi terrible que cela? Vous êtes parfaitement charmante.

— Seulement parce que vous êtes quelqu'un d'agréable. Je suis toujours capable de juger du caractère d'une personne, vous savez, rien qu'en la regardant, dit Gabby joyeusement. En tant que fille d'un homme d'affaires, j'ai hérité de la capacité à évaluer quelqu'un d'un seul coup d'œil.

— Vraiment? dit Emma, amusée.

La vivacité d'esprit de la jeune fille lui faisait maintenant penser à Violet.

— Prenons l'exemple de vous. Vous êtes d'un tempérament aimable, mais vous vous cachiez derrière ce palmier, et j'en ai déduit que vous n'aviez pas votre place ici non plus. Je me suis dit que vous deviez être de la classe moyenne, comme moi. Sans vouloir vous offenser, ajouta rapidement Gabby.

— Je ne le suis pas. Vous avez raison.

— Votre robe est superbe, et votre collier fait pâlir d'envie toutes les femmes. Donc, même si vous êtes une citadine comme moi, vous avez bien plus de style, poursuivit Gabby.

Emma ne put s'empêcher de sourire.

— Cela ne me dérangerait pas d'être une citadine. Mais en fait, je viens de la campagne.

— Vraiment ? s'exclama Gabby avec intérêt. Je n'ai jamais quitté Londres. Mon père possède une banque, voyez-vous, et il est trop occupé pour m'emmener où que ce soit.

— Et votre mère ?

— Elle est morte en couches. Les seules choses qui me restent d'elle sont une dot, et ceci, raconta Gabby, tirant sur l'une de ses boucles. Malheureusement, le roux carotte n'est pas à la mode cette saison. Et ne l'a jamais été.

— Je trouve que vos cheveux sont magnifiques et uniques, affirma Emma.

— Vraiment ? Vous ne le dites pas juste pour me faire plaisir ?

— Pas du tout. Pour ce qui est de s'intégrer, mon père disait que les bijoux les plus rares sont ceux qui brillent le plus.

— Mon père dit que c'est le clou qui dépasse qui reçoit le marteau.

— Aïe, dit Emma.

— Exactement, soupira Gabby. Malheureusement, il semblerait que je ne puisse pas m'empêcher de me faire remarquer, quoi que je fasse. Et ce soir, particulièrement. Non pas que j'en sois surprise... je suis plus ou moins une cause charitable.

— Comment cela ? demanda Emma, curieuse.

— Papa a un client, un homme important, qui lui doit une faveur, expliqua la jeune fille, plissant le nez. Visiblement, il s'agissait d'une *grande* faveur, car cet homme devait m'assurer une place sur la liste des invités de prestige. Cependant, une invitation n'est pas la garantie d'un succès. Mon père sera très déçu lorsqu'il apprendra que l'on ne m'a pas invitée une seule fois à danser.

— La danse ne mérite pas d'en faire toute une affaire. Mes orteils sont encore douloureux d'avoir été piétinés.

— Vous êtes très gentille. Toutefois, j'aimerais me faire des amies, dit Gabby d'une voix nostalgique. Vous êtes la première personne à m'avoir parlé depuis le début de la soirée.

— Voudriez-vous venir me rendre visite un après-midi ? lui proposa Emma sur un coup de tête. J'ai des sœurs de votre âge, et j'ai le sentiment que vous vous entendriez très bien avec elles.

— Oh, j'aimerais cela ! J'aimerais vraiment beaucoup, s'exclama la jeune fille, les yeux brillants.

Emma sortit une carte de son réticule.

— Voici mon adresse.

— Zut ! Je dois avoir la mienne quelque part par ici...

Fouillant dans son sac de soirée bien rempli, Gabby en tira une carte dont le coin était tordu. Alors qu'Emma la rangeait dans son réticule, un valet de pied en livrée s'approcha d'elle.

— Pardon. Mademoiselle Kent ?

— C'est moi, s'étonna Emma.

— On m'a demandé de vous donner ceci, mademoiselle.

Elle prit la note sur le plateau du valet de pied, la déplia, et lut le message succinct.

Retrouve-moi dans la galerie au troisième étage.

Il n'y avait pas de signature, mais l'écriture autoritaire trahissait l'identité de l'expéditeur. Son pouls s'emballa. Elle se souvint alors de la conversation qu'elle avait surprise plus tôt, et, avec un soupir, elle se demanda si elle devait ou non courir pour obéir à l'ordre de Sa Grâce.

Apparemment, il était bien trop habitué à avoir des femmes à sa disposition.

— Tout va bien ? s'enquit Gabby.

— Oui. Mais j'ai quelque chose à faire, dit Emma en soupirant. J'espère vous revoir bientôt ?

La jeune fille hocha joyeusement la tête.

— Vous pouvez compter dessus.

Chapitre Vingt-Six

Emma trouva la porte de la galerie déverrouillée; ses jupes bruirent contre le tapis d'Aubusson lorsqu'elle pénétra dans la longue pièce rectangulaire. Des tableaux encadrés de dorures ornaient les murs tapissés de soie marine. Des bancs et des alcôves à rideaux avec des sièges sous les fenêtres étaient judicieusement placés, pour la contemplation ou la conversation. Les draperies et les tapis luxueux créaient une atmosphère feutrée, constituant un soulagement bienvenu après le brouhaha de la salle de bal au rez-de-chaussée.

La peau d'Emma se mit à la picoter. Comme toujours, ses sens réagissaient instinctivement à la présence d'Alaric, avant même qu'elle n'aperçoive sa silhouette élancée et puissante dans l'une des alcôves. Il regardait par la fenêtre, les mains jointes dans le dos. Il tourna aussitôt la tête dans sa direction, et l'intensité de son regard brûla Emma.

À grandes enjambées, il la rejoignit. Un léger sourire ourla ses lèvres lorsqu'il toucha le collier, son doigt passant sur les perles, faisant cliqueter doucement les brins les uns contre les autres.

— Comme tu es belle, murmura-t-il.

— Que fais-tu ici? s'enquit-elle. Je croyais qu'on ne pouvait pas nous voir ensemble.

— Je suis passé par une entrée privée. Personne ne m'a vu, la rassura-t-il, lui caressant la mâchoire. Personne ne t'a jamais dit qu'il ne fallait pas accepter de *rendez-vous* avec un inconnu ?

Compte tenu des nombreuses aventures qu'il avait eues, il n'était pas bien placé pour parler.

Levant le menton, elle dit :

— Je pensais que c'était la raison pour laquelle les femmes célibataires assistaient à ces réceptions. Pour trouver un *beau*[1].

Les yeux d'Alaric s'assombrirent.

— Tu n'es pas célibataire.

Les commérages qu'elle avait entendus étaient toujours douloureux. Elle haussa légèrement les épaules.

— C'est une question d'opinion. Maintenant, Votre Grâce, qu'est-ce que vous...

Le reste de sa phrase se perdit dans un halètement lorsqu'il la prit dans ses bras. Ses lèvres se posèrent sur les siennes dans un baiser brûlant et exigeant. Le désir enfla en elle, noyant les protestations de sa fierté blessée. Elle s'accrocha à ses épaules dures tandis qu'il ravageait sa bouche, sa langue pillant, attirant la sienne dans une danse primitive.

Lorsqu'il mit fin au baiser, ils étaient tous les deux à bout de souffle.

Les yeux brillants, il dit :

— Voilà qui est réglé. Apparemment, je ne peux pas te laisser une journée seule sans que tu oublies à qui tu appartiens.

— Je ne t'appartiens pas, répliqua-t-elle. En tout cas, pas plus que toutes les autres femmes avec lesquelles tu as batifolé.

Il plissa les yeux.

— De quoi parles-tu ?

Il voulait qu'elle lui répète les commérages de la bonne société ? Très bien. Elle lui raconta. Quand elle eut terminé, le visage d'Alaric n'exprimait absolument rien. Elle fronça les sourcils. S'en moquait-il ? Pourquoi ne réagissait-il pas ? Elle s'était attendue à de

---

1. NDLT : en français dans le texte.

la gêne, peut-être, ou même de la colère. Au lieu de cela, il était étrangement... immobile.

Ne supportant plus le silence, elle dit :

— Eh bien ?

— Eh bien, quoi ? répondit-il sur le même ton.

— Est-ce vrai ?

— Je ne suis pas un saint, et je n'ai jamais prétendu l'être. Je ne vois pas où est le problème.

— Le problème, c'est que je croyais que ce qui se passait entre nous était différent, dit-elle, s'obligeant à prononcer les mots en dépit de sa gorge serrée. Pourtant, tu as fait les mêmes choses avec d'autres femmes.

— Ce qui se passe entre toi et moi n'a rien à voir avec les autres femmes.

— Comment peux-tu dire cela ? dit-elle, la voix tremblante. Alors que tu as fait l'amour à une certaine Lady M. sur le *bureau même* où nous avons fait l'amour ?

Elle comprit que c'était cela qui la dérangeait le plus : il l'avait emmenée là où il avait emmené d'autres femmes. Comme si elle n'avait pas une place particulière dans sa vie. Dans ce cœur qu'il prétendait ne pas avoir.

Le monde bascula à une vitesse vertigineuse. Avant qu'elle ait pu reprendre son souffle, il l'avait déposée sans ménagement sur la banquette rembourrée de l'alcôve. Elle s'éloigna, le dos collé contre la fenêtre tandis qu'il se penchait sur elle, ses épaules vêtues de velours lui bloquant tout le reste. Elle ne voyait plus que la flamme sauvage dans les yeux d'Alaric.

Soudain, elle se rendit compte qu'il n'était absolument pas indifférent. Il était *furieux.*

— Tout d'abord, Lady M. et moi n'avons pas fait l'amour. Nous avons forniqué, ce qui est différent de ce que toi et moi faisons. Ensuite, je ne l'ai pas prise sur le même bureau. Je n'invite pas de partenaires de lits occasionnelles chez moi. Tu te souviendras que j'ai un cottage prévu à cet effet.

Entendant ces mots tendus, Emma ressentit du soulagement.

Et dans le même temps, ses instincts féminins se réveillèrent face à la tension qui faisait vibrer sa silhouette musclée.

Elle se mouilla les lèvres.

— Je croyais que...

— Tu as clairement dit ce que tu croyais. Maintenant, soyons bien clairs : je ne tolérerai pas d'accusations infondées, lança-t-il. Je ne me laisserai ni contrôler ni manipuler par la jalousie... j'en ai eu assez pour toute une vie.

— Les accusations n'étaient pas sans fondement. J'ai entendu des gens parler de toi, protesta-t-elle.

— Tu aurais pu m'interroger à ce sujet plutôt que de me le jeter à la figure.

L'indignation d'Emma s'évanouit brusquement. Il n'avait pas tort.

— C'était injuste de ma part, n'est-ce pas ? Je suis désolée, dit-elle en soufflant.

— Tu es désolée, répéta-t-il sans la moindre inflexion dans la voix.

— Eh bien, oui. Je n'aurais pas dû partir du principe que les commérages étaient vrais. Simplement... ça m'a fait mal d'entendre les gens parler de toi, dit-elle d'une voix misérable. D'imaginer que ce que nous partagions n'était pas spécial.

Il la fixa du regard.

— Comment as-tu pu penser cela ?

La vérité frappa Emma de plein fouet pour la première fois.

— Je suppose que je n'ai jamais été spéciale pour quiconque avant. En tant que sœur et amie, oui... mais pas en tant que femme. En tant qu'amante, expliqua-t-elle avec un regard contrit. Et tu arrives, toi, un duc qu'apparemment toutes les femmes convoitent. Pourquoi me voudrais-tu alors que tu pourrais avoir n'importe qui ?

Alaric posa un doigt sous le menton d'Emma, l'obligeant à croiser son regard.

— Parce qu'il n'y a personne d'autre comme toi, Emma.

— Ce que tu as dit tout à l'heure... sur le fait d'avoir été manipulé dans le passé, commença-t-elle, puis elle hésita. Est-ce de ta femme que tu parlais ?

Il se redressa, fit un pas en arrière. Son expression se fit glaciale.

— Après notre mariage, Laura m'accusait constamment d'infidélité. Elle était jalouse de toutes les femmes qui croisaient mon chemin, de la femme de chambre à la fille du voisin, expliqua-t-il. Je ne pouvais rien faire pour la convaincre que j'étais fidèle.

Le cœur battant la chamade, Emma attendit.

— Finalement, j'en ai eu assez de me défendre. Elle me hurlait dessus, faisait des crises d'hystérie, mais j'ai cessé de me préoccuper de ce qu'elle croyait. Ou de ce qu'elle faisait. Elle m'accusait de ne pas lui accorder d'attention, de ne pas l'aimer comme elle le méritait... et je suppose qu'elle avait raison. Toute l'affection que j'éprouvais pour elle est morte quand elle a pris son premier amant.

— Elle t'a trahi ? murmura Emma.

Il hocha la tête, les lèvres serrées.

— Elle avait besoin d'attention plus qu'elle n'avait besoin de respirer, et si je ne la lui fournissais pas, elle la trouvait auprès d'autres. Dans son esprit dérangé, elle pensait que si je voyais à quel point elle était désirable aux yeux d'autres hommes, je la désirerais davantage.

— C'est de la folie.

— Ce n'est pas tout. Elle m'a calomnié auprès de tout le monde, a joué le rôle de la partie lésée... ce qu'elle était sûrement, dans son esprit malade.

— Pourquoi... pourquoi n'as-tu pas divorcé ?

— J'avais prononcé des vœux, répondit-il, haussant les épaules. Et je devais penser à mon fils. Je ne voulais pas que Charlie ait une mauvaise opinion de sa propre mère.

C'était la première fois qu'Alaric parlait de son fils.

D'une voix douce, Emma s'enquit :

— Qu'est-il arrivé... à Charlie ?

Les yeux d'Alaric étaient vides et froids quand il observa l'obscurité au-delà de la vitre, l'interminable étendue de la nuit...

— Laura et moi nous étions disputés et elle avait menacé de me quitter. Je ne l'ai pas prise au sérieux. Elle m'avait posé d'innombrables ultimatums, et jamais elle n'avait mis ses menaces à exécution. Un jour, je suis rentré à la maison, et elle était partie. J'aurais pu vivre avec cela... si elle n'avait pas emmené Charlie.

— Où ? murmura Emma.

— Elle leur avait réservé une place sur un bateau en partance pour la France. Je crois qu'elle voulait que je la poursuive, que je lui prouve mon dévouement indéfectible. Au lieu de cela, le bateau a sombré dans une tempête cette nuit-là, dit-il d'une voix plate, dénuée d'émotions. Il n'y a pas eu de survivants.

Comme elle n'avait pas de mots face à une telle perte, Emma se leva et passa les bras autour de sa taille mince, lui apportant le réconfort qu'elle pouvait. Lentement, il l'entoura de ses bras. Il ne disait rien, mais son étreinte était suffocante. Le cœur d'Alaric tambourinait sous l'oreille d'Emma, et un frisson parcourut sa large carrure. Elle s'accrocha encore plus fort.

— Ne remets jamais en question le désir que j'éprouve pour toi, dit-il d'une voix gutturale. Et ne le compare pas à ce que j'ai connu dans le passé. Je n'ai jamais voulu quelqu'un comme je te veux, Emma.

Le cœur de la jeune femme manqua un battement. Jamais il n'avait été aussi proche de lui dire qu'il tenait à elle.

— Je ne voulais pas réveiller de vieux souvenirs, dit-elle doucement, et je suis désolée d'avoir tiré des conclusions injustes. Je n'essaie pas de te contrôler ni de te manipuler. Je veux juste être... spéciale. Je veux être différente de toutes les autres femmes que tu as connues.

— Tu l'es, sans le moindre doute.

Soulagée d'entendre la pointe d'humour dans sa voix, elle bascula la tête en arrière et lui dit d'une voix tremblante :

— Je suis heureuse que tu sois venu me voir ce soir.

L'expression d'Alaric devint grave.

— Ce n'était pas la seule raison. Nous avons trouvé Webb.

Il les fit asseoir tous les deux sur le siège de l'alcôve, et lui raconta les détails. Lorsqu'il termina, elle lui dit avec admiration :

— Vous êtes tous les trois tellement malins ! Le meurtrier pensait vous rouler dans la farine, mais vous êtes encore plus près de l'attraper. La corde se resserre autour de son cou.

— Tu es assoiffée de sang, on dirait, murmura-t-il.

— Mieux vaut son cou que le tien.

— Mademoiselle Kent, je crois que vous fleuretez avec moi.

Elle s'apprêtait à lui répondre lorsque des voix leur parvinrent du couloir. Avant qu'elle puisse réagir, Alaric était debout et tirait le rideau sur leur alcôve. Les panneaux de velours sombre les cachèrent juste à temps du reste de la galerie. Les voix, une masculine et une féminine, s'amplifièrent, suivies de bruits de pas. Un léger déclic marqua la fermeture de la porte.

Le cœur battant la chamade, Emma regarda Alaric, impuissante. Debout près du rideau, le visage tendu, il posa un doigt sur ses lèvres. Il avait peut-être raison. Peut-être que s'ils restaient silencieux, les invités feraient un tour rapide de la galerie et partiraient sans les découvrir.

— Quelle chance de trouver cette porte déverrouillée, dit une voix d'homme. Enfin un peu d'intimité.

Sa compagne gloussa.

— De l'intimité pour quoi, my lord ?

Ils entendirent un bruissement de jupes, suivi d'un gémissement sensuel. Les joues d'Emma rougirent brusquement.

— Voilà pourquoi, coquine. Ça t'apprendra à taquiner un taureau sanguin.

— Mais je croyais que tu aimais que je te taquine, répondit timidement la femme.

— Bon sang ! Tu es une sacrée coquine, dit l'homme d'une voix tendue. Tu as faim de mon vit, n'est-ce pas ? Donne-lui une belle caresse, alors... hmm, resserre ton poing. Ah, c'est ça...

Le souffle court, Emma jeta un coup d'œil à Alaric. Le clair de lune entrant par la fenêtre mettait en valeur ses pommettes hautes, sa mâchoire dure et sensuelle. Son torse se soulevait par à-coups sous son gilet, et, plus bas... Le pouls d'Emma s'emballa lorsqu'elle vit le renflement qui grossissait entre ses cuisses puissantes. Cela lui faisait prendre conscience de sa propre excitation, du désir pervers qui montait en elle.

Les gémissements masculins au-delà du rideau firent resurgir les images qu'elle avait vues chez Andromède. Des femmes... donnant du plaisir aux hommes. Une idée coquine s'imposa à elle : quel effet cela lui ferait-il d'être l'instigatrice de leurs ébats, pour une fois ? De rendre Alaric fou de passion ? De lui offrir cette même extase incontrôlable qu'il lui procurait chaque fois qu'ils étaient ensemble ?

Le désir lui échauffait le sang ; le fantasme était aussi irrésistible que le chant d'une sirène.

Aussi furtivement qu'elle le pouvait, elle se mit à genoux devant Alaric. Elle leva les yeux et vit son regard surpris, puis elle posa la main sur la crête dans son pantalon, qu'elle serra doucement. Les narines d'Alaric se dilatèrent, et ses iris pâles brillèrent dans le clair de lune. Il referma sa main sur la sienne, et elle attendit, retenant son souffle. L'autoriserait-il à prendre les commandes ? Lui faisait-il suffisamment confiance ?

Lentement, il leva la main. La posa sur sa ceinture. Sans la quitter du regard, il ouvrit son pantalon.

Le ventre d'Emma se contracta à la vue de sa virilité spectaculaire. Dans cette lumière argentée, son sexe était gros et épais, et ses veines se déroulaient sur toute sa longueur tumescente. Comme une branche lourde, il oscillait sous son propre poids. Voir cette partie de lui exposée tandis qu'il était si élégamment vêtu par ailleurs était une vision tout à fait érotique pour Emma. Le regardant droit dans les yeux, elle enroula ses doigts autour de lui.

Son vit tressaillit dans ses paumes lorsqu'elle passa son poing de la racine à la pointe, sa peau glissant avec une douceur de velours sur le noyau raide comme un tisonnier. Elle tira la peau en arrière et exposa l'œil au niveau de la couronne bombée.

— Prends-moi dans ta bouche.

L'ordre, prononcé d'une voix gutturale, provenait de l'autre côté du rideau ; pourtant, il provoqua un grésillement dans l'alcôve isolée. La mâchoire d'Alaric se contracta visiblement, et il serra les poings contre ses flancs. Son membre s'épaissit davantage, sa circonférence palpitante testant les limites de sa prise. Une perle jaillit par la fente.

Les veines bouillonnant d'un désir puissant, Emma se pencha en avant et la lécha.

Un frisson puissant traversa Alaric, puis la jeune femme, qui s'enhardit. Elle mit dans sa bouche l'extrémité bombée, et, ne sachant pas trop quoi faire ensuite, elle la suça avec précaution. Son musc masculin se répandit sur sa langue, l'excitant davantage. Elle déposa des baisers sur la longueur palpitante, perdue dans son désir de connaître chaque centimètre de son duc... et déterminée à lui faire éprouver un plaisir qu'il n'avait jamais connu auparavant.

———

Un homme ne pouvait sûrement pas mourir de plaisir.

Pourtant, alors qu'il regardait Emma à genoux devant lui, ses lèvres effleurant tout doucement sa verge, il se dit qu'il devait être possible d'expirer par la cause d'un pur désir. Même en cela, elle démontrait sa capacité unique à le pousser jusqu'aux limites de sa maîtrise. Il était clair qu'elle n'avait aucune idée de ce qu'elle faisait, et, paradoxalement, son innocence rendait ses explorations d'autant plus puissantes.

Sa succion délectable avait affaibli ses genoux. Alors qu'elle atteignait la base de son sexe, elle sortit sa langue, et il faillit jouir sous l'exquise torture de sa future duchesse léchant délicatement ses bourses.

Des femmes lui avaient déjà fait des fellations. Aucune d'elle n'avait jamais fait l'amour à son sexe. Ni ne l'avait vénéré avec une ardeur si douce et généreuse.

— Prends mon vit plus profondément, grogna l'homme de l'autre côté. Je veux sentir ta gorge.

Qu'un unique panneau de velours les sépare d'un public faisait grimper en flèche l'excitation d'Alaric. Il lui fallut toute sa retenue pour ne pas gémir à haute voix alors qu'Emma s'inspirait apparemment de l'ordre de l'autre. Avec une maladresse aussi attachante qu'érotique, elle entreprit d'engouffrer la plus grande partie possible de son sexe.

Elle s'étouffa un peu, et il faillit à nouveau jouir sans prévenir.

Des pulsions sombres et dominatrices rugissaient en lui. Il l'avait laissée jouer assez longtemps. Après tout ce qu'il lui avait révélé ce soir, il exigeait une contrepartie, et il l'obtiendrait sous la forme d'une soumission sensuelle.

Glissant un doigt dans son collier, il l'éloigna de son vit. Elle le relâcha avec un petit « pop » à peine perceptible qui enflamma ses terminaisons nerveuses. Dans le clair de lune, les yeux d'Emma étaient des joyaux insondables, mille fois plus brillants que le diamant sur sa gorge. Elle laissa retomber ses mains le long de son corps, et elle attendit, les joues rougies, dans une capitulation parfaite.

Sans dire un mot, il enroula une main autour de son membre. Il posa l'autre à l'arrière de la tête d'Emma pour la guider. En silence, il mima « ouvre ».

Ses cils s'agitèrent. Puis, docilement, elle écarta les lèvres.

Une vague de satisfaction s'empara de lui... *avant* qu'il se glisse à l'intérieur. Sa bouche l'enveloppa comme de la soie chaude, et il serra la mâchoire pour réprimer un sifflement de pure félicité. Il s'efforça d'aller lentement, ne s'enfonçant que d'un centimètre à la fois, pour l'habituer à le prendre de cette façon. La vue de son vit disparaissant entre ses lèvres fit monter sa semence, ses bourses palpitèrent, mais il se retint de s'enfoncer aussi loin qu'il le pouvait. Au lieu de cela, il maintint un rythme lent, facile. Il entrait et sortait, allant chaque fois plus loin.

Lorsqu'il la sentit se crisper, il posa la main sur sa mâchoire, l'incitant à se détendre. Elle le comprit parfaitement, ses muscles se relâchèrent, et il plongea plus profondément. Soudain, la constriction disparut totalement, ses doigts agrippèrent le cuir chevelu d'Emma alors qu'il s'enfonçait jusqu'au bout, son extrémité sensible heurtant sa gorge soyeuse. Haletant, il se retira aussitôt… et les mains de sa future duchesse s'agrippèrent à ses hanches, le poussant à revenir en elle.

Oh, mon Dieu !

Tout ce qui l'entourait devint flou alors qu'il succombait à ses pulsions animales. Les bruits frénétiques de l'autre couple s'estompaient derrière le martèlement sauvage dans sa poitrine alors qu'il s'enfonçait dans sa bouche, qu'il la troussait, et qu'elle prenait tout ce qu'il lui donnait, tout ce qu'il était. Son don brûlant et désintéressé réduisit les défenses d'Alaric en cendres. Le grésillement annonciateur remonta le long de son membre, et, avec ce qu'il lui restait de raison, il tenta de se libérer de son baiser.

Elle ne le laissa pas faire. Elle agrippa ses hanches, soutenant son regard, et le monde d'Alaric bascula. Il se mordit la lèvre pour s'empêcher de crier, et il sentit le goût du sang quand son plaisir explosa. Il frémit, se déversant de manière incontrôlable en elle.

Par-dessus son rythme cardiaque galopant, il entendit des bruits de pas, des mots chuchotés et des rires, la porte qui s'ouvrait et se refermait, les laissant seuls. Emma le rajusta dans son pantalon ; après l'érotisme brut de leur échange, son efficacité sans faille le fit sourire. Il l'aida à se lever, et lorsqu'elle lui sourit, une autre partie de son anatomie frémit.

Avec son pouce, Alaric essuya la rosée scintillante au coin de sa bouche.

— Tu as manqué une goutte, dit-il d'une voix rauque.

Elle rougit jusqu'à la racine des cheveux ; mais elle semblait adorablement satisfaite d'elle-même.

— C'est en forgeant qu'on devient forgeron, répliqua-t-elle.

Son ton terre-à-terre fit rire Alaric.

— Si tu deviens encore plus parfaite, tu vas me tuer, lui dit-il.

L'attirant près de lui, il l'embrassa, et son sel sur ses lèvres le fit durcir avec une rapidité choquante.

— Je ne t'ai pas encore rendu la pareille.

Les joues d'Emma rougirent davantage.

— Ce n'est pas la peine. J'ai apprécié autant que toi.

— Je suis certain que ce n'est pas possible.

— Je voulais t'offrir quelque chose de spécial. Et tu m'as laissée faire, dit-elle, lui caressant la mâchoire. C'est un cadeau en soi.

La tendresse dans les yeux d'Emma, sa caresse, le submergea de plaisir. *Détends-toi et profites-en. Elle est différente. Pas comme les autres.*

Dans le même temps, une inexplicable panique surgit. *Ne la laisse pas voir qui tu es vraiment. Ne commets pas encore les mêmes erreurs. Garde le contrôle.*

— Merci, articula-t-il. Ton cadeau était aussi unique que tu l'es.

Elle lui adressa un sourire rayonnant.

— Je prends cela comme un compliment, Votre Grâce.

Chapitre Vingt-Sept

Le lendemain matin, Emma était dans le carrosse avec son frère. Ils étaient en route pour le logement de Silas Webb à Whitechapel, et le simple fait qu'elle ait été incluse dans l'excursion la comblait de bonheur.

— Merci de m'avoir emmenée, Ambrose, lui dit-elle.

Son frère détourna le regard de la vitre pour la regarder.

— Je ne suis toujours pas certain que c'était une bonne idée. Mais il semblerait que je n'aie guère le choix.

La culpabilité la tenaillait. Elle avait mené une campagne assez féroce pour obtenir d'être incluse.

— Ambrose, je...

— Je ne peux pas vraiment exclure notre meilleure enquêteuse de l'affaire, n'est-ce pas ?

Elle eut besoin d'un moment pour que ses paroles s'imprègnent. Pour qu'elle reconnaisse ce petit sourire dans ses yeux dorés.

— Tu le penses ? Vraiment ? insista-t-elle.

— Je ne peux pas nier les faits, Em. Tu as obtenu des informations des femmes de chambre de Strathaven et de ces gens du théâtre, alors que j'ai échoué. Sans le moindre doute, tu es compétente.

Une vague de joie envahit Emma.

— Merci, Ambrose.

— Je t'en prie, lui répondit-il, avant que son sourire s'estompe légèrement. Cependant, je veux que tu saches que je n'ai jamais douté de tes capacités. J'ai toujours su à quel point tu étais douée, Emma.

— Si tu t'inquiètes à cause du danger, je prendrai toutes les précautions...

— Même si tu le fais, je serai toujours inquiet. Je ne peux pas m'en empêcher. Je suis ton frère.

Ambrose s'interrompit, puis étudia attentivement le pli de son pantalon.

— La vérité, c'est qu'il y a aussi une autre raison.

— Parce qu'il n'est pas convenable pour une femme d'être enquêteuse ? devina-t-elle.

Son frère lui jeta un regard ironique.

— Depuis quand un Kent se soucie-t-il des conventions ?

Il n'avait pas tort.

— Qu'est-ce que c'est, alors ? demanda-t-elle.

— Te souviens-tu de la fois où tu es venue à Londres par tes propres moyens ? Quand le cottage a pris feu, que notre père était malade, la famille sur le point d'être expulsée, et que tu as trouvé le moyen de venir ici pour chercher de l'aide ?

— Je m'en souviens.

Comment pourrait-elle oublier ? Cela avait été une aventure à la fois terrifiante et palpitante.

— Mais pourquoi en parler maintenant ?

— Tu n'avais que seize ans, Em. Tu n'aurais *jamais* dû traverser cela.

Sa véhémence tranquille la surprit.

— Il n'y avait pas d'autre solution, dit-elle. J'ai fait ce qu'il fallait faire.

— Si j'avais mieux gagné ma vie, j'aurais pu prendre mieux soin de ma famille, et tu n'aurais pas eu à subir cette épreuve, répondit-il, la mâchoire crispée. C'était mon travail de vous protéger tous.

En regardant le visage de son frère, elle vit à quel point il était sincère.

— Tu faisais tout ce que tu pouvais, protesta-t-elle. Tu t'es épuisé à la tâche pour nous soutenir tous. Ambrose, ce n'est pas possible, tu ne peux pas t'en vouloir !

— Marianne me dit la même chose. En toute logique, c'est peut-être vrai. Mais ici, dit-il en posant une main sur son cœur, ici, je regretterai toujours de ne pas avoir fait mieux. Surtout pour toi, Em.

Elle eut la gorge nouée. Elle ignorait totalement que son frère portait ce fardeau.

— C'est pourquoi je veux que tu aies les libertés, les choix que tu n'as pas eus quand tu étais plus jeune, dit-il doucement. Je veux que tu sois heureuse.

— Je le suis, dit-elle d'une voix tremblante.

Son frère hésita.

— Avec Strathaven ?

Elle acquiesça.

Il soupira.

— Je ne peux pas dire que j'apprécie cet homme, mais j'admets volontiers que je l'ai peut-être mal jugé sur un point. L'autre soir, il a risqué sa vie pour sauver McLeod.

Lorsque Ambrose décrivit les exploits d'Alaric lors de la capture de Palmer, cela ne surprit pas Emma le moins du monde. Pas plus que le fait qu'Alaric ne lui ait pas parlé de son propre comportement courageux. L'un des dictons de son père résonna dans sa tête.

La vertu n'attire pas l'attention sur elle, elle est sa propre récompense.

— Strathaven est un homme bon, dit-elle lorsque son frère termina, mais il est un peu compliqué

— Un peu ?

Timidement, elle dit :

— Crois-tu que tu pourrais te résoudre à l'apprécier ?

— Est-ce que cela a de l'importance ?

— Je veux que tu l'apprécies. Que vous vous appréciiez, avoua-t-elle.

Il marqua un temps d'arrêt.

— Si c'est ce qui te rendra heureuse, alors, oui, Emma, dit Ambrose d'une voix douce. J'essaierai.

Le cœur d'Emma se gonfla.

— Tu vois, grand frère ? Tu as toujours fait de ton mieux pour nous. Pour moi.

Ambrose la gratifia d'un hochement de tête bourru, et elle aperçut ses yeux brillants avant qu'il ne se retourne vers la vitre.

Peu après, ils arrivèrent dans un quartier de la ville qu'elle n'avait jamais visité auparavant. Alors qu'ils traversaient les bas-fonds de Whitechapel, son cœur se serra en voyant la résignation lasse qu'elle lisait sur les visages couverts de suie des femmes et des enfants vêtus de haillons. Leur carrosse s'arrêta devant un bâtiment miteux, et ils furent accueillis par Alaric, M. McLeod et un groupe de gardes.

Alaric s'inclina devant elle, posant sur elle un regard aussi possessif que s'il l'avait touchée.

— Bonjour, mademoiselle Kent, murmura-t-il. Remise de ton aventure d'hier soir ?

Elle savait qu'il ne faisait pas référence au bal lui-même, mais à ce qui s'était passé dans la galerie.

— Il se trouve que je me sens tout à fait revigorée.

Les lèvres d'Alaric s'incurvèrent.

— Nous avons repéré les lieux, intervint brusquement M. McLeod, et nous avons sécurisé le périmètre. Nous pouvons commencer à interroger les voisins. Mademoiselle Kent, Cooper et moi allons vous escorter.

— Moi aussi, dit Alaric.

Connaissant la relation combative des deux frères, Emma grimaça devant le ton péremptoire d'Alaric. À sa grande surprise, le visage de M. McLeod se fendit d'un sourire.

— Je n'aurais jamais pensé voir ce jour. Mais tu es un McLeod jusqu'au bout des ongles, mon frère.

Alaric lui jeta un regard glacial.

— Ce qui signifie ?

— Ce qui signifie que nous, les Écossais, défendons notre territoire et n'abandonnons pas ce qui nous appartient.

M. McLeod donna une tape sur l'épaule de son frère, si forte qu'elle aurait fait tomber n'importe quel autre homme.

Bien qu'Alaric n'ait pas bougé, ses pommettes hautes rougirent.

— Si tu as fini de bavasser, Peregrine, mettons-nous au travail, marmonna-t-il.

— Volontiers, Votre Grâce, répondit M. McLeod qui souriait toujours.

Emma était ravie de cette conversation légère. Se rappelant ce qu'Ambrose lui avait dit dans le carrosse, elle se demanda si l'acte désintéressé d'Alaric avait déclenché la cicatrisation de vieilles blessures.

— Mademoiselle Kent ?

Alaric lui offrit son bras.

Alors qu'ils se dirigeaient vers les bâtiments, elle murmura :

— Tout va bien ? Entre toi et M. McLeod, je veux dire ?

Alaric hésita. Parlant tout bas, l'air déconcerté, il dit :

— Oui. Je crois que tout pourrait enfin aller bien.

L'équipe se divisa en plusieurs groupes, allant de porte en porte dans les bâtiments. La réponse la plus fréquente à leurs questions était un regard soupçonneux, accompagné de variantes de « Je me mêle de ce qui me regarde » et « Je ne sais rien ». Quelques habitants racontèrent des histoires manifestement inventées, fondées sur le désir d'obtenir une récompense plus que sur la réalité. Et personne ne sembla surpris ou inquiet qu'un de leurs voisins ait été retrouvé mort.

Après une heure de prospection infructueuse, Emma se retrouva au premier étage, près de l'appartement de Webb. Elle scruta d'un œil distrait la rue poussiéreuse. L'autre côté était quasiment à l'image de celui où elle se trouvait, avec des logements juste en face. Un mouvement attira son attention : du linge qui flottait sur un fil, dont la blancheur contrastait avec la saleté de l'extérieur du bâtiment.

Sur un coup de tête, elle posa une main sur la manche d'Alaric.

— Allons là-bas. Dans l'appartement avec le linge propre.

— Tu vois quelque chose, ma jolie ?

— Appelle ça une intuition.

— Cela représente plus que tout ce que nous avons obtenu jusqu'à présent, déclara-t-il d'un ton ironique.

Accompagnés d'Ambrose et de M. McLeod, ils allèrent frapper à la porte. De l'intérieur leur parvenaient des cris d'enfants, les aboiements d'un chien, et des odeurs de plats mijotés. Une minute plus tard, la porte s'ouvrit sur une robuste matrone aux joues roses et dont les vêtements étaient vieux et reprisés, mais propres et repassés. Elle portait un bonnet, posé sur ses boucles poivre et sel.

— Quoi que vous vendiez, je n'achète pas.

— Pardon, madame, lui dit Ambrose en retirant son chapeau. Nous sommes des enquêteurs chargés d'une affaire concernant un homme qui vivait de l'autre côté de la rue...

— Je ne le connais pas et je ne veux pas le connaître. Maintenant, j'ai une marmite sur le feu et je n'ai pas le temps de palabrer...

— Excusez-moi, madame, intervint Emma qui s'avança et lui fit une révérence. Je suis Mlle Kent. À qui ai-je le plaisir de parler ?

— Mme Gibney, c'est mon nom, dit la femme à contrecœur.

— Nous ne prendrons que quelques minutes de votre temps. Et je serais heureuse de vous dédommager pour cela, déclara Emma. Si vous préférez, je peux entrer et discuter avec vous pendant que vous vous occupez du ragoût. Les gentlemen peuvent attendre dehors.

La femme fronça les sourcils, mais son regard se porta sur le réticule d'Emma.

— Un dédommagement ?

— Disons, cinq livres ? proposa Emma.

Les yeux de la femme s'écarquillèrent.

— Comment puis-je être sûre que vous ne vous moquez pas de moi ?

Ouvrant son réticule, Emma compta cinq souverains et les lui tendit.

— Voilà. Maintenant, puis-je entrer ?

— Vous êtes censé donner l'argent après avoir reçu l'information, marmonna M. McLeod derrière elle.

La femme, qui avait tendu la main vers l'argent, la retira brusquement, comme si elle avait été brûlée. Lançant un regard noir à l'Écossais, elle déclara :

— Je ne suis pas une voleuse. Si c'est ce que vous suggérez, vous pouvez reprendre votre argent et...

— Personne ne suggère une telle chose, madame Gibney, dit Emma rapidement. Cet argent, c'est pour votre temps. C'est juste et équitable. Prenez-le, s'il vous plaît.

Finalement, la femme céda. Elle glissa les pièces dans la poche de son tablier, et fit signe à Emma d'entrer.

Alaric suivit. Mme Gibney lui barra la route.

— La demoiselle a dit qu'elle seule entrerait.

— Je ne la laisserai pas seule, dit Alaric. Veuillez vous écarter, madame.

Quelque chose dans son ton poussa la matrone pleine d'assurance à reculer. Ils pénétrèrent tous les trois dans l'espace exigu, composé d'une pièce principale où un groupe d'enfants jouait avec un chiot. En dépit de sa petite taille, Emma remarqua que le foyer était tenu avec amour, et que les enfants étaient propres et bien nourris. Un vase craquelé contenant des fleurs sauvages et des herbes aromatiques ornait une table sur laquelle des légumes frais attendaient d'être coupés.

Tout cela correspondait à ce qu'elle avait déduit au sujet de Mme Gibney. C'était une femme fière et travailleuse, qui ne faisait peut-être pas confiance aux étrangers, mais ne leur mentirait pas. Pour elle, la propreté était proche du divin ; et si l'on se fiait à la blancheur de son linge, cela signifiait qu'elle devait être souvent à l'extérieur, à étendre et à retirer le linge avant qu'il ne se salisse à nouveau dans l'air chargé de suie et dans la boue des rues.

Par conséquent, Mme Gibney se trouvait fréquemment en vue de l'habitation de Silas Webb, au premier plan et au centre.

— Qui est-ce, maman? demanda un garçon de six ou sept ans qui s'approcha d'eux en trottinant.

— Attention à tes manières, Tommy, le gronda Mme Gibney.

— Je suis Mlle Kent, se présenta Emma, souriant à l'enfant, et voici le duc de Strathaven.

— Un duc? Dans notre maison? Vous me faites marcher, mademoiselle, ricana Tommy.

— *Tes manières*, répéta sa mère.

— Va jouer avec tes frères et sœurs ou commence à récurer les pots de chambre, à toi de choisir.

Tommy se hâta de choisir la première option.

— Vous avez des enfants adorables, dit Emma avec sincérité, et vous avez une belle maison.

— Ce n'est pas Carleton House, répondit Mme Gibney en ricanant, mais ça fait bien l'affaire.

Elle se dirigea vers l'âtre et remua la marmite en fer noir sur le feu.

— Que voulez-vous me demander?

Emma montra d'un signe de la main les légumes sur la planche à découper.

—Je peux?

La matrone haussa les épaules.

— Comme vous voulez.

Consciente du regard déconcerté d'Alaric, Emma commença à couper habilement les carottes et les oignons.

— Un homme a été retrouvé mort de l'autre côté de la rue, déclara-t-elle. Il s'appelait Silas Webb.

—Je ne le connais pas.

— Peut-être pas de nom, convint Emma, mais il vivait juste en face. Dans le bâtiment qui fait face au vôtre.

Mme Gibney ne dit rien et continua à remuer.

— Nous sommes à la recherche de toute information sur lui, en particulier sur les associés qu'il aurait pu avoir, demanda Emma, qui s'attaqua aux pommes de terre. Webb était un méchant, voyez-vous. Il a tenté à deux reprises d'assassiner Strathaven ici même.

Mme Gibney haussa les sourcils si haut qu'ils atteignirent presque son bonnet.

— Assassiner, vous dites ?

— Oui, dit Alaric.

— Tout ce que vous auriez pu remarquer serait utile. La vie d'un homme est en jeu, insista Emma.

Mme Gibney posa sa cuillère sur la table.

— J'ai peut-être vu un homme s'y rendre une fois.

La nuque d'Emma la picota.

— Oui ?

— C'était il y a un peu plus d'une semaine. J'étais en train de faire la lessive, et un carrosse est arrivé. Un beau garçon comme lui, dit-elle.

Mme Gibney fit un signe du menton vers Alaric, confirmant ainsi la théorie d'Emma selon laquelle peu de choses échappaient à la matrone.

— Pourriez-vous décrire le carrosse ? Avait-il des marques particulières ? s'enquit Emma.

— Il était noir et brillant, c'est tout ce dont je me souviens. Une charrette s'était retournée ce jour-là, elle avait bloqué l'autre côté de la rue, alors le cocher s'est arrêté juste devant chez moi. Il me bloquait le soleil... comment suis-je censée faire avec toutes mes affaires mouillées sans soleil pour les sécher ? Le cocher n'en a pas tenu compte, bien sûr, expliqua Mme Gibney, l'air indignée. Il m'a juste dit « Va-t'en » comme si je devais quitter ma propre maison pour que Lord Machin puisse faire ses affaires sur la route.

— Avez-vous retenu le nom de ce gentleman ? demanda Emma, impatiente.

Mme Gibney secoua la tête.

— Mais je n'avais pas confiance en ce cocher. Je surveillais le carrosse depuis ma porte, et c'est alors que j'ai vu un homme traverser la rue en courant. Depuis le bâtiment dont vous avez parlé.

— À quoi ressemblait l'homme? demanda Alaric d'une voix laconique.

— Il était petit. Des cheveux noirs, la peau sur les os. Et il avait des lunettes.

— Silas Webb, confirma Alaric.

Tâchant de contenir son excitation, Emma l'interrogea :

— Qu'avez-vous vu d'autre, madame Gibney?

— Eh bien, la portière du carrosse s'est ouverte, et je crois que l'aristo à l'intérieur avait les cheveux blonds... mais je n'ai eu qu'un aperçu, voyez-vous, avant que ce Webb ne grimpe à l'intérieur et referme derrière lui. Comme les rideaux étaient tirés, je n'ai pas pu voir ce qu'ils faisaient. Une dizaine de minutes plus tard, Webb est sorti et je l'ai entendu dire, relata Mme Gibney, plissant le front, « Je vais m'occuper de Palmer. Tu t'occupes de Billings. ».

Emma avait du mal à respirer alors que les pièces du puzzle s'assemblaient. Palmer. *Billings.*

— Ce type, Webb, est rentré chez lui, et le carrosse est parti avec l'aristo dedans, raconta Mme Gibney, avant de hocher la tête. Je n'ai rien à dire de plus que ça.

— Vous avez été d'une aide précieuse, madame Gibney, lui dit Emma. Merci.

Haussant les épaules, la matrone jeta un coup d'œil sur les légumes qu'Emma avait préparés.

— Merci à *vous*, mademoiselle. C'est un excellent travail de découpe.

Alaric s'avança, et déposa discrètement un billet sur la table.

Il s'inclina, et dit :

— Merci de nous avoir accordé votre temps, madame.

— Vous m'avez déjà payé pour ça. Nous, les Gibney, n'avons pas besoin de charité.

Le fait qu'elle n'avait même pas jeté un regard au montant

témoignait de la fierté de cette femme. Cependant, Emma le fit, et son cœur se gonfla devant la générosité d'Alaric.

— C'est un cadeau, madame Gibney. Pour les petits, ajouta-t-elle.

La matrone hésita, puis hocha la tête d'un air bourru.

— Alors, je vous remercie.

Dehors, Alaric et elle furent aussitôt rejoints par les autres.

— Alors ? demanda M. McLeod. Avez-vous appris quelque chose ?

— En effet, grâce à l'ingéniosité de Mlle Kent. Parlons en privé, dit Alaric.

Lorsqu'ils furent tous les quatre à l'intérieur du carrosse, Emma s'exclama :

— Nous avons une nouvelle piste ! Mme Gibney a vu Silas Webb avec un gentleman... blond, croit-elle. Elle a entendu Webb dire qu'il s'occuperait de l'affaire avec le tireur pendant que notre homme mystérieux s'occuperait de Billings.

— Billings ? Il va falloir que nous menions des recherches, dit M. McLeod, l'air soucieux.

Emma afficha un grand sourire.

— Je ne crois pas que ce sera nécessaire.

— Pourquoi dis-tu cela ? s'enquit Ambrose.

Elle leur raconta sa rencontre avec Gabby Billings au bal de la veille.

— Il peut s'agir d'une coïncidence, bien sûr, mais Gabby a dit que son père était banquier. Et qu'elle avait été invitée chez les Blackwood par un mécène influent qui devait une grande faveur à son père.

Alors que les possibilités se bousculaient dans sa tête, Emma se mordit la lèvre.

— J'espère que le père de Gabby n'est pas impliqué dans cette affaire. C'est une fille adorable.

— C'est ce que tu dis toujours, Kent, remarqua M. McLeod. Il faut suivre l'argent.

— Allons rendre visite au banquier, proposa Alaric.

Chapitre Vingt-Huit

La Billings Bank était située dans une petite rue, à une distance raisonnable de la Banque d'Angleterre et de la Bourse. Le petit édifice de pierre grise ne payait pas de mine, comme s'il avait été conçu pour passer inaperçu. Cependant, lorsqu'il entra avec les autres, Alaric remarqua l'opulence de l'intérieur. Des meubles raffinés entouraient un foyer en marbre et un lustre en bronze orné baignait l'espace de réception d'une lueur luxueuse. Au-delà, Alaric aperçut un couloir couvert de tapis menant à une suite de bureaux privés.

Un employé en uniforme se précipita vers eux et leur demanda la raison de leur venue.

— Nous sommes ici pour voir Billings, déclara Kent.

— Avez-vous rendez-vous, monsieur ?

— Dites-lui que le duc de Strathaven souhaite lui parler, répondit Alaric.

— Oui, Votre Grâce. Très bien. Veuillez vous asseoir, dit l'employé avec un geste en direction de la salle d'attente, tout en s'inclinant. Je vais aller informer M. Billings de votre présence.

Alaric accompagna Emma jusqu'à une chaise. Il resta debout, observant nonchalamment les autres clients. Billings s'adressait manifestement à une clientèle riche d'une certaine classe, et plus précisément à la classe inférieure. Bien que les autres clients soient habillés de vêtements coûteux, leur expression impitoyable et leurs gardes armés suggéraient qu'ils avaient âprement gagné leur fortune et qu'ils feraient le nécessaire pour la conserver.

L'employé revint à la hâte et leur annonça que M. Billings était prêt à les recevoir. La pièce dans laquelle ils entrèrent était spacieuse, décorée d'acajou et de tons bordeaux. Billings se leva de son bureau ; il était petit et râblé, avec des yeux sombres et vifs et des traits acérés. Il arborait une expression courtoise et neutre, et son accent était raffiné.

— Bienvenue dans mon humble établissement, les accueillit-il, leur faisant signe de prendre place sur les sièges face à lui.

— Du thé ?

— Merci, non, répondit Alaric. Nous sommes venus pour une affaire urgente.

— Vraiment ? Je ne sais pas comment je peux vous aider.

— Nous avons besoin d'informations sur l'un de vos clients, dit Kent.

Le regard de Billings vacilla ; en dehors de cela, il resta parfaitement calme.

— Je crains de ne pas pouvoir parler de mes clients. Chez Billings, nous privilégions la plus grande discrétion et la plus stricte confidentialité. Je suis sûr que vous comprenez.

— Et je suis sûr que *vous* comprenez que si vous ne nous parlez pas maintenant, vous vous retrouverez bientôt à Newgate, intervint Will.

— Pour quel motif ?

— En tant que complice de meurtre, déclara Kent.

— C'est absurde ! s'exclama Billings avant d'éclater d'un rire crispé. Je ne suis impliqué dans aucun meurtre !

— Vous ne l'êtes peut-être pas, monsieur Billings, mais je crois que vous connaissez quelqu'un qui l'est.

Le ton à la fois doux et ferme d'Emma attira l'attention du banquier.

— J'ai rencontré votre fille au bal des Blackwood.

— Gabriella ? dit le banquier, dont le visage s'assombrit. Qu'est-ce qu'elle a à voir avec ça ?

— Elle m'a dit qu'un de vos clients l'avait parrainée pour cet événement. Un homme riche et influent qui vous devait une grande faveur, expliqua Emma, avant de faire une pause. Nous devons connaître l'identité de cet homme. Nous pensons qu'il pourrait être impliqué dans les tentatives d'assassinat de Sa Grâce.

— Mon entreprise est bâtie sur le principe de la confidentialité. J'ai une réputation à protéger, affirma Billings avec raideur. Les clients qui me sollicitent... disons que la clémence n'est pas leur fort.

Alaric était las de tourner autour du pot.

— Moi non plus, Billings, dit-il, une froide menace dans la voix. Dites-moi qui est ce scélérat, ou j'userai de mon pouvoir et de mon influence pour vous ruiner. Je démonterai cette banque brique par brique. Je ne suis pas le genre d'hommes dont vous souhaitez vous faire un ennemi.

Les yeux du banquier s'agitaient comme un pendule tandis qu'il faisait des calculs dans sa tête.

— Je vais vous le dire, dit-il avec une réticence évidente, mais cela ne vient pas de moi.

— Crachez le morceau, bon sang ! grogna Will.

— Lord Mercer, dit le banquier. C'est lui qui me devait une faveur.

L'estomac d'Alaric se retourna. Bon sang ! Ce maudit dandy était derrière tout ça ?

— Qu'avez-vous fait pour Mercer ? demanda-t-il.

— Il y a environ cinq mois, il est venu me voir. Il m'a demandé de négocier un accord pour lui, expliqua le banquier, redressant un crayon sur son bureau. Il était question d'actions de la société United Mining.

— N'as-tu pas repris l'entreprise à cette époque ? demanda Will à Alaric.

Ce dernier répondit d'un brusque hochement de tête.

— Pourquoi Mercer voudrait-il me tuer ? S'il a acheté des

actions, je l'ai rendu riche depuis que je suis à la tête de l'entreprise. Une fois passé le vote sur le plan de développement, il va faire fortune.

— Eh bien, c'est justement cela, voyez-vous. Mercer n'a pas parié sur la hausse du prix des actions... il a parié sur leur *baisse*.

Les veines d'Alaric se remplirent de glace lorsqu'il comprit.

Bien sûr. Ce scélérat sournois et brillant.

— Je ne comprends pas, dit Emma, les sourcils froncés.

Le banquier se mit à expliquer avec le ton pédant d'un maître d'école.

— Mercer et moi avons conclu un accord en vertu duquel il me « vendait » des actions, et je lui payais le prix de vente du moment. En d'autres termes, je lui ai donné de l'argent pour des actions qu'il ne possédait pas encore, et en retour, il a signé un billet à ordre pour me présenter les actions réelles dans un délai déterminé avec un pourcentage supplémentaire, bien sûr. Vous suivez ? s'enquit Billings.

Emma acquiesça.

— Cela s'est produit quelques semaines avant que Strathaven ne reprenne l'entreprise. À l'époque, United Mining était un navire en perdition, poursuivit le banquier. Mercer était certain que le prix des actions continuerait à baisser et il prévoyait donc d'utiliser l'argent que je lui avais donné pour acheter des actions plus tard, lorsque les prix auraient encore chuté. Il pourrait ainsi empocher la différence et reconstituer sa fortune.

— Mais j'ai repris le flambeau, et les prix ont grimpé, intervint Alaric, ce qui signifie que Mercer s'est de plus en plus endetté.

— Précisément. Lord Mercer est parvenu à cacher le fait qu'il est endetté jusqu'à présent, mais maintenant ? poursuivit Billings avec un haussement d'épaules. Il est dans le pétrin. Et selon notre contrat, il est obligé de me fournir les certificats d'actions avant la fin de la prochaine quinzaine.

— Combien Mercer vous doit-il ? s'enquit Kent.

— Au prix actuel des actions United, environ trente mille livres, répondit le banquier. Mais quand le vote pour le développement passera... D'après ce que j'ai entendu, le prix des actions va exploser. Quant à la dette de Mercer... elle sera astronomique.

— Et vous aurez réalisé un joli bénéfice, dit Alaric.

Billings ne sourcilla pas.

— Mercer pensait que s'il se débarrassait de Strathaven, United ferait faillite une fois encore, conclut Will d'une voix sombre. Et que tous ses problèmes financiers seraient résolus. C'est sans aucun doute un mobile de meurtre.

— Je ne sais rien de tout cela. Je ne suis qu'un banquier, se défendit Billings.

— Mais vous n'êtes pas surpris que Mercer en vienne à tuer un homme, n'est-ce pas ? intervint Kent.

Le banquier pinça les lèvres.

— Connaissez-vous Silas Webb et son lien avec Lord Mercer ? l'interrogea Emma.

En dépit de ces atroces révélations, Alaric sentit ses lèvres tressaillir devant la sagacité de la jeune femme. Elle avait beau avoir l'air d'une jolie demoiselle avec ses boucles brillantes et ses grands yeux bruns, Emma ne faisait jamais de faux pas.

— M. Webb accompagnait Lord Mercer lors de l'un de ses rendez-vous ici, confirma Billings. Il n'a pas dit grand-chose, mais je crois qu'ils sont partenaires en affaires.

— Ils *étaient* partenaires, précisa Alaric. Webb est mort.

— Mort ? répéta le banquier.

— Il a pris une balle dans la tête, oui, confirma Will. Voilà comment Mercer remercie ses associés.

Billings retira une peluche de sa manche.

— Je peux me défendre. Je suis un homme important pour des hommes importants, et mes clients n'aimeraient pas perdre leurs dépôts à cause d'un voleur. Si Mercer ne rembourse pas sa dette, la moitié de la pègre cherchera à l'assassiner.

––––––

Dans le carrosse, Emma dit :

— M. Billings n'était pas un homme très gentil, n'est-ce pas ? C'est étrange, car sa fille était charmante. J'espère que Gabby n'aura pas d'ennuis à cause de tout ceci.

Fronçant les sourcils, elle se demanda si elle ne devrait pas essayer d'envoyer un mot à la jeune fille.

— Oui, *gentil* n'est pas un mot que j'utiliserais pour décrire le banquier favori de la pègre, ricana M. McLeod. Pas étonnant que Mercer soit en fuite. Si nous ne le retrouvons pas, les malfaiteurs clients de Billings le feront.

— Où allons-nous enquêter maintenant ? À la résidence de Lord Mercer ? s'enquit Emma.

— Si par *nous*, tu veux parler de Will, Kent et moi, alors, oui, répondit Alaric. *Toi*, en revanche, tu rentres chez toi.

— Quoi ? s'exclama-t-elle, indignée. Nous avons découvert le meurtrier. Je ne vais pas partir maintenant, au beau milieu d'une enquête !

— Mes règles, ma jolie. Tu les as acceptées.

Devant son ton autoritaire, elle se raidit, prête à protester, mais il prit son menton dans sa main gantée.

— Tu as été d'une grande aide, lui dit-il d'une voix rauque qui déclencha des vagues de plaisir en elle. Mais je ne veux pas prendre le risque qu'il t'arrive quelque chose. Ce qu'il nous reste à faire est dangereux, et je ne peux pas me permettre d'être distrait par mon inquiétude quant à ta sécurité.

Emma se mordit la lèvre. Et zut ! Il avait... raison. Ses aptitudes physiques ne faisaient pas le poids face à la force brutale et meurtrière d'hommes comme Mercer. Et elle ne voulait surtout pas compromettre la mission.

Déglutissant, elle dit :

— Et qu'en est-il de ta sécurité ? Celle d'Ambrose et de M. McLeod ?

— Nous serons armés et accompagnés de gardes, répondit-il. Tout ira bien pour nous.

Son frère, qui avait observé leur échange tranquillement, intervint.

— Strathaven a raison. Tu seras plus utile auprès de notre famille.

— Ne vous inquiétez pas, jeune fille, ajouta M. McLeod, je veillerai sur votre duc

Emma rougit.

— J'espère que vous veillerez tous les uns sur les autres.

Alaric passa le dos de sa main sur sa joue, un geste d'une telle tendresse qu'elle en eut mal à la poitrine, à cause de l'amour qu'elle éprouvait pour lui.

— Cette affaire sera bientôt terminée, et tu me donneras ta réponse au sujet de notre avenir.

Ses mots étaient froids et péremptoires, mais elle entendit le désir qui les sous-tendait.

— Promets-le-moi, Emma.

Comment aurait-elle pu résister à ces iris pâles et intenses où elle lisait son désir pur ? Il lui donnait l'impression qu'elle était la seule femme au monde pour lui... tout comme il était le seul homme pour elle.

Sa certitude brillait comme une étoile éclatante. Elle savait quelle serait sa réponse.

— Je te le promets, répondit-elle. Sois prudent. Je serai là. À t'attendre.

Chapitre Vingt-Neuf

— Ce brigand de Mercer est plus malin que je ne le pensais, s'exclama Will en plantant son couteau dans le faisan rôti.

Il en coupa un morceau, qu'il mit dans sa bouche et mâcha vigoureusement.

— Je n'arrive pas à croire qu'il ait réussi à nous échapper toute la journée.

Alaric devait en convenir, Mercer était diaboliquement doué pour l'évasion. D'une manière ou d'une autre, cet individu avait eu vent que la partie était terminée, et il s'était enfui comme un renard traqué. Alaric, Will et une équipe de policiers et de gardes avaient pisté le comte à sa résidence, dans ses clubs et même dans une maison de débauche qu'il était connu pour fréquenter; il avait gardé une longueur d'avance et était resté hors d'atteinte.

Avec son efficacité habituelle, Kent avait organisé des équipes pour poursuivre la recherche de Mercer à toute heure du jour ou de la nuit. Après minuit, Alaric avait admis à contrecœur qu'un répit s'imposait. Will avait insisté pour le raccompagner chez lui, ce qui avait conduit Alaric à inviter son frère pour un dîner tardif.

À sa grande surprise, Will avait accepté.

Ils étaient à présent tous les deux assis dans la salle à manger, à l'une des extrémités de la longue table. Will avait posé sa veste et sa cravate sur le dossier de sa chaise, et semblait parfaitement à l'aise. Ils mangeaient et discutaient tous les deux... et se comportaient comme des frères normaux.

C'était tout à fait étrange.

Et... pas désagréable.

Alaric goûta la farce aux marrons, qu'il trouva moelleuse et savoureuse. Il attribuait cela à la fois au talent de son chef cuisinier français, et au fait que traquer des tueurs ouvrait apparemment l'appétit.

— Où crois-tu que Mercer ira ensuite?

Will fit descendre sa bouchée de nourriture avec une gorgée de vin.

— Je pense qu'il va tenter de rejoindre des rivages plus sûrs. Mon instinct me dit qu'il ira en France. Après tout, c'est un aristo, et ils aiment accoster là-bas.

— D'après Kent, tu as l'instinct le plus précis du métier.

Will laissa tomber sa fourchette et se cramponna la poitrine.

— Doux Jésus! Était-ce un compliment de Sa Grâce?

Les lèvres d'Alaric se retroussèrent. Lorsqu'il était enfant, Will était enjoué et irrévérencieux; apparemment, il était resté fidèle à ces tendances.

— Ta bouffonnerie offense la présence ducale, répondit Alaric, faussement hautain.

En souriant, William ramassa son couvert.

— La présence ducale ferait mieux de se doter d'une peau plus épaisse si elle est si facilement offensée.

— L'héritier ducal ferait mieux de se préparer à se faire battre s'il continue ses provocations.

— Comme si tu pouvais me battre.

Will enfourna une bouchée d'asperges *à l'amande*[1]. En mâchant, il dit :

— C'est vraiment bon, n'est-ce pas?

---

1. NDLT : en français dans le texte.

— Les Français s'y connaissent en cuisine.

— Je ne parle pas des asperges... je parle de nous deux. Qui dînons ensemble. Qui nous parlons au lieu de nous sauter à la gorge.

Par habitude, une réponse ironique vint à l'esprit d'Alaric. Finalement, il dit :

— Oui, c'est un changement bienvenu.

Will s'arrêta, une main sur son verre de vin.

— Je crois que je te dois des excuses, mon frère. Je t'ai mal jugé, dit-il, et sa poitrine se gonfla quand il inspira. Toutes ces années, je t'ai reproché de m'avoir refusé l'asile, alors qu'au contraire, tu... me protégeais.

Alaric se retrouva à court de mots en voyant la sincérité dans les yeux bruns de son frère.

— Tu ne me dois rien, dit-il enfin. Pas après Laura.

À sa grande surprise, Will se contenta de hausser les épaules.

— Je ne suis pas certain que ce ne soit pas le fruit de l'intervention du destin. Après tout, j'ai fini avec la fille de mes rêves. Je n'imagine pas que je pourrais être plus heureux que je le suis avec ma Bella et nos enfants.

Will ne semblait pas nourrir d'animosité tenace à propos de Laura, il acceptait sincèrement le passé. Voyant cela, Alaric sentit un changement s'opérer en lui : c'était comme si l'on avait percé un abcès, et que la culpabilité qui s'y trouvait s'était libérée. Il se mit à respirer plus facilement, il avait l'impression d'être... bien plus léger.

S'adossant à sa chaise, il dit :

— Est-ce que cette passion cessera un jour ? De toute ma vie, je n'ai jamais vu un homme aussi heureux d'avoir la corde au cou.

Will lui adressa un sourire narquois.

— Eh bien, tu as vu ma femme... qu'en penses-tu ?

— Que tu es un sacré veinard, répondit Alaric, sincère.

— Oui, c'est vrai. D'un autre côté, on dirait que le destin sourit aux frères McLeod en matière de femmes. Tu t'es trouvé une belle jeune fille pleine de tempérament, hein ?

La chaleur remonta le long de la mâchoire d'Alaric, et un sentiment inconnu gonfla sa poitrine.

De la fierté.

Lorsqu'il songeait à la détermination courageuse d'Emma, à sa chaleur et à son intelligence, il était stupéfait de l'avoir trouvée. Elle ferait une excellente duchesse pour lui, elle lui donnerait de beaux enfants pleins de fougue, et créerait un foyer stable et chaleureux pour eux tous.

Tant que tu ne fais pas l'imbécile.

Il repoussa le doute qui l'assaillait depuis l'intermède brûlant de la galerie. Il se disait qu'une telle inquiétude était naturelle, puisqu'il se retrouvait à nouveau confronté à la perspective du mariage. Mais il s'agissait d'Emma, pas de Laura. Cette fois, il savait à quoi il s'exposait... ce dont il était capable, et ce qu'il ne pouvait pas faire.

Il s'était montré clair avec Emma. Elle ne s'attendrait pas à ce qu'il l'aime.

Et ne s'attendrait pas non plus à ce qu'il soit plus que ce qu'il était.

Il y aurait de la passion, des rires, et même de l'affection. Après la débâcle de son premier mariage, c'était plus que ce qu'il attendait d'une femme. Il voulait passer la bague au doigt d'Emma le plus rapidement possible.

— Lorsque cette affaire avec Mercer sera terminée, je l'épouserai, déclara-t-il.

Will lui adressa un signe de tête complice.

— Ne t'inquiète pas, nous trouverons bientôt ce brigand. Kent a fait appel à ses vieux amis de la police de la Tamise pour l'aider à fouiller les portes, et nous avons l'œil sur les voies navigables...

Un tumulte à l'extérieur de la salle à manger l'interrompit. Jarvis entra avec une hâte inhabituelle.

Alaric fronça les sourcils devant l'expression troublée de l'imperturbable majordome.

— Qu'y a-t-il?

— Votre Grâce, vous avez une visiteuse...

— Je ne suis pas une visiteuse, espèce de vieil imbécile, dit une voix douce et impérieuse. Je suis de la *famille*.

Alaric se leva d'un bon, et Will fit de même.

Une petite silhouette vêtue d'un ensemble de voyage en velours brun entra dans la pièce. Sous le bord du chapeau de paille à plumes, ses yeux bleu brillant se posèrent sur lui. Elle lui adressa un grand geste.

Lorsqu'elle lui tendit la main, Alaric s'inclina au-dessus par habitude. Il embrassa la peau translucide et veinée au-dessus de son gros anneau de cornaline.

— Mon cher garçon, dit-elle, l'air essoufflée, j'ai entendu les nouvelles, et je ne pouvais plus rester à l'écart. En fait, je serais arrivée plus tôt sans un essieu cassé. Ces roues de carrosse sont si peu pratiques. Est-ce que tu vas bien ? As-tu été malade ? J'ai apporté les médicaments...

— Je vais bien, Votre Grâce, répondit-il.

Se remettant du choc de son arrivée soudaine, il ajouta :

— Je ne crois pas que vous ayez rencontré mon frère.

— Ton frère ?

Elle posa le regard sur Will, s'attardant sur son col ouvert et ses manches retroussées, avant de revenir à Alaric. *Sotto voce*, elle dit :

— Il n'y a pas vraiment d'air de famille, n'est-ce pas, mon cher ? Mais je suppose que tous les McLeod ne sortent pas du même moule. Des souches différentes, tu sais.

Le visage de Will prit une teinte rouge foncé.

— Puisque William et moi avons le même père, nous sommes de la même souche, dit Alaric d'un ton ferme.

Les yeux bleus de la femme brillèrent.

— Oh, mon Dieu ! Je t'ai considéré comme mon fils pendant si longtemps que parfois je l'oublie. Tu me pardonnes ?

Le mélange familier de culpabilité et d'agacement noua le ventre d'Alaric. Cela lui rappelait cruellement les manquements dont Laura l'avait accusé. Car, en dépit de tout ce qu'il devait à la lady qui se trouvait devant lui, il n'avait jamais été capable de ressentir plus que de la gratitude à son égard. Un sens de l'obligation.

— Il n'y a rien à pardonner, dit-il sèchement. Puis-je vous présenter M. William McLeod ? Will, dis bonjour à Lady Patricia, la duchesse douairière de Strathaven.

———

Une heure plus tard, Patricia montait enfin se coucher, laissant Alaric souhaiter une bonne nuit à Will.

Dans le vestibule, Will dit à voix basse :

— C'est une femme, euh... intéressante, ta tante.

— C'est aussi la tienne, répondit Alaric, irrité.

Will s'éclaircit la gorge.

— Exact. Est-elle toujours aussi... pleine d'énergie ?

— L'hystérie fait partie de son programme quotidien, dit Alaric, pris de honte dès qu'il eut prononcé les mots, qu'il corrigea. Elle a de bonnes intentions. Pendant les années où j'étais malade, elle s'est occupée de moi comme si j'étais son fils. Elle me soignait jour et nuit.

Alors, pourquoi suis-je incapable d'éprouver une réelle affection pour elle ?

Laura avait raison sur un point : je ne suis qu'un scélérat au cœur froid.

— On ne peut sans doute pas lui reprocher de s'inquiéter pour toi. Tu as déjà assez à faire avec Mercer qui est toujours en fuite. Comment comptes-tu faire pour t'occuper d'elle en plus ?

Les tempes d'Alaric palpitaient à cette seule idée. Malgré l'heure tardive, Lady Patricia avait insisté pour convoquer la gouvernante afin de passer en revue les menus de la semaine ; elle voulait s'assurer que les repas convenaient à sa constitution délicate. Ensuite, elle avait demandé à deux femmes de chambre de changer ses vieux draps pour les nouveaux qu'elle avait apportés, car la flanelle écossaise l'aiderait à mieux dormir. Elle avait ordonné aux mêmes domestiques aux yeux ensommeillés de fouiller dans sa montagne de bagages pour trouver un sachet de sauge blanche. Apparemment, un charlatan la lui avait vendue, prétendant que la brûler éloignerait le mal et garderait Alaric en sécurité.

Comme toujours, elle avait balayé ses objections en les ignorant tout simplement. Ou en devenant larmoyante.

Sens de l'obligation ou pas, une heure en sa présence le rendait déjà fou. Avec la traque de Mercer, il avait déjà assez à faire. La dernière chose qu'il souhaitait, c'était d'avoir affaire à une douairière anxieuse et autoritaire.

C'est alors que la solution le frappa. *Il* n'aurait pas à s'occuper de Patricia.

Parce qu'il avait trouvé quelqu'un de parfaitement adapté à cette tâche.

— Retrouvons-nous chez Kent demain matin, proposa-t-il. J'ai un plan.

Chapitre Trente

—Tu *me* demandes de divertir ta tante ? demanda Emma.

— Juste pour quelques heures, répondit Alaric en affichant son sourire le plus charmeur. Ce sera une bonne chose pour toi d'apprendre à connaître cette vieille femme. Après tout, c'est toi qui parles de l'importance de la famille. Ne souhaites-tu pas connaître la mienne ?

Ils se trouvaient dans un salon privé de la maison de ville des Kent. Alaric était arrivé quelques instants auparavant et avait demandé à parler à Emma en privé. La porte était ouverte, et Mme Kent se trouvait juste à l'extérieur. Ce qui était dommage, parce qu'Emma était ravissante dans cette robe en mousseline à pois bordée d'un ruban lavande. Elle lui faisait penser à un bonbon, et il aurait aimé le savourer entièrement. Au lieu de cela, il avait dû se contenter d'un baiser rapide qui n'avait fait que lui donner envie de plus.

Nous aurons le temps pour ça plus tard, se dit-il. *Occupe-toi du problème en cours, ou plutôt, de celui qui patiente dans le carrosse.*

— Je n'ai jamais pris le thé avec une duchesse auparavant, dit Emma, se mordillant la lèvre. Et si je dis ou que je fais quelque chose de mal ?

— Sois toi-même. Tu es parfaite.

Elle l'observa d'un œil méfiant.

— Pourquoi me flattes-tu ainsi ?

— C'est la vérité, insista-t-il, puis, lui prenant la main, il joua son atout. Cela me soulagerait, ma jolie, de savoir que Lady Patricia est ici avec toi. Jusqu'à ce que nous traquions Mercer, j'ai besoin de savoir que ceux que j'aime sont protégés et en sécurité. Cela me permettra de me concentrer sur la capture du méchant.

— Je vais m'occuper de ta tante, répondit Emma immédiatement. Tu peux me la confier.

— Merci, ma douce.

Il marqua un temps d'arrêt. En toute bonne conscience, il ne pouvait pas partir sans pousser un peu sa chance.

— Tu te souviens que j'ai eu une maladie digestive dans ma jeunesse ?

— Tu en as parlé quand nous évoquions cette famille qui a mangé les champignons empoisonnés, confirma Emma, inclinant la tête. Pourquoi en parles-tu maintenant ?

— Parfois, la maladie était très invalidante et tante Patricia se consacrait à mes soins. Sans relâche. Je lui dois plus que je ne saurais le dire. Cependant, elle est dotée d'un... d'un tempérament nerveux, ajouta-t-il avec prudence. Elle peut être assez vive.

— Plus vive qu'une bande de Kent ? J'en doute. Ne t'inquiète pas.

La nonchalance d'Emma le soulageait. Glissant un doigt sous son menton, il lui dit :

— Je savais que tu étais faite pour ce travail, ma jolie.

Elle plissa le nez.

— J'aurais préféré aider à chasser Mercer qu'être la nourrice de ta tante.

— Ce n'est pas de ce travail que je parlais.

— Duquel, alors ?

— Celui d'être ma duchesse. Tu vas accepter, n'est-ce pas ? murmura-t-il. J'ai hâte d'avoir ta réponse.

Les yeux d'Emma étaient si limpides qu'il pouvait lire son

avenir dans leurs profondeurs couleur de thé. Dans l'attente, il retint son souffle. Être si proche de ce qu'il voulait…

— Oui, Alaric, dit-elle. Je vais t'épouser.

Un sentiment semblable à la lumière du soleil l'envahit. Il lui fallut un instant pour le reconnaître… c'était du bonheur.

— Merci, dit-il d'une voix rauque.

Il était sur le point de la prendre dans ses bras lorsque la voix discrète de Mme Kent leur parvint depuis la porte ouverte.

— Hum. Sa Grâce en a eu assez d'attendre dans le carrosse. Elle est dans le salon.

— Nous arrivons tout de suite, dit Emma.

Puis elle lui dit à voix basse :

— Ne partageons pas encore notre nouvelle. Nous ne devons pas distraire tout le monde des affaires en cours.

Il avait envie de le crier sur les toits… ce qui était aussi embarrassant qu'absurde. Qu'était-il arrivé à sa maîtrise, dont il se vantait tant ?

Établis tout de suite les choses. Maîtrise-toi. Ne commets pas les mêmes erreurs.

— Comme tu voudras, lui dit-il en s'inclinant.

Lorsqu'ils entrèrent dans le salon, Lady Patricia était juchée sur une bergère, les mains croisées sur ses jupes couleur fauve. Un thé était resté intact dans une tasse à côté d'elle. Son regard passa d'Alaric à Emma, et elle haussa les sourcils vers son turban beige.

— Est-ce la personne pour laquelle tu m'as fait attendre, mon cher garçon ? Eh bien, ne tergiverse pas. Présente-nous.

— Permettez-moi de vous présenter Mlle Emma Kent, dit-il.

Emma fit la révérence.

— Bonjour, Votre Grâce.

— Joliment fait, approuva Lady Patricia. J'ai toujours dit que les manières étaient plus importantes qu'un titre. Et votre maturité est si rafraîchissante, ajouta-t-elle sur le ton de la conspiration, car les filles fraîchement sorties de l'école peuvent être d'un ennui épouvantable.

— Merci, répondit Emma, alors qu'une ligne se creusait entre ses sourcils. Je crois.

Alaric toussa dans son poing et remercia sa bonne étoile lorsque Will et Kent entrèrent. Quand les hommes eurent présenté leurs respects aux ladies, il dit :

— Par quoi allons-nous commencer aujourd'hui ?

— Je viens d'avoir des nouvelles de Cooper, annonça Will. En cherchant Mercer, il est tombé sur l'une de ses pros...

Il s'interrompit soudain, jetant un regard à Patricia.

— Sur l'une de ses, euh... connaissances féminines, je veux dire. Elle pourrait avoir des informations.

— Fantastique, déclara Kent. Commençons par là.

— Strathaven, je ferais mieux de vous accompagner, interrompit sa tante. Avec ta santé délicate, tu as besoin de quelqu'un pour veiller sur toi...

— Je m'en sortirai. Vous devez rester ici et faire des visites avec les dames.

— Mais je pourrais sûrement...

— J'aurai plaisir à discuter avec vous, Votre Grâce, intervint Emma. Je serais curieuse d'en apprendre davantage au sujet de l'Écosse et de la maison où Strathaven a grandi. S'il vous plaît, voudriez-vous bien nous tenir compagnie ?

Le regard de Patricia passa d'Alaric à Emma. Et elle fit un hochement de tête réticent.

— Merci, ma tante, dit Alaric, satisfait.

Il embrassa Patricia sur la joue et prit la main d'Emma.

— À bientôt. Prends soin de toi, ma jolie, et ne t'attire pas d'ennuis.

— Cela vaut également pour toi, lui répondit-elle.

———

— C'est une femme étrange, n'est-ce pas ? murmura Violet.

Debout près du buffet avec ses sœurs, Emma jeta un regard

inquiet à la douairière. Heureusement, Lady Patricia bavardait fébrilement avec Marianne et ne semblait pas l'avoir entendue.

— Alaric dit que sa tante est un peu trop tendue, répondit Emma à voix basse. Mais elle est bienveillante et s'est occupée de lui quand il était petit.

— Je suis sûre qu'elle est juste anxieuse à propos de la mission des hommes, intervint Thea d'une voix douce. Comme nous toutes.

Vi ricana, empilant un assortiment de fromages et de tranches de viande dans son assiette.

— Elle est *un peu* tendue ? En comparaison, elle fait passer les chevaux de courses pour des endormis.

Emma devait admettre que la conversation de Lady Patricia était un interminable ricochet, une fusillade de mots qui rebondissaient d'un sujet à l'autre sans lien apparent. Voyant Marianne masquer discrètement un bâillement, Emma se sentit un peu coupable. Les cauchemars du petit Edward avaient empêché sa maman de dormir la nuit précédente, et Marianne montrait des signes d'épuisement, ce qui était inhabituel pour elle.

S'approchant d'elle, Emma lui dit :

— Marianne, n'as-tu pas un rendez-vous cet après-midi ?

Les yeux émeraude de sa belle-sœur s'illuminèrent.

— Mon... rendez-vous. Oui. J'ai failli oublier.

— Ne me laissez pas vous retenir, madame Kent, dit Lady Patricia avec générosité. Les filles peuvent me tenir compagnie. Je n'ai pas encore parlé du château de Strathmore, pour lequel Mlle Emma a manifesté de l'intérêt.

Alors que Marianne faisait une sortie gracieuse, elle s'arrêta derrière leur invitée, pour mimer un « merci » à l'attention d'Emma. Celle-ci se contenta d'un discret clin d'œil en guise de réponse.

— Que voulez-vous savoir sur Strathmore ? s'enquit Lady Patricia.

— Est-ce vraiment un château ? l'interrogea Vi, mettant du fromage dans sa bouche.

— En effet. Il possède de grandes tours et tourelles, un magnifique profil crénelé, sans oublier un joli pont-levis, dit fièrement la douairière.

Emma essaya de se remémorer les cours d'histoire de son père, lorsqu'il leur avait enseigné les relations tumultueuses entre les Anglais et les Écossais.

— A-t-il été bâti comme une forteresse pour se défendre contre les invasions frontalières ?

— Non, ma chère. Ce n'est pas ce genre de château.

— Oh ! Quel autre genre existe-t-il ?

Les yeux azur de Lady Patricia la regardèrent en cillant.

— Eh bien, le genre qui a l'*air* charmant, bien sûr. Strathmore incarne la majesté d'une époque révolue et il a été imaginé par l'un des plus grands architectes néogothiques.

— C'est un... faux château ? demanda Vi.

— Jeune fille, il n'y a *rien* de faux à Strathmore, répliqua la douairière, et la dentelle sur sa poitrine frémit. Le père de mon cher duc a dépensé une fortune pour le construire. C'est la maison la plus noble du comté... J'oserais même dire de toute l'Écosse.

Vi n'avait pas l'air impressionnée.

— Mais il n'y a jamais eu de siège là-bas ? Pas de batailles ni d'effusions de sang ?

Thea la poussa du coude.

— Votre maison a l'air vraiment grandiose, Votre Grâce.

— Je ne peux pas m'attendre à ce que vous compreniez, dit la douairière en reniflant. Venant de Chuffy Creek...

— Chudleigh Crest, la corrigea Emma. C'est un petit village du Berkshire.

— Oui, eh bien, on ne peut pas vous reprocher de ne pas saisir la grandeur et la sophistication de notre siège familial. Tout le monde ne peut pas comprendre... contrairement à mon cher Alaric.

La tempête quitta ses yeux aussi soudainement qu'elle était venue, laissant place à un regard brumeux et lointain.

— Il s'est adapté à la vie à Strathmore, où il évolue comme un poisson dans l'eau. Il l'a adoré dès le premier regard, et c'est bien normal : il a cela dans le sang, après tout. Venir auprès de mon cher duc et moi... eh bien, c'était comme rentrer à la maison.

— C'était gentil de votre part d'avoir accueilli Strathaven, dit Emma.

— C'était l'idée de mon mari. Il savait à quel point notre fils me manquait et il voulait me réconforter, expliqua Lady Patricia, la lèvre inférieure tremblante. Alaric a comblé un vide dans nos vies et, j'aime à le penser, dans la sienne. Il a souffert d'une grave maladie, vous savez, et je l'ai soigné pendant cette période.

— Il parle de votre grande attention et de votre dévouement à son égard, dit Emma avec sincérité.

La douairière lui adressa un sourire béat.

— Vraiment ?

Absolument.

— Je m'inquiète pour lui. Sa santé. Et maintenant cette affaire de meurtre...

Dans un mouvement soudain, Lady Patricia se leva et se mit à faire les cent pas.

— Je me demande comment il va. Je n'aurais pas dû le laisser partir seul. Et s'il arrivait quelque chose... ?

— Je suis certaine qu'il va bien. Il est avec notre frère, M. McLeod, et les autres.

La douairière ne sembla pas entendre les paroles rassurantes d'Emma, son agitation se nourrissant d'elle-même. Elle tordait un mouchoir entre ses mains, passant d'un point à l'autre ; ses déplacements ressemblaient à ceux d'un colibri affolé. Manifestement, elle s'inquiétait au point de devenir fébrile.

— Diantre ! murmura Vi, *fais* quelque chose, Em.

— Euh, peut-être aimeriez-vous vous promener sur la place, Votre Grâce ? suggéra Emma.

— Une promenade ? répondit la dame âgée d'un air absent.

— L'air frais peut être très apaisant.

Le visage de Lady Patricia se détendit, et son sourire apparut subitement, comme un éclair au milieu de l'orage.

— Voilà qui me paraît une bonne idée. Allons-y.

———

Plaidant la fatigue, Thea resta à la maison, laissant Emma et Vi accompagner Lady Patricia. Jim, le valet de pied, les suivait à une distance discrète, et Emma commença à se détendre dans la beauté de l'après-midi d'été. Le parc au milieu de la place était tranquille, une oasis de verdure remplie de chants d'oiseaux. Sans les maisons de ville alentour, elle aurait presque pu imaginer qu'elle se livrait à l'une de ses anciennes promenades à travers la campagne.

Vi partit en gambadant, son allure enfantine ne pouvant s'accommoder d'un rythme modéré. Alors qu'Emma marchait plus lentement sur le chemin caillouteux avec Lady Patricia, cette dernière sembla se calmer.

— Comme c'est charmant, dit la douairière en soupirant. À Strathmore, je fais une promenade tous les matins sur les rives du loch. L'eau a quelque chose de très apaisant. Strathaven l'adorait quand il était petit.

— Comment était-il quand il était enfant ? s'enquit Emma.

— Oh, il était beau et intelligent, répondit l'autre femme en souriant. Il tient de mon cher duc, vous savez. Les hommes de Strathaven sont toujours ambitieux. Ils ne s'asseyent pas sur leurs lauriers, se contentant de leur titre et de ce dont ils ont hérité. Ils veulent davantage. Ils s'épanouissent dans le succès et le pouvoir.

On dirait Alaric, pensa Emma avec ironie.

— Et ils épousent des femmes qui soutiennent leurs nobles aspirations. Mon mari et moi avons utilisé ma dot pour ajouter deux nouvelles ailes au château, déclara fièrement Lady Patricia.

Emma n'avait pas réfléchi à la richesse qu'elle apporterait à Alaric ; pour elle, il ne semblait pas avoir besoin de plus d'argent. Mais peut-être que, lorsqu'il était question des classes supérieures, on n'en avait jamais trop. Ambrose ne lui permettrait certainement pas de se présenter à son futur mari les mains vides, mais sa dot n'ajouterait certainement pas une aile à une maison ancestrale.

Emma ressentit une douleur soudaine en imaginant les avantages pour Alaric s'il épousait une héritière, une lady de sa classe.

— Oh, doux Jésus ! J'ai parlé trop franchement, poursuivit Lady Patricia qui se mordit la lèvre, le regard trouble. Pardonnez-moi, mademoiselle Kent. Mes paroles ont tendance à m'échapper. J'espère ne pas vous avoir offensée.

— Ce n'est pas le cas. Simplement, je n'avais pas beaucoup réfléchi au lien entre l'argent et le mariage, avoua Emma.

— Ce qui est tout à fait charmant et rafraîchissant. Et pourquoi, je pense, Strathaven s'intéresse tant à vous.

Lorsque Emma rougit, Lady Patricia ajouta avec indulgence :

— Oh oui, ma chère, je peux dire de quel côté souffle le vent. Et si je peux me permettre... lui portez-vous le même intérêt ?

Emma hocha timidement la tête.

— Je suis heureuse de l'apprendre. Je vous apprécie, ma chère, bien plus que sa dernière duchesse, affirma la douairière avec un petit bruit de gorge. Laura était peut-être riche et belle, mais c'était aussi une créature gâtée et exigeante. Mon pauvre garçon faisait ce qu'il pouvait pour lui plaire, mais ce n'était jamais assez. Pour cette seule raison, je ne pouvais pas l'aimer.

— Bien sûr, murmura Emma.

— Il a besoin de quelqu'un qui le nourrisse, qui se consacre *entièrement* à son bonheur et à l'entretien du patrimoine familial. Mon fils ne mérite rien de moins. Vous ferez cela pour lui, n'est-ce pas, mademoiselle Kent ?

Le regard fervent de l'autre femme était plutôt déconcertant. Emma ne jugea pas le moment opportun pour lui expliquer qu'en plus de ses devoirs d'épouse, elle prévoyait de poursuivre sa passion pour l'investigation.

— Nous avons assurément discuté des mérites d'un partenariat, éluda-t-elle. De nous respecter et de nous soutenir mutuellement...

Un bruissement se fit entendre derrière elles. Un sixième sens poussa Emma à se tourner...

... à temps pour voir un méchant à la barbe sombre frapper

Jim à la tête avec un gourdin. Avec un gémissement, le valet s'écroula sur le sol. Le coupe-jarret s'avança vers Emma et la douairière figée. La jeune femme agrippa Patricia et la tira en arrière. Mais elles se heurtèrent à un torse dur comme un mur de briques ; un autre bandit s'était faufilé derrière elles.

Un tissu épais étouffa le cri d'Emma. Elle se débattit contre son ravisseur tandis qu'une odeur âcre et sucrée lui brûlait les narines et la gorge. Ses forces l'abandonnèrent et le monde disparut dans un nuage de ténèbres.

Chapitre Trente-Et-Un

Mlle Kitty Germaine, la maîtresse de Mercer, occupait une petite maison soignée sur Henrietta Street. Vêtue d'une robe de chambre vaporeuse de couleur chair, elle reçut Alaric, Will et Kent dans un salon dont la palette s'harmonisait stratégiquement avec ses cheveux bruns. Aux yeux d'Alaric, c'était une femme très calculatrice. Malgré son allure classique, il sentait une certaine dureté chez Mlle Germaine, un cynisme qui commençait à creuser des sillons autour de ses yeux et de sa bouche.

Le métier de maîtresse était sans aucun doute difficile.

— Mercer n'est pas là, dit-elle après qu'ils se furent assis. Et, pour vous épargner d'avoir à poser la question : non, je n'ai pas la moindre idée de l'endroit où il est allé.

— Comment savez-vous que nous sommes ici à cause de Mercer ? s'enquit Will.

— Eh bien, êtes-vous ici pour une autre raison, mon chéri ? Parce que j'ai un faible pour les hommes bien bâtis.

Elle les scruta tous de son regard sombre, s'attardant sur Alaric.

— Et vous êtes de sacrés beaux spécimens.

— Nous savons que Mercer était ici, insista Will, obstiné.

— Il l'était, confirma-t-elle avec un haussement d'épaules. Maintenant, il ne l'est plus.

— Il est recherché pour meurtre, lui expliqua Kent, et à moins que vous ne souhaitiez être accusée de complicité…

Son expression perdit toute langueur.

— Meurtre ? Le comte ?

— Il a tenté de me tuer par deux fois, l'informa Alaric, et il a abattu un autre homme de sang-froid. Il n'est pas le genre de protecteur qu'une femme souhaiterait avoir.

Sous son maquillage subtil, appliqué artistement, les joues de Mlle Germaine pâlirent.

— Il n'est pas… il n'est pas mon protecteur. Nous nous sommes séparés il y a un mois.

— Alors pourquoi était-il ici ? s'enquit Alaric d'un ton égal.

— Il m'a dit qu'il avait des ennuis, et qu'il avait besoin d'un endroit pour passer la nuit, expliqua-t-elle, puis elle déglutit.

— Je n'avais pas prévu de cli… de compagnie, alors je l'ai laissé rester.

— Vous n'avez aucune idée de l'endroit où il se rend ? l'interrogea Kent.

— Il est parti avant l'aube. Il n'a pas dit au revoir.

Puis, se léchant nerveusement les lèvres, elle ajouta :

— Ma femme de chambre a dit qu'elle avait regardé par la fenêtre, et qu'elle l'avait vu avec des personnages peu recommandables. Apparemment, ils sont tous partis ensemble dans une calèche dont le toit était rempli de malles. C'est tout ce que je sais.

Alaric ne décela aucun mensonge.

— Pourquoi votre arrangement avec Mercer a-t-il pris fin ?

— Pour l'argent, répondit-elle brièvement. Ou, plus précisément, le manque d'argent. Un escroc l'a dépouillé de sa fortune… il devenait apoplectique chaque fois qu'il en parlait.

Alaric échangea un regard sinistre avec les autres hommes. Apparemment, Mercer avait réécrit l'histoire pour se faire passer pour la victime. Peut-être même croyait-il à ses propres histoires, et s'en servait-il pour justifier tout le mal qu'il avait fait. Il était impossible de savoir de quoi un tel homme était capable.

Un sentiment d'urgence et de frustration s'empara de lui. Il devait trouver Mercer, mettre fin à ce chaos. Il pourrait alors commencer une nouvelle vie avec Emma.

Retrouvant son aplomb, Mlle Germaine dit timidement :

— Étant particulièrement sélective dans mes amitiés, il n'a pas été facile de trouver un mécène vraiment riche et puissant.

Trépignant d'impatience, Alaric se leva.

— Je vous souhaite bonne chance. Merci pour votre temps.

— Pourquoi partir si tôt ? Vous aimeriez peut-être un rafraîchissement...

Quelqu'un frappa à la porte d'entrée. Un instant plus tard, Cooper débarquait en trombe dans la pièce, et les entrailles d'Alaric se glacèrent lorsqu'il vit les traits durs du garde.

— Que se passe-t-il, Cooper ?

— Mercer a enlevé Mlle Kent et la douairière, dit le garde d'une voix tendue, montrant une note à Alaric. Il demande une rançon.

———

Le monde se dévoila peu à peu. Dans la faible lumière, Emma distingua les murs en bois, une fenêtre à volets, une table et un tabouret... elle se trouvait dans une sorte de minuscule cabane. Et elle était... en train de bouger ?

Où suis-je ?

Emma se rendit compte qu'elle était allongée sur un lit de camp. Elle parvint à s'asseoir, et, l'esprit embrumé, à se mettre sur ses pieds. Elle fit quelques pas trébuchants, entendit le cliquetis du métal, et sentit une secousse sur sa cheville. Baissant les yeux, elle constata que son pied droit était attaché au lit par une manille et une courte chaîne.

La douairière et elle avaient été *enlevées*.

Les souvenirs lui revenaient par bribes floues, accompagnés de l'odeur douceâtre et écœurante de l'éther. Un trajet en calèche dans l'obscurité. On la hissait sur une passerelle... oui, elle sentait maintenant l'odeur de l'air marin. Elle était sur un bateau.

Doux Jésus ! Où était Lady Patricia ?

Un léger bruit lui fit lever les yeux. Il y avait une couchette au-dessus de la sienne, sur laquelle se trouvait une petite silhouette. Se dressant sur la pointe des pieds, Emma vérifia avec soulagement qu'il s'agissait bien de la douairière. En dehors des mouvements de sa mince poitrine, la lady restait immobile comme la mort, la pierre de sa bague luisant comme du sang sur sa main couleur de cire.

— Lady Patricia, chuchota Emma avec insistance.

Aucune réponse. La pauvre était fortement droguée. Ces malfaiteurs ! Comment pouvaient-ils traiter une femme âgée sans défense de cette manière méprisable ?

Des bruits de pas s'approchèrent. Avant qu'Emma puisse regagner le lit de camp, la porte s'ouvrit et un grand blond tenant une lampe entra. Lorsqu'il posa la lampe sur la table, sa lueur vacillante donna à son beau visage un aspect démoniaque. Sa cravate était élégamment nouée, et son pardessus de laine richement brodé. Elle le reconnaissait pour l'avoir vu au bal des Blackwood ; c'était l'un des hommes qui avaient dénigré l'entreprise d'Alaric.

— Vous êtes Lord Mercer, dit-elle, plissant le regard.

Il lui adressa un petit sourire et s'inclina.

— Bienvenue à bord de mon navire, mademoiselle Kent.

— Vous feriez mieux de nous relâcher tout de suite, lui intima-t-elle, relevant le menton. Dans le cas contraire, vous regretterez d'être venu au monde quand Strathaven et mon frère nous trouveront. Et je vous promets qu'ils le feront.

— Oh, j'y compte bien, mademoiselle Kent. Vous êtes mon assurance, voyez-vous, et mon billet pour une nouvelle vie. J'ai observé Strathaven, et je sais qu'il ferait n'importe quoi pour vous avoir, lui dit Mercer avec un rictus mauvais. Enfin, s'il ne vous a pas déjà eue.

Emma trébucha en arrière lorsque l'homme s'approcha d'elle, la coinçant contre le cadre du lit. L'odeur âcre de son parfum s'insinua dans ses narines et elle se déroba, sa peau se hérissant lorsqu'il se pressa contre elle.

— Je me demandais..., dit-il, et son souffle chaud toucha la joue d'Emma. Quels talents une demoiselle de la campagne peut-elle bien posséder pour envoûter un homme comme Strathaven ? J'ai bien envie de le découvrir par moi-même.

— Éloignez-vous de moi, espèce de goujat !

Emma eut le souffle coupé lorsqu'il toucha une mèche de ses cheveux. Avec dégoût, elle sentit quelque chose lui toucher la cuisse. Quelque chose de dur et... effilé ? Elle comprit soudain que l'objet qui l'aiguillonnait n'était pas sa virilité, mais une *clé*.

Il la relâcha.

— Il sera toujours temps de goûter à vos charmes plus tard. Pour l'instant, poursuivit-il en ricanant, j'ai un accueil à préparer pour votre duc. Il devrait arriver d'un moment à l'autre.

Emma réfléchit rapidement.

— Il ne tombera pas dans votre piège. Il est trop intelligent pour cela.

Mercer devint livide.

— Il dansera comme une marionnette au bout de mes ficelles s'il vous veut vivantes, sa tante et vous. C'est *moi* qui dicte mes conditions, maintenant, pas lui, affirma-t-il, recourbant ses mains soignées comme des griffes.

Sentant la fureur folle sous la façade raffinée, Emma comprit qu'elle avait mis le doigt sur son point faible. Elle devait se servir de la vanité de cet homme à son avantage. *Je dois juste faire en sorte qu'il se rapproche...*

— Strathaven va vous écraser, le railla-t-elle. Vous n'avez aucune chance.

Elle glapit lorsque Mercer l'attrapa par les cheveux. Il tira fort, l'obligeant à relever le visage et croiser son regard, ses yeux dilatés par la fureur. Elle feignit la peur, se tordant comme pour lui échapper, tournant la main vers la poche de son pardessus...

— Ferme ta grande bouche, espèce de garce! cracha-t-il. Si ce scélérat ne s'en était pas mêlé, je serais un homme riche! Mon projet était brillant; je devais faire fortune. Mais Strathaven a tout gâché. À cause de lui, non seulement j'ai perdu mon argent, mais les criminels de la pègre de Billings sont maintenant à mes trousses.

— C'est uniquement votre faute.

Tu y es presque... continue de le distraire...

— Vous avez pris une mauvaise décision en affaires. Vous avez aggravé la situation en essayant d'assassiner Strathaven et en tuant Silas Webb.

— Webb n'était qu'un imbécile sans envergure. Il n'avait pas l'étoffe nécessaire pour la grandeur, et il m'aurait trahi à la seconde où il se serait fait prendre. Non, poursuivit Mercer, il ne m'a pas laissé le choix.

— Et qu'en est-il de Strathaven? Ce n'est pas sa faute si vous avez pris un risque inconsidéré!

— Tout est sa faute!

Les yeux de Mercer étaient remplis de haine, ses mots sifflaient. Il rapprocha son visage de celui d'Emma juste au moment où ses doigts se refermaient sur le métal.

— Il ne m'a pas laissé d'autre choix que de fuir comme un vulgaire criminel. Eh bien, il paiera cinquante mille livres pour ça. Dans le cas contraire, je vous renverrai toutes les deux à lui, morceau par morceau.

Le cœur martelant sa poitrine, Emma laissa ses épaules s'affaisser comme en signe de défaite; dans le même temps, sa main glissa dans son dos, serrant sa récompense.

— Vous avez vraiment pensé à tout.

— Je serai victorieux. Tel un phénix, je renaîtrai de mes cendres sur le sol français. Qui sait? dit-il, une lueur méchante dans le regard. Si vous m'êtes agréable, je pourrais vous garder en vie pour que vous assouvissiez mes plaisirs.

Emma déglutit.

— Mais je pensais que... vous n'alliez pas demander une

rançon?

Mercer éclata d'un rire bref et brutal.

— Je vais obtenir mon argent. Ensuite, j'éliminerai Strathaven une fois pour toutes.

— Vous n'êtes qu'un brigand sans honneur! s'écria-t-elle. Strathaven est plus malin que vous, il ne tombera jamais dans votre piège!

Mercer la poussa violemment sur le lit de camp, son dos heurtant le mince matelas. Haletante, elle s'accrocha fermement au trésor qu'elle avait volé.

— Il l'a déjà fait, espèce de petite catin. Il m'apportera mon argent à neuf heures précises... et je lui trouerai le cœur, grogna Mercer. Et après m'être occupé de lui, je reviendrai pour vous.

La porte claqua derrière lui, mais elle entendit l'ordre qu'il aboya ensuite.

— Personne n'entre ni ne sort, veillez-y par tous les moyens.

— Avec plaisir, my lord, répondit une voix narquoise.

Aussitôt, Emma se redressa, puis baissa les yeux sur la clé qu'elle tenait dans sa main. Avec une prière, elle tendit la main vers la manille à son pied.

Chapitre Trente-Deux

Alaric et les autres hommes atteignirent le lieu de rendez-vous avant l'aube. Il avait loué deux diligences pour transporter l'équipe d'enquêteurs et de gardes de Londres à Portsmouth à une vitesse record, afin qu'ils arrivent quelques heures avant la rencontre avec Mercer. Will et ses camarades étaient déjà partis en éclaireur. Déguisés en porteurs, les quatre anciens soldats effectuaient actuellement une reconnaissance sur le quai.

Leur objectif : repérer le navire de Mercer et trouver Emma et Patricia.

Pendant ce temps, Alaric et Kent prirent une suite dans une auberge. Ils surveillaient les coffres contenant l'argent de la rançon et attendaient l'arrivée d'un mystérieux associé dont Kent avait dit qu'il pourrait être utile à leur cause. Depuis le balcon du deuxième étage, Alaric observait la cohue dans la rue en contrebas. C'était intelligent de la part de Mercer de choisir cet endroit pour mener à bien ses activités criminelles.

Dans ces conditions d'anarchie et de dépravation, qui se soucierait de deux femmes retenues contre leur gré ? Qui s'en rendrait compte ?

À l'extérieur de la porte de la vieille ville, Portsmouth Point était connue sous le nom de « l'île aux épices », non seulement en raison de l'odeur des épices importées du port, mais aussi des activités piquantes qui s'y déroulaient. Les prostituées exerçaient ouvertement leur métier dans les ruelles ; les marins et les dockers entraient et sortaient en titubant des maisons closes qui jalonnaient les deux côtés de la rue. Des bagarres éclataient régulièrement, encouragées par des passants ivres.

Impuissant, Alaric serra les poings. *Si Mercer touche ne serait-ce qu'un cheveu de la tête d'Emma...* Il ne voulait pas envisager cette possibilité. Il allait les récupérer, elle et sa tante. Ensuite, il réduirait le comte en pièces, membre par membre.

Lentement.

Kent vint se placer à côté de lui.

— McLeod trouvera ma sœur et votre tante. Il est le meilleur en matière de repérage.

— Oui. Mais le temps presse.

Alaric fit un signe de tête laconique vers le ciel au-dessus du port.

Déjà, l'horizon perdait son opacité sombre. Il distinguait la forêt de mâts se balançant sur l'eau noire et la flotte de petites barges qui se faufilaient entre les plus grands navires, transportant passagers et marchandises vers et depuis les quais. L'intense activité de la scène le frustrait davantage. Il y avait là des centaines de navires : sur lequel d'entre eux Emma et Lady Patricia étaient-elles retenues prisonnières? Quel était le plan ultime de Mercer?

— Nous devrions revoir la stratégie de l'échange. Je n'aime toujours pas l'idée que vous rencontriez le méchant seul, dit Kent.

— Mercer a clairement indiqué dans la demande de rançon que je devais suivre ses instructions à la lettre, répliqua Alaric d'un ton dur. Si je n'apporte pas l'or au quai, seul et sans armes, à neuf heures, il tuera Emma et Patricia. Je ne prendrai pas ce risque.

— Il pourrait les tuer de toute façon. Tout comme vous.

Alaric vit l'émotion surgir dans les yeux de l'autre homme. La peur. La fureur. Les mêmes sentiments qui coulaient dans ses propres veines, comme de la lave en fusion.

— Quoi qu'il en coûte, je veillerai à ce que votre sœur soit sauvée, jura-t-il. C'est moi que Mercer veut.

— Vous échangeriez votre vie contre celle d'Emma ?

— Quoi qu'il en coûte, répéta-t-il.

Kent l'étudia pendant un moment.

— Finalement, ma femme avait raison.

— À quel propos ?

— Vous tenez réellement à Emma.

Les pommettes d'Alaric s'échauffèrent. Soudain, il se sentit exposé, et il n'aimait pas cela.

— Je vous ai dit que mes intentions étaient honorables, répondit-il avec raideur.

— Il y a une différence entre un mariage honorable et un mariage d'amour.

Un coup frappé à la porte interrompit leur conversation. Alaric se crispa. Kent consulta sa montre.

— Juste à l'heure.

L'enquêteur ouvrit la porte et fit entrer un homme vêtu de la veste et du pantalon amples d'un homme travaillant sur l'eau. La particularité la plus visible du nouveau venu résidait dans sa chevelure auburn bouclée sous sa casquette. Son visage couvert de taches de rousseur se fendit d'un sourire. Kent et lui s'inclinèrent, puis se tapèrent dans le dos comme de vieux amis.

— Par tous les saints ! Six ans ont passé, et vous n'avez pas changé, monsieur. À l'exception de vos vêtements ; vous êtes très élégant, maintenant, n'est-ce pas ? lui dit l'étranger avec un clin d'œil. Je vous avais dit qu'une femme vous ferait le plus grand bien.

— En effet, mon vieil ami, dit Kent avec un léger sourire. Mais nous aurons le temps pour les souvenirs plus tard. Comme je l'ai indiqué dans mon message, je crains d'être ici pour une affaire urgente.

— Je suis à votre service, monsieur.

— Je suis profondément reconnaissant de l'entendre, répondit Kent avant de se tourner vers Alaric. Votre Grâce, voici John Oldman, un de mes anciens collègues de la police de la Tamise. Il a déménagé à Portsmouth il y a six ans.

— Appelez-moi Johnno. Tout le monde le fait, lui dit l'homme d'un ton joyeux.

— Je vous demande pardon, dit Alaric, mais comment pouvez-vous nous aider ?

— Kent dit que vous avez besoin d'un moyen de vous cacher à la vue de tous sur l'eau. Je peux vous y aider.

— Comment ?

— Johnno et son beau-frère exploitent l'un des plus grands services de barges ici à Portsmouth, expliqua Kent. Un tiers des barges qui font la navette entre les navires et la terre leur appartiennent. Avec son aide, nous encerclerons le quai où vous devez retrouver Mercer.

Les yeux de l'enquêteur brûlaient d'une lumière féroce.

— À l'insu de ce bandit, nous bloquerons son itinéraire de repli. Nous le capturerons, et nous ramènerons Emma et la douairière.

———

Enfin, Lady Patricia se réveilla.

Emma commençait à perdre espoir, son désespoir grandissait à mesure qu'une lumière pâle s'infiltrait à travers les volets de la fenêtre. Elle entendait l'activité en haut, les cris et les bruits de bottes des bandits qui se préparaient à l'arrivée d'Alaric.

Qui se préparaient pour l'embuscade.

Elle devait se libérer et libérer Lady Patricia avant l'arrivée d'Alaric. Avant qu'il ne tombe dans les griffes mortelles de Mercer.

— Lady Patricia, l'appela-t-elle aussi fort qu'elle l'osait, s'il vous plaît, ouvrez les yeux.

Les cils de la douairière s'agitèrent contre ses joues pâles. Lentement elle tourna la tête vers Emma.

— Mademoiselle Kent ? Où sommes-nous ? demanda-t-elle d'une voix tremblante et confuse. Que s'est-il passé ?

Emma avait envie de pleurer de soulagement. Mais, au lieu de cela, elle dit d'un ton calme :

— Nous avons été enlevées, Votre Grâce. Mercer nous retient en otages, et il a l'intention de tuer Strathaven lorsqu'il apportera l'argent de la rançon. Nous devons arrêter ce criminel, et j'ai besoin de votre aide.

Lady Patricia se força à s'asseoir et, bien que vacillant un peu, elle dit avec fermeté :

— Tuer Strathaven ? Nous ne pouvons pas le permettre. Dites-moi ce que vous voulez que je fasse.

————

— N'oublie pas que nous surveillerons la situation depuis les barges, lui dit Will. Un seul faux pas de Mercer et nous intervenons pour lui barrer la route.

— Oui, acquiesça Alaric.

Tous deux se tenaient sur le quai que Mercer avait indiqué pour l'échange. En dehors de lui, de Will et des malles pour la rançon, l'endroit était désert, situé dans une petite crique isolée. Près de l'entrée de ladite crique, il aperçut deux vaisseaux de Johnno qui patrouillaient dans les eaux. Ces barges ressemblaient à toutes les autres, omniprésentes dans les environs, et il pria pour que Mercer se laisse berner.

— Il est neuf heures moins le quart. Tu ferais mieux d'y aller avant que ce criminel ne se montre, dit Alaric.

Will ne bougea pas. D'un ton bourru, il lui déclara :

— Ne te fais pas tuer, d'accord ? Je ne voudrais pas perdre mon seul frère.

La poitrine d'Alaric se serra.

— Si quelque chose m'arrive, tu seras le dernier de la lignée Strathaven. Prends soin du titre.

Will écarquilla les yeux.

— Ne parle pas comme ça !

— Promets-le-moi.

— Je ne veux pas de ce maudit duché...

— Je le sais, répliqua Alaric. Mais promets-moi que tu t'en occuperas quand même.

— Il ne t'arrivera rien, affirma Will, se passant une main dans les cheveux. Mais... oui. N'aie d'autre inquiétude, Alaric, que celle de sauver ta femme.

Le duc serra l'épaule de son frère en guise de remerciement silencieux. Il fut surpris de se retrouver attiré dans une étreinte brusque. L'accolade prit fin tout aussi brutalement.

Le visage rougi, Will marmonna :

— Je surveillerai depuis la barge.

Après le départ de son frère, Alaric reporta son attention sur l'entrée de la crique. Peu après, il repéra un petit bateau couvert en approche, se déplaçant résolument vers le bras de mer, laissant une ligne blanche dans son sillage. Il franchit l'entrée de la crique et, quelques minutes plus tard, arriva au quai.

Les muscles d'Alaric se contractèrent lorsqu'une silhouette débarqua, le visage caché par le bord de son chapeau. Le bandit leva les yeux.

Le ventre du duc se noua.

— Où est Mercer ?

Le voyou aux cheveux noirs sortit négligemment un pistolet qu'il pointa sur Alaric. Il s'approcha et fouilla ses poches pour en retirer l'arme. Il fit claquer sa langue en jetant le pistolet à l'eau.

Secouant la tête, la brute dit :

— Les aristos ne sont jamais doués pour suivre les instructions.

Il siffla brièvement. Deux autres bandits sortirent de l'embarcation.

— Les gars, jetez un coup d'œil à l'intérieur de ces malles.

Les deux hommes ouvrirent les couvercles ; Alaric vit l'avarice briller dans leurs yeux.

— J'ai apporté la rançon, dit-il d'un ton égal. Rendez-moi les femmes.

— Vous n'êtes pas en position d'exiger quoi que ce soit,

monsieur le duc, rétorqua-t-il, puis, il s'adressa à ses camarades. Attachez-le, les gars. Nous ramenons Sa Grâce sur le vaisseau principal.

————

Sur une barge près de l'entrée de la crique, Ambrose jura doucement. Il avait suivi les événements sur le quai à l'aide d'une longue-vue.

— Je ne vois aucun signe des femmes ou de Mercer. Ce brigand a envoyé ses laquais pour récupérer l'argent.

— Ces voyous détiennent Alaric, maintenant, grogna McLeod. Nous devons les arrêter avant qu'ils ne quittent la crique.

— Nous ne pouvons pas, protesta Ambrose, frustré. Si Mercer n'obtient pas son or, Emma et la douairière mourront.

— Si nous ne les arrêtons pas maintenant, mon frère mourra !

— Nous n'avons pas le choix. Strathaven était prêt à prendre ce risque, et nous devons aller jusqu'au bout.

Avec un juron, Ambrose tapa du poing sur la rambarde de la barge.

— Johnno, dit-il d'un ton sec, envoyez le signal aux autres. Nous allons devoir suivre ces voyous jusqu'à leur bateau. Mais nous ne pouvons en aucun cas être vus.

— Comme au bon vieux temps. Ne vous inquiétez pas, monsieur, dit Johnno, je n'ai pas perdu la main.

La mâchoire crispée, Ambrose pria pour être en train de prendre la bonne décision. La vie de trois personnes, dont sa sœur, en dépendait.

Chapitre Trente-Trois

— À l'aide! Quelqu'un, s'il vous plaît! Elle ne respire plus! s'écria la douairière.

Emma entendit un juron de l'autre côté de la porte, et la clé que le gardien tournait dans la serrure. Le cœur battant à tout rompre, elle se tint prête, les bras levés, derrière la porte.

Celle-ci s'ouvrit et le garde se précipita à l'intérieur.

— Qu'est-ce que…?

S'avançant derrière lui, Emma abattit le tabouret de toutes ses forces. Le bois lourd craqua contre l'arrière de son crâne. Avec un gémissement, il s'effondra au sol.

Elle déposa son arme et s'accroupit près de lui.

— Est-ce que je… est-il mort? s'enquit-elle d'une voix tremblante.

Accroupie de l'autre côté de la silhouette à terre, Lady Patricia secoua la tête.

— Il respire. Il ne sera pas inconscient longtemps.

Les mains tremblantes, Emma fouilla le corps du garde et en retira un pistolet et une fiole de liquide transparent qu'elle remit à la douairière. Alors qu'elle allait saisir la corde à la ceinture de l'homme, car elle avait l'intention de le ligoter, une main musclée lui attrapa le poignet. Elle sursauta, et son regard se porta sur le visage du garde. Il avait les yeux ouverts, et il se redressa d'un coup, l'air menaçant.

Un cri monta dans la gorge d'Emma.

Une petite main ornée d'un anneau rouge plaqua un tissu sur le visage de la brute. Il laissa échapper un gémissement et tomba en arrière, sa tête heurtant le sol. Cette fois-ci, il ne bougea plus.

— Voyons si vous aimez goûter à vos propres remèdes, lança la douairière.

Emma se rendit compte que Lady Patricia avait versé le contenu de la fiole sur l'ourlet de son jupon, et qu'elle s'en était servie pour maîtriser le bandit.

Emma haussa les sourcils.

— Votre Grâce, j'ignorais que vous aviez cela en vous.

— Je suis peut-être duchesse, mais je suis écossaise, répliqua sèchement l'autre femme. Comment allons-nous sortir d'ici ?

Emma s'empara du pistolet.

— Nous allons repérer le canot de sauvetage. Si nous parvenons à nous échapper avant qu'Alaric arrive, il n'aura pas besoin de négocier avec ce monstre.

— C'est un excellent plan.

Emma sortit de la cabine et s'engagea dans un couloir sombre et étroit. Écoutant les bruits de pas au-dessus de sa tête, elle partit dans la direction opposée à l'activité. Quelques instants plus tard, elle aperçut des marches devant elle, et de la lumière filtrant d'une trappe au sommet.

Emma gravit l'escalier et poussa prudemment la trappe, juste assez pour pouvoir jeter un coup d'œil à l'extérieur. Ses pupilles furent éblouies par la lumière du jour, ce qui l'aveugla momentanément. Lorsque les points devant ses yeux s'estompèrent, elle vit qu'elles se trouvaient sous le pont arrière. Elle repéra une pyramide de tonneaux à quelques pas de là : une possible couverture. Des bottes traversèrent soudain son champ de vision, et elle laissa aussitôt retomber la trappe. Son cœur battait à tout rompre.

Une minute environ s'écoula. Elle ouvrit la trappe une fois encore.

La voie semblait libre.

— Je vais devoir sortir et chercher le canot de sauvetage, murmura-t-elle. Attendez ici, Votre Grâce.

La douairière acquiesça.

Inspirant pour se donner du courage, Emma poussa la trappe et se précipita vers les tonneaux. Le pouls affolé, le dos appuyé contre les contenants incurvés, elle attendit que quelqu'un hurle qu'il l'avait découverte. Mais rien ne vint. Scrutant les environs, elle estima à environ six mètres la distance où pouvait se trouver le canot de sauvetage. Ses muscles se préparèrent à faire la course.

Mais la voix de Mercer au loin l'immobilisa.

— Bienvenue à bord, Strathaven, dit le comte d'un ton narquois. Je vous attendais.

———

Alaric fit rapidement le point sur la situation.

Il y avait Mercer et six coupe-jarrets, plus les deux autres qui remontaient les malles de la barge.

Neuf scélérats en tout, les chances étaient minces, d'autant plus qu'Alaric avait les mains liées et qu'il était encadré par deux brutes. Pourtant, s'il gagnait du temps, en distrayant Mercer, Will et les autres pouvaient encore arriver. Il n'osa pas scruter les eaux environnantes pour voir si les barges de Johnno avaient réussi à suivre le parcours sinueux des coupe-jarrets jusqu'au navire actuel. Si Will et Kent avaient perdu la piste, trouver le bateau de Mercer parmi la flottille de navires qui se trouvaient dans le port reviendrait à chercher une aiguille dans une botte de foin.

Il ne pouvait pas se préoccuper de cela maintenant

Tu dois faire confiance à Will et à Kent. Reste concentré. Sois à l'affût de la présence d'Emma et de Patricia.

Froidement, il dit :

— Ce n'était pas notre accord, Mercer.

Le comte éclata d'un rire dur.

— Il n'y a pas d'accord, Votre Grâce. Au cas où vous ne l'auriez pas remarqué, j'ai toutes les cartes en main. Vous ferez ce que je dis.

— J'ai apporté l'argent, dit Alaric d'un ton égal. Comptez, si vous le souhaitez. Mais vous devez honorer votre parole de gentleman et libérer Mlle Kent et la duchesse douairière.

Mercer s'avança et le frappa du revers de la main. La tête d'Alaric pivota brusquement sur le côté.

— Vous m'avez ruiné ! À cause de vous, je ne suis plus le bienvenu dans la société, s'exclama le comte, dont le visage affable se déforma sous l'effet de la rage. Vous avez tout détruit !

— Vous vous l'êtes fait tout seul. Ou peut-être aviez-vous besoin d'aide même pour cela, répondit Alaric d'un ton destiné à le provoquer. Peut-être est-ce Webb qui a eu l'idée du plan pour les actions, et que vous n'étiez que son laquais, à suivre ses ordres.

— Ce plan était le *mien*, bon sang ! C'est *moi* qui ai recruté Silas Webb, et non l'inverse. J'ai vu les perspectives de déclin d'United et j'ai engagé Webb pour aider à la faire tomber de l'intérieur. La disparition de l'entreprise était inévitable. Un fait certain. Mais vous êtes arrivé, vous avez évincé Webb, et vous avez transformé l'entreprise en un maudit succès ! J'ai tout perdu à cause de *vous* !

— Vous avez tout perdu parce que vous avez fait un mauvais investissement, et vous avez aggravé la situation en m'empoisonnant et en me tirant dessus

— Quel poison ? grogna Mercer. Qu'est-ce que vous... ?

— Éloignez-vous de lui !

Le regard d'Alaric se tourna en direction de la voix claire et féminine. Un sentiment de soulagement explosa dans sa poitrine, remplacé aussitôt par une peur profonde. *Bon sang, mais que fait-elle ?*

Emma se dirigea vers eux tel un ange vengeur, ses cheveux dénoués retombant sur ses épaules, et un pistolet dans ses petites mains. Elle le pointa sur Mercer.

Celui-ci éclata d'un rire méchant.

— Vous n'allez pas tirer.

— Ah bon ? demanda Emma calmement. Votre homme de main m'a également sous-estimée. Pourtant, il est maintenant sous le pont, et *il ne bouge plus.*

À ces mots, les coupe-jarrets échangèrent des regards inquiets, et quelques-uns secouèrent la tête. Alaric interpréta le message muet : *les femmes sont imprévisibles.*

Le doigt d'Emma se resserra sur la détente ; elle était maintenant à quelques mètres de Mercer.

— Détachez Strathaven. Ou je ferai un trou dans votre cœur.

Au bout d'un instant, Mercer aboya :

— Faites ce qu'elle dit.

Le laquais à côté d'Alaric lui détacha les poignets. Avant que la corde ne touche le sol, Alaric pivota, immobilisant Mercer dans une prise d'étranglement et s'emparant simultanément du pistolet à la ceinture du comte. Il en appuya le canon sur la tempe du malfaiteur.

Emma se précipita à ses côtés, pointant à présent son arme sur la bande de voyous.

— Vous ne pourrez pas tous nous abattre, haleta Mercer. Posez votre arme, et je vous épargnerai, vous et les femmes.

— Lâchez vos armes, grogna Alaric en direction des brigands.

Les hommes de main de Mercer échangèrent des regards, l'air peu sûrs d'eux. C'est alors que la brute aux cheveux noirs, celui qui avait retrouvé Alaric sur le quai, se mit à ricaner.

S'avançant, il dit :

— Je ne crois pas.

Alaric enfonça son arme plus profondément, et Mercer siffla de peur.

— Je suis sérieux. Je tirerai.

— Alors, allez-y, tuez-le, dit le meneur avec un sourire narquois. Une fois le bougre éliminé, il y aura plus d'or pour moi et mes hommes. Vous m'épargnez simplement la peine de le tuer moi-même, n'est-ce pas les gars ?

Son équipage exprima son assentiment et vint se placer derrière lui avec une solidarité de mauvais augure.

Doux Jésus! Une mutinerie.

— Quoi ? s'exclama Mercer, crachant sur son employé. Espèce d'infidèle ! Sale traître !

— J'en ai assez que vous nous maltraitiez, moi et les gars. Vous ne nous avez pas payé la totalité de ce que vous aviez promis, espèce de pingre, et je suis fatigué d'attendre, grogna le meneur, brandissant sa propre arme à feu.

Agissant par instinct, Alaric relâcha Mercer et plongea sur Emma. Il la fit tomber sur le pont, recouvrant son corps du sien au moment où une explosion retentissait. Le cœur battant la chamade, il scruta son visage pâle.

— Tu vas bien ? demanda-t-il, la voix rauque.

— Oui. Toi ? dit-elle.

Il releva le menton, regarda derrière lui et vit... Mercer, toujours debout, l'air stupéfait.

Le meneur des bandits, l'air tout aussi effaré en regardant la tache écarlate qui s'épanouissait sur son torse. Une seconde plus tard, il s'écrasa sur le pont comme un arbre abattu.

Un cri guttural se fit entendre :

— Messieurs, tout le monde à bord !

William.

D'autres coups de feu retentirent. Le bateau se balança à cause des barges qui le heurtaient de tous côtés. Dans le brouillard des échanges de coups de feu, Alaric vit les gardes sauter à bord, son frère menant la charge. Une silhouette familière et élancée bondit sur le bateau.

— Kent ! cria Alaric. Par ici !

L'enquêteur se précipita.

— Emma ?

— Je vais bien, dit-elle pour rassurer son frère.

— Prenez soin d'elle, demanda Alaric à l'autre homme. Je dois aider Will.

— Fais attention, chéri, lui cria Emma.

Il rejoignit la mêlée, qui s'était muée en une foire d'empoignes brutales. Il aperçut Will près du mât, aux prises avec deux brutes massives. Celui qui se trouvait derrière Will le tenait par la gorge ; celui qui était devant se baissa et sortit un couteau de sa botte.

Alaric visa et tira.

Le méchant à la lame sursauta et s'effondra sur le sol. Dans les secondes qu'il fallut à Alaric pour le rejoindre, Will s'était déjà débarrassé du voyou restant. Il envoya son ennemi dans le néant avec un puissant crochet à la mâchoire. Alaric n'eut pas le temps de complimenter son frère sur sa technique que deux autres brutes s'avançaient sur eux, tournant autour d'eux, portant des couteaux.

Les frères se placèrent dos à dos.

— Je vais prendre le plus grand, annonça Will.

— C'est hors de question ! répliqua Alaric.

Le plus grand des brigands prit la décision pour eux et chargea Alaric. Celui-ci fit une feinte à gauche au dernier moment, enfonçant son poing dans le ventre de son assaillant. La brute se plia en deux, et Alaric tordit le bras de l'autre, l'obligeant à lâcher le couteau. Il releva son adversaire et termina le travail avec un coup au visage qui envoya l'autre s'étaler sur le sol.

Une seconde plus tard, Will achevait l'autre coupe-jarret. Croisant le regard de son frère, Alaric haussa un sourcil.

— Qu'est-ce qui t'a pris autant de temps ?

— Tu as toujours besoin d'être le meilleur, n'est-ce pas ? grommela Will.

Alaric balaya le pont du regard, comptant les ennemis maîtrisés par son équipe. Sa nuque se glaça.

— Où diable est Mercer ?

— La maudite fouine ! s'exclama Will. Nous allons fouiller le navire. Il n'a pas pu aller bien loin.

Ils rassemblèrent les gardes libres et se répartirent les recherches dans le bateau. Accompagné de Cooper, Alaric se rendit sur le pont le plus bas. Ses épaules frôlaient les parois de l'étroit corridor, ses muscles se contractant à chaque grincement et à chaque cliquetis du vieux navire. Le garde et lui fouillèrent chaque cabine en chemin : aucun signe de Mercer.

Au milieu du bateau, il entendit des bruits provenant de l'étage inférieur. Il montra d'un geste la trappe qui se trouvait devant eux.

— Il est dans la cale, mima Alaric à l'attention du garde.

Cooper hocha la tête. S'accroupissant, il ouvrit la trappe à la volée en tirant sur l'anneau de fer. Le coup de feu projeta le garde contre le mur. Du sang jaillit de la partie supérieure de son bras. Avec un juron, Alaric tira Cooper hors du danger et constata les dégâts. Heureusement, il s'agissait d'une blessure superficielle qu'il pansa rapidement avec sa cravate.

— Ça tiendra jusqu'à ce que les autres arrivent, dit-il.

— Vous devriez les attendre, Votre Grâce...

Ignorant le garde, Alaric s'approcha à nouveau de la trappe. Il s'arrêta à bonne distance et décrocha sa montre à gousset. Visant, il la jeta à travers le trou, l'entendit dévaler les marches...

Un autre coup de feu fut tiré depuis la cale.

L'instant d'après, Alaric se jeta dans la trappe, atterrissant dans l'obscurité qui sentait le moisi. Son regard se promena de gauche à droite, repéra les contours des caisses, des tonneaux, des sacs... *Mercer.*

Il se jeta sur le comte, qui tâtonnait pour recharger. Il fit basculer le criminel, plaquant le corps de son adversaire contre une caisse. Le pistolet vola hors de vue, mais Mercer riposta avec un désespoir féroce. Il asséna un coup bas, et des étoiles envahirent le champ de vision d'Alaric.

Sa prise se relâcha, et Mercer se libéra. Alors qu'Alaric tentait de reprendre son souffle, il vit quelque chose briller dans la main de son adversaire juste avant que Mercer ne lui fonce dessus, le faisant tomber au sol. Il tendit les mains, attrapa le bras du comte et bloqua l'arc descendant de la lame. La pointe mortelle s'arrêta à quelques centimètres de sa gorge ; ses muscles se tendaient contre la force maniaque de l'autre.

— Je vais te trancher la gorge, espèce d'Écossais ignare, hurla Mercer.

Il en est hors de question !

Alaric fut submergé d'une vague de puissance. S'appuyant sur le bas de son corps, il donna une puissante poussée, se retourna et entraîna son ennemi avec lui. Comme il avait maintenant le dessus, il saisit le poignet de son adversaire, le tordit brusquement et Mercer relâcha la lame en poussant un cri de douleur. La soif de sang prit le dessus, et Alaric abattit ses poings sur le visage de l'autre, faisant craquer les os les uns contre les autres. Il ne s'arrêta que lorsque son ennemi se retrouva inconscient et ensanglanté.

Ce ne fut qu'à ce moment qu'Alaric se releva, à bout de souffle.

— Alaric !

Il se retourna au moment où son frère descendait dans la cale.

Pistolet à la main, Will s'enquit :

— Est-ce que tu vas bien ?

— Oui, répondit Alaric entre deux respirations.

— Et les autres ?

— Cooper se fait panser par Mlle Emma et la douairière, répondit Will avant de faire une pause. Je ne suis pas surpris par la force d'âme de Mlle Emma, mais apparemment notre tante a aussi une échine d'acier.

— Patricia est plus forte qu'il n'y paraît.

Alaric grimaça en faisant bouger ses articulations.

— Ce doit être dans le sang. Pour un duc, tu t'es bien défendu.

— Pour un petit frère, tu ne t'es pas si mal débrouillé.

Une seconde passa, et ils se sourirent.

Alaric dit :

— Trouvons de la corde et attachons...

— Derrière toi ! s'écria Will.

Alaric se retourna à temps pour voir Mercer se précipiter vers lui, le visage ensanglanté et dément, brandissant son couteau dans sa main levée. D'instinct, il se baissa, donna un coup de pied, et le comte vola vers l'avant, s'écrasant la tête la première contre une tour de caisses en bois. L'une après l'autre, elles s'effondrèrent sur lui.

Alaric et Will s'approchèrent, ce dernier pointant son pistolet sur la silhouette allongée. Avec précaution, Alaric écarta les lourdes caisses de Mercer; du bout de sa botte, il fit rouler le comte.

Son regard était fixe. Une large tache écarlate grandissait autour de la lame d'acier enfoncée dans sa poitrine.

Ce brigand était tombé sur son propre couteau.

— Une fin parfaitement appropriée, constata Will.

— Oui, soupira Alaric. C'est fini.

Ensemble, les frères quittèrent la scène sanglante et s'en allèrent rejoindre les autres.

Chapitre Trente-Quatre

Une semaine plus tard, lors d'une réunion intime de sa famille et de ses amis dans sa maison de ville, Alaric méditait sur les changements que les derniers jours avaient provoqués. Son ennemi était mort, sa vie n'était plus en danger. La veille, lors de la réunion de l'United Mining, le plan de développement d'Alaric et Tremont avait reçu le soutien unanime des actionnaires, et le prix des actions s'envolait.

Plus important encore, Alaric avait annoncé publiquement ses fiançailles avec Emma.

Il observait sa promise qui se mêlait à leurs invités dans le salon. Ce soir, c'était leur dîner de fiançailles, et elle était radieuse dans une robe de soie cerise qui drapait joliment ses courbes et sa taille fine. Le collier ras de cou qu'il lui avait offert lui entourait la gorge, et une bague en diamant rose assortie scintillait à son doigt.

Elle était une duchesse à part entière. *Sa* duchesse.

Il avait du mal à l'idée de patienter pendant les huit semaines qui s'écouleraient avant qu'elle ne remonte l'allée de l'église Saint-Paul vers lui. Lady Patricia avait affirmé que deux mois constituaient la durée minimale acceptable pour des fiançailles; tout délai plus court entraînerait des discussions sur la raison de cette précipitation. Il savait qu'Emma était préoccupée par son ascension dans la société et, pour son bien, il ne voulait pas que sa réputation soit entachée.

Il était déterminé à ce que, cette fois-ci, son mariage ne soit pas marqué par le scandale. Il ne se précipiterait pas. La clé du bonheur était de garder le contrôle.

— Elle fera une bonne duchesse, Strathaven.

La douairière vint se placer à ses côtés. Elle ajusta son turban à plumes, sa bague accrochant les reflets du lustre.

— Je dois bien avouer que j'avais des doutes, mais, maintenant, je comprends l'intérêt que tu lui portes. Elle ne ressemble à aucune des femmes que je connais. Sa famille est plutôt... unique aussi.

Alaric se retint de sourire. Au cours du dîner, les Kent s'étaient révélés être un groupe divertissant et plein de vie. Dorothea était en train de jouer du piano dans un coin, et il remarqua que son ami Tremont semblait tout à fait captivé par son interprétation. Violet et Polly étaient à une table de cartes, la première provoquant les gloussements d'un comte grincheux avec ses tours de cartes. Entourée de jeunes gens enthousiastes, Primrose Kent se tenait au centre de la pièce.

Tout compte fait, Alaric se disait qu'il pourrait se prendre d'affection pour la famille d'Emma.

— En effet, ma tante, dit-il.

— Pas étonnant que tu sois épris. Ne te donne pas la peine de le nier, insista Lady Patricia, agitant son doigt, car on peut lire en toi comme dans un livre ouvert.

Alaric lui jeta un regard en coin.

— Je suis sûr que vous exagérez, Votre Grâce.

— Je suis sûre que non. Toute la bonne société est en émoi de voir comment l'homme puissant est tombé amoureux. Tu es sur la bonne voie pour prouver la vérité de l'adage qui dit que les séducteurs repentis font les meilleurs maris.

Le rouge monta aux joues d'Alaric. C'était une chose pour lui d'admettre qu'il désirait Emma, mais une autre que le *beau monde* ricane à ce sujet. D'autant plus que c'étaient les mêmes commères qui l'avaient catalogué comme un séducteur infidèle lors de son dernier mariage.

— Est-ce le passé qui te perturbe, mon garçon ? s'enquit la douairière, dont le regard inquisiteur fouilla le sien. Je ne pense pas que Mlle Kent te trahira ou te manipulera comme Laura l'a fait.

— Je ne veux pas discuter du passé, répondit Alaric avec raideur.

— Je t'ai contrarié, n'est-ce pas ? Pardonne-moi. Je ne veux pas dire de bêtises. Tu dois savoir que je ne veux que ton bonheur.

Voyant la lueur dans les yeux de sa tante, il soupira intérieurement et s'inclina sur sa main.

— Je sais. Si vous voulez bien m'excuser, je dois faire un tour parmi mes invités.

La douairière lui adressa un petit sourire.

— Ne t'inquiète pas pour moi. Sois heureux, mon garçon.

Il se fraya un chemin dans le salon, s'arrêtant pour accepter les félicitations de plusieurs invités, dont les Blackwood, à l'occasion de ses fiançailles. Il rejoignit enfin sa promise, qui discutait avec leurs frères et belles-sœurs respectifs. Il passa un bras possessif autour de la taille d'Emma en se plaçant dans leur cercle.

— Tu t'amuses bien, ma jolie ? s'enquit-il.

Elle lui sourit, et la chaleur de son regard couleur thé dissipa le malaise provoqué par la conversation avec sa tante. *Emma n'a rien à voir avec Laura*, se dit-il.

Depuis leurs fiançailles, ils n'avaient réussi à voler que des bribes d'intimité. La dernière fois avait eu lieu quand il l'avait accompagnée à l'opéra et que Mme Kent l'avait obligeamment autorisé à raccompagner Emma chez elle.

Ces minutes torrides dans le carrosse resurgissaient maintenant, embrumant son cerveau, faisant se raidir une autre partie de son anatomie dans l'attente de sa nuit de noces. Bon sang, sentir son fourreau délicieux se resserrer autour de son sexe comme il l'avait fait avec ses doigts, sa langue...

Huit semaines de plus seraient une véritable torture.

Mais il le supporterait... parce qu'il le pouvait. Parce qu'il se maîtrisait. Presque totalement.

— Nous parlions des préparatifs du mariage, lui dit Emma, et de l'importance des détails.

— Je ne crois pas qu'Alaric se fiche des fleurs, dit Will d'un air entendu.

Son frère plissa les yeux. Ce n'est pas parce qu'ils s'entendaient mieux ces jours-ci que Will ne pouvait pas se montrer casse-pieds.

— As-tu même remarqué les fleurs à ton propre mariage ? remarqua Alaric avec une ironie froide. Si je me souviens bien, toute l'affaire s'est déroulée en un clin d'œil. Tu as chassé tes invités hors de la maison avant même que le gâteau soit servi.

Annabelle rougit légèrement, mais Will se contenta de sourire et de passer un bras autour de sa femme.

— J'ai eu le mariage que je voulais... avec la fille que je désirais.

Alaric ne pouvait pas le lui reprocher. D'une certaine manière, il enviait la liberté de son frère, qui n'était pas encombré par un duché et les attentes qui l'accompagnaient. Le mariage de Will s'était déroulé dans l'intimité, avec une douzaine d'invités, alors que celui d'Alaric en compterait près d'un millier.

— Je vous prie de m'excuser de mêler les affaires au plaisir, dit Kent, mais il me semblait important de vous informer que j'ai reçu un message de Lugo aujourd'hui.

En dépit de la mort de Mercer, l'enquêteur africain avait poursuivi sa quête pour retrouver la femme de chambre disparue. Kent et Associés ne laissait pas de détails en suspens. C'était une chose qu'Alaric respectait.

— Y a-t-il de nouveaux développements ?

— Mlle White attire apparemment les admirateurs comme le miel attire les abeilles. Lugo a suivi une piste de cœurs brisés, l'informa Kent d'un ton sec. Il pense qu'il est sur le point de la retrouver.

— Veuillez lui transmettre ma gratitude pour sa persévérance, dit Alaric.

— Et, s'il vous plaît, dites à M. Lugo qu'il est invité à notre...

Emma s'interrompit, son regard se portant sur le gentleman qui venait d'entrer dans la pièce. L'homme présentait un mélange incongru de caractéristiques. Grand et large d'épaules, il avait la carrure de celui qui aime les activités physiques. Cependant, ses lunettes en fil de fer, ses cheveux ébouriffés et ses vêtements froissés lui donnaient l'air distrait d'un érudit.

Fronçant les sourcils, Alaric s'enquit :

— Qui est-ce ?

— *Emma*, dit l'inconnu en même temps.

Incrédule, Alaric regarda sa fiancée *courir* vers le nouvel arrivant et l'entourer de ses bras. Celui-ci lui rendit son étreinte avec le même enthousiasme. La pression dans les veines d'Alaric grimpa en flèche.

— Harry ! s'exclama Violet, qui bondit vers le couple. Tu as réussi ! Je ne savais pas quand ma lettre te parviendrait.

Harry Kent, le *frère* d'Emma. Le duc desserra les poings. Alors que les Kent se rassemblaient autour de leur frère fraîchement arrivé, il constata que l'air de famille était indéniable.

— J'ai quitté Paris pour Londres dès que je l'ai reçue, déclara Harry Kent. Quand je suis arrivé à la maison, Pitt m'a donné cette adresse en disant que vous étiez tous là.

Fronçant les sourcils, il étudia sa sœur aînée.

— Tu vas bien, Em ? Vi m'a écrit que tu avais été enlevée...

— Je vais très bien. Je suis désolée que tes études aient été interrompues, mais je suis heureuse de te voir. Il y a quelqu'un que je voudrais que tu rencontres.

Prenant son frère par le bras, Emma l'entraîna vers Alaric. Rayonnante de fierté, elle annonça :

— Voici mon frère Harry. Harry, voici le duc de Strathaven, mon fiancé.

Son frère lui adressa un regard, les yeux grands écarquillés.

— Tu vas te marier ?

Alaric s'inclina.

— Votre sœur m'a fait ce grand honneur.

Harry s'empressa de lui rendre la politesse.

— C'est un plaisir de vous rencontrer, monsieur... je veux dire, Votre Grâce.

Il jeta ensuite un regard à sa sœur, qui disait clairement, *tu vas devoir tout me raconter.*

— Bienvenue à la maison, mon frère, dit Kent.

Ses yeux brillaient de plaisir lorsqu'il serra la main de Harry.

— Tu as encore grandi depuis la dernière fois que nous t'avons vu.

— Tu arrives juste à temps, dit Mme Kent en souriant lorsque Harry l'embrassa sur la joue. Il y a beaucoup à faire pour le mariage, à commencer par les essayages chez le tailleur. Ambrose et toi devez faire un tour à Old Bond Street demain.

Les frères Kent échangèrent un regard... et gémirent.

———

Le cœur d'Emma n'aurait pu être plus rempli. La soirée se déroulait à merveille et l'apparition de Harry avait été la cerise sur le gâteau. Entourée de sa famille et de ses amis, elle débordait de joie. Sa fête de fiançailles était à la hauteur de ses espérances.

Pourtant, alors que Thea entamait une interprétation envoûtante de la *Sonate au clair de lune* du maître Beethoven, Emma remarqua qu'elle était agitée. Elle se rendit compte qu'elle n'avait pas vu Alaric depuis au moins un quart d'heure ; en balayant la salle du regard, elle ne vit aucune trace de lui. Suivant son instinct, elle s'éclipsa pour le retrouver.

La porte de son bureau était ouverte, et elle le vit debout près des fenêtres, à contempler le jardin sombre. Phobos et Deimos étaient à ses pieds ; les oreilles des lévriers se dressèrent avec intérêt à son arrivée. Elle entra et referma la porte derrière elle.

Le regard de jade d'Alaric se posa sur elle, et elle fut à nouveau frappée par sa beauté masculine, et par son émerveillement. Parfois, le fait que ce duc terriblement séduisant la désire lui donnait l'impression d'être dans un rêve. Elle avait hâte que le jour de leurs noces arrive... tout comme leur nuit de noces.

— Je me demandais où tu avais disparu, lui dit-elle.

— Je voulais juste un moment pour moi, répondit-il avec un sourire triste. Je n'ai pas l'habitude d'être entouré d'autant de... famille.

— Je comprends, le rassura-t-elle. Veux-tu que je m'en aille ?

— Non, ma jolie. Ta présence est la bienvenue.

Il lui tendit une main et, lorsqu'elle s'approcha, il la prit dans ses bras. Une vague de plaisir envahit Emma lorsqu'il frotta son nez contre son oreille.

— Tu me manques, Emma.

Elle ne fit pas semblant de ne pas comprendre.

— Tu me manques aussi.

Il lui répondit par un baiser brûlant, qui mua aussitôt le désir de la jeune femme en une flamme irrésistible. Elle entremêla avec ardeur sa langue à la sienne, se rapprochant davantage de son corps mince et dur. Elle voulait être encore plus près de lui. Les mains de son fiancé saisirent ses fesses, la plaquant contre lui et le renflement viril qu'elle pouvait sentir à travers les épaisseurs de ses jupes. Elle se frotta contre lui avec un appétit non dissimulé, son ventre frémissant de vacuité, un manque impudique qu'il était le seul à pouvoir combler.

— Bon sang, j'ai tellement envie de toi, dit-il d'une voix rauque. Je ne sais pas comment je vais pouvoir attendre huit semaines encore pour te faire mienne.

Une prise de conscience soudaine éclata en elle. En vérité, la graine avait germé depuis que Mercer l'avait enlevée. La vie était trop courte, trop précieuse et fragile pour être gaspillée.

— Je ne veux pas attendre, murmura-t-elle.

Il la regarda, ses pommettes saillantes rougissant sous l'effet de l'excitation.

— Je ne te prendrai pas tant que nous ne serons pas mariés, Emma. Je veux faire les choses bien.

Elle l'aimait pour cela. Elle aimait sa façon de la traiter, les efforts qu'il faisait avec sa famille, et sa détermination à lui offrir le mariage dont toute femme rêvait.

Je l'aime tellement, pensa-t-elle avec nostalgie.

Elle était tentée de le lui dire, mais elle avait décidé d'attendre leur nuit de noces, pour sceller ce moment spécial par une déclaration de ses sentiments. Elle ignorait comment il réagirait ; après tout, il s'était montré honnête quant à son point de vue sur l'amour. Pourtant, au fond de son cœur, Emma croyait qu'il tenait à elle, et elle était persuadée qu'un jour prochain, il lui dirait les mêmes mots.

Prenant sa respiration, elle dit :

— Alors, allons nous marier.

— Pardon ?

— Enfuyons-nous, dit-elle simplement. Gretna Green[1] est sur le chemin de ton domaine, n'est-ce pas ? Nous pourrions passer notre lune de miel à Strathmore.

Emma vit le désir flamboyer dans ses yeux d'argent, et pourtant il secoua la tête, comme s'il s'adressait à lui-même autant qu'à elle.

— Tu mérites un grand mariage, et tu l'auras.

— C'est *toi* que je mérite, répondit-elle en embrassant sa mâchoire, et je ne veux pas attendre.

— Ta famille...

— Ils seront heureux que je sois heureuse. Nous pouvons les inviter à nous rendre visite à Strathmore, n'est-ce pas ?

— Notre maison est la leur. Mais, ma douce...

Il s'interrompit lorsqu'elle passa les bras autour de son cou. Se hissant sur la pointe des pieds, elle murmura contre son oreille :

— S'il te plaît ? Je ne veux pas perdre un instant de plus. J'ai besoin d'être à toi, Alaric.

Emma vit des ombres vaciller dans les yeux de son fiancé, et ses épaules se raidir, comme s'il menait un combat intérieur. La bienséance ne pouvait pas avoir autant d'importance pour lui !

---

1. NDLT : Gretna Green est un village du sud de l'Écosse. Les couples mineurs et illégitimes pouvaient s'y marier dans l'échoppe du forgeron.

Ensuite, il referma les bras autour d'elle, l'écrasant contre son torse.

— Tu es à moi, dit-il brusquement. Oh, Emma, *tu es à moi.*

————

Le lendemain, vers midi, Marianne trouva son mari dans son bureau en train de rédiger un rapport. Tout en écrivant, il se frottait distraitement la nuque, une habitude qu'elle trouvait attachante, même après toutes ces années de mariage.

Il se leva aussitôt lorsqu'il la vit et le sourire dans ses yeux adoucit son air sombre.

— Je suis ravi de te voir. Tu t'es bien reposée, ma chérie ?

Elle s'approcha de lui pour redresser les revers de sa veste.

— Oui. La fête d'hier soir n'a pas duré si longtemps.

Elle était en train de gagner du temps... et elle se maudit de sa bêtise. Elle était connue pour son franc-parler. Mais il s'agissait d'Ambrose, l'homme qu'elle aimait, et elle savait qu'il ne prendrait pas bien la nouvelle qu'elle devait lui annoncer.

— Je ne parlais pas de la fête, murmura-t-il en se baissant pour l'embrasser sur la joue.

La peau de Marianne se réchauffa au souvenir de leur célébration privée *après* la fête... mais elle ne pouvait plus attendre. Elle décida de laisser les faits parler d'eux-mêmes. Sans mot dire, elle lui tendit la lettre qu'elle avait découverte quelques instants plus tôt sur le lit bien fait d'Emma.

— Qu'est-ce que c'est ? demanda-t-il.

Ambrose se renfrogna davantage à mesure qu'il parcourait les brèves lignes.

— Bon sang, ils se sont *enfuis* ?

— Emma a dû s'éclipser avant le réveil des domestiques. J'ai cru qu'elle était restée au lit pour se reposer après la fête. J'aurais dû m'en douter, remarqua Marianne d'un ton ironique. Je viens d'aller la voir, et j'ai trouvé le mot.

— *Nous voyagerons en diligence postale, qui promet de nous amener à Gretna Green en trois jours*, lut Ambrose à haute voix. *J'espère que tu me pardonneras mon impétuosité, mais, à la vérité, je ne pouvais pas attendre. Je t'en prie, partage notre bonheur. Nous rendrez-vous bientôt visite au château de Strathmore ? Je me réjouis de vous accueillir tous dans mon nouveau foyer. Ta sœur qui t'aime, Emma.*

Il froissa la lettre.

— Bon sang ! Même si je partais immédiatement, ils ont une demi-journée d'avance. Je ne les rattraperai pas à temps.

Marianne lui posa la main sur l'épaule.

— Tu ne dois pas t'en mêler, chéri.

— Mais, s'enfuir... ce n'est pas convenable !

— Une fois qu'Emma sera duchesse, la manière dont se sera déroulé le mariage n'aura plus d'importance. Crois-moi, quiconque osera faire des commérages au sujet de ta sœur devra affronter la colère de Strathaven. Au cas où tu ne l'aurais pas remarqué, insista Marianne avec une pointe d'amusement dans la voix, il est très protecteur à son égard.

Ambrose se passa une main dans les cheveux.

— J'ai remarqué. Je commençais à m'habituer à Sa Grâce, aussi, jusqu'à ceci.

— On ne peut pas reprocher à un homme amoureux d'être impétueux.

— Es-tu sûre qu'il l'aime ?

Du bout du doigt, Marianne toucha le creux entre les sourcils de son mari, et lui dit d'une voix rauque :

— Chéri, il la regarde comme tu me regardes.

Ambrose soupira.

— J'espère que tu as raison.

— Je sais que j'ai raison, affirma-t-elle, passant le bras sous celui de son mari. Allons en informer le reste de la famille. J'ai le sentiment qu'ils seront impatients de visiter l'Écosse.

Chapitre Trente-Cinq

Il était surprenant de constater que quelque chose d'aussi banal qu'un dîner pouvait se transformer en une activité excitante lorsqu'on la partageait avec son mari.

Attablée confortablement au coin du feu, dans une suite que l'aubergiste avait décrite comme sa « plus belle », Emma étudiait Alaric en dégustant son vin. Il avait revêtu une robe de chambre en brocart noir, sa gorge était nue, ses cheveux noirs bouclés et humides à cause de son bain. Ils avaient tous deux fait leur toilette après être arrivés à l'auberge une heure plus tôt. Une demi-heure avant cela, ils s'étaient engagés l'un envers l'autre au-dessus d'une enclume, lors d'une cérémonie aussi brève que douce.

Emma était désormais officiellement Mme Alaric James Alexander McLeod.

Et aussi la nouvelle duchesse de Strathaven.

Prenant sa main sur la table, son époux passa son pouce sur son alliance en or, manifestement satisfait de ce signe de possession. Comme il portait à la main une version masculine plus large, symbole de *sa* propre revendication, elle ne se plaignait pas.

Posant sur elle ses yeux d'un beau jade fumé, il murmura :

— As-tu assez mangé, ma jolie ?

— Je suis totalement repue, répondit-elle avec sincérité.

Les restes de leur festin, composé de gibier rôti et de tarte écossaise, de potée et d'un assortiment de fromages locaux, de framboises nappées de crème fouettée, se trouvaient encore sur la table devant eux.

— L'aubergiste a envoyé de quoi nourrir une armée.

— Il voulait s'assurer que nous ayons assez d'énergie.

Le sourire lent et coquin d'Alaric réchauffa les joues d'Emma, et accéléra les battements de son cœur.

— Je ne crois pas que l'endurance sera un problème, affirma-t-elle.

Au cours de leur rapide voyage de deux jours et demi vers Gretna Green, ils étaient restés seuls dans la diligence postale qu'Alaric leur avait réservée. Cependant, les cochers et les gardes qui se trouvaient en haut avaient rendu la situation moins privée, et Alaric avait insisté pour rester prudent.

Ils avaient passé le plus clair de leur temps à discuter, tantôt de sujets plus légers comme leurs plats préférés, la tarte écossaise pour lui et la tarte aux amandes pour elle, tantôt d'endroits où ils étaient allés et où ils voulaient se rendre. Ils avaient également abordé des sujets plus sérieux. Elle avait évoqué la pauvreté qu'elle avait connue lorsqu'elle était jeune, la peur permanente d'un garde-manger vide ou d'un loyer en retard. Elle avait également partagé ses joies les plus profondes : faire partie d'une famille qui se serrait les coudes contre vents et marées, qui accordait plus d'importance au rire et à l'autre qu'aux choses du monde.

De son côté, Alaric ne lui avait pas dévoilé son passé aussi facilement, mais il avait répondu à ses questions, lui fournissant suffisamment de détails pour qu'elle puisse reconstituer une enfance solitaire et une adolescence assombrie par sa maladie. Elle savait déjà que sa mère était morte quand il était jeune. D'après le peu qu'il disait de son père et de son tuteur, elle comprenait qu'aucun d'eux n'était du genre à s'occuper des enfants. Lorsqu'ils vinrent à évoquer sa tante, il parla avec une reconnaissance distante de tout ce qu'elle avait fait pour lui.

Cependant, il était plus enclin à parler de la période qui avait suivi la mort de son tuteur. Il avait reçu une petite allocation du domaine de Strathaven, qu'il avait investie pour pouvoir payer ses frais de scolarité et sa subsistance à Oxford. Après ses études, il avait continué à accumuler des richesses grâce à ses investissements; il était sur le point de bâtir un empire financier lorsque, l'un après l'autre, les héritiers de Strathaven étaient décédés, le laissant ainsi succéder au duc.

À l'âge de vingt-huit ans, Alaric avait hérité d'un château coûteux, de domaines mal gérés et de peu de revenus pour les entretenir. Grâce à son sens des affaires, il avait redressé la situation, et investi dans la modernisation. Depuis le début de son mandat, il avait rempli les coffres de Strathaven et apporté la prospérité à ses terres.

Emma ne connaissait pas cette facette d'Alaric : l'homme travailleur sous l'aristocrate blasé. Elle l'admirait davantage. Le voyage jusqu'à Gretna Green avait favorisé leur rapprochement et Emma n'avait aucun doute sur le fait qu'ils étaient faits l'un pour l'autre. En conséquence, elle était plus que prête à explorer et à approfondir leur intimité physique. À se donner à son mari, corps et âme.

Alaric recula sa chaise, et se tapota les cuisses.

— Viens ici, ma jolie.

Avec des frissons d'excitation, elle obéit. Elle ne portait rien sous sa robe de chambre en flanelle rose et sentait donc les tendons de ses cuisses, le renflement de son excitation grandissante. Il l'embrassa doucement et elle soupira, se délectant de son goût sucré par le vin chaud. Ils se dégustèrent l'un l'autre, leurs langues tournoyant et se caressant, dans un baiser de tendre convoitise.

Il desserra la ceinture de la robe de chambre d'Emma, et elle rougit lorsqu'il contempla son corps dénudé avec un regard de pure possession.

— Regarde-toi, dit-il. Tu es si belle et tu es toute à moi. Tu veux me faire confiance, Emma ?

— Je le veux.

C'était un écho excitant des mots qu'elle avait prononcés pour s'engager avec lui pour toujours.

— Dis-moi que tu me laisseras faire ce que je veux. Dis que tu es à moi, ordonna-t-il.

Elle eut le souffle coupé lorsqu'il prit un de ses seins en main, le serrant de manière possessive. Elle comprenait l'importance de ces mots pour lui, un homme qui avait été trahi par sa première femme. Qui avait été seul pendant une grande partie de sa vie.

Fallait-il s'étonner qu'Alaric ait besoin de certitudes ? Qu'il ait besoin d'*elle* ?

— Je suis à toi, promit Emma. Tu peux faire ce que tu veux.

La liberté familière et enivrante enfla en elle, et elle vit les narines d'Alaric se dilater, ses pupilles s'assombrir sous l'effet de l'excitation. Lorsqu'il était question de faire l'amour, elle avait besoin de se laisser aller autant qu'il avait besoin de garder le contrôle. Ils étaient parfaitement compatibles.

Tendant la main vers la table, il plongea son doigt dans son gobelet de vin. La respiration d'Emma devint saccadée lorsqu'il passa le liquide frais sur son mamelon, encerclant l'aréole, la taquinant jusqu'à ce que celle-ci durcisse. Elle tendit le cou lorsqu'il baissa la tête et lécha le bourgeon tendu. La sensation se propagea directement au creux de son ventre, et son sexe se mouilla dans un élan de chaleur.

— Tu aimes ça, murmura-t-il après avoir prodigué la même attention à l'autre sein.

— Oui, soupira-t-elle.

— Est-ce que tu es mouillée maintenant ?

Rougissante, elle acquiesça.

— Montre-moi, insista-t-il.

Elle cilla.

— Touche-toi, ma chérie, dit-il avec une voix rauque.

Il lui prit la main et la plaça entre ses cuisses. Le pouls d'Emma s'emballa lorsque leurs doigts joints plongèrent dans les replis charnus, qui étaient effectivement moites. Il la guida vers le haut, jusqu'à son nœud enfoui, tournant autour, le caressant jusqu'à ce qu'elle laisse échapper un gémissement. Sa gêne disparut devant la sensualité brûlante de leurs caresses jointes.

— C'est bon, n'est-ce pas? ronronna-t-il. Caresse-toi pour moi. Fais-toi jouir pendant que je suce tes jolis seins.

Soutenue par le bras d'Alaric, sa colonne se cambra lorsque sa langue tournoya autour de son mamelon, imitant de manière érotique ce que ses doigts faisaient plus bas. C'était scandaleux, dépravé... et délicieux. Emma accéléra ses caresses à mesure que la pression augmentait en elle; son mari allait et venait entre ses seins, qu'il suçait et léchait. Quand ses dents effleurèrent une pointe sensible, le plaisir explosa et elle cria son nom.

Il la souleva dans ses bras, l'embrassant avec douceur tandis qu'elle cherchait à reprendre son souffle. Il la déposa sur le bord du lit, lui retira sa robe de chambre, puis fit de même avec la sienne. En dépit du contrecoup qui bourdonnait dans ses veines, son ventre entra en fusion quand il se tint devant elle, son corps lui étant révélé dans sa magnifique entièreté pour la première fois.

Il aurait pu être taillé dans le marbre, tant sa silhouette était parfaitement dessinée. La lueur du feu léchait ses épaules musclées et sa poitrine dure, les ondulations fermes de son ventre. Ses hanches étaient étroites et son ventre se prolongeait par un V musclé. Tout en lui, des poils sombres qui recouvraient ses muscles tendus à son énorme érection, dégageait une virilité flagrante.

— Tu ferais pâlir de honte une statue, dit-elle, émerveillée. Tu es si beau, Alaric.

Son sourire de travers était étonnamment enfantin.

— Tu ne devrais pas me flatter ainsi. Un tel encouragement pourrait me monter à la tête.

— Je crois que c'est déjà le cas, dit-elle en fixant l'extrémité enflée de son membre.

— Quelle coquine j'ai épousée, dit-il avec un rire rauque.

— Puis-je te toucher?

— Oui, ma belle. Pose tes mains sur ton mari.

Comme il était debout et qu'elle était juchée sur le matelas, elle n'avait qu'à tendre le bras. Enroulant ses deux mains autour de son membre épais, elle le caressa avec révérence, se délectant de toute cette puissance masculine contenue dans ses paumes.

— Ta façon de me toucher... c'est tellement bon !

L'excitation colorait ses pommettes, intensifiant son accent. La rosée qui s'échappait de son sexe était une preuve supplémentaire qu'il disait la vérité.

— J'aime te toucher, avoua-t-elle.

— Oh, je n'en peux plus !

Alaric gémit et glissa les mains dans les cheveux d'Emma, guidant sa tête vers son membre turgescent.

— Humidifie-le, ma chérie. Il entrera plus facilement dans ta petite figue étroite.

Elle s'empressa de suivre ses instructions. Posant la langue sur lui, elle lubrifia son érection d'acier. Lorsqu'elle arriva à l'extrémité bombée, elle écarta les lèvres, le prenant profondément. Alaric en eut le souffle coupé.

Il resserra les mains dans les cheveux d'Emma pour l'immobiliser.

— Ça suffit. Allonge-toi maintenant et écarte tes jolies jambes pour moi.

Son ordre, prononcé d'une voix ducale, fit jaillir des flammes de désir sur la peau de sa femme. Elle obéit et posa la tête sur les oreillers. Il s'agenouilla entre ses cuisses, et, sous le coup de l'impatience, et d'un soupçon d'anxiété, sa poitrine se gonfla lorsque la large extrémité de son sexe vint se loger contre sa chair vulnérable.

Alaric regarda son Emma et comprit ce qu'Arès avait dû ressentir en contemplant Aphrodite. Du désir. De la convoitise. Une possessivité féroce tempérée par une dose de tendresse tout aussi féroce. Pourtant, Arès, ce malheureux Olympien, ne pouvait prétendre qu'à l'amour d'Aphrodite, qui avait épousé un autre dieu. Emma, en revanche, appartenait à Alaric, et il ne la laisserait jamais, jamais, partir.

Il se disait qu'il avait bien fait de s'enfuir avec elle. De céder à sa douce demande. Pourquoi retarder l'inévitable? Maintenant, elle lui appartenait, et le tourment de l'attente était terminé. Son membre était prêt pour l'ultime revendication, mais il devait d'abord s'assurer que sa duchesse était prête à le prendre.

Saisissant son membre rigide, il les taquina tous les deux en promenant son extrémité bourgeonnante sur les pétales humides de sa femme. Il gémit face à sa volupté, à son nectar qui le recouvrait. Reculant, il toucha son intimité avec sa main, et y introduisit son majeur. Son fourreau étroit le serra aussitôt.

— Tu es délicate, ma jolie, lui dit-il.

Il la caressa avec son doigt, augmentant sa moiteur pour ne pas la blesser.

— Il est possible que cela te brûle un peu au début.

— Je n'ai pas peur. Je te veux, Alaric, dit-elle fermement. Viens en moi.

Incapable de se retenir plus longtemps, il s'abaissa sur sa douceur généreuse et approcha son sexe de sa boutonnière. Il se glissa lentement entre ses lèvres rosées. Il laissa échapper un son étranglé tant elle était étroite, à cause de la pression décadente de son fourreau virginal autour de son membre qui l'envahissait. Elle se raidit sous lui, et il fit appel à toute sa volonté pour rester immobile, pour ne pas s'enfoncer totalement en elle, comme son instinct l'exigeait.

— Ma douce? dit-il, scrutant son regard.

— C'est étrange, dit-elle, le souffle court. Est-ce toujours aussi... serré?

La transpiration s'accumulait sur le front d'Alaric qui luttait pour garder le contrôle.

— C'est seulement parce que c'est ta première fois. Tu t'habitueras à moi.

— Es-tu, euh, complètement à l'intérieur?

Alaric baissa les yeux, ce qui était une erreur. La vue de leurs corps unis, de son joli sexe étiré autour de son sexe épais, faillit lui faire perdre la tête.

— À peu près à mi-chemin, parvint-il à articuler.

C'était surestimé, mais il ne voulait pas l'effrayer.

— À mi-chemin? répéta-t-elle avec un désarroi évident. Tu es trop grand.

En l'entendant mentionner sa taille, sa bête vaniteuse se rengorgea.

— Tu t'adapteras à moi dans un instant, dit-il en serrant les dents. Essaie de te détendre, ma jolie.

— Peut-être que si je bouge un peu...

Avant qu'il puisse l'en dissuader, elle releva les hanches, et le mouvement le fit glisser plus profondément dans sa chaleur. Elle haleta; il gémit sous l'effet de cette torture délicieuse. Son sexe était à moitié enfoui dans la boutonnière la plus excitante et la plus étroite qu'il ait jamais connue, et il ne pouvait pas bouger.

— Maintenant, la douleur n'est plus aussi forte, dit Emma. Peux-tu essayer à nouveau, mais y aller lentement?

Il aurait voulu chanter l'*Alléluia* avec les anges.

— Oui, ma jolie, répondit-il en balançant les hanches. Tout ce que tu voudras...

Il entama un mouvement de va-et-vient avec précaution. Voyant qu'elle ne montrait aucun signe de douleur, il alla un peu plus loin à chaque coup de reins. Il la sentait s'épanouir autour de lui. Elle poussa un soupir, sa chaleur voluptueuse l'entourant, l'enserrant. Les poumons en feu, il s'enfouit finalement jusqu'à la garde et s'immobilisa.

— Qu'est-ce que tu ressens, ma chérie?

Les paupières d'Emma semblaient lourdes.

— Hmm, c'est plutôt... *agréable.*

— Nous allons devoir faire mieux qu'agréable, dit-il d'une voix rauque.

Il s'abaissa pour sucer son mamelon tout en reprenant ses va-et-vient. Lorsqu'elle gémit, glissant les mains dans les cheveux d'Alaric, il comprit que son inconfort était passé. Il accéléra ses coups de reins, gémissant lorsque les hanches de sa femme accompagnèrent ses mouvements, se soulevant naturellement, parfaitement, pour l'emmener encore plus loin en elle. Lorsqu'elle commença à balancer sa tête sur l'oreiller, il saisit ses fesses douces et la pénétra, inclinant son membre pour effleurer sa perle, se frottant à son sommet sensible. Il recommença, encore et encore, faisant tourner ses hanches, se servant de la racine rigide de son sexe pour accroître le plaisir de la jeune femme et augmenter le sien par la même occasion.

Il était déchaîné, à deux doigts de jouir comme jamais il ne l'avait fait de sa vie. Elle se tordit contre lui, leurs corps se tendirent l'un contre l'autre, luisants de sueur.

— Oh, mon Dieu! haleta-t-elle.

— C'est ça, gronda-t-il, intensifiant la férocité de ses coups de reins. Jouis pour moi. Je veux te sentir jouir autour de moi.

— *Alaric*!

— Oui, ma douce, gémit-il. Bon sang, tu me serres si fort, je ne peux pas...

Son orgasme le submergea en rugissant. Des vagues de chaleur remontèrent de son bas-ventre. Il frémit d'extase lorsque sa semence jaillit, brûlante, au creux du ventre de sa femme, alors que son extase déclenchait la sienne.

Ensuite, il les fit rouler sur le côté de sorte qu'ils se faisaient face, leurs corps toujours joints. Alaric embrassa le front d'Emma et passa une main possessive sur sa hanche.

— Comment vas-tu? demanda-t-il doucement.

— Merveilleusement bien.

Les yeux rêveurs, elle murmura :

— Je t'aime, Alaric.

Il se figea. Alors même que les ailes du plaisir battaient dans sa poitrine, une panique tout aussi forte s'installa. Le passé sortait ses griffes féroces, un sentiment d'humiliation le tenaillait alors qu'il se rappelait les fois où il avait parlé d'amour, la façon dont Laura lui avait arraché d'innombrables déclarations de ce genre. Il se souvenait de son besoin désespéré de l'affection de sa femme, et qu'en fin de compte, cela n'avait pas été suffisant. Que *lui* n'avait pas été suffisant.

Tu n'es qu'un maudit égoïste. Tu n'es pas capable d'aimer, et tu ne mérites pas d'être aimé.

Une colère soudaine lui glaça les entrailles, chassant son bien-être. Il s'était montré clair avec Emma, honnête depuis le début. Elle ne pouvait pas s'attendre à ce qu'il l'aime alors qu'il n'avait rien à lui donner, et mentir ne ferait qu'empirer les choses à long terme.

Un soupçon le transperça. *Pense-t-elle pouvoir me manipuler ? Parce qu'elle m'a convaincu de m'enfuir avec elle, croit-elle qu'elle me tient par le bout du nez ?*

Cette méprise *devait* être étouffée dans l'œuf.

— Merci, ma jolie, dit-il froidement, mais ce n'est pas nécessaire.

Le sentiment de satisfaction indolente qui se lisait dans ses yeux s'estompa. Une myriade d'émotions passa sur son visage, et il se tendit en prévision de l'inévitable riposte. Des accusations et des larmes.

Au bout d'un moment, elle posa une main sur sa mâchoire. Le regard clair et stable, elle lui dit :

— Je sais.

Voyant qu'elle n'ajoutait rien d'autre, il fut profondément soulagé. Elle n'essayait pas de lui tendre une embuscade, de le contrôler. La honte fit s'emballer son cœur, pourtant, il ne savait pas comment s'excuser... alors il l'embrassa. La douceur immédiate de sa réponse le déconcerta et, malgré leur récent accouplement, un désir avide monta à nouveau en lui.

La faisant basculer sur les oreillers, il laissa son désir prendre le dessus, bien décidé à lui montrer que la passion était suffisante pour construire un mariage.

Parce qu'il le fallait.

Chapitre Trente-Six

Le cinquième matin de son arrivée à Strathmore, Emma décida qu'elle en avait eu assez.

Pas de sa nouvelle maison, qui s'avérait magnifique, même s'il ne s'agissait pas d'un authentique château. Elle était certaine que ses sœurs seraient aux anges devant les grandes tours à créneaux, ainsi que la vue sur les collines verdoyantes et le loch scintillant depuis le rempart.

Elle ne se préoccupait même pas de son nouveau rôle de duchesse, qui n'était pas aussi intimidant qu'elle l'avait imaginé. De retour de Londres, Jarvis lui avait présenté ses félicitations avec un clin d'œil, puis l'avait présentée au personnel. Emma avait veillé à retenir le nom de chacun et avait été soulagée de constater qu'il s'agissait d'une équipe efficace et sans prétention. Elle appréciait particulièrement la cuisinière, Mme Murray, qui avait généreusement partagé la recette de la tarte écossaise préférée du duc.

Dans l'ensemble, Emma trouvait qu'elle s'intégrait bien dans sa nouvelle vie, à une exception près : son mari la rendait folle.

Alors qu'elle descendait le grand escalier, elle se dit que son état d'exaspération actuel n'était pas dû à la froideur avec laquelle il avait accueilli ses mots d'amour. Sa réponse lui avait fait mal, mais, à dire vrai, elle ne l'avait pas beaucoup surprise non plus. Il lui avait dit ce qu'il pensait de l'amour, et elle ne s'attendait pas à ce qu'il change du jour au lendemain, surtout avec ce qu'elle savait de son histoire.

L'amour d'Emma était un cadeau ; elle le lui avait offert sans condition.

Mais elle ne s'attendait pas à ce qu'il l'*exclue* à cause de cela.

Depuis leur nuit de noces, le comportement d'Alaric était... étrange.

Par ailleurs, il avait retrouvé un peu de son attitude impassible d'avant. C'était comme si les progrès réalisés avant leur mariage s'étaient érodés. Chaque fois qu'elle abordait un sujet de conversation plus intime, il en revenait à la politesse. Ou il la repoussait avec des excuses : il devait rendre visite à des locataires ou il avait de la correspondance à dicter.

De la peinture à regarder sécher sur un mur, peut-être ?

Sa crainte d'avoir commis une erreur dans son mariage aurait pu se transformer en véritable panique... si Alaric n'avait pas exprimé son besoin d'elle par d'autres moyens.

Car même s'il s'éloignait d'elle sur le plan des émotions, il n'arrivait pas à se passer d'elle sur le plan physique. Lorsqu'ils étaient ensemble, il ne pouvait s'empêcher de la toucher. La veille, ils avaient pique-niqué dans l'une des vallées boisées du domaine, et son sang bouillait dans ses veines quand elle se remémorait leurs ébats lascifs en plein air. Comment il l'avait invitée à s'asseoir sur sa bouche, et que sa langue l'avait empalée pendant qu'elle se tordait de plaisir. Après l'avoir fait exploser, il l'avait poussée à quatre pattes et l'avait rapidement pénétrée par-derrière ; les sons passionnés de leur accouplement avaient résonné dans la forêt...

Ensuite, il l'avait ramenée à la maison, dans son lit, et lui avait fait l'amour jusqu'à l'aube.

Il y avait aussi des marques de son affection. Il la couvrait de *choses.* Tout y passait, des babioles aux bonbons, et la veille, il lui avait offert une magnifique jument blanc argenté qu'il avait l'intention de lui apprendre à monter. Le jour d'avant, il lui avait acheté un bureau incrusté de nacre qu'il avait installé à côté du sien, pour qu'ils puissent travailler l'un en compagnie de l'autre.

Emma était patiente, mais le comportement contradictoire d'Alaric mettait ses limites à rude épreuve. Elle était une femme pragmatique, et elle n'avait pas besoin de mots pour qu'il lui dise qu'il tenait à elle, qu'il appréciait sa compagnie : ses actes à cet égard étaient très clairs. Pourquoi, alors, tentait-il simultanément d'ériger un mur entre eux ?

Peut-être s'adaptait-il à son rôle de mari.

Eh bien, elle lui avait accordé cinq jours. C'était assez long.

Arrivée à la porte de son bureau, elle entra, prête à se battre si nécessaire pour obtenir ses réponses.

— Bonjour, ma jolie.

Se levant de son bureau, Alaric s'approcha d'elle. Le sourire qui réchauffait ses yeux fit flancher les genoux d'Emma.

— Tu as l'air si délicieuse que je te mangerais.

Elle perdit un peu la tête. Essoufflée, elle lui dit :

— Toi aussi.

— J'ai créé un monstre. J'ai de la chance, murmura-t-il en l'embrassant.

L'entrée d'un valet de pied, suivie de ses excuses hâtives et de sa retraite, les obligea à reprendre leur souffle.

— Mon Dieu! Qu'est-ce que les domestiques vont penser de nous ? demanda Emma avec un rire gêné.

— Ils penseront que je suis un Écossais au sang chaud qui a envie de sa femme.

Aussi tentée qu'Emma soit de céder à la lueur séductrice dans ses yeux, elle savait qu'ils avaient des choses à régler. Elle lissa ses jupes et, pour se détourner de ses impulsions lubriques, alla se réfugier à bonne distance, près des étagères qui couvraient le mur le plus éloigné de la pièce.

Alors qu'elle essayait de rassembler ses pensées et sa tactique, son regard s'arrêta sur un objet. Posée seule sur une étagère et enfermée dans une boîte en verre, l'urne grecque semblait ancienne : sa glaçure ébène était craquelée, l'une des deux poignées incurvées manquait. Néanmoins, les dessins rouge-brun à sa surface étaient restés intacts et lui donnaient la chair de poule.

Elle reconnaissait cette silhouette. Le soldat au casque à crête, son expression angoissée, ses poings levés qui martelaient les parois de l'urne pour l'éternité.

Elle avait vu ce même personnage dans l'horrible tableau de la chambre d'Alaric.

Elle eut une soudaine intuition : que pouvait bien signifier ce soldat en souffrance pour Alaric ? Pourquoi cette image ravagée se retrouvait-elle dans ses sanctuaires les plus intimes ?

— Qui est-ce ? s'enquit-elle en pointant l'urne du doigt. L'homme, je veux dire. C'est le même que celui du tableau que tu as à Londres, n'est-ce pas ?

Le silence retomba. Pendant un instant, elle crut qu'il ne répondrait pas.

— C'est Arès. Le dieu grec de la guerre, dit Alaric d'une voix atone. Le tableau et l'urne représentent un mythe à son sujet.

L'inquiétude s'empara d'Emma.

— De quoi parle le mythe ?

— Selon la légende, Arès est né d'une Immaculée Conception. Sa mère, la déesse Héra, l'a conçu seule pour se venger de son mari infidèle Zeus. Sans surprise, Zeus ne se sentait pas lié à Arès, qui n'était pas de son sang.

Alaric se retira derrière son bureau, remuant des papiers tout en continuant à raconter l'histoire avec un détachement froid.

— Après avoir accouché, la vengeance d'Héra était accomplie. Elle aussi était indifférente à l'enfant. Ainsi, lorsqu'un jour, Arès a disparu, aucun de ses parents ne l'a remarqué ni ne s'en est préoccupé particulièrement.

La gorge d'Emma se serra.

— Que lui est-il arrivé ?

— Quand il était jeune, il aimait jouer avec ses amis. Il se trouve qu'il les choisissait mal, poursuivit Alaric avec un hausse-ment d'épaules. Il s'est retrouvé aux prises avec une paire de géants, des jumeaux dotés d'un méchant sens de l'humour. Pour s'amuser, ils l'ont enfermé dans une jarre en bronze dont ils ont verrouillé le couvercle. Ils l'ont gardé captif pendant des années, et l'isolement a failli lui faire perdre la tête.

Elle ne supportait pas la tristesse de son ton. Elle se dirigea vers lui, mais son regard glacial l'invitait à ne pas s'approcher trop près.

Se plaçant face à lui, de l'autre côté du bureau, elle s'enquit :

— Comment Arès est-il sorti ?

— Un autre dieu a fini par le libérer. Mais, depuis cet incident, Arès était animé d'une fureur incontrôlable et d'un goût prononcé pour la destruction. Il était aveuglément agressif ; ce n'était pas pour rien qu'il est devenu le dieu de la guerre. Inutile de dire que les autres dieux ne l'aimaient pas beaucoup.

— Il était incompris, dit Emma avec ferveur. Tout ce qu'il lui fallait, c'était de l'amour et de compassion.

— C'était un bâtard, mal aimé et non désiré, répliqua Alaric.

Devant l'incrédulité d'Emma, il se replongea dans ses papiers.

— Maintenant, s'il n'y a rien d'autre, j'ai du travail à...

— Pourquoi Arès a-t-il de l'importance pour toi ?

Alaric lui jeta un coup d'œil.

— Je ne vois pas ce que tu veux dire.

— Il est dans ta chambre à coucher, dans ton bureau. Tu as donné à tes lévriers les noms de ses compagnons. Il doit bien y avoir une raison à cela.

— Peut-être que je trouve simplement son histoire intéressante.

— Peut-être pourrais-tu me faire la courtoisie de me dire la vérité.

Tout à coup, son regard n'eut plus rien d'indifférent. Il arborait une expression dégoûtée à la place.

— Emma, je suis occupé. Je n'ai pas le temps pour ces bêtises.

La colère d'Emma, qui couvait jusque-là, déborda soudain.

— Notre *mariage* n'est pas une bêtise. Cesse de me repousser... je ne le supporterai pas.

— Tu me poses un ultimatum ? s'enquit-il, l'expression durcie.

— Je ne suis *pas* ta femme décédée, répondit-elle, agacée. Ce que nous avons, c'est ce que l'on appelle une conversation. C'est ce que font les gens mariés.

— Et si je ne veux pas parler ? demanda-t-il d'un ton glacial.

— Alors, sois un lâche et cache-toi dans ta maudite jarre !

— Bon sang ! Qu'est-ce que c'est censé vouloir dire ?

Il avait les lèvres blanches, et il était livide. Elle était trop en colère pour le remarquer.

— Cela signifie que c'est *toi* qui dresses un mur entre nous, s'emporta-t-elle. Si tu as trop peur de me dire ce qui se passe vraiment, alors tu mérites de rester là où tu es.

Un silence retomba dans le bureau.

— Tu veux savoir ? lui demanda-t-il avec une douceur menaçante. Très bien. J'ai quelque chose à te montrer.

————

Sur le chemin menant aux rives du loch, il s'interrogea, encore et encore.

Veux-tu vraiment qu'elle sache la vérité ?

Il n'avait jamais emmené personne à la grotte. Pas Laura ni même Charlie. Pourtant, quelque chose en lui ne voulait pas céder, et il était trop tard de toute façon ; Emma avait lancé le défi, et il ne pouvait pas reculer. La peur qui l'assaillait depuis leur nuit de noces le gagnait à présent complètement. C'était peut-être mieux ainsi. L'attente, l'anticipation du moment où le couperet tomberait, était trop dure à supporter.

Mieux valait en finir.

Mieux valait en finir une fois pour toutes avec les illusions de l'amour.

Il se retrouvait donc avec Emma au bord du loch, dont la surface bleue ondulait doucement et était parsemée de diamants de soleil. Une plage jonchée de rochers bordait l'eau, et des collines verdoyantes s'élevaient tout autour. Ses pas étaient de plus en plus lourds, mais il continua à avancer jusqu'à ce qu'il atteigne l'endroit qu'il cherchait : l'ouverture de la grotte que le temps et les marées avaient creusée dans la berge.

— Une grotte secrète ? s'enquit-elle.

Il l'aida à franchir les rochers et à pénétrer dans la caverne abritée. Bien qu'il ne soit pas venu depuis des années, elle était telle qu'il s'en souvenait. Humide et sombre, et le silence n'était troublé que par le clapotis de l'eau et les cris des mouettes. Il sentit l'odeur de la mousse et de la terre, et se rappela sa solitude.

Emma le regardait, la tête penchée. Elle attendait qu'il parle.

— C'était l'endroit où je me réfugiais quand j'étais enfant, dit-il sans réfléchir. Quand je parvenais à échapper aux cruautés de mon oncle, je venais ici.

Il appuya une paume contre la paroi moussue, se souvenant comment il se recroquevillait contre cet oreiller de pierre, vomissant, vidé par la douleur.

— Parfois, je priais pour que l'eau s'engouffre. Qu'elle recouvre tout. Qu'elle mette un terme à tout.

Il entendit Emma inspirer brusquement. *Maintenant*, elle allait voir comme il avait été faible, pathétique et dégoûtant. Sans pitié, il s'obligea à poursuivre.

— Lorsque je suis tombé malade, mon oncle a cru que je simulais mes symptômes pour attirer l'attention. Il a dit que j'étais un faible et un menteur. Il accordait une importance primordiale à la force et à la perfection, et il me méprisait parce que j'avais échoué dans ces deux domaines.

— Est-ce qu'il t'a... fait du mal ?

— Je préférais les coups à ses autres punitions, dit Alaric d'un ton neutre. À l'isolement, à la privation de nourriture et au mépris. Il ne se passait pas un jour sans qu'il me dise à quel point j'étais méprisable. Que je ne valais rien.

— Pourquoi ta tante n'a-t-elle pas mis fin à ses abus ? s'enquit Emma d'une voix tremblante.

— Elle vénérait son mari et n'allait jamais à l'encontre de ses souhaits. Cela dit, cela n'aurait pas eu d'importance si elle l'avait fait. Sa volonté avait force de loi.

— Quel homme horrible ! Il n'avait aucune raison de te traiter ainsi.

Emma lui tira le bras et Alaric se tourna vers elle. Il croisa son regard, et le feu inattendu qu'il y vit attaqua une partie de son froid intérieur.

— En quoi était-ce ta faute si tu avais une maladie, pour l'amour du ciel ? Le fait que tu aies survécu et recouvré la santé témoigne de ta force et de ton courage.

La conviction d'Emma était comme un phare dans l'obscurité. Sa magnifique Emma ; l'âme d'Alaric avait faim de sa lumière, de sa chaleur. Mais il ne pouvait pas continuer à la laisser croire qu'elle l'aimait alors qu'elle n'avait pas tout vu de lui. Ni ses insuffisances ni ses échecs les plus sombres.

— Alors pourquoi mon père et ma belle-mère voulaient-ils se débarrasser de moi ? Pourquoi ma mère a-t-elle été malheureuse jusqu'au jour de sa mort ? s'exclama-t-il, et les mots lui firent l'effet de rasoirs dans sa gorge. Will… il a toujours été aimé. Mais pas moi.

Emma lui attrapa les deux bras.

— Je ne connaissais pas ta famille, alors je ne peux pas expliquer pourquoi ils ont agi de la sorte. Mais je *te* connais, Alaric McLeod, et tu es fort, intelligent et honorable. C'est pour cela que je t'aime.

Ces mots étaient d'une douce cruauté, parce qu'ils étaient tout ce qu'il voulait et ne pouvait pas avoir.

— Tu as un cœur tendre, Emma, dit-il brutalement. Tu pourrais aimer n'importe qui.

— C'est faux ! s'exclama-t-elle.

Elle le regarda fixement, se mordant la lèvre.

— Si mon amour ne te convainc pas, pense à toutes les autres femmes qui t'ont désiré au fil des ans. D'après ce que j'ai entendu, dit-elle sèchement, elles étaient des hordes.

— Que savent-elles de moi ? demanda-t-il en haussant les épaules. Elles voient le titre, l'argent. Elles ne me voient pas.

— Moi je te vois, répondit Emma avec fougue, et je t'aime.

*Elle le découvrira tôt ou tard. Mieux vaut affronter sa décep-
tion maintenant. Elle te détestera moins à long terme...*

Se préparant, il poursuivit :

— Laura prétendait que je n'étais pas capable d'aimer. Que je
tenais son amour pour acquis. La dernière fois que nous nous
sommes disputés, elle a dit que je ne comprendrais que si... si je
perdais tout. C'est pour cela qu'elle a emmené Charlie quand elle
est partie.

La dernière fois qu'Alaric était venu à la grotte, c'était après les
funérailles de son fils. Seul, il n'avait pas pu verser une seule larme.
Il était resté assis, aussi froid et engourdi que la pierre qui l'entourait. Quel genre d'homme ne pleurait pas la mort de son fils ?

J'ai échoué, Charlie. Parce que je ne pouvais pas t'aimer assez.

Il s'obligea à dire tout haut ce que l'histoire avait démontré.

— La vérité, c'est que je ne mérite pas d'amour, parce que je
suis incapable d'en donner.

Les murs sombres l'entourèrent, l'enfermant.

Chapitre Trente-Sept

L e cœur d'Emma se brisa devant la douleur et l'implacable culpabilité dans la voix d'Alaric. Il n'arrivait même pas à la regarder, les yeux rivés sur les parois de la grotte. Son expression était pire que ravagée, elle était *résignée* : comme s'il s'agissait d'une prison de pierre dont il ne pourrait jamais s'échapper.

Une lady plus raffinée aurait pu l'aborder avec prudence, lui laisser poliment le temps de se ressaisir. Mais *Emma* était trop directe, trop furieuse pour tenir sa langue.

— Pour l'amour du ciel ! Tu ne peux pas croire honnêtement à ces foutaises ? s'exclama-t-elle.

Alaric releva la tête.

— Pardon ?

Elle lui jeta un regard noir.

— Cette absurdité égoïste que ta précédente duchesse t'a fait avaler. Tu ne peux pas penser que c'est vrai.

— Eh bien, je...

Il s'interrompit, clignant des yeux.

— Tu l'as épousée, tu es resté fidèle à tes vœux même quand elle ne l'était pas. Tu aurais pu divorcer ou l'abandonner, mais tu ne l'as pas fait. Tu es resté, et tu lui as offert la protection de ton nom! s'exclama Emma, plantant son doigt dans le torse d'Alaric. Qu'est-ce que c'est, sinon de l'amour?

Alaric la regarda fixement.

— C'était... mon devoir. C'était ma femme. Ma responsabilité. Et même si j'avais éprouvé des sentiments pour elle, dit-il, secouant la tête, ils sont morts.

— Parce qu'*elle* les a tués. Elle ne méritait pas ton amour, qui, soit dit en passant, n'est pas qu'une question de mots.

Emma était entrée dans une rage folle, et elle s'en moquait éperdument.

— C'est une question d'actes. C'est ridicule de penser que tu n'es pas capable d'amour alors que tu en fais la démonstration tous les jours.

— Je... vraiment?

— Bien sûr. Tu n'as pas dit que tu m'aimais, mais je suis convaincue que tu m'aimes. Parce que tu me montres ton affection autrement qu'avec des mots.

Il avait l'air abasourdi.

— Alaric, poursuivit-elle, exaspérée, tu as rempli mes armoires de parures dignes d'une reine, tu m'as offert plus de bijoux que je ne pourrai en porter dans toute ma vie, tu m'as installée dans un château...

— Ce n'est que de l'argent.

— Tu m'écoutes, insista-t-elle, et tu respectes mes opinions même si tu n'es pas d'accord. Pour l'amour du ciel! Tu soutiens même mon désir d'être enquêteuse! Combien de maris feraient cela?

— Je ne vais pas me mettre en travers de tes rêves.

— Exactement. Parce que tu te *soucies* de mon bonheur. À tel point que tu fais des efforts pour connaître ma famille, car tu sais ce qu'elle représente pour moi.

Était-ce l'imagination d'Emma ou bien ses yeux s'étaient-ils illuminés, atténuant un peu sa tristesse?

— J'aime bien ta famille, admit-il d'un ton bourru.

— Et ils t'aiment bien. Comment pourrait-il en être autrement ? demanda-t-elle, posant une main sur sa mâchoire crispée. Tu es merveilleux.

Emma vit une étincelle d'espoir, mais il secoua la tête.

— Si merveilleux que, par ma faute, tu t'es fait enlever et presque tuer.

— Ça suffit ! dit-elle avec véhémence. Tu ne vas *pas* te reprocher les actions de ce fou de Mercer ! Ce qui s'est passé n'était pas ta faute.

— Toute ma vie, les gens m'ont méprisé, haï, expliqua-t-il, les lèvres tordues en un rictus. Si ce n'est pas ma faute, de qui est-ce ?

— C'est la leur ! Celle de ta famille, parce qu'ils ne te comprenaient pas. Celle de ton tuteur, parce que c'était un tyran malfaisant. Si, c'est vrai, insista-t-elle en voyant qu'il restait silencieux. Sa manière de traiter un jeune garçon malade était méprisable.

— Je n'ai pas pleuré… quand Charlie est mort, avoua Alaric, la voix rauque. Et, en dépit de tout ce que ma tante a fait pour moi, je ne l'aime pas.

— Chacun vit le deuil de manière différente. Mon père n'a pas beaucoup pleuré non plus quand ma mère est morte, mais il a failli devenir fou de chagrin, expliqua Emma d'une voix douce. Quant à Lady Patricia, je ne peux pas t'en vouloir. C'est un drôle d'oiseau, n'est-ce pas ?

Emma vit la nostalgie et la panique s'allumer dans ses yeux de jade. Elle sentait à quel point il voulait la croire. Et combien il avait peur de le faire.

— Mercer, poursuivit-il, se raccrochant aux branches. Certes, c'était un fou diabolique, mais le fait est qu'il me haïssait suffisamment pour essayer de me tuer. Deux fois. Pourquoi suis-je toujours la cible d'attaques ?

Une vague de tendresse obstrua la gorge d'Emma. Elle posa les deux mains sur les joues d'Alaric.

— Mercer était jaloux de toi. De ta réussite, de qui tu es. Alaric, ne le vois-tu pas ?

— Voir quoi ?

— À quel point tu es spécial ? À quel point tu es aimant, et combien tu mérites d'être aimé? Pas à cause de ton titre, de ton argent ou de ta position, mais parce que tu t'occupes de ton jeune frère et que tu l'aides, même si tu ne veux pas qu'il l'apprenne. Parce que tu as survécu à des épreuves et à des pertes, et que cela t'a rendu plus fort. Parce que tu vois quelque chose de spécial en moi, une vieille fille autoritaire et indépendante, et que tu me donnes l'impression d'être belle et chérie. *Je t'aime*, Alaric, conclut-elle, la voix légèrement brisée.

Pendant un long moment, seul le bruit des vagues qui s'écrasaient sur les parois de la grotte emplit le silence.

— Bon sang, Emma! dit-il, la voix rauque, je t'aime tellement que ça fait mal.

Une bulle de joie éclata en elle.

—Je sais.

Et c'était vrai.

Il referma ses bras comme un étau autour d'elle, et ses lèvres s'abattirent sur elle avec une force écrasante. Elle répondit à son amour désespéré par le sien. Elle lécha sa langue qui s'introduisait dans sa bouche, la suça; elle voulait qu'il soit plus proche. Elle voulait partager son corps, son souffle, tout ce qu'elle était avec son duc. Son amour.

Dans les yeux d'Alaric, il n'y avait plus aucune trace de glace; ses iris brûlaient d'un feu d'argent. Il la dépouilla de ses vêtements avec une hâte farouche, arrachant les étoffes délicates, éparpillant les boutons sur le sol sablonneux. Il la fit reculer contre la paroi de la grotte. Bloquant ses poignets au-dessus de sa tête, il dévora sa bouche, la possédant par son baiser. Après tout ce qu'il avait dévoilé, elle comprenait son besoin de contrôler une fois de plus, et elle fondit pour lui, lui donna tout ce qu'il demandait. Elle cambra le dos contre la pierre moussue au moment où les lèvres d'Alaric se refermaient autour de son mamelon, l'aspirant fort.

— Je ne me lasserai jamais de toi. Ma duchesse, mon amour, gronda-t-il.

Il n'obtint qu'un gémissement en guise de réponse, car il caressait son sexe, étalant sa moiteur autour de sa perle, plongeant dans son intimité avide. Il s'enfonça profondément et enroula ses longs doigts, stimulant un point exquis en elle. Des ondes de plaisirs parcoururent les jambes d'Emma; un orgasme était déjà en train de naître.

— Tu es si humide et gourmande. Dis-moi ce dont tu as besoin, ordonna-t-il.

— De toi, mon amour, souffla-t-elle. J'ai besoin de toi en moi. Toujours.

Il ouvrit son pantalon, et un battement de cœur plus tard, il la soulevait contre la paroi. Les pieds flottant au-dessus du sol, elle était maintenue en l'air par la seule force de son mari, et par ses coups de reins. Il l'empala, et elle hurla son nom en jouissant.

———

Il frémit lorsque l'orgasme d'Emma la fit palpiter autour de son vit dur comme le roc. Ses muscles intimes s'agrippaient à lui, et le massage voluptueux faisait remonter ses bourses. Il se retira pour la pénétrer à nouveau profondément, aisément, grâce à sa moiteur. Poussé par un désir animal de possession, il s'enfonça encore et encore en elle.

— Tu es tellement parfaite, ronronna-t-il.

Elle soupira.

— Oh, Alaric... toi aussi.

— Je pourrais te trousser pour l'éternité.

— Tant mieux, parce que je ne veux pas que tu t'arrêtes...

Ses cils battirent au-dessus de ses yeux embrumés.

— Je crois que je vais... *oh*...

Elle se raidit, et les vagues de son second orgasme déferlèrent sur Alaric, qui ferma les yeux. Dans la seconde qui suivit, il déposa Emma sur le sol, l'étalant sous lui sur le matelas de sable. Remontant les genoux de sa femme, il la pénétra, gémissant à cause de la profondeur de l'angle, de son abandon total.

— Prends-moi, dit-il à voix basse. Prends tout de moi.

Les yeux magnifiques d'Emma le retenaient avec autant de douceur que son corps.

— Je suis à toi. Pour toujours.

À ces mots, Alaric perdit le contrôle. Ses hanches claquaient contre celles d'Emma tandis qu'il se perdait dans la joie inégalée de ne faire qu'un avec son épouse. La compagne de son âme. Un feu grimpa le long de son échine, de son membre, et sa semence monta à toute allure. Cette fois-ci, il ne se retint pas et s'enfouit profondément en elle, frémissant. Il l'entendit crier, puis son propre gémissement explosa contre les parois de la caverne.

Il la pénétra avec ardeur, encore et encore, dans une extase infinie. Emma le serra contre elle, se contractant autour de lui, le vidant de tout ce qu'il avait été. Elle l'avait brisé, puis reconstruit dans l'extase.

Quand il fut à nouveau capable de bouger, il la fit rouler sur lui. Glissant les doigts avec révérence dans les cheveux ébouriffés de sa femme, il laissa échapper un soupir de satisfaction.

— Tu es faite pour moi, jeune femme. Tu es tout ce que j'ai toujours voulu.

Emma lui décocha un sourire.

— Tu voulais une duchesse qui fasse l'amour dans des grottes ?

— Je voulais une épouse à aimer, précisa-t-il, passant tendrement son pouce sur les lèvres d'Emma, gonflées par leurs baisers. Qui m'aimerait en retour.

— C'est exactement ce que tu as trouvé.

— Ne me quitte jamais.

— Jamais, le rassura-t-elle.

Le baiser qu'elle lui offrit était aussi chaud et doux que sa promesse, réduisant à néant les dernières traces de froid en lui.

CHAPITRE TRENTE-HUIT

La douairière arriva de Londres le lendemain matin, avec ses bagages et ses domestiques. Emma la reçut dans le salon principal du château et déposa un baiser consciencieux sur la joue poudrée de la dame. Après avoir sonné pour qu'on leur apporte le thé, elle s'installa sur la méridienne.

— Où se trouve Strathaven ? demanda aussitôt la douairière.

— Il est occupé par une réunion avec le régisseur. Il aura bientôt terminé.

— Eh bien, vous vous êtes comportés comme deux vilains enfants, lui reprocha Lady Patricia en agitant le doigt, dont la pierre rouge rouille brillait intensément. Mais, je vous pardonne. L'impétuosité est le privilège de la jeunesse.

— Cela ne servait à rien d'attendre, expliqua Emma. Nous savions tous les deux ce que nous voulions.

Lady Patricia l'étudia de ses yeux bleus perçants.

— On ne peut pas vous reprocher d'avoir sauté sur l'occasion de devenir duchesse.

Cette remarque agaça Emma.

— Ce n'est pas pour cela que je l'ai épousé.

— Pourquoi, alors ?

— Je l'aime, répliqua la jeune femme, et il m'aime.

— Eh bien, c'est une autre histoire. J'espère que ce mariage ne sera pas une répétition de la dernière union de Strathaven.

Des ombres traversèrent le regard de la douairière.

Et l'irritation d'Emma s'estompa. Lady Patricia ne faisait que protéger Alaric. Toutefois, avec ce qu'elle savait du passé de son mari, Emma n'arrivait pas à pardonner à la douairière de ne pas avoir protégé un garçon vulnérable contre les abus du vieux duc. Mais à quoi bon en vouloir à une dame âgée ?

— Je ferai tout mon possible pour rendre Alaric heureux, la rassura Emma.

À cet instant, le sujet même de leur discussion entra à grands pas, et la jeune femme réprima un soupir à la vue de son mari. Il était vraiment beau, avec sa veste bleu de Prusse et son pantalon chamois qui moulaient sa carrure musclée. Plus encore, l'amour qui brillait dans ses yeux de jade, adoucissant la diabolique perfection de son visage. Il avait l'air plus jeune, plus heureux.

Et il était tout à elle.

Lui prenant la main, Alaric déposa un baiser chaud sur son poignet.

— As-tu réussi à dormir, mon amour ?

Elle hocha la tête. Pour une fois, elle avait dormi plus tard que le lever du soleil. Lorsqu'elle s'était réveillée, il n'était plus là, mais il avait déposé une rose rouge à côté de son oreiller. Qui aurait cru que Strathaven serait si romantique ?

— Je suis content que tu te sois reposée.

Se retournant, il salua sa tante et lui dit :

— J'ai enseigné à Emma ses devoirs en tant que duchesse. Je dois dire qu'elle est une excellente élève et qu'elle est très désireuse d'apprendre. Elle s'est appliquée avec la plus grande… vigueur.

Emma plissa les yeux en direction de son mari. L'expression d'Alaric restait impassible, mais dans ses yeux dansait une lueur d'amusement diabolique.

Ignorant leur jeu, Lady Patricia laissa transparaître son approbation.

— Je suis heureuse que vous mesuriez l'importance de votre nouvelle position, ma chère.

— Il s'avère qu'Emma est capable de s'adapter à n'importe quelle position, affirma Sa Grâce avec un clin d'œil vers Emma. Je suis vraiment un homme chanceux.

La douairière fronça les sourcils.

— Y a-t-il un problème, ma chère Emma ? Vous rougissez. Strathaven vous fait peut-être trop travailler ?

Les joues en feu, Emma essaya de ne pas regarder Alaric dont les épaules tremblaient d'un rire silencieux.

— En fait, j'ai été heureuse d'apprendre les rouages de cet endroit, dit-elle, même si certains aspects de Strathmore sont plutôt compliqués et exaspérants à contrôler.

— Comme j'ai été la maîtresse du château pendant de nombreuses années, déclara Lady Patricia, peut-être pourrais-je vous être utile ?

— Êtes-vous libre demain, ma tante ? s'enquit Alaric. Je viens de voir le régisseur. La tempête qui a soufflé ici le mois dernier a apparemment endommagé certains des cottages, et je serai dehors tard demain pour surveiller les réparations.

Il s'interrompit et adressa un sourire à Emma.

— Vous pourriez vous tenir compagnie et discuter de Strathmore.

Les lèvres de Lady Patricia se retroussèrent.

— J'aimerais beaucoup discuter avec vous. Voulez-vous me retrouver à la maison douairière, disons à deux heures ?

Emma se disait qu'il était vain de conserver de l'animosité, surtout à l'égard d'une lady qui, comme l'avait dit Alaric, avait été impuissante à mettre fin aux cruautés de son mari.

— Merci, Votre Grâce, répondit-elle. J'en serai ravie.

Le lendemain, Emma se présenta à la résidence de la douairière à l'heure prévue. La maison de Lady Patricia était située sur une petite colline surplombant le loch. C'était un bâtiment impressionnant, dont la façade néogothique en pierre et les petites tourelles décoratives rappelaient le château. À la surprise d'Emma, la douairière l'accueillit à la porte.

— J'ai donné congé aux domestiques pour l'après-midi, expliqua-t-elle en faisant virevolter ses jupes couleur mastic, tandis qu'elle ouvrait la voie vers le salon. Après le long voyage depuis Londres, ils le méritaient. J'espère que cela ne vous dérange pas que nous devions nous débrouiller seules.

Elle fit un geste vers le plateau à thé posé sur la table basse.

Emma sourit en s'asseyant à côté de son hôtesse.

— Cela ne me dérange pas du tout. Je me suis débrouillée seule pendant la plus grande partie de ma vie.

— Quel travail ! J'espère ne pas vous ennuyer en commençant par l'histoire de la famille Strathaven.

— J'adorerais l'entendre.

— Parfait, répondit la douairière avec un sourire ravi. Laissez-moi vous servir un thé, et nous commencerons.

Savourant le breuvage, Emma écouta Lady Patricia raconter l'histoire d'un puissant clan dont les racines remontaient au XIIIᵉ siècle. Au fil des ans, différentes branches du clan avaient prospéré, bien que le passé de la famille ait été marqué par de nombreux événements sanglants. Des conflits opposaient les branches les unes aux autres, et les vainqueurs ne se montraient pas tendres avec les vaincus, qu'ils harcelaient et dont ils pillaient les terres.

En dépit du sujet passionnant, Emma dut réprimer un bâillement. Peut-être était-ce la voix de la douairière, qui avait un son envoûtant. Se sentant fatiguée, Emma vida sa tasse en espérant que le thé la réveillerait.

— Notre branche s'est montrée particulièrement avisée, dit Lady Patricia avec tendresse. Lors des guerres avec les Anglais, nous avons veillé à ce que notre famille soutienne les deux opposants. En jouant sur les deux côtés, nous étions toujours assurés d'avoir un gagnant. C'est ainsi que nous avons obtenu le duché de Strathaven, et les terres que nous possédons encore aujourd'hui.

— Comme c'est... intelligent, répondit Emma, qui, cette fois, ne parvint pas à s'empêcher de bâiller. Je suis désolée. Je dois être plus fatiguée que je le pensais.

— Je sais. Vous n'avez pas chômé. En me privant de mon rôle, de mon fils.

Emma cligna des yeux alors que le visage souriant de la douairière se scindait en deux.

— P... pardon ?

— Ne luttez pas, ma chère. Vous devez vous sentir fatiguée. Il vous suffit de poser votre tête.

La pièce devint floue, la voix de la douairière lente et déformée. Les cils d'Emma furent soudain aussi lourds que du plomb ; elle ne put s'empêcher de fermer les yeux. Des mains douces la guidèrent vers un abîme de ténèbres.

———

Sur sa monture, Alaric galopait à travers champs en direction du château. Il avait terminé le travail aux cottages plus tôt que prévu. Le crépuscule tombait, le soleil plongeait à l'horizon, projetant des traînées rouge sang dans le ciel. Il se demanda si Emma regardait le coucher de soleil, pensant à lui comme il pensait à elle.

Ses lèvres s'incurvèrent et il poussa son étalon pour qu'il aille plus vite.

Alors qu'il approchait des portes du domaine, il vit des panaches de poussière. Des cavaliers... ils étaient deux. C'était étrange, car il n'attendait pas de visiteurs.

Il arrêta sa monture et les attendit.

Sa surprise s'accentua lorsqu'il reconnut leurs visages.

— Kent ? Will ? Que faites-vous... ?

— Où est Emma ? s'enquit Kent d'une voix tendue.

Pour le bien d'Emma, Alaric avait espéré que sa famille avait accepté leur décision de s'enfuir. Qu'ils l'avaient accepté, *lui*. La mâchoire crispée, il répondit :

— Nous sommes mariés. Vous ne pourrez rien y changer...

— La douairière t'a empoisonné, annonça Will.

Alaric sursauta.

— *Quoi ?*

— C'est pour cela que nous sommes ici. Lugo a retrouvé l'actrice. Lily White a avoué que c'était Patricia qui l'avait engagée pour piéger ton whisky.

Non. Non, ce n'est pas possible.

La panique frappa Alaric comme un coup au ventre.

— Nous t'expliquerons le reste, lui dit Will. Nous devons d'abord nous assurer que tout le monde est en sécurité. Où est ta femme ?

Alaric était déjà en train d'éperonner son cheval en direction de la maison.

— Avec Patricia, cria-t-il.

Chapitre Trente-Neuf

D'après Jarvis, Emma avait quitté le château avant deux heures de l'après-midi et n'était pas encore rentrée. Alarmé, Alaric chevaucha dans le crépuscule jusqu'à la maison douairière, Kent et Will à ses côtés. Il fit irruption par la porte d'entrée en hurlant le nom d'Emma.

Il n'obtint pas de réponse.

Il n'y avait pas de *domestiques*.

La pire des peurs qu'il ait jamais connues le saisit.

— Je n'aime pas ça, dit Will d'un ton sombre, faisant écho à ses propres pensées.

Les trois se séparèrent pour parcourir la maison. Alaric fouilla la chambre de la duchesse, et une fureur sans nom s'empara de lui lorsqu'il trouva une sacoche en cuir contenant une collection de fioles. La fonction de chaque potion était inscrite de la main arachnéenne de Patricia.

Douleur. Sédatif. Sommeil sans fin.

Il cria pour appeler les autres. Il leur montra l'arsenal diabolique de la douairière.

— Où Patricia emmènerait-elle Emma ? demanda Kent. Si elle a l'intention de lui faire du mal ?

— Elle essaiera sans doute de faire passer cela pour un accident, répondit Will.

Alaric serra les poings. Il regarda par la fenêtre, dans la nuit, en direction du mouvement ombrageux de l'eau. La terreur l'envahit.

— Au loch.

———

Dans son rêve, Emma dérivait.

Entourée de vagues d'encre, elle ne pouvait résister à leur attraction fraîche et soyeuse. Elles la berçaient, l'attirant de plus en plus profondément dans leur étreinte.

Mais quelque chose l'arrêta.

Ne me quitte pas.

Elle s'accrocha à cette voix, mais les ténèbres étaient si fortes... Écrasantes. Les flots de l'oubli montaient tranquillement, inexorablement autour d'elle...

———

Alaric aperçut la barque sur le lac embrumé. Au clair de lune, elle flottait, une feuille d'argent sur la surface noire et miroitante. Elle était en train de couler.

Il courut vers l'eau, retirant sa veste et ses bottes en courant. Il passa devant Patricia, mais ne s'arrêta pas. Sa voix le suivit, semblable à celle d'un spectre.

— Il est trop tard. Tu ne peux pas la sauver.

C'est ce qu'on va voir.

Il plongea dans l'eau glacée, fendant les vagues avec assurance. *Accroche-toi, ma belle, accroche-toi.* Son cœur tambourinait dans sa poitrine. Les vagues étaient de plus en plus agitées, passaient par-dessus sa tête, pourtant il continua à avancer, crachant de l'eau, tapant des pieds dans les profondeurs tourbillonnantes. Ses muscles lui faisaient mal. Ses poumons le brûlaient. Un seul impératif le poussait à continuer.

Rejoindre la barque et sauver sa femme.

Il aperçut le bateau à quelques mètres de là, enveloppé de vrilles de brume, les flancs à moitié immergés. Il lutta contre les vagues avec une vigueur renouvelée, s'avançant avec des coups de pied puissants. Ses mains se refermèrent sur le bord en bois et il se hissa.

Emma. L'eau était en train de se refermer sur son visage.

Il la tira par les épaules et cria son nom.

Molle, inerte, elle ne répondit pas.

Il passa un bras autour d'elle, la nichant contre son torse. Tout en veillant à ce qu'elle garde la tête hors de l'eau, il lutta contre les courants avec son bras libre. Le brouillard s'épaississait, obscurcissant le chemin vers la sécurité, s'abattant sur lui. La fatigue transformait ses muscles en pierre. Emma restait molle dans son étreinte désespérée.

— Tu restes avec moi, Emma, grogna-t-il entre ses dents serrées. Nous faisons cela ensemble. Quoi qu'il arrive.

— Strathaven ! Où êtes-vous ?

La voix de Kent lui parvint comme une bouée dans l'obscurité.

— Par ici ! cria Alaric. Je l'ai.

Quelques instants plus tard, une lueur jaune fendit la brume, suivie de la proue d'un bateau. Kent lâcha la rame et tendit les bras pour hisser Emma à bord. Respirant difficilement, Alaric la suivit et s'agenouilla à côté d'elle.

— Comment va-t-elle ? s'enquit-il d'une voix rauque.

À la lumière de l'unique lanterne, le visage de Kent était blême ; il posa sa veste sur sa sœur.

— Elle respire, mais son pouls est faible.

La panique s'empara à nouveau d'Alaric. Il prit le visage froid de sa femme entre ses mains.

— Réveille-toi, mon amour.

Elle ne répondit pas, ne battit même pas des cils face à sa supplique. Sa terreur grandit jusqu'à ce qu'il puisse à peine respirer.

— Va au diable, Emma! gronda-t-il. Tu m'as fait une fichue promesse, et tu vas la tenir! Reviens à moi, tout de suite. Bats-toi!

Était-ce son imagination délirante ou sa poitrine se soulevait-elle sous l'effet d'une respiration plus ample?

Sa voix se brisa, et il la serra contre son torse, lui parlant dans un murmure angoissé.

— Ne me quitte pas, mon amour. Je ne te laisserai pas partir. Où que tu ailles, je viendrai avec toi.

Emma toussa. Cracha de l'eau.

— Chérie? l'appela-t-il, pris dans un tourbillon d'espoir.

Les paupières de sa femme se soulevèrent.

— A... Alaric?

— Oui, ma belle, répondit-il, les yeux brûlants de larmes. Je suis là.

Elle cracha encore de l'eau.

— Ta tante... elle m'a *droguée.*

Alors même que les larmes lui brûlaient la gorge, les lèvres d'Alaric tressaillirent devant l'indignation de sa femme. Il repoussa une mèche humide de la joue de sa bien-aimée.

— Je sais, et je vais bientôt m'occuper d'elle. Tu es en sécurité maintenant. Je ne te quitterai jamais plus des yeux.

— Tu nous as fait peur, Em, lui dit Kent d'un ton bourru.

Emma tourna la tête vers lui.

— Merci de m'avoir sauvée, Ambrose.

— C'est à cela que servent les frères. Même si c'est à ton duc que revient la plus grande part du mérite.

Emma leva les yeux vers Alaric, avec une expression si pleine de tendresse qu'il en eut la gorge brûlante.

— Je t'aime, murmura-t-elle.

— Je t'aime, dit-il, la voix rocailleuse. Tellement.

Il l'embrassa avec révérence et, dans la chaleur et la vitalité de sa réponse, sa peur s'estompa.

Lorsqu'ils atteignirent le rivage, Will les attendait. Il surveillait Patricia. Alaric fit face à sa tante, un bras passé autour d'Emma; son frère comprit que l'heure des comptes avait sonné.

Il ne prononça qu'un mot.

— Pourquoi?

Le sourire plaintif de la douairière lui retourna les tripes.

— Parce que, mon cher garçon, j'essayais de te sauver, de prendre soin de toi, comme je l'ai toujours fait.

La garce pointa un doigt vers Emma, et les muscles d'Alaric se contractèrent de manière protectrice.

— Elle t'aurait fait du mal. Comme l'a fait Laura.

— Vous avez essayé de tuer ma femme. Vous avez essayé de me tuer, et vous avez assassiné Clara Osgood à la place, dit-il, la mâchoire tendue. Lily White a avoué que c'était vous qui l'aviez engagée pour mettre du poison dans mon whisky.

Emma se raidit dans son étreinte.

— Je *savais* que la femme de chambre était importante.

L'expression de Patricia devint suppliante.

— Lady Osgood était un accident. Comment pouvais-je savoir qu'elle boirait ton whisky, et en grande quantité? Je n'essayais pas de te tuer, mon cher garçon, mais de te faire comprendre que tu as besoin de moi. Tu me repoussais, Alaric. Tu prenais tes distances, expliqua-t-elle, les yeux brillant de larmes de folie. J'ai parfaitement mesuré la dose pour que tu te souviennes de ta maladie, de ce que nous avons vécu ensemble, de tous ces jours et de toutes ces nuits que j'ai passés à te soigner. Je n'ai jamais eu l'intention de te faire du mal de façon permanente. J'avais prévu de venir à Londres pour te *sauver*.

Quand il entendit le halètement d'Emma, Alaric comprit qu'elle était parvenue à la même atroce conclusion que lui.

Le ventre noué, il lui dit :

— Il n'y avait pas de maladie, n'est-ce pas? C'était vous, depuis le début. Tout ce que j'ai souffert... c'était de votre main.

Sa tante s'humecta les lèvres.

— Ce n'était pas ma faute. Je n'avais pas le choix.

— Pas le choix? s'étrangla Emma. Espèce de *sorcière*...

Alaric retint sa femme.

— Laisse-la finir.

— C'était la faute de mon mari, dit la douairière, les lèvres tremblantes. J'aimais Henri, je lui ai tout donné, pourtant il m'a trahie. Avec ta garce de mère.

Alaric trembla sous le choc. Il entendit le cri de surprise de Will.

— C'était lors d'une fête à Strathmore. Nous avions invité nos parents pauvres à visiter le château. Et comment nous ont-ils remerciés ? raconta Patricia, de la rage dans le regard. Cette catin a séduit mon duc, le cousin de son propre mari, et elle s'est retrouvée avec un bâtard.

Les pièces commençaient à se mettre en place, et dessinaient une image d'une clarté écœurante.

— C'est pour cela que mon père me détestait, constata Alaric, comme engourdi. Parce que je n'étais pas de lui.

— Pour éviter le scandale, nous nous sommes tous mis d'accord pour garder le secret. La vérité nous aurait poursuivis jusque dans la tombe, si mon fils n'était pas mort. Après cela, tout a changé.

Des larmes roulèrent sur les joues de Patricia. Sa voix était empreinte de chagrin, et d'apitoiement sur son sort.

— Henry et moi avons essayé, mais nous n'avons pas pu avoir d'autre enfant, et c'est ce qui l'a poussé à se détourner de moi. Il s'est alors rappelé que même s'il n'avait plus d'héritier légitime, il avait un bâtard de son sang. Sans mon consentement, il a décidé de te faire emménager dans *notre* maison, toi, le rejeton d'une catin.

Alaric sentit les bras d'Emma se resserrer autour de sa taille, lui donnant de la force.

— Sous le couvert de la tutelle, Henry allait élever son enfant illégitime dans *ma* maison. Je ne pouvais pas le permettre.

Un sourire rusé ourla les lèvres de Patricia.

— Alors, j'ai trouvé la solution idéale. Car je connaissais bien mon duc, je savais qu'il méprisait la faiblesse par-dessus tout. Je lui ai donné ce qu'il méritait : un bâtard chétif et inutile, qui ne pourrait jamais prendre la place de mon propre fils.

— Vous avez reporté votre jalousie sur un garçon innocent! grogna Will. Alaric n'avait rien à voir avec tout ça, espèce de garce sournoise!

— Je sais. Voilà pourquoi j'ai passé d'innombrables nuits à m'occuper de lui.

Sa méchanceté se mua en anxiété, et ce changement fou était terrifiant à voir. Alaric se sentit pris de nausées quand sa tante posa sur lui un regard d'une tendresse rayonnante.

— Plus mon mari te méprisait, plus je t'aimais. J'avais perdu son affection, mais je pouvais avoir la tienne, et je pouvais rester la maîtresse de Strathmore... si certains obstacles disparaissaient, dit-elle d'une voix rêveuse. Après tout, tu étais le quatrième en lice pour la succession. Et comme ton père a eu la bonne idée de mourir dans cet accident de carrosse, il ne restait plus que deux obstacles à franchir. Deux cousins faibles et sans enfants qui n'avaient jamais vraiment compté. Leur mort a été à peine remarquée.

Mais bon sang!

Incrédule, Alaric s'enquit :

— Vous les avez empoisonnés... les parents de votre mari?

— J'ai fait ce qu'il fallait pour m'assurer que tu hériterais, confirma-t-elle, souriant avec une horrible fierté. Pour que nous puissions être ensemble, mon cher garçon.

Une hideuse pensée surgit dans l'esprit d'Alaric.

— Laura, *Charlie*...

— Je n'y suis pour rien. Au début, j'admets que j'étais inquiète après ton mariage éclair avec cette Jézabel, dit Patricia d'un ton léger, mais ensuite, je l'ai rencontrée, et j'ai compris qu'elle ne représentait pas une menace. Il était évident que la passion entre vous deux allait rapidement tourner au vinaigre. Laura n'a pas eu besoin de mon aide pour détruire votre mariage, elle l'a fait toute seule. Mais Emma était différente, et son emprise sur toi était trop forte. Elle ne m'a pas laissé d'autre choix que d'agir.

Les bras d'Alaric se resserrèrent autour d'Emma.

— Vous ne vous approcherez plus jamais de ma femme. Nous allons vous remettre aux magistrats, et vous paierez pour vos crimes.

— Sa place est à l'hôpital de Bedlam pour les fous, déclara Emma.

Patricia recula en trébuchant.

— *Non*. Je n'irai nulle part. Ma place est *ici*.

— Vous n'avez nulle part où vous enfuir, lança Kent. Vous ne pourrez pas échapper à la justice.

Un sourire fou et sournois passa sur les traits de Patricia.

— Il y a toujours un moyen de s'enfuir.

Elle fit tourner sa bague, et la cornaline s'ouvrit. En un clin d'œil, elle porta le compartiment caché à ses lèvres et en avala le contenu. Les yeux exorbités, elle tomba sur le sable.

— Bon sang! s'exclama Will.

Kent s'approcha, s'accroupit et plaça une main sur le cou de la douairière. Il secoua la tête.

Alaric ne savait pas comment réagir. Un engourdissement froid l'envahit tandis que les révélations tournoyaient dans sa tête. La mort, la douleur et la souffrance. Sa tante, une meurtrière folle, coupable d'innombrables maux... qui gisait morte devant lui. Tant de trahisons. C'était trop à digérer. Il sentait les murs sombres se recourber au-dessus de sa tête, le passé le piéger...

— Alaric?

La voix stable d'Emma lui parvint à travers l'obscurité. Il se concentra sur le visage de sa femme, et sur l'amour farouche qui se lisait dans ses yeux. Sa flamme vainquit les murs de sa prison, et les réduisit en cendres.

— Je suis là, mon chéri, lui dit-elle en posant la main sur sa mâchoire.

Sa force s'insinua en lui.

— Tout ira bien.

— Grâce à toi, dit-il d'une voix rauque. Mon amour.

Il l'attira dans ses bras et la serra fort.

Chapitre Quarante

À la fin de la semaine, Emma se tenait aux côtés de son mari tandis qu'ils faisaient leurs adieux à Ambrose et à M. McLeod. Avec ses cheveux noir brillant et sa silhouette virile habillée avec une élégance parfaite, Alaric ressemblait beaucoup à ce qu'il était normalement. Du moins en apparence. Elle savait que les blessures infligées par la douairière seraient plus longues à guérir, et elle était déterminée à l'accompagner dans ce voyage, peu importe le temps que cela prendrait.

À son grand soulagement, il voulait qu'elle soit à ses côtés.

Pendant des nuits entières, il avait évoqué des souvenirs, des sentiments si intenses qu'elle ne pouvait que le serrer plus fort dans ses bras. Ils avaient discuté de ce qu'il avait compris : il n'y avait *rien* qui clochait chez lui. Le rejet dont il avait souffert, de la part de sa mère, de son père, et même de l'homme cruel qui avait été son père biologique, rien de tout cela n'était sa faute. S'il n'avait pas reçu d'amour, ce n'était pas parce qu'il n'était pas aimable ni parce qu'il était laid, stupide ou faible.

La vérité était terrible, mais libératrice : il avait été le fruit malchanceux d'une liaison illicite et la cible d'une femme dérangée.

Alaric avait versé des larmes, Emma aussi.

Quand cela n'avait pas suffi, ils avaient fait l'amour avec une frénésie qui les avait unis corps et âme. L'intimité brûlante de la nuit précédente réchauffait la peau d'Emma, et lorsqu'elle jeta un regard à Alaric, elle vit dans ses yeux la même étincelle qu'elle ressentait.

— Eh bien, Kent et moi ferions mieux de partir, dit M. McLeod.

— Venez bientôt nous voir avec vos familles, proposa Alaric. Nous nous réjouissons de les voir.

— Merci, Votre Grâce.

Un sourire dans le regard, Ambrose entraîna sa sœur à l'écart.

— Y a-t-il un message que tu aimerais que je transmette à la famille, Em ?

— Rien que ça.

Elle se hissa sur la pointe des pieds pour l'étreindre farouchement.

— Merci, lui murmura-t-elle à l'oreille. Merci pour tout. Tu vas me manquer.

— Sois heureuse, Em, chuchota-t-il à son tour.

À côté d'eux, les frères McLeod se regardaient avec méfiance.

Will prit la parole en premier.

— Je suppose que c'est un au revoir, alors.

— Pour l'instant, répondit tranquillement Alaric. Si tu changes d'avis, si tu veux reprendre ce qui te revient de droit...

— Non, c'est toi qui as souffert pour l'obtenir. Tu as travaillé dur pour faire du duché ce qu'il est aujourd'hui. Je ne saurais pas comment être un duc et je ne voudrais pas apprendre, affirma Will. À mes yeux, et aux yeux du monde entier, tu *es* Strathaven.

Au bout d'un moment, Alaric lui adressa un petit signe de tête.

Lui tendant la main, M. McLeod lui dit d'un ton bourru :

— Mais, c'est dommage. Alors que les choses s'arrangeaient entre nous, il s'avère que nous ne sommes finalement pas frères.

— Tu es mon frère, William, dit Alaric, de toutes les manières qui comptent.

Des larmes brûlèrent les yeux d'Emma quand son mari prit la main de son frère et l'attira pour le serrer fort dans ses bras. L'étreinte entre les deux grands Écossais dura environ une demi-seconde avant qu'ils ne se séparent.

M. McLeod toussa dans son poing.

— Alors... nous nous verrons bientôt.

— Oui, confirma Alaric, tout aussi rouge.

— Embrassez tout le monde pour nous, leur dit Emma.

Alaric l'entoura de son bras et ils agitèrent la main tandis que leur famille s'en allait. Lorsqu'ils furent seuls, elle se tourna vers son mari, et posa une main sur sa joue.

— Comment vas-tu ? lui demanda-t-elle d'une voix douce.

Il se laissa aller contre sa main.

— Je n'ai jamais été mieux.

— Après tout ce qui s'est passé avec ta tante et le départ de M. McLeod...

Il posa un doigt sur ses lèvres, endiguant le flot de paroles.

— Ne t'en fais pas, mon amour. Je vais mieux. Je ne me souviens pas d'avoir jamais été aussi bien. Tu vois, j'ai pris conscience de plusieurs choses ce matin.

Scrutant le regard brillant d'Alaric, Emma pencha la tête sur le côté.

— De quoi parles-tu ?

— Le passé est révolu. Patricia est morte, et son âme sera jugée pour ses péchés. Je ne veux pas être prisonnier de ma haine, et ce n'est pas à moi de porter ce fardeau.

— Non, c'est vrai, répondit Emma, la gorge nouée devant le courage de son mari.

En dépit de toutes les souffrances qu'il avait endurées, il choisissait la liberté, le chemin le plus noble.

— Elle ne peut plus te faire de mal.

— C'est vrai. Et mieux encore, quand je me suis réveillé ce matin, tu étais là, à mes côtés, lui dit-il, passant son pouce sur sa lèvre inférieure. Tu m'as tenu dans tes bras toute la nuit, tu étais si douce, si humide et si prête pour moi quand je t'ai fait l'amour à l'aube. Et sais-tu ce que j'ai compris à ce moment-là ?

L'émerveillement dans sa voix fit monter les larmes aux yeux de sa femme.

— Quoi, mon amour ?

— D'une certaine manière, tout cela m'a mené à toi. Tu m'as libéré, Emma, dit-il tendrement. Grâce à toi, je sais ce que c'est que d'aimer et d'être aimé.

Comment aurait-elle pu résister à cet homme ?

— Tu as toujours su comment aimer... seulement, tu ne recevais pas assez d'amour en retour. Ne crains rien, lui dit-elle en reniflant, je compenserai. Je serai la duchesse de tes rêves.

— Tu l'es déjà. Cependant, maintenant que tu en parles, il reste quelques variantes de ta position que nous n'avons pas encore explorées.

Le sourire lent et malicieux d'Alaric déclencha une vague d'amour et de désir en elle.

— Voudriez-vous une démonstration, Votre Grâce ?

— Toujours, Votre Grâce, répondit-elle.

Il l'embrassa avec une passion qui la laissa hors d'haleine.

Il la souleva dans ses bras et la porta à l'étage. Et tandis que son duc entreprenait de lui enseigner de nouvelles façons d'aimer, elle lui prouva, comme toujours, qu'elle était une duchesse à la hauteur de la tâche.

ÉPILOGUE

D'autres hommes pouvaient craindre de trouver leur femme dans des situations compromettantes.

Alaric se préparait à d'autres genres de situations, ce qui était judicieux, compte tenu de qui il avait épousé.

Traversant les haies sinueuses, il arriva au bord du jardin éclairé par la lune, et son sang se réchauffa lorsqu'il aperçut la silhouette familière de sa duchesse. Elle était dans le belvédère, lui tournait le dos... et elle n'était pas seule.

Sans bruit, il s'approcha. Puis il s'éclaircit la gorge.

Violet, qui se tenait sur la *balustrade* du belvédère, tourna sur elle-même avec l'aisance d'une acrobate. Une longue-vue pendait à l'une de ses mains.

— Diantre ! Vous m'avez fait peur !

— Votre Grâce, dit Thea avec une révérence, puis elle s'empressa de ranger des jumelles d'opéra dans son réticule. Nous ne vous attendions pas.

En souriant, Emma se mit sur la pointe des pieds et déposa un baiser sur sa mâchoire.

— Chéri, je ne pensais pas que tu viendrais ce soir. Je croyais que Tremont et toi deviez jouer aux cartes tard dans la nuit.

Depuis peu, Alaric s'inquiétait pour son ami, qui ne semblait pas tout à fait lui-même. Emma l'avait encouragé à passer du temps avec Tremont au club. Toutefois, au milieu de la nuit, son instinct lui avait dit de chercher sa femme. Ou peut-être lui manquait-elle, tout simplement.

Quoi qu'il en soit, il aurait dû savoir qu'elle mijotait quelque chose.

— Si je peux me permettre d'être direct, dit-il, que se passe-t-il ici ?

Son ton froid et poli eut l'effet escompté.

Violet sauta de la balustrade, atterrissant avec la grâce d'un chat sur ses pieds. Attrapant Thea par le bras, elle l'entraîna à l'écart du belvédère, disant d'un ton joyeux :

— Marianne va nous chercher, nous allons donc laisser Emma vous expliquer. Bonsoir, Votre Grâce !

Il s'inclina devant les sœurs de sa femme qui s'en allaient. Puis il se retourna pour faire face à sa duchesse dévoyée.

Il haussa un sourcil.

— Alors ?

— Alaric, ce n'est pas aussi terrible que ça en a l'air, commença-t-elle.

— Est-ce que ça a l'air terrible ? s'enquit-il. De trouver sa femme dans un jardin sombre... en train d'épier et de prendre des notes ?

Il baissa les yeux sur son carnet qui dépassait de son sac de soirée incrusté de perles.

— Je faisais juste un peu d'observation, dit-elle d'un ton joyeux. Lors d'une soirée en début de semaine, je suis tombée sur une dame qui pleurait dans la salle de repos. Elle pensait que son mari avait peut-être une liaison avec Lady de Burgh. Comme il se trouve que j'avais une invitation à la fête donnée par les voisins des Burgh, je lui ai promis de jeter un coup d'œil.

— Et tu n'as pas pensé à m'en parler ?

Elle le regarda à travers ses cils.

— Je ne savais pas s'il en sortirait quelque chose. Je ne voulais pas t'inquiéter pour rien. Toutefois, si je voyais quelque chose ce soir, dit-elle, l'air vertueux, je te l'aurais dit.

— Et est-ce le cas, mon amour ? demanda-t-il calmement. Je veux dire, as-tu vu quelque chose ?

Elle plissa le nez.

— Non. Quelqu'un est entré dans la chambre à coucher, mais Lady de Burgh a pris la précaution de tirer les rideaux avant que nous puissions déterminer son identité.

— Lord Galveston et elle ne voulaient sans doute pas de public.

— Galveston ? s'exclama Emma. Comment sais-tu que c'était lui ?

— Parce que lui et moi faisons des affaires ensemble. Quand nous nous retrouvons au club et qu'il boit trop, sa langue se délie. Il a une liaison avec Lady de Burgh depuis plusieurs semaines.

Le visage d'Emma se décomposa.

— Oh là là. Je vais détester annoncer cette nouvelle à ma clien... je veux dire, à Lady Galveston.

— En effet, dit Alaric.

Il passa un doigt sous le menton de sa femme et scruta ses yeux clairs.

— Maintenant, dis-moi pourquoi tu ne m'as pas fait assez confiance pour m'informer de cette nouvelle affaire.

C'était là sa véritable préoccupation. Il lui avait clairement dit que tant qu'Emma ne compromettait pas sa sécurité et qu'elle le tenait au courant de ses activités, il soutiendrait son entreprise d'investigation. En fait, peu de temps auparavant, il les avait aidés, Kent et elle, à résoudre une affaire. Ses connaissances du domaine financier leur avaient permis de retrouver la piste de la dot de leur cliente, qui avait été placée dans des fonds secrets par un oncle malfaisant.

— J'ai confiance en toi, répondit aussitôt Emma. Tu es le meilleur des maris.

— Bien sûr, je suis soulagé de l'entendre.

Elle leva les mains pour lisser les revers d'Alaric et tripoter l'épingle de sa cravate.

— J'avais prévu de te parler de ma nouvelle affaire après t'avoir dit... mon autre nouvelle.

Il s'immobilisa.

— As-tu remarqué qu'il n'y avait pas eu, euh... d'interruption de nos activités conjugales ces derniers temps?

— *Emma,* dit-il, lui prenant les mains tandis que son cœur tambourinait dans sa poitrine. Es-tu... sommes-nous...?

Les yeux pétillants, elle hocha la tête.

— Mon très cher amour, souffla-t-il, que diable fais-tu à espionner dans un jardin alors que tu es en train de faire grandir mon héritier dans ton ventre?

— Nous ne savons pas si ce sera un garçon, cela pourrait très bien être une fille. Et notre fille ne serait pas contre un peu d'aventure... Alaric, dit-elle, essoufflée, qu'est-ce que tu fais?

— Je te fais sortir d'ici.

— J'ai remarqué. Mais je peux marcher.

— Pas aussi vite que je le peux, répliqua-t-il, traversant les haies avec sa duchesse dans les bras. Tu ne devrais pas être dehors la nuit. Tu devrais te reposer, manger, faire ce que les femmes dans ton état font...

— Tu ne vas pas être comme ça pendant les sept mois qui restent, n'est-ce pas?

Il lui lança un regard. Elle soupira.

— Je suis une Kent, chéri. Nous sommes robustes, tu te souviens?

— Pendant que nous y sommes, il n'y aura plus d'enquêtes jusqu'à la naissance de notre fils.

— Tu n'es pas sérieux.

— Ah non?

Au lieu de protester, elle sourit.

— Cette nouvelle te rend heureux, n'est-ce pas?

— Ma chérie, je suis fou de joie! s'exclama-t-il.

S'arrêtant, il la regarda dans les yeux et y vit se refléter son avenir, limpide et magnifique.

— Tout ce que j'ai toujours voulu, tu me l'as donné. Et maintenant, nous allons aussi avoir un bébé.

— Je t'aime tellement, dit-elle.

Des mots qu'il ne se lasserait jamais d'entendre ou de dire. Parce qu'elle lui avait appris qu'ils étaient vrais.

— Je t'aime, Emma, répondit-il, puis il l'embrassa de tout son cœur.

Lorsqu'il releva la tête, elle murmura :

— Rentrons à la maison.

— Je suis à la maison. Avec toi, mon amour, dit-il tendrement, je le suis enfin.

FIN

REMERCIEMENTS

La création de chaque livre requiert tout un village, et celui-ci n'a pas fait exception à la règle. J'ai la chance de compter sur les meilleures personnes au monde pour me soutenir dans mes efforts. Tina, merci pour nos vendredis et pour avoir été la meilleure critique et la meilleure des amies, et pour m'avoir fourni un élément de l'intrigue dont j'avais grand besoin (tu sais lequel!). Diane et Candace, vos commentaires éditoriaux ont été d'une valeur inestimable, comme toujours. Merci de comprendre et de soutenir les mondes que je m'efforce de créer. Erin, tu donnes vie à mes personnages grâce à tes magnifiques illustrations : merci! Brian, mes livres (et ma vie) sont bien meilleurs grâce à toi. Je t'embrasse!

À ma famille, qui a soutenu mes rêves et cette année de transition. Votre amour me soutient. Et à Brendan, mon petit guerrier, qui m'inspire chaque jour.

Enfin, à mes lecteurs... parce que rien de tout cela ne serait possible sans vous! Je suis tellement reconnaissante que vous m'ayez rejointe dans cette aventure! Je nous souhaite de continuer à voyager ensemble.

À PROPOS DE L'AUTEUR

Grace Callaway, auteure de best-sellers *USA Today* et à l'international, écrit des romances historiques torrides et passionnantes, pleines de mystères et d'aventures. Son premier roman a été finaliste du prix *Romance Writers of America Golden Heart®* et premier dans la liste des best-sellers *National Regency*. Ses romans suivants se sont classés en tête des ventes aussi bien aux États-Unis qu'à travers le monde. Elle a remporté trois fois le *Daphné du Maurier Award for Excellence* dans la catégorie mystère et suspense, le *Maggie Award for Excellence* en romance historique et le *Passionate Plume*. Elle a également reçu le *National Excellence in Romance Fiction Award*, le *Golden Leaf* et le *National Excellence in Storytelling Award*. Ses romans ont été traduits en plusieurs langues et sont disponibles au format audio.

Elle est titulaire d'un doctorat en psychologie clinique de l'université du Michigan et vit avec sa famille dans le magnifique comté de Marin, en Californie. Lorsqu'elle n'écrit pas, elle aime danser, manger dans des petits restaurants de quartier et vivre des aventures adaptées avec son fils *extra*-ordinaire.

facebook.com/GraceCallawayBooks

bookbub.com/authors/grace-callaway

instagram.com/gracecallawaybooks

amazon.com/author/gracecallaway

9 781960 956309